『みなせ』選集抄

岩佐晴夫

22世紀アート

目次

4×四

一

労働運動を展開する単産や、中央組織に結集する組織が一定の成果を挙げるようになると、その成果をさらに高めるためにさまざまな領域や分野での共闘組織を模索することとなる。中央における公務員共闘・公労協などと並んで県段階における県評組織・地区労組織・県労連などの運動が軌道に乗る段になって、次に、これらの組織が向かったのは、反戦・反安保・反核・平和・人権・反差別などの分野と労働福祉運動の領域であった。

反戦・反安保・反核などの領域はイデオロギー色の強い課題であるが故に単組・単産の政治闘争方針に合致した運動団体ができ、結果として、総評系、同盟系、日共系などに分かれて運動が構築されることとなるのである。

これに対して労働福祉運動の領域は比較的難しいイデオロギーが介在しない分野だと考えられたため単産・単組の政治闘争系列を越えた運動体が形成された。

金融部門の労働金庫、保険業務の労済、消費者団体の労信販（生協）、住宅部門の労働者住宅協会（労住協）、会館事業、余暇活動などの労福協が中央・地方に作られたが、その多くは総評系、同盟系、新産別系、中立労連系の単産・単組から送り込まれた役員で構成される連立執行部の手で運営された。

役員構成や役員の主要ポスト、専従ポストの振り分けに、所属するナショナルセンターの強弱や単組間の力関係が大きな影響を与えたのは事実で、大きくて力のある単組がどこの労働福祉団体においても幅を利かせる傾向にあったように思われる。

神奈川県内関係で言えば、S教組・H教祖・自治労・国労・Y交通労組・Y水道労組・全逓・全電通・電機労連・N鋼管・F通・全国金属・全日通などの名がその常連である。

時間が経過して単産・単組の専従役員の交代期に入ると「退任後何処でメシを食うか」が深刻な問題となる。ILO八七号条約批准に伴う一九六八（昭和四三）年一二月の関係国内法の改定発効によって公務員労働団体の役員在籍専従期間に制限が加えられるようになると、団体負担で「プロ（離籍）専従役員」を置くかどうか、の検討を余儀なくされる公務員労働組合も多く生ずる事態となった。

教員が役員を務める教組はさほど問題ではない。在籍専従役員を退任した後、現場の学校へ戻って教員をやれば済むからである。賃金や退職手当などの損失分はお金で補償することができる。気の毒なのは国労や全逓、造船などの組合である。何年も組合の役員で先頭に立って旗を振っていた後、据え置かれた元の立場、改札係りや郵便配達員や甲板員に戻ることは他人が考えるほど容易な処遇とは言えない。場合によっては大臣や次官とサシで渡り合った経歴が泣く、プライドが許さないということになりかねないからである。

力と条件の揃うところでは、議員に仕立てて政界に送り出すのも有力な一法であった。これは成功すれば役員の新陳代謝を円滑に図ることができる上、組合の要求実現・政治課題解決に大きな手がかりを得ることができる一石二鳥の手段であったが、選挙戦をたたかう以上、膨大な資金を調達しなければならない、落選の場合のことも考えなければならない、という隘路があり、どの組合でも、また、何人でも選択できるという方法ではなかった。

その意味で、労働金庫や全労済など有力な労働福祉団体の専従役員ポストは魅力的で、その椅子を手にすることのできる可能性のある関係団体間の水面下での争いはかなり火花を散らせた。会員による選挙の洗礼を免れることはなかったが、実質は事前の話し合いで決められる安定したメシの種だったからにほかならない。

伊庭奉《みつぐ》が神奈川県労働者住宅協会と関わりを持つようになったのは、これが神奈川県評財政部長のポストに連動する役割を持っていたためであった。すなわち、県評の財政部長は労住協の会計監査を務めるものという内部慣行ができていたところへ、伊庭にその財政部長の役が廻ってきたからである。

一九七×（昭和四×）年九月、伊庭が自治労Yの執行委員になって二年目の秋のことであった。

当時、県評の役員は議長・副議長若干名・事務局長・事務局次長二名・財政部長・会計監査三名で構成され、役員会の許に相当数の常任幹事が常任幹事会を構成しており、いずれも単産単組の代表から成っていた。因みに職員は書記局員とオルグ団員併せて二〇名ほどの構成であった。

財政部長は非常勤で、固有の仕事のために月二、三回顔を出すほかは役員会・常任幹事会・単産代表者会議・評議員会などの会議に参加する立場で、四役に準ずる格とされており、県評の役割分担の慣行上、Y水道労組と自治労Yとが三、四年ごとに交代で務めていたのであった。伊庭の前任者はY水のF、その前任者は自治労Y浜のI、という具合だったが、伊庭の代から暫く自治労Yが続き、I書記次長、K書記次長、T書記次長が連続就任して、その後またY水に移ったのだった。

県評の役員になると数多くの各種行政委員や労働側委員・労働団体役員がついて廻るのであるが、財政部長には労住協の会計監査が付随していたというわけであった。

伊庭奉が県評財政部長に就いていたのは一九七×（昭和四×）年九月から一九七×（昭和五×）年九月までの三年間であったから、それまでの慣行どおりであれば労住協の会計監査の役もその三年間限りのはずであった。

ところが「出向先の労働運動団体において県評が一定の発言権を保持するためには県評役員の任期毎に人を代えているのは得策ではない、内情に通じ仕事に慣れた人間が継続して当たるべきではないか」という県評事務局長の強い意向が伊庭の在任中に出されて、財政部長を降りた後も労住協監査の役割だけは伊庭についたままとなったのであった。県評財政部長が同じ自治労Yに割り振られたこともこの継続を自然なものにしたのである。

こうして、伊庭が自治労Y浜の書記長・委員長を務める間も労住協の役員を交代する機会のないまま時間が経過していったが、この間労住協は周囲からは順調な業績を挙げているように映っていた。

毎月一回開かれる定例理事会では、継続中の事業についての説明、新規事業の見通しなどの議案の審議に加えて、経理の専門家である沢野隆生総務部長が精密な貸借対照表について説明し、「労住協の事業は完了して清算が済むまでは赤字計上となるのが普通です。事業資金の大半は労働金庫からの借り入れで、事業完成、販売完了となってはじめて利益が計上される仕組みとなっているからです」などと解説するのを聞いて、まあ、そんなものかな、と納得していたものだった。

事実、何年もの間、年度決算期になると二億円とか三億円とかの益金を計上して次年度に繰り越すことが続いており、よもや、倒産・閉鎖という事態が労住協を見舞うようになることとなど沢野総務部長以外は夢にも思わないことであった。

この労住協の順調な事業に初めて影が差したのは、一九八×（昭和五×）年にO市城山に建設した六〇数戸の集合住宅に長期に亘る売れ残り住戸が出たことだったろう。

二

神奈川県労働者住宅協会は、それまで日本労働者住宅協会神奈川県支部としてその受託事業を行っていた神奈川県労働金庫住宅事業部の業務を引き継ぐ形で、一九六×（昭和三×）年五月、労働金庫から分離独立してできた社団法人で、協会を構成する会員労働組合の労働者に「低廉で良質の住宅」を供給する事業体として発足した。

当時、労働者が低廉・良質の住宅を手に入れることのできる住宅事情には程遠く（もっとも、その後も基本的には改善されていないが）、ＩＬＯが一九六×（昭和三×）年六月に採択した「労働者住宅に関する勧告」の精神を承けて、労働者住宅建設の自主的事業体を設立する機運が全国的に高まっていた、という。

労住協設立の直接的メリットは住宅金融公庫など公的資金の融資の確保と法人税・印紙税など税制面における優遇措置にある程度だったが、労働者の住宅需要が大きかったために、住宅建設が計画されると同時に会員組合内で予約が完了し、なお、需要に追いつかないという売手市場が続き、販売経費がほとんど掛からないという間接的メリットが大であった。

自己資金ゼロ、資金の大部を高利の労働金庫融資に頼るという脆弱な経営基盤で出発した労住協が曲がりなりにもボロを出さずに一定期間存続できたのは、まさにこうした時代の波に乗ったためであった。

ときは所得倍増論の時代、労働運動も高揚して意気軒昂だったから、民間の住宅建設業者と比較すれば少し安く、少し質のよい住宅が提供されるとなれば、建設即完売となるのも当然のことだったかもしれない。

「事業が順調なときほど、より安定した基盤づくりを目指せ」と言う。

この順風満帆の草創期に少し先を読む経営者が労住協にいたら、先行きの展開は別のものになっていたかもしれないが、経営責任者である会長・常務理事は労働運動で鳴らした元労組幹部、理事群は現役労組役員の寄せ集め、職員の技術陣は技術専門、ということで、財政経理担当だけが事業の見通しに腐心する元労働金庫職員、という陣容だったから、本気で事業の先行きを心配することのできる経営陣とはとても言えなかった。

何しろ、目の前に建設即完売の実績があり、利益を出し過ぎれば税金に持っていかれるという現実の計算もある。本来ならば自己資本強化のために備蓄すべき流動資産がこうして役員手当や県外視察旅行に費消されて泡と消えた。

「神奈川県労働者住宅協会は神奈川県労働者観光協会ではないか」労働金庫や全労済など、他の労働福祉団体や労組からやっかみ半分でそう陰口を叩かれるほどだった。

鹿児島・熊本・宮崎・高知・愛媛・北海道・青森・秋田・山形・新潟………、旅費のかかる遠方を選んで県外研修を行ったのではないか、と勘ぐられても仕方のない視察先であった。

視察と言えば聞こえはいいが、その実、観光が主体であるのは明らかで、自分の業績は確かだと自負しているから、視察先で学ぶものなど何もない、何なら神奈川のＫＮＯＷ　ＨＯＷを教えようか、という不遜な態度丸出しの役員もいる始末だった。

労住協の事業は日本勤住協（日本労住協の後身、一九六×年設立）の受託事業と労住協独自事業から成り立っていて、経理面においても「受託事業勘定」と「独自事業勘定」をそれぞれ別建てにしていたから、経理上の操作によって損益の締めや繰り出し繰り入れの時期をずらすことも可能であり、経営危機の実態は極力隠されたのだった。

時代が推移して、労働者の住宅事情も落ちついてくると、労働者自身少し高級な住宅を志向することともなったから、労住協の住宅なら何でも飛びつく、建設即完売とはいかなくなった。やがて立派なチラシの折り込み広告を配る、電車・バスの中吊り広告を出す、など、会員組合以外の一般市場に販路を求めても段々と売れ残り在庫を抱える仕儀となっていった。

事業用の土地の確保も難しさを増した。漸く土地を確保したと思ったら、開発造成の許可を得るために多くの時間が必要だという障害が生じたりした。住宅専門の業者に太刀打ちするには、資本も情報も技術も、また、判断力・決断力も遥かに劣っていて勝負にならないのが実情だった。

O市城山で躓いたのが時代の変わり目への警鐘だったに違いないが、労住協関係者の中にそれと気づいた目利きはいなかった。少なくとも、本格的な体質改善を図ろうとするリーダーは不在であった。売れ残り在庫の処分に精を出すことはあったが、労住協経営の質に根ざす欠陥だとは誰も認識しなかった。

伊庭奉など三名の監査の立場に対しては、その処分法の実態さえ知らされることはなかった。監査役は理事より一格下とみなされていたからである。

在庫が長期化して金利負担が嵩《かさ》み、利益を計上する決算すら脅かされる段となって執った手段は何だったか。建設を請け負った業者を泣かせて物件を引き取らせた形跡がある。次の団地の工事契約の落札を担保にして急場を凌いだこともあった、とされる。尻に火、ともなれば、談合や癒着の非を悪と捉える感性も消え失せてしまうのであったろう。

受託事業には住宅金融公庫の融資がつく。自己資金に乏しい労住協にはありがたい融資に違いなかったが、この融資にはさまざまな制約も付随していた。結果的に広告宣伝などの販売費は認めない、金利負担も分譲開始後二ヶ月以上は認めない、設計監理費の原価繰り入れもきわめて少額しか見込まない、受託事業体の収入となる販売手数料は原価の三%であり広告費などはその取り分から支出しろ、というわけで、要するに建設即完売を前提とする思想から解放されてはいなかったのである。

民間ならば子会社との間で土地を転がして金利負担分を飲み込んで販売価格を設定したりすることも可能だったが、労住協ではそうした操作を施す余地とてなく、金利負担や販売経費で首が締まる仕組みに縛られていた。

一九八×(昭和五×)年三月に竣工した神奈川区の神奈川パークハイツ一二棟一七×戸の場合も長期大量在庫に苦しんだが、ここでは売れ残りを計算に入れて販売価格を決めたための値高感が却って売れ残りを促進したかもしれなかった。

ちょうどその頃、全国の労住協や住宅生協の中に、事業の行き詰まりのために倒産・閉鎖・労働金庫へ糾合、という事例が起こり、中央の勤住協にも飛び火する事態となった。

中央の労働金庫協会は自衛のために「労住協には原則として資金融資をしない」旨の決定をして地方労金への指導を開始したりした。かつて栄華を誇った鉱住協もアッと言う間もなく倒産・閉鎖の道を辿るところとなった。

神奈川県労働金庫の対応もそれまでとは手のひらを返したように冷淡で、新たな事業のための融資は言うに及ばず、その時進行中の事業の完成のための資金すら出し渋ったものであった。何かというと、労金協会の決定ですから、という錦の御旗を振りかざす始末だった。

労働金庫のこの態度硬化にあっても当の労住協は、役員も職員もその多くがかつての華やかな隆盛期の夢を忘れることができず、労金の対応ぶりを単なるポーズ、と受け止めて、本気で事態の善後策を考えようとする者は少なかった。

三

一九八×（昭和五×）年の暮れに緊急対策委員会を編成するという段になっても、次期会長はAだ、いや、Bだろう、などと、言うならば労住協が従前同様に存続することを前提としたヒソヒソ話が横行して、名前の挙がった理事が満更でもないという顔つきを見せたものであった。それまでの会長手当や観光旅行が約束されるのであれば、それはその候補者にとってきわめて魅力的なものだったからにほかならない。

しかし、いざ特別委員会の設置だ、幕引きだ、ということとなったときの役員の逃げ足は速かった。どの理事も特別委員長のなり手になろうとしないのである。

会長と常務を除いたメンバーの中でもっとも役員歴が長いという理由で、逃げ遅れた伊庭奉が特別委員長を引き受ける羽目となった。暮れも正月も返上して開かれた、その対策委員会における論議は労住協にとって深刻な様相を帯びたものとなった。委員長としての伊庭自身、存続か、閉鎖か、の態度を決められないまま会議に臨むという状態だった。

その時点で戸締めをすればどれほどの赤字になるか、労働金庫首脳部陣の試算が半ば公然と囁かれた。理事長が一億と言えば、専務理事は、いや二億は下るまいと言い、常務理事も三億になるのではないか、と言うなど、人ごとのように喧《かまびす》しい限りだった。


「労働者のための低廉で良質の住宅を提供する、という労住協の使命が終わったとは考えられないではないかな」

「しかし、委員長、事業用の土地の手当が全くできていないのです。これまでの佇《たたず》まいを維持するとすれば、年間に要する経費は二億八千万円、今の総資産はおよそ六億円ですから、二年ほどでなくなる勘定です」

「今持っているすべての在庫を整理するとすれば、どの程度の損益が出るのかな」

「S野台は完売となって五億位の赤が確定する状況です。分譲を開始するまでにまだ時間がかかります。その他では、雇用促進事業団から入手したI原の難物地とM境団地の半端土地、あとはK郷のノリ面くらいで、すべてが上手く処理できて収支トントンか、一、二億の赤字が出るか、というところです」

「土地は県市有地や国有地を譲り受けることで手当できないだろうか」

「その場合でも造成・販売に一、二年はかかりますから、その間が保たないことになりますね」

「それでは、閉鎖の方向で収拾するほかはない、ということなのかな」

「残念ながら、そういうことになります」

特別委員長伊庭奉と総務部長沢野隆生とのやりとりであった。こうして、大筋、閉鎖の方向で収拾する方針が固まったのだが、決断したとなったら決断後の行動は迅速をきわめた。

特別委員長がそのまま会長代行を務めることとして、すべての職員から直ちに進退に関する白紙委任状の提出を求め、人員を縮小して収拾期を乗り切ることとし、その後は労働金庫に一切の権限と責任を任せることを確認した。一九八×（昭和六×）年四月に発足したこの終戦処理内閣が所期の業務を完了し、大方の赤字予測を覆す四億円強の黒字決算をもって一応の始末がついたのは、その二年余の後だった。

お笑いだったことは、最後の退職金を手にするまで、事態の進行はあくまで労金向けの一時的ポーズに過ぎず、労住協はそれまでどおり存続する、と思いこんでいた幹部職員がいたことだった。


こうした事態の流れの中で、沢野総務部長と伊庭会計監査は少しずつ親密さを深めていった。二人の共通の趣味として囲碁の介在することも親しさを増す一因となった。腕前のほうは二人ともアマ三段くらいだったが、二人とも二連星や三連星が得意戦法で大模様を張るのが好みの本格的な囲碁だった。業務面では労住協の経営危機に関する総務部長の説明に大部分が耳を貸さず観光協会気分で高をくくっているとき、一人伊庭だけが真面目な応対を重ねたことで、沢野は一段と伊庭を厚く信頼するようになった。

伊庭もまた、沢野の確かな会計学に裏打ちされた先行きの見通しの明るさに惹かれて、次第に人生の師とも思うように心が傾いていくのだった。

「昨日、労働金庫の佐田理事長に呼ばれましてね、何かと思って行ってみますと、理事長は『沢野君、労住協を残したいかね』と聞くんです。できれば残したいと答えると、『それじゃあ、これだけ明日のうちに用意してくれたまえ』と言って指を三本出すんです」

「三本って、三〇〇万円の意味?」

「いいえ、三千万円ですよ。冗談じゃない。そんなことをしたら、手が後ろに回ります、背任横領罪でね。もちろん即座にお断りしました。

こんな事態の中でも、理事長は自分の懐を肥やすことしか考えないいんだから、イヤになりますよ。尤もあそこは、理事長だけじゃありません。専務や常務の役員のみんなが同じ穴の狢《むじな》です。ウチの常務のフーさんだって、似たようなものですよ。毎月月末になると、請求書の束を持ってきて『沢野君、これ頼むよ』ですからね。ほとんどがバーやクラブのものです。どこの誰と打ち合わせたのか、何も書いていないんですから、始末するのも楽じゃありません」

終戦処理内閣の仕事は単なる残務整理では済まなかった。

横浜市内最後の戸建て、という触れ込みで長い間労働組合員に夢を追わせた旭区S野台の七六区画の宅地の最終的造成を行って、これを完売することは大仕事であった。まず、五九区画が一九八×（昭和六×）年九月、横浜ガーデンヒルズ第一期分譲分として発売され、残り一七区画は第二期分譲で、翌一九八×（昭和六×）年六月の発売であった。

当初計画では前宣伝どおり戸建てで販売することとなっていたのであったが、超長期の土地保有による金利負担が嵩み、上物のついた戸建て分譲では全く販売の目途が立たないほど高額物件となったためにやむなく宅地分譲としたのであった。

宅地開発造成の認可条件の関係もあって、一区画平均七〇坪という贅沢な広さを持っていたから前人気も上々であったが、価格の絶対額も当時で三、六〇〇万円から四、八〇〇万円は下らない高額区画であった。

絶対額は高かったが、その実、即座に完売となってもあとに五億円ほど負債が残るという価格設定の代物で、それだけ金利負担に食われる荷物となっていた。何としても早く処分してしまわなければそれ以上の負担に耐えられない、切迫詰まった内情であった。

第一期分譲の発売当日はまだ暗いうちから現地受け付け前に行列ができるほどの人気だったが、やはり高かったせいだろう、行列を並んで仮契約をした最初の五九人は一人として本契約まで辿り着かなかった。持ち帰って検討はするのだが、そして手に入れたい物件であるのは確かなのだが、どうしても資金手当の目途がつかない、ということであった。

およそ二年ほどで全七六区画の完売に漕ぎ着けたのだったが、皮肉なことに、その一年後には地価が急騰してS野台クラスの区画なら一億円でも飛ぶように売れる時期が到来した。いわゆるバブル経済の始まりで、「労住協もS野台を今まで持ちこたえることができたら息を吹き返すことができたのに、惜しいことをした」などと言う輩も出る始末であった。

しかし、労住協の幕引きはあれでよかったのだと後々になっても伊庭は思っている。

「労働金庫から元金ゼロで引き受けた労住協を収支トントンで労働金庫にお返しする、一時いい夢を見させてもらったと考えよう」と当時の労住協沢野総務部長はいつも述懐している。労働組合幹部上がりの、素人の、イザというときには逃げ足を速めることしか考えない首脳陣がバブル経済に浮かれて労住協を続けていたら、収支トントンどころか本当の火傷をしただろう、と思われてならないからであった。

四

沢野総務部長は労住協の終戦処理内閣が発足したとき、二、三の例外を除くそれまでの役職員全員と一緒に同時に退職した。終戦処理内閣の会長は伊庭奉、新たな常務理事に労働金庫からTが送り込まれ、技術職員としては引き続き元神奈川県建築課長のIが残った。Iは労住協が神奈川県との間に交わした約束により、県の退職職員を再雇用するために用意したポストに就いている立場にあったために、他の役職員と足並みを揃えることはなかったのだ。

　こうして伊庭と沢野はそれまでとは少し立場の違う関係となったが、その後も年に二、三回酒を酌み交わす間柄として定着した。そうした機会に沢野元総務部長から明かされる往年の労住協の佇まいに伊庭は驚かされることばかりだった。

「委員長、あのとき私が幕引きを急いだのは何故か、分かりますか」

「あのときのサーさんの説明では、土地の仕込みがない上に、経常経費だけで年間二億八千万円ほどかかるから、蓄えはすぐに使い果たすということだったと記憶していますが」

「それはそのとおりだったんだけれど、労住協は勤住協勘定と独自勘定の二本立てでしたよね。合わせれば、二、三年しか保たない資産でしたが、独自事業だけを見れば、まだまだ続けることは可能だったんですよ。勤住協事業は勤住協の責任ですから、いくら赤が出てもウチの労住協が被る必要はない会計です。無理してやろうとすればできないことではなかったんですが、あの体制では無理する意欲が持てなかったんです」

「あの体制って、O会長と常務のフーさんということ？」

「あの二人ももちろんだけれど、技術の三人も酷かったからね。技術陣の中で若手の二人はいい腕でしたが、ベテランの三人が土木畑の悪習にどっぷり浸かっていてね。材料費をはじめ、あらゆる経費を膨らませて、施工会社の悪と組んで差額をポケットに入れちゃうようなことをしょっちゅうやるんです。もちろん、会長や常務も仲間に引き入れて適当な端た金の分け前を分けて、口を塞ぐんです。ああいう連中とは、あれ以上どうしても続けていく気になれませんでした」

「そういえば、あの頃、冗談半分に、国労の連中はレールを食っちゃう、とか、教組は生徒を食いものにしているとか、結構、お互いに揶揄していましたね。ある意味では、労働運動も高揚している明るさがありましたけど」

「委員長は終戦処理の最中に、横浜市の土地を何百坪か引っ張ってきて、労住協は一儲けできたそうですね。技術のIさんが教えてくれました。土地取得のときの助役との交渉にIさんが同席していて、委員長の舌鋒の鋭さ、駆け引きの上手さを目の当たりにしてすっかり感心させられたと聞きました」

「それほどでもありませんが、あの助役とは昔からよくやり合いましたから、気心は知れているんです。あのときはちょっとの間で五千万円くらいの純益を出しましたから、ほっと一息ついた感じでした」

「そのときでも、労働金庫はなかなか事業資金を貸そうとしなかったそうですね。これは金庫のS部長から聞きました」

「サーさんは何でもよく知っていますね」

「昔からの腐れ縁ですかね、まだまだパイプはなくなっていないんですよ。剣道のほうの弟子もいますしね。あのとき特別委員会を設けて善後策を講じましたが、戸閉めをすれば赤はいくらか、一億だ、二億だ、三億だという三説が有力でしたね。あれは実は、ワシが労働金庫の三人の弟子を使って意図的に流させたものなんですよ。それぞれがどのルートでどの上へ上がっていくか見ようとしたわけですが、大体、ワシが予想したとおりの線を辿ったようでした」

沢野は昔気質の職人という佇まいで、酒は飲むが、博打はしない。麻雀も競馬もゴルフも無縁だった。キャバレーやクラブに出入りすることはなく、せいぜいスナック止まりだった。酒肴のほうは寿司やフグ、スッポンなど和食のほうが専門で、肉や西洋料理にはほとんど目を向けることがなかった。その代わり、剣道は優に五段の腕前を誇っていて、その弟子が労働金庫や労働福祉分野に散在していた。剣道から刀剣の世界に入り、甲冑やお城の研究にも手を伸ばし、古美術や中国伝来の易学の造詣も深かった。スナックで酒を飲み、興に乗ると、女の子の手相を見たりすることも稀ではなかった。A子が終わったら今度は私、なんていう子が続いて座が一層華やいだりすることもあった。ただ、沢野は同じ子の手相をまた見るということはなく、一人一回限りという決まりを自分に課しているようだった。

何かの時に伊庭も沢野に手相を見てもらったことがある。

「ほう、委員長はいい生命線をもっていますな。深くはっきり伸びていますから広い愛情の持ち主で、生活力も旺盛です。知能線が生命線と同じ起点を持ち、月丘の中央に向かって下降していますから、言動に良識があり、感受性に恵まれていますね。感情線の様子から見ると、愛情過多で相手に利用されがちなところがあるようですな。委員長、女と火事にはくれぐれも用心が肝心ですぞ」

「金回りのほうはどうですか」

「まあ、そこそこです。晩年になって少々の金運があるというところでしょう」

沢野と伊庭は九歳離れていたから、占いの九星で言えば同じ九紫火星の星回りだった。もちろん伊庭はそうした九星別の運勢をそのまま信じるほど単純ではなかったが、あまりに沢野が熱心なものだから、ときには運勢暦を開いてみることもなくはなかった。

『九紫火星の人は燃え上がる火の特性を持っています。火は燃え始めると勢いよく炎が高く燃え上がり、やがて下火になっていきます。運勢も同様で、中年期に最盛期を迎え、次第に下降カーブを辿ります。最も運気の強い中年期にしっかりとした基礎を築くことがポイントです』

ものの本にはそんな行も見える。

火の特性などということを除けば、至極当たり前のことがまことしやかに書かれているだけだと伊庭は思ったが、沢野が女と火事に気をつけろと言ったのは九紫火星の星回りに掛けてのことだったと気づくのだった。

沢野と伊庭が年に二、三回、旧交を温めて酒席の場を共にする慣わしはその後もずっと続き、会えば囲碁を囲む慣わしが定着したが、伊庭が定年を迎えて現役を引退する頃から、少しずつ間遠になっていった。

沢野は伊庭に会うたびに、「委員長には本当に世話になった」と言い、ときには、「委員長の退職金に特別な配慮ができなかった見返りに」などと言って、彼が蒐集してきたお宝ものの内から江戸時代の短刀や明の時代の磁器などを伊庭にプレゼントしたりすることもあった。沢野は「処分すればそこそこの小遣いぐらいにはなりますから」などと口を添えるのだった。

五

こうして六、七年が経ち、二〇〇×年の年の瀬も迫ったある日のことだった。沢野から伊庭の許に「ちょっと委員長にお願いがあるんだけれど」という電話がかかってきたのは、伊庭が、そろそろサーさんに電話連絡してみる頃だな、と思っていた矢先のことであった。

「下の娘の郁代が自分の家でエステを始めることになりましてね。お客寄せのチラシを作りたいから相談に乗ってくれと言うんです。パソコンで打ち出した資料が七、八枚になるんだけれど、編集してA4裏表ぐらいのチラシを作りたい様子なんです。ワシはパソコンもメールもやらない昔人間だから、こういう相談にはとても乗れないわけですな。こういうことで相談できるのは委員長ぐらいしかいないものですから、是非、助けてもらいたいんです」

「分かりました。いずれにしても電話でという話じゃありませんから、どこかでお目にかかって、お話を伺うことにしましょう」

「こちらがお願いすることだから、委員長の言うところへ出向きます。お宅は町田でしたね。町田まで行きますから、場所を指定してくださらんか」

かくて、それから小一時間の後、沢野と伊庭は町田の焼鳥屋で落合い、梶郁代のエステのチラシについての相談が始まった。

「サーさん、大体の様子は分かりました。少しまた考えて、私のほうからお嬢さんへ連絡させていただきましょう」

伊庭はそう言って、その場を納め、後は久しぶりの酒食の歓談に移ったのだった。

沢野と別れた伊庭は帰宅後すぐに、沢野から渡された資料に目を通し、沢野の次女梶郁代に宛てて次のような手紙を認めた。

前　略

はじめてご連絡の手紙を書きます。

あなたのお父さんの沢野隆生さんから相談に乗ってほしい旨のお話を伺いました。ホームエステ・ジュリアのHPのプリントアウトもいただきましたが、この方面には全くの素人ですので、アドバイスといっても何もできないというのが第一感です。

そうはいっても、全くの梨のつぶてではお父さんの顔も立ちませんから、気づいたことのみ簡単に触れておきますので、適当に取捨選択してください。

一、宣伝用リーフレットはA四版裏表一枚にまとめること。

HPの写しをそのままでは使いものになりません。しっかり選択して編集しなおすこと。

二、価格の体系はまとめて分かりやすく表示すること。

ビジターとキープメンバーはどこが違うか、サービスとその対価をきちんと整理すること。

三、適切なアドバイスを求める相手を選ぶこと。

あなたがエステの技術を習得した学校の先生とか、あなたがこれからエステで使う化粧品を製造販売している会社Mの担当者ないし専門家などが最適だと思われます。その筋で探してください。

とりあえず、以上のようなことですが、宣伝用のリーフレットができたら配布先には多少心当たりもありますので、お知らせください。もっとも私の存知よりはかなりの年配者ですから直接の顧客になるかどうか、保証の限りではありません。悪しからず。

お店の成功をお祈りいたします。どうぞ、お励みください。

敬具

手紙は出したものの、梶郁代からも沢野隆生からも、伊庭の許には特段の音沙汰もなく、伊庭の日々はまた元の日常の中に紛れていくのだった。

それからどれほどの月日が経過したことだったろう。毎年の夏に開かれる神奈川県評役員OB会に出席した伊庭は元労働金庫部長のSと隣り合わせ、何気なく気軽に声を掛けた。Sもまた沢野の剣道の弟子だったからだった。

「ここしばらく会っていないんだが、サーさんは元気にやっていますか」

この問いに対して返ってきたSの答えを聞いて、伊庭奉は一瞬自分の耳を疑った。Sは「サーさんはお亡くなりになったと聞いています。確か、今年の一月のことだったようですよ」と言ったのだ。

返す言葉もなく、伊庭は無言のまま「そんなことがあっていいのだろうか」と自問し、金庫を取り巻く世界の中で自分は最も沢野に親しい人間の一人だったはずなのに、葬式も知らせがなかったのかと訝しく思った。

沢野隆生の死に半信半疑だった伊庭は帰宅すると、すぐ沢野に電話を掛けたが、まるで通じなかった。念のため携帯電話にも掛けてみたがこれも同じ結果だった。伊庭は梶郁代のことを思い出し、電話で確かめた。伊庭の疑問に郁代はおずおずと答えて言った。

「はい。父は今年の一月七日に肺動脈瘤破裂で亡くなりました。ほとんど即死でした。葬儀も後始末もすべて姉の連れ合いが一切を独断で取り仕切り、周りのアドバイスにもまったく耳を貸そうとしませんでした。義兄は労働金庫のことも労住協のこともまったく頓着しませんでしたから、誰にも知らせずにお葬式を出す結果となりました。私は抵抗を感じたのですが、何を言っても聞いてくれませんでした。伊庭さんには父もいろいろお世話になりましたのに、本当に申し訳ありません。義兄は、父の家屋敷をはじめ、刀剣、書画骨董、携帯電話の類に至るまで、あっという間に処分し、今は何も残っていない始末です」

ここまで聞けば、伊庭に沢野隆生の死を疑う余地は何もなかった。理屈ではそう分かった気になるのだが、なかなかすとんと腑に落ちるところまで行かなかった。

生前の沢野と伊庭の二人が行きつけだったスナックの女将を誘って、彼が沢野の墓に詣でたのは次の日曜日のことだった。沢野の墓に向かって、女将はしんみりと「サーさん、仲良しのイーさんとご一緒しましたよ」と言い、沢野を密かに師と仰ぐ伊庭は「ゼロで始まったワシの人生、ゼロでお返ししましたよ」という沢野の声がはっきりと聞こえたような気がした。

表題の「4×四」は囲碁将棋の盤上の位置を示す言い方の一例で、因みに囲碁で4×四の位置は星と呼ばれる。ここでは「しのし」と読ませるが、心は「師の死」の意である。

沢野が眠るＳ寺

沢野家の墓

横浜市庁舎

労働金庫が入居しているビル

参考：最大官庁利権の巣　防衛省の疑惑の真相

何故守屋前次官は防衛予算を私物化して勝手に四年間も君臨したのか。額賀福志郎元防衛庁長官・現財務相をはじめ歴代防衛庁長官や自民党国防族の議員たちは甘い汁を吸っていたのではないか。

国防の名の下に膨大に膨れ上がった軍事予算の使途にはかねてから疑惑視されていたが、奇怪な軍需専門商社が存在しその内部抗争分裂からポロッと出てきた氷山の一角の一角。証人喚問や検察捜査によって真相は明らかになるのかウヤムヤに終わってしまうのか。


「この事件はどうやっても宮崎止まり。守屋は逮捕されない。だから証人喚問に応じるんだ」

自民党内では、こんなフザケた観測がしきりだという。

東京地検特捜部に特別背任で事情聴取されている山田洋行の専務だった宮崎元伸日本ミライズ社長（六九）の逮捕は早ければ今月中らしい。だが、便宜供与疑惑で追われる渦中の守屋武昌・前防衛事務次官（六三）の逮捕は司法関係者の間でも微妙と見られているのだ。

「連日、新聞には守屋のゴルフ接待漬けが報じられているが、公務員倫理規定に違反するからといって、守屋を逮捕するのは法律的に無理です。そもそも今回の防衛省事件は、航空自衛隊の次期戦略輸送機CXのエンジン1000億円納入をめぐる疑惑。山田洋行に決まっていた納入代理店が、宮崎の立ち上げた日本ミライズ社へ変更になった裏で、カネの動きや政界工作があったのかどうかが本線でした。

しかし、疑惑の本線を追及していくと、エンジンメーカーである米ゼネラル・エレクトリック（GE）も調べないといけないし、日米問題になってくる。果たして検察や福田官邸ではそこまでやる気があるのかどうか。依然としてゴルフや接待の疑惑しか流されない現状を考えると、検察はこぢんまりした事件で終わらせるんじゃないかという見方が有力なのです」（司法関係者）

となると、二九日の守屋の国会証人喚問も、疑惑解明の「入り口」ではなく、幕引きのセレモニーになってしまう、後は守屋に七六〇〇万円の退職金を返還させて「一件落着」なんてシナリオが平然と語られているのだが、そんなバカな話はない。

エリート官僚でなかった守屋

守屋事件は、利権の巣窟といわれる防衛省・自衛隊の歴史的疑惑にメスを入れるまたとないチャンスだ。

何故守屋前次官は、定年を延長してまで四年間にもわたって「防衛省の天皇」に君臨できたのか。それは巧みに、歴代政権の大物政治家、国防族議員に取り入り、ギブ・アンド・テークをしてきたからだ。

「東北大卒で日通勤務を経て入庁という、キャリア組の中でも傍流だった守屋が頭角を現すようになったのは、橋本内閣で梶山官房長官に見込まれ沖縄問題を担当してからです。旧竹下派に人脈を築き、現財務大臣の額賀福志郎や久間章生といった当時の防衛庁長官と親密だったのは有名。そういう政治力をバックに、ライバルを蹴落とし、トップの次官まで上り詰めた守屋は、小泉政権では総理や飯島秘書官、防衛族の山崎拓などにも接近し、地位を不動のものにしたのです」（自民党事情通）

政治家が、守屋を「天皇」としてのさばらせていたのは、防衛利権や予算でそれなりの見返が期待できたから、そういう構図なのだ。

「アメリカから兵器を買うことを仕事とする植民地軍の自衛隊・防衛省には、いくらでもウマミを享受できる利権構造がある。それに群がる政治家をどうさばいて共存共栄をはかるか。多分、守屋という男はそれが上手だったのでしょう。でも、ウラを返せば、守屋をとことん追及できれば政治家との癒着、不正を暴ける絶好のチャンスになります。根が深い防衛利権にメスを入れられるこの機会を逃してはダメですよ」（政治評論家・森田実氏）

この防衛汚職を、チンケなゴルフ接待で終わらせるわけにはいかない。ほじれば大掛かりな疑獄事件に発展して当たり前なのだ。

世界一高い自衛隊の装備費とボロ儲けの構図

そもそも防衛省の予算消化は、「国防上の機密」や「日米関係」を建前に、随意契約がまかり通る利権の巣窟。次期最新戦闘機だ、イージス防衛システムだ、レーダー装備だといって、年間二兆円にも及ぶ装備調達費が使われながら、国民は本当の価格も教えてもらえずチェックのしようがない。その湯水のような予算垂れ流しのウラで魑魅魍魎がはびこってきた。

軍事評論家の神浦元彦氏がこういう。

「日本の軍事産業には基本的に競争が存在しません。そのため受注業者は開発コストや人件費など諸々の費用を上乗せした「言い値」で防衛省に納入しています。諸外国と比べ二倍以上の値段で購入するため、自衛隊の装備費が世界一高いのは有名です。業者はボロ儲けの見返りとして、自衛官ＯＢの天下りを受け入れる。天下りしたＯＢは現役組をゴルフやマージャンに誘い、受注状況を聞きだす。そんな持ちつ持たれつの関係が長年、横行してきたのです。」

渦中の山田洋行にも「顧問」や「相談役」の肩書きで最大時で十数人、今でも八人の自衛隊幹部OBが所属している。社員一二〇人の小所帯にしては、際立った数である。で、軍事専門商社として随意契約は約九六%を占めている。守屋を接待漬けにすることぐらい安いものなのだ。

その守屋は、問題のCXエンジンとは別に、沖縄米軍の再編利権でも私物化しようとした疑惑が浮上している。その利権の規模はハンパじゃない。

沖縄米軍再編に伴う普天間飛行場のキャンプ・シュワブ移転に絡んだ工事費だけでも一〇〇〇億円とも二〇〇〇億円ともいわれ、周辺自治体への振興策や在沖縄米軍のグアム移転などの経費を含めれば、総額一兆円ものカネが動くとされる。

守屋は逮捕されればしゃべる

この巨額利権をめぐっても、守屋の影がチラつくのだ。

「すでにグアムに軍事商社は入り込んで移転関連の仕事を拵えています。沖縄の土建業者も基地工事の税金バラマキに群がっている。となると頼るのは情報を持つ防衛族議員であり、防衛官僚。いくらでも税金のピンハネができる構造なのです。守屋氏の強烈なプッシュで定年延長が決まった沖縄那覇施設局の前局長などは、特定の地元建設業者とベッタリの関係が有名で、

この業者には門外不出のはずのキャンプ・シュワブ関連の設計図まで渡っていたと大問題になっているほどです」（政界関係者）

兵器購入から基地移転まで、防衛省・自衛隊存在のウラには、税金の甘い汁の吸える利権構造が脈々と連なっているのだ。

政・軍・財の癒着構造は、三〇年前に明るみに出たダグラス・グラマン事件をはじめ、最近も九八年の調達実施本部の背任事件、〇六年の防衛施設庁の官製談合事件と、繰り返し表面化してきた。そのたび防衛省は再発防止を誓ったものだが、「国防」という聖域に守られ、ズブズブの癒着関係は何も変わっていない、のだ。

今回はたまたま山田洋行で内紛が勃発したことで、元専務の宮崎と守屋の関係が表沙汰になったが、こんなものは癒着構造の氷山の一角。これで終わらせてはならない。前出の森田実氏が言う。

「守屋と軍需企業との濃密な関係は、この国の防衛政策そのものの歪みを物語っています。決して「一個人のモラルの問題」に矮小化してはいけません。日米関係をはじめ、軍需産業をめぐる利権の闇は暗く深い。マスコミも表面的な捜査情報に踊らされ、加担するのではなく、この機会に政・軍・財の癒着構造そのものを追及し、洗い出す必要があります。」

守屋前事務次官が逮捕されれば、腹いせで政治家や業者の悪事も喋る。マスコミと野党は大騒ぎして、最低そこまで持っていかないと、また、大山鳴動してネズミ一匹となりかねないのだ。

二〇一〇・三・三一初稿
二〇一〇・四・一三加筆
二〇一〇・六・二四加筆
二〇一一・五・二七加筆
二〇一一・八・　三加筆

この作品は、事実を基に再構成されたフィクションです。作中の人物・団体・事象などはもちろん実在の人物・団体・事象とは異なっています。

ある秋の

一

　その頃、丹羽奉は仙川に架かる鞍橋から榎への間道を見つける試行錯誤を何度も繰り返しているところだった。鞍橋というのも榎というのも東京都世田谷区の西のはずれの地名であるが、鞍橋は小田急線成城学園前駅からほぼ一・三キロ、榎は京王線千歳烏山駅から同じくほぼ一・二キロのところにある。千歳烏山と成城学園前の間に小田急バスの便があるが、千歳烏山から来るバスは榎の変則四差路を右折して駒大グランドの先で仙川を渡り、すぐ先の信号を左折すると成城学園前駅まで後は成城通りをほぼ一直線で行く。

　丹羽はこのバス路線に沿って千歳烏山から成城学園前まで歩いたことがあるが、榎からのバス道路は狭い上に自動車の往来が激しく、歩いて通るに適しているとはとても言えない。丹羽は安心して歩ける道を探して何度も失敗した。千歳烏山から榎まではバス道路を歩いてさほど不都合は感じない。道路はかなり幅広く、車の往来も激しくない上に大半は歩道がついているからだ。

榎からのバス道路を最小限歩いて左に逃げることにしたのだが、最初の左折道路は少し進んだところで壁にぶつかり、左へ左へと逸れて結局元の榎に戻るだけの道だった。反対に成城学園前から鞍橋まで行き、仙川を渡ってすぐの道を仙川に沿って歩くと、駒大グランドのバス停のところでバス通りに出てしまう。鞍橋の辺りは左側一帯が都立祖師谷公園で、公園を越えたところにある通りを仙川に平行して歩いても、駒大グランドよりかなり榎に近いところだがやはりバス通りに出てしまうのだ。

祖師谷公園脇の道を少し歩いて右折できる道を見つけた。ちょっとした上り坂を上ったところで左右に通じる道に出たのでこれを榎のほうへ左折すると、その先ではもう右折する道がなく結局例のバス道路に出てしまう。ただ、そこは榎にかなり近いのが救いだった。この次はもう少し先まで歩いてから左折してみようと丹羽は思った。

二

どうして丹羽がこの間道探しに執着するかというと、K県立養護学校事務長を最後にK県職員を退職して三年ほど経った頃から、彼は毎週水曜日に南烏山に事務所のある『障害児を普通学校へ・全国連絡会』へボランティアに通っているからだった。はじめのうちは町田で小田急線に乗って下北沢まで行き、井の頭線に乗り換えて明大前、そこで京王線に乗り継いで千歳烏山へというコースを採っていた。丹羽の自宅が町田駅から二キロほどの町田市旭町にあったからである。

一九六〇年、安保の年にK県立大学を卒業してすぐK県職員に採用されて以降、丹羽は一般行政職として本庁にも勤めたし、出先機関もいくつとなく経験した。事業部門も管理部門も隔てなく職務は無難にこなした。執務の基本は県の意向を忖度し、上司の命に従うことに置いた。県行政機構という組織の中で徒に自己を主張するのは労多く益少ない所作だと思ったからだ。丹羽は実務に精通することで、処遇もプライドもそこそこ満足できるものを手にすることができた。

丹羽は最後の二年を養護学校で過ごしたが、学校勤務はこれが初めてだった。事務長として赴任した当初、丹羽は戸惑うことが多かった。学校で上司といえば学校長であるが、丹羽の勤務した養護学校の校長からは明確な形の〝上司の命〟というものが出ないのだ。

「学校運営の基本は、児童生徒の幸せのために何をするかにある。特に本校は養護学校だから子どもたちは障害を持っており、それだけ職員の努力が必要だ。職員は児童生徒の幸福を実現するために奮闘するのだから、みんなが働きやすい職場を創らなければならない。この場合大切なのは、誰か一部が働きやすい職場であっては駄目で、教員も事務職員も現業職員も、文字通り全職員が働きやすい職場にすることが肝要だ」

校長は常々そういって、それ以上を言わない。学校の運営方針を決める場は職員会議であり、議論の末に得た多数意見を尊重する姿勢を堅持する。校長は議論に際して、置かれた前提条件と論議の要点を説明するだけで、あとは議論に任せる態度であり、出た結論に異を唱えるのは、その結論が職員会議の権能を超えて出されたときだけなのである。

こうした上司に接して、丹羽は口に出さない校長の意というものを忖度し、それに沿うように心がけることにした。彼が職員会議にも、ＰＴＡの会合にも、学校行事にも努めて参加するようにしたのは、それが校長の意に沿うことだと知ったからである。

退職を翌年に控えた最後の夏休みのことだった。その養護学校では恒例となっている「納涼夏祭り」に参加した丹羽は一人のお母さんが「私たちは子どもが障害を持っていることで、世の中に対していつも肩身の狭い思いで暮らしている。だが、ここ学校へ来れば、みんな同じ立場だからホッとする。学校は何とありがたいところだろう」というのを聞いて胸を突かれる思いだった。〝障害児は手もかかるし、金もかかる〟などと言って憚らない不心得の職員の態度に知らず知らず毒されている自分が恥ずかしかった。「みんなぎりぎりのところで生きているんだ」というその時の思いが契機となって、今のボランティアにつながったのだった。

三

丹羽は若い頃から四、五キロの短い距離なら歩くのは苦にならないほうで、定年退職後は暇ができたことと健康管理への多少の気配りとで、もっぱら歩くことを心がけるようにしていた。

成城学園前から千歳烏山まで丹羽が歩くことになるまでに多少の伏線があった。小田急線の梅ヶ丘駅からぶらぶら歩いたら偶然井の頭線の東松原駅に出てびっくりしたということもある。京王線下高井戸駅から東急世田谷線が出ているが、山下まで行けば小田急線豪徳寺駅に通じている。丹羽はまずこの世田谷線に沿って山下まで歩いてみた。見当をつけたとおりほぼ三〇分の距離だったが、これはただ三〇分の散歩をしたというだけでさしたる意味はなかった。交通費が安くなるわけでもなく、時間が短縮されるわけでもなかったし、途中に見所があるということでもなかったからだ。

もう少し楽しい歩き方はできないかを思案しているときのこと。丹羽は私鉄リレーウォークという西武・京王・小田急・東急の四社共同の催しに参加して、小田急線喜多見駅から西武新宿線東伏見駅まで歩いたのはその夏の始めの頃のことだった。指定されたコースを歩くと四五分ほどで京王線つつじヶ丘駅脇の踏切に出た。「あ、これだ」丹羽に一瞬のひらめきがあり、成城学園前から千歳烏山へ歩くことを思いついたのだ。喜多見は成城学園の一つ手前の駅だし、つつじヶ丘は急行で千歳烏山の一つ先の駅だからだった。

ただ、この往復が一週間に一度だけであるために、なかなか要領を得ないところがあって、容易に間道は見つからなかった。頼りは市販の地図と住居表示だが、土地の前後関係をしっかり飲み込むまでにずいぶん時間がかかった。例えば、鞍橋の辺りが祖師谷公園に接しているのは述べたとおりだが、ここを通り過ぎたところは上祖師谷三丁目で、右折して上り坂を上りきった右手にある公園は区立上祖師谷パンダ公園。ここをまっすぐ進んで突き当たりまで行くと祖師谷六丁目となり、榎を過ぎるとまた上祖師谷一丁目になるというややこしさなのだ。

成城学園のほうから攻めて間道を見つけることに難渋した丹羽は、榎のほうから道を探し当てることができないか、何度となく試してみた。榎の交差点から入って一つ目の左折道路がバス通りに出るだけだったことは前に述べたとおりである。二つ目の左折を試みる。鞍橋はこの方角と思われる道を進むと、遠回り遠回りの挙げ句鞍橋に出ることはできた。道は通じたが途中で近道を選択することはできなかった。あの森の向こうを通る道が見つからなければ間道を見つけたことにならないと丹羽は思った。

歩き始めた頃は千歳烏山から榎までのまっすぐな道の両側に咲くサルスベリの街路樹が見事だった。淡いピンクの木が主流だが、何本かに一本は白いサルスベリが混じっていていい目の保養になった。街路樹はサルスベリばかりではなく、ハナミズキのほうがやや多目の感じだったが、サルスベリの花が終わってハナミズキが紅葉するまでそれとは気がつかなかった。

四

三ヶ月ほどの試行錯誤の末に丹羽が漸く鞍橋と榎の間の間道を見つけることができたのは秋も終わりに近い頃だった。上祖師谷パンダ公園の脇を通って突き当たりまで進み、そこを左折して道なりにまっすぐ行く。途中の左折道路を堪えて曲がらずに進むと、それまでとはまったく雰囲気の違う街区が忽然と丹羽の目の前に現れた。丹羽は思わず手を打って「これはまるでお伽の国ではないか！」と叫んだのだった。

長いことヴェールに包まれて丹羽を拒んできたその街区は彼が一歩中に入ると日差しも柔らかく、そよ風が丹羽の頬を優しく撫でて通り過ぎた。こんもりとしたサザンカの茂みがシナを作ってお出でお出でをしているようだった。家並みは同じようなメゾネット型の二階建てが続き、モルタルは黄土色におおむね統一されている。無論、すべてが同じ造りと色というのではないが、建築協定を結んで景観を盛り立てようとしているかのようだ。家々の背は高く、傾斜の急な三角屋根が軒を並べている。一つ一つがお伽噺に出てくる可愛らしいお菓子の家という感じで、丹羽は密かにこの街区に「竜宮団地」という名をつけるのだった。

電柱の住居表示を見ると世田谷区祖師谷六丁目〇〇とあり、この街区全体は細部の細かな凹凸を除けば、およそ一辺が二〇〇メートルほどの正方形をなしていた。何度かに亘って丹羽が歩いて得たこの街区の特徴を挙げると、内部の道路は直線だが碁盤の目というわけでなく、ちょうどアミダクジのような形をしていること、四辺の外周は二辺が道路、二辺が家屋敷で、鞍橋から榎への間道という点でいうと、それぞれに通じている出入り口が一カ所ずつしかないこと、などだった。〃なるほど、これではなかなか間道が見つからないはずだ〃と丹羽は思った。それぞれの一カ所はここだと確認した後になっても、丹羽はその街区の出入り口へ通じる道をときとして探しあぐねるのだった。同じような造りの家が並ぶというのは目印になるものに乏しいということでもあるのだと丹羽は思い、外界との接触を極端に制限された別世界の観を深めるのだった。

五

その水曜日も丹羽は成城学園前で小田急線を降り、鞍橋経由で上祖師谷パンダ公園の脇を通って、彼が密かに命名した竜宮団地に足を踏み入れた。前夜に降った雨のおかげで、道はまだ少し濡れている。アミダクジの中のある一角を曲がった途端、突然のことに丹羽は背後から「あ、いけません！　クマ！」という黄色い声とともに、何ものかが飛びかかってくる気配を感じた。慌てて後ろを振り向くと、一頭の中型犬が今にもじゃれつきそうな様子で吠えている。バウワウ、ワウ！　飼い主の女性が必死に綱を引いて犬を止めているところだった。
丹羽は咄嗟に右側に見えた緑地公園に走り込んで難を逃れようとしたのだが、不覚にも泥濘に足を取られて滑ってしまい、腰からどうと落ちたのだった。「おう、痛て！」思わず声が口をついて出た。どこかを強打したという自覚はなかったが、落ちる体を支えようと咄嗟に左手が地面をついたようだった。倒れ込んだ体を起こそうとすると、左の脇腹に痛みが走る。どうやら体を強く捻ったらしかった。

「申し訳ございませんでした。お怪我はございませんか。ウチのクマはコリー系の雑種で、二歳のメスですが、気に入った人を見ると思わずじゃれつこうとする癖があるんです。悪気はないんですが、生まれつきお茶目なものですから、驚かせてごめんなさい。あら、あら、ジャケットもおズボンもすっかり泥だらけになってしまいましたわ。拙宅はすぐ近くですから、ちょっと休んでいただいている間にお洗濯をさせてくださいまし。あ、私、申し遅れましたが、在安芸乃と申します。〝ある〟は在不在の在、〝あきの〟の〝あき〟は広島の安芸、〝の〟は乃木坂の乃と書きます。父との二人暮らしが長くなりましたが、父は今健康を害して入院加療中ですから、何の気兼ねもいりません。どうかお寄りになってくださいませ」

犬に悪気があるのないの、もないものだ、と思いながら、丹羽が目を上げると、飼い主の女性は四〇代の半ば、どちらかというと小柄な身体つきで、肌は健康そうな小麦色。てきぱきとした物言いだが、金切り声ではなく、いかにも誠実そうな物腰だった。

「いや、みっともないところをお見せしてしまい、恥ずかしい限りです。僕はこの先の南鳥山の事務所へボランティアに行くところです。今日の事務所は僕一人ですから、行けば何とでもなりますので、このまま失礼します」と丹羽は言い、ついでに自己紹介を返した。丹羽は丹羽文雄の丹羽、名前は奉行の奉と書いて〝ささぐ〟と読む、と。

「南鳥山まではまだちょっと距離がありますわ。私、車でお送りしますから、どうぞお寄りくださいʼ」そう言いながら、安芸乃は丹羽の身体を起こす手助けをし、丹羽の左手に気づいて「あら、血！　血が出ていますわ。すぐに消毒しなくてはいけませんことよ」

そうまで言われて丹羽は、消毒はともかく、手ぐらい洗ったほうがいいと思いなおし、安芸乃についていくことにしたのだった。

六

丹羽にとって安芸乃とともに過ごしたそれからの小半日は文字通り甘美な至福のときとなった。安芸乃の家屋敷は竜宮団地のほぼ中心地に位置し、周囲と比べて少しだけ広く、少しだけ豪華だった。庭の隅に小さな稲荷の社が祀られており、黄バラが赤い鳥居と見事に調和しているのも好ましかった。室内は清潔で整理整頓が行き届いており、贅沢ではないが、裕福な暮らしぶりを見て取ることができた。

丹羽を家に請じ入れるとすぐ、安芸乃は丹羽の左手の傷を改めにかかった。細かな砂礫の混じった土の上を滑らせたためだろう、運命線に沿ってできた傷は長さが五センチほど、深さは深いところで四ミリほどに達していた。洗浄・消毒・血止め・カット判・包帯、丹羽は安芸乃の作業の手際の良さに感心することしきりだった。聞けば、安芸乃は看護士の経験があるとか、彼女が進んで手当をしようとするのももっともだと得心がいくのだった。手当で主導権を握られたあとはすべて安芸乃のペースでことが運ぶことになったのは当然の成り行きだった。あら、あら、あら、ちょっと失礼、などと言いながら安芸乃はあっという間に丹羽の身ぐるみを剥ぎ、彼をシャワー室へ送り込んだ。左手はゴム手袋で保護し、洗髪までその手際のよさが見事だった。

「丹羽さんは父と同じような体格だから、父のものが間に合うわ」そう言って安芸乃が出してきたローブを纏うと、ほどよく暖房の効いた室内はそれだけで十分心地よかった。

キッチンの辺りで安芸乃がくるくる立ち働いていたかと思う間もなく、「あり合わせで何もございませんが、そろそろお昼時ですから、粗飯をご用意させていただきました。傷に障るといけませんから、ビールは喉湿し程度で、どうぞ。私もお相伴させていただきますわ」の言葉とともに昼ご飯が運ばれたのだった。

大き目の笊にたっぷりと盛られたウドンと別皿に野菜の天麩羅盛り合わせ。かまぼこはビールのつまみということだろうか、わさび漬けが添えられている。うどんそばに目のない丹羽には、粗飯どころか十分気の利いたおもてなしだった。ボランティアの日の丹羽の昼飯はおにぎり二つのお茶漬けか、八枚切り食パン二枚のトーストかのどちらかで、せいぜいこれにポテトサラダをつける程度で済ませている。いずれも途中、千歳烏山駅近くのスーパーに立ち寄って調達するのが常のことになっていたのだ。

普段からお酒が強くない丹羽はコップ一杯のビールでもう目の縁を赤くしている。安芸乃との楽しい談笑につられてビールを過ごすと、間もなく眠気に襲われて目を開けていることができなくなった。朦朧とした気分で「どうぞこちらで一休みなさいませ」という安芸乃の声を聞いたように思ったところで丹羽の記憶が途絶えた。

それからどれほどの時間が経過しただろう。甘い香水の匂いに刺激されて丹羽が目を覚ますと、すぐ目の前に安芸乃の赤い唇が迫ってくるところだった。一瞬、丹羽は自分がどこにいるのだろうか訝しく思い、やがてことの顛末を思い出すのだった。

「あら、私、丹羽さんを起こしてしまったようですのね。クマのいたずらの罪滅ぼしに私に添い寝をさせてください」安芸乃はそう言って羽布団の脇からそっと身体を滑り込ませてくるのだった。「私、お話を聞いているウチに、丹羽さんのお人柄にすっかり魅了されてしまいましたことよ」安芸乃は小声で囁くと、やおら顔を丹羽の胸に埋めるのだった。

七

結局その日、丹羽はボランティアに行けずじまいで、成城学園前まで安芸乃の車で送ってもらって帰宅した。次の水曜日の来るのがどれほど待ち遠しかったことか。丹羽はまたを期待したわけではなかったが、お礼ぐらいは直接会って言うべきものだろうと思った。その水曜日が来た。丹羽ははやる気持ちを抑えかねて竜宮団地へ急ぎ、まっすぐ安芸乃の家を目指した。

ところが、どうしたことだろう。あったはずの安芸乃の家は跡形もなく消え失せているではないか。丹羽は場所を間違えたかと思い、何度もその辺りを探しまわったのだが、家を見つけることはできなかった。建物があったと思しいところは更地で、稲荷社だけがぽつねんと建っている。心なしか黄バラがちょっと色あせた感じだった。

丹羽はどこまでが事実でどこからが想像の世界のことだろうか、狐につままれる思いだった。左手の傷はまだ治ってはいず、運命線も復元していない。腰は身体の曲げようによっては痛みが走る。泥濘に足を取られて転んだことに疑いようはなかった。あの日、事務所へ行かなかったことも確かだった。

すると、あのコリー系雑犬のクマはどうだったろう。在安芸乃と名乗った魅力的な女性はいたのだろうか。彼女の甲斐甲斐しい傷の手当てやあの心のこもったウドンと天麩羅の昼餉や楽しい語らいや目眩くような抱擁は一切なかったのだろうか。

家屋敷が忽然と消えた更地に立って丹羽はお稲荷さんを見ながら自問してみたが、容易に答えは出てこなかった。「そうだ。鞍橋から榎までの間道を探し当てるまでだって三ヶ月もかかったのだ。安芸乃とクマを見つけ出すまで、何ヶ月かけてでも探すことにしよう」丹羽はその決意が胸に浮かぶと、さも安心したという顔をして、榎のほうに向かって歩き出すのだった。

ウソの裏

一

平井武士と白井武千。二人は神奈川県公立学校教諭として一九六〇（昭和三五）年の同期採用だったが、平井が高校だったのに対して白井は中学校だったために互いが知り合ったのは就職後すぐのことではなかった。平井がK工業高校で五年勤務した後M高校へ異動したときそこに白井がいて知り合った。白井はY市立中学校三年勤務の後教え子と一緒に高校へ上がってきたのだ。その頃は高校生徒数の増加に合わせて先生も中学から高校への昇任試験を経て異動するケースがかなりあった。M高校で初めて出会った平井と白井は格別互いを意識するわけでもなく、同年齢の同僚として普通の付き合いが存在しただけだった。ただ、二人はヒライとシライという似た音のためにときどき間違われることがあって往生した。特に関東地方ではヒとシの区別がはっきりしないことが多い。文字で書けば間違われる気遣いはないのだが、通常の会話などではいずれもシライと聞こえてしまう。同姓の同僚が存在する場合、えてして名のほうで区別されるが、二人の場合、タケシとタケチという近似音だったために、M高校では先生も生徒も「英語の平井」と「数学の白井」という区別法で間違いを未然に防ぐ仕来りが自然にできあがっていった。部活動の顧問としても二人は熱心だったから、「バスケの平井」「バレーの白井」と呼ばれることもあった。その頃はまだ教員に宿直勤務があって順繰りに誰かが学校に泊まる。誰が宿直かによって、放課後、囲碁や将棋や麻雀が行われたりする。徹夜麻雀ということもないことではなかった。勤務が終わって赤提灯へ繰り出した連中が終電に間に合わなくなって学校へ逆戻りし、保健室で夜を明かしたりすることもあった。平井は囲碁が強く、白井は将棋が得意だった。麻雀は同じくらいの腕前で、勝ったり負けたりだった。

平井が神奈川県高教組（神高教）の本部役員になったのはM高校からH高校へ異動して三年経った四月のことだった。本部役員は組合員の直接選挙で選ばれるが、その任期は二年で、平井は執行委員一期、書記次長一期を経て書記長に昇任した。組合本部役員としては異例とも言える出世だった。平井が書記長になったとき白井は一〇年勤めたM高校から新設のS高校へ異動した。

白井がS高校校長の池辺亨の推薦によって教育庁教職員課の人事担当に抜擢されたのは彼がS高校へ異動してから三年後のことだった。聞けば、アマ将棋三段の実力を持つ池辺が白井の指す将棋を観てその力量と指し回しに惚れ込んだためという。用意周到な陣立てからチャンスを掴むと一気に寄せる谷川名人張りの光速の寄せが見事だということだった。池辺はこれだけの緻密さと決断力があれば白井が教員人事を担当してもきっと立派な仕事をすると確信した。池辺は当時県立高校校長会の会長を務めていて教育長に対してそれなりの発言権を有していたのだ。教育長から話を聞いた教職員課長の秋葉捷夫はもちろんそれだけで白井を引き抜いたわけではなく、それとなく白井の身辺を調べさせて、多少瑕があって不安が残るものの彼を人事担当として使えるだろうと自ら判断してから、一年じっくりと時間をかけて様子を見て発令した。神奈川県教育庁教職員課の人事担当の課長補佐は五人おり、その責任者は主幹職に任じられていた。

教員人事担当となった白井は責任主幹や秋葉教職員課長などの意向を理解し、その期待に応えてよく働いた。神奈川県では急増する高校生を受け入れるために多くの高校を新設した。新設校を創り運営を軌道に乗せるためにはもちろん校長・教頭の管理職人事が肝要だったが、それればかりでなく、中心となって学校づくりに邁進するベテラン・中堅・若手の教員をバランスよく配置する人事も大切な仕事だった。校長の意向を汲んで職員を配置することも必要だったが、それだけで学校をスタートさせると、新設二、三年後に配置する多数の教員との間に軋轢を生ずることがある。校長の欲しがる人材を断って、何年後かを見越して教育委員会が入れたいと思う教員を円滑に配置する工夫も必要だった。職員を異動させるには本人の意向を十分尊重しなければならない。職員の意に反する異動計画を成立させるために当該校の校長を説得し、協力を求めることも疎かにできなかった。高校相互間で教員を異動させる場合、直接その二校間で教員を交換するようなことはしない。A校からB校、B校からC校、C校からD校というふうに順繰りに異動させて、最後にD校からA校への異動で完結する仕組みを採用する。人事のリングである。その間関係者の意向は尊重する原則だから、一人でも拒否が出るとそのリングは修正を行って輪を完成させなければならない。リングが完成してもそれだけですぐ実行というわけにはいかない。校長や教頭などの管理職人事では教育長の意向もしっかり聞かなければならない。始終起こることではないが、教育長が人事のリングにダメを出すこともあるのだ。

その頃は県議会の議員などが教職員人事に口を出す悪習もまだ残っていて、有力な後援者の子弟を採用しろとか、どこそこの高校へ転勤させろとか、時としては生徒の入学・進級・卒業などにまで要望が出されて関係者が頭を抱えるケースもかなりの数に上った。外野からの人事への口出しがかつて目に余るところまで行ったために、一切口出し無用の原則が提起されて、本庁人事にはその原則が徹底されるようになったのだが、教育現場への介入はまだ残っていて、教育長が教職員課長へ耳打ちすることもないことではなかった。かくて人事のリングが壊れて手入れをしなければならないケースもかなり出る。人事担当が校長に頭を下げて漸くウンと言ってもらった人事がご破算になると担当のメンツは潰れ、信用は失墜する。もちろん人事の難しさが分かっている校長もいるが、理解のない校長から面罵されたり、反対給付の要求を突きつけられたりすることもある。

この間の様子を見ていて秋葉課長が感心したのは白井が相当打たれ強いことだった。リングが壊れても白井は泣き言を言わない。黙々と修復作業に没頭して、次善の策を見つけるのである。白井の仕事ぶりに変化が生まれたのは彼が人事担当になって三年、次席責任主幹に発令された頃からのことである。他の担当を立場の力で抑えて有無を言わさず、自分の発案した人事に執拗な拘りを持つようになった。白井と現場の校長との間に無用の混乱や軋轢が生ずることを懸念しながら、秋葉課長は後任の上井昇課長に後を託して総務室長に昇進した。秋葉にとっての救いは彼が同じ教育庁内に席を持ち、いつでも白井に声をかけることのできる立場にあることだった。秋葉は白井が大きなボロを出さないうちにと配慮し、彼が次席責任主幹二年を終了する時点で新設高校の教頭に転出させた。

二

神奈川県立高校の教員はかつて県教育委員会の一部が神高教を弱体化させる意図を持って組織に介入し、第二組合をつくらせて組織を分裂させた後遺症に悩まされ、職場によっては、第二組合が跋扈して第一組合である神高教の組織活動が充分根づくことのできない高校が残っていた。平井が神高教の書記長になった頃は、第二組合も随分勢力を弱めて、組織対組織という視点ではとっくに勝負あったという状況になっていた。県教委による組織分裂攻撃は、①これはと目をつけた教員を神高教から脱退させ、「教育正常化」を主張させて第二組合に加入させる、②人事と給与の両面で第二組合員を優遇し、教頭・校長に登用してその職場の神高教組合員を苛める、③特別昇給制度を悪用して第二組合員を差別的に優遇する、④神高教組合員を狙って遠距離校に異動を強行する、というような手段を通して行うのであるが、こうした不適切な人事管理が横行すると職場は暗くなり、本来企図された教育効果を挙げることができない結果を招くこととなる。人心を得ない学校運営が齟齬を来すことになるのは当然のことであり、県教委の首脳部が交代するにつれて、無理な組合攻撃政策の続行を疑問視する事態となって第二組合優遇策は徐々に減少し、高校職場では神高教が息を吹き返して、圧倒的多数派を形成するようになっていった。

生徒数の増加と進学率の向上とにより神奈川県は「高校一〇〇校新設計画」を立案し、実施していかなければならなくなると、県教委の顔色をうかがう教員ばかりで学校を構成することはできなくなったから、この計画が進行するに呼応して神高教組織が拡大強化の道を歩むこととなった。新設高校を円滑に運営していくためには単に校長教頭の管理職だけが働くのでは不十分で教職員全員が一丸となって取り組まなければ前途に光明を見出すことは不可能だった。平井が神高教の書記長になったのはそういう神高教中興期のはじめの頃のことであった。

教育委員会当局は「教職員人事は優れて管理運営事項であるから組合との交渉事項には馴染まない」と言い張って組合との交渉に応じないという態度を取り続けたが、不当に遠距離通勤を余儀なくされた教員が県人事委員会に提訴し公開審理を要求して立ち上がると、過去の強行人事を庇い続けることが困難となり、提訴した教員をおおむね元任校に復帰させる和解に応じないわけに行かなくなった。「人事が管理運営事項であることは否定しないが同時に重大な勤務条件でもある」という神高教の主張に一理を認める態度を示すようになっていった。

長い年月を掛けて行った交渉の結果、一般教員人事について合意に達した原則の骨子は次のようなものとなった。①個々の教員の異動希望を尊重する、②希望しない異動については当該教員の承諾を得て発令する。

細部については、通勤時間の上限であるとか、異動先についての学校指定は認めず、複数校が含まれる地域に区分けするとか、多くの取り決めを行って実施に移していった。神高教はこの人事原則を「希望と承諾の原則」と呼び、教育委員会当局は「説得と納得の原則」と称して、微妙なニュアンスの違いはいつまでも平行線となった。県当局は組合との交渉における確認事項の文書化を嫌う傾向にあったから、この人事原則についてもいわゆる労使間慣行の位置づけを超えることはないのだった。担当者が変わるとその解釈に微妙なずれが出るのはやむを得ないこととというほかなかった。

書記長としての平井が教育庁に出入りするのは正規の交渉の時だけでは無論ない。正規の交渉のための事前折衝ということもあるし、大げさにことを構えるまでもない折衝ごとも数多くある。人事に関しても、ことの性質・大小によって、直接教育長と非公式折衝を行うこともあれば、管理部長との折衝や教職員課長とのやりとりもある。人事担当の課長補佐から情報を得てことの参考にすることも多かった。非公式折衝の中で、後年執行委員長になった平井が求めた管理職人事への注文は女性に道を開くこと、芸術・家庭・体育などの少数教科担当からも人材を登用することなどだったが、教育委員会がこの意見具申を真面目に取り上げて実施に移したことで平井の面目が大いに施されたこともあった。教育長が、これだけは執行委員長の意に反してやらせていただく人事ですが、と断って強行した管理職人事が発令された途端に、現場からの反発を招く事態となるということも生じたりした。

正式な交渉の場において平井書記長と白井次席責任主幹が顔を合わせる機会は滅多になかったが、非公式な折衝の機会は度々のことであった。人事担当が所管する範囲は異動だけでなく、教職員の給与や休暇、出張などにも及んだからである。こうした非公式な折衝を重ねて、二人はM高校にいたときとは違う親しさを増していくのだった。

三

白井武千は新設高校の教頭から定時制の教頭を経て校長に昇任し、三校の校長を務めて定年退職した。平井武士は書記長を六年務めた後執行委員長に上り六年務めて高校現場に戻った。現場復帰四年の後平井も校長に昇任し二校の校長を務めて定年を迎えた。白井が校長に任じられたのは彼が五〇歳のときだったが、平井はこの年に執行委員長を降りている。白井の校長昇任が早いのは彼が教職員課に席を持ったからであるが、高校の場合は校長を一〇年務める例は大昔は別としてその頃では何人もないことだった。本籍が高校にあっても県教委、県庁に一定の勤務経験を持つ者は譜代大名程度の優遇措置の対象になるということの証左だった。こうした処遇上の違いは定年退職後の二次就職にもそのまま現れて、平井がその他大勢の外様大名と同様、二年間だけの非常勤雇用であったのに比して、白井は五年の非常勤雇用が適用された。県庁本庁勤務の役職退職者とのバランスを考慮されるためである。教育庁を含めて県庁組織は自らの組織維持のために職員の相互扶助には大いに意を用いる。ミスがあっても組織が庇って、むやみに本人を譴責したりしない。最近漸く、飲酒運転などに対して県民の意識が厳しくなったため、やむなく免職処分が発令されるようになったが、その場合でも、後就職の面倒は蔭でしっかり見る慣習はなくなっていない。いわゆる汚職などのケースでは滅多に免職まで行くことはなく、職場異動でほとぼりを冷ますのがほとんどである。

平井と白井の職業人生を比べてみれば、中盤までは神高教の書記長・執行委員長を基盤に県労連の事務局長として県当局と互角以上に渡り合い、県評の財政部長・労働者住宅協会の会長や労働金庫の理事などを兼務した平井が大いにリードしたが、終盤以後は、高校長を振り出しに教育センター所長・県教委指導部長を歴任して退職し、七〇歳になるのを待っていたかのように叙勲の栄に浴した白井が盛り返しただけでなく、大差をつけて抜き去るという恰好になったと言っていいだろう。

白井が校長として初めて赴任したのは鎌倉湘南学区中堅校のＦ高校だったが、そこで事務長の赤岩正と初めて出会った。赤岩はまだ四十代の半ばで才気煥発、なかなか如才ない野心家だった。教育庁にも友人知己が多く、財政課へ出向いてちょっとした修繕費や備品費などをくすねてくる術を心得ているふうだった。そうして得た小金を流用して不足気味の校長報償費を補ったりすることで校長に取り入り、校長の信頼を勝ち得るのに意を用いたりした。

高校の外郭団体にＰＴＡ組織があるが、各高校にあるのが単位ＰＴＡ。この単位ＰＴＡが集まって学区ごとに地区ＰＴＡがあり、全県で高Ｐ連を構成している。普通、高校の事務長はＰＴＡ組織に関わりを持たないものであるが、赤岩事務長だけは気軽に単位ＰＴＡの雑用を引き受けたり、多少の便宜を図ったりして、ＰＴＡ役員にも結構顔を売っているのだった。白井がＦ高校に赴任した年、Ｆ高校はちょうど地区ＰＴＡの会長校に当たっていて、地区Ｐの役員会や総会、研究会などの会場を提供する役割を持ったから、その任に当たる地区の単位ＰＴＡの役員がその都度Ｆ高校を訪れることとなった。

ＰＴＡ組織は生徒の父母など保護者が会長・副会長・書記・会計などの役員を務めていて、学校側の職員はＰＴＡ担当を除けばそうした会合に出席を求められることはないが、校長だけは会場校の責任者として儀礼的な挨拶ぐらいはさせられる慣習となっている。こうして白井も地区ＰＴＡの会合に顔を出す機会が増えて、次第に他校のＰＴＡ役員とも付き合うようになっていった。正規の会議が終われば、暗黙のうちに二次会などの場が設営されて皆流れていき、誘われて会場校の校長も三度に一度くらいは顔を出すような羽目になった。

所用があって白井が同じ学区のK高校に校長を訪ねたとき、たまたまK高校PTA会長の大沢久子が校長と打ち合わせをしているところだった。

「あら、いらっしゃいませ、白井校長先生。私、外しましょうか?」

「いいえ、そのままで結構です。ちょっと書類を届けに来ただけですから」

そう言いながら白井はK高校長に書類封筒を渡し、二、三言葉を添えて、「もう私の用は済みました。これで失礼しましょう」と言うと、大沢会長は自分も校長との打ち合わせが終わったところだから駅まで一緒に行くと言う。期せずして二人は連れだって学校を出ることになり、学校からK高校前という江ノ電の駅までだらだらと坂を下って六、七分を歩き、藤沢へ出る白井と鎌倉へ帰る大沢とはそのまま駅で別れた。しかし、二人が親しくなるきっかけとして、この短い駅までの同道はそれなりの意味を持ち、地区Pの会合の後などを利用した密かなデートは次第にその密度を濃くしていくのだった。

土日に行われる文化祭や体育祭などの代休で休みとなるウィークデイなどを利用して箱根や御殿場、身延山や甲府など、近郊を訪れる小旅行を楽しむうちにいつか二人は肉体関係を持つようになっていった。初めての時、白井が久子に水を向けると、久子はひっそりと「今日はそのつもりでまいりました」と答えた。白井はこうしたムードから久子も自分と同じ匂いを持つ人種であることを悟ったのだ。一旦肉欲に引かれるようになると、年に何回もない代休日を待つだけという悠長なデートでは済まなくなるのが道理で、白井の学校外での会議や出張などの機会を待って逢い引きを重ねるようになっていくのだった。

こうした危険な火遊びが誰にも知られずに何ヶ月も続くことはあり得ないわけで、白井の久子との密かなデートもまたその例外とはならなかった。白井にそれなりの覚悟があったとは言え、白井にとってその秘密の尻尾を事務長の赤岩にしっかり握られたことは想定外のことだった。F高校では校長・教頭・事務長の三人で校務の打ち合わせ会を二週間に一度開く慣行ができていたのだが、こうした会議の後藤沢駅近くの小料理屋青海に流れていく慣わしがいつの間にかできていた。青海は初老の女将がひとりで切り盛りする小体な店だが、新鮮な魚と女将の作る小皿料理が売りの洒落た酒場で、常連客も相当の数を数えた。青海でお腹をこしらえた後三人は近くのカラオケへ廻って癒しのひとときを持つのもお決まりのコースになっていった。

ある時、いつものように三人で青海での酒食を楽しんだ後、カラオケへ行く段になって、教頭が所用のためそこで帰宅すると言いだして、カラオケへは白井と赤岩の二人だけで行くこととなった。互いに何曲かを歌い合った後で白井が『今日でお別れ』を歌って席へ戻ってきたときのことだった。赤岩が

「校長、大沢会長とは『明日でお別れ』となりますか？」

とぼそっと呟いたのだ。

「校長だって自由恋愛を楽しむ権利はないわけではありませんが、この事実を県教委首脳部が知ったらどう思うかは別でしょう」

「何だい、事務長。オレを脅かそうというのか？」

「そんな大それたことじゃありませんよ」

と言って赤岩が笑う。

その時はそれだけのことだったが、その後間もなく赤岩正の白井への具体的要求が示されて白井もむげに断るわけにはいかないことになった。

「校長はついこの間まで教職員課人事班で仕事をしてきたのだから、その方面への顔はまだ充分利くはずだ。ついては自分を本庁か教育庁の課長に昇進させてもらうよう働きかけていただきたい。すぐに課長とは言わないが、校長が本校にまだ二年はいるはずだから、その間に道をつけてほしい」

と言う。言外に、上手くことが運ばないときはどうなるか、充分お判りのことだろうことをほのめかす。

白井は、教育庁首脳部を知っている身ではあっても、自分の学校の事務長を本庁の課長に昇進させる力などないことは自明のことだったので途方に暮れる思いだった。しかし、放っておけば自分の尻に火のつくおそれが十分あることだったので、藁をも掴む思いで総務室長に転じていた上井昇に頼んでみようと思うのだった。この工作が功を奏したのかどうか定かではないが、赤岩はその翌年四月の異動で中教育事務所の給与課長に栄転し、その後教育庁厚生課課長代理に進み、定年退職時には出先機関の管理部長になっていた。一枚のカードを何度も使うことには危険が伴う。赤岩はそれを知っているかのように、その後白井に無理難題を持ちかけることはなくなった。白井もまた後難を恐れて大沢会長との個人的なつきあいに終止符を打ったのだった。

四

高校の校長退職者は退職年次を同じくする者同士で同期会を結成して親睦を図るのを常としており、平井や白井は退職と同時に艮（うしとら）会という名の同期会をつくりその会員となった。生年の一九三七年が丑年、一九三八年が寅年であることに因んだ命名である。ある年の艮会例会後の二次会で顔を合わせた平井は白井から

「最近四万温泉にリゾートマンションを購入したんだ。そのうち招待するから一度来ないか」

と誘われた。平井はリゾートマンションにはさほど興味を感じなかったが、四万温泉はなかなかいい温泉であることを知っていたので温泉には魅力があった。

「ありがとう。日程が合えば、喜んでお邪魔するよ」

と応じた。

日程を調整して二人が白井のリゾートマンションへ赴いたのは翌年六月中旬のことだった。四万温泉へはJR吾妻線で中之条まで行きそこから路線バスという行き方もあるが、白井は度々出かけるうちに、東京駅からの長距離バスに回数券で乗る行き方を見つけて、もっぱらバス利用をしているという。JRより割安だということもあって、二人はその長距離バスを利用した。並んで席に座るとすぐ、白井は携帯ラジオとイヤホーンを取り出し、「道中が長いから、いつも携帯ラジオを聞くことにしているんだ」と言い、早速イヤホーンを装着してラジオに聞き入るのだった。平井は特に話すこともなかったから話し相手にならずに済んでホッとしたのは確かだが、バスに乗り込むやいなや携帯ラジオとは、とちょっと鼻白んだ思いを持った。

リゾートマンションはバス停の終点から少しだらだら坂を上った中腹にあり、眺望も施設もなかなかのものだった。マンションの売り出しタイプは数とおりあるということだったが、白井の購入したタイプはもっとも典型的な一室で、いわゆる一LDKのタイプだった。しかしDKとはいっても、煮炊きのできる設備はなく、湯を沸かすヒーターがあるだけで、朝夕の食事はマンション共用施設にできているレストランを利用することになっているということだった。

温泉は男女別の大きな共同浴場。普通の浴槽の外にいわゆるジャグジーと称する泡風呂や、打たせ湯、寝湯に、サウナの設備もあり、大風呂から露天風呂に通じているというふうで、至れり尽くせりの感がした。利用時間は朝五時から夜一二時までで、浴室エリアには専用のカードで出入りする仕組みとなっていた。無論居住室に入るにはキーが必要だったが、通常は管理室に保管されていて、部屋を利用するときだけ貸与されるのだが、キーは一部屋一つだけが使われる方式になっていた。

昼過ぎにバス停に着くと温泉街のソバ屋で昼食を済ませて二時頃マンションに到着した。一服した後二人は早速温泉に浸かることにした。行くときは一緒だから専用カードは一枚で用が足りるが、出るときはどうするのか、平井が疑問に思って聞くと、白井はこともなげに先に上がったほうがソファーで休んでいればいいと言う。あ、そういうことか、と納得して温泉に浸かった。レストランでの夕食は一〇〇〇円の定額でバイキング形式だった。もちろんアルコールなどは別料金である。二人は二泊の予定で来ているから、焼酎のボトルを注文して払いは平井が持つことにした。招待のお礼の意味も多少込めている。会場には和洋中の料理が豊かに供されており、二人は席を決めてそれぞれ思い思いの料理を取りに行った。平井はトレイの皿二枚にマグロの刺身、焼きサバ、芋煮、豆腐、蒟蒻などを取って席に戻る。もちろん必要ならまた料理を取りに行けばいいと思ってのことだ。酒の後の主食は名物のソバにでもしようかと考えていた。

ところが主役の白井はなかなか席に戻ってこない。待ちくたびれて、そろそろ失礼してひとりで先に始めようかと思った頃、トレイ二つに満載の料理を盛って白井が帰ってきた。鶏の唐揚げ、ローストビーフ、フレンチポテト、スパゲッティ、酢豚、シュウマイなどにご丁寧にもご飯と味噌汁、そしてパンや中華饅頭まで取ってきている。刺身も生野菜のサラダもある。これを全部平らげるつもりなのだろうか、平井は訝しく思ったが、もちろん口に出して言うことではなかった。

とりあえず、生ビールで乾杯して食事が始まった。平井は焼酎をオンザロックで飲む。ボトルを持って白井に勧めると、白井はあまりアルコールはやらないと言い、焼酎は薄いお湯割りにして二杯ほど付き合うだけだった。食事のほうはさすがに健啖家ぶりを発揮してもりもり食べる。この調子なら食べ残しの心配は杞憂かと平井は思ったが、二つ目のトレイにかかる頃にはぐんとペースが落ちて、やはり無理そうだな、と思わせるのだった。しかし、白井は強情でギブアップはしない。すっかり無口になり、目を白黒させたり、ノドにものを詰まらせたりしながらも、最後まで食べきったのに平井は感心した。食べ終わると白井は

「やっぱり、ちょっと多すぎたかな。でも一旦取ったものを残すのは沽券に関わるからな」

と言った。昔はもっと分別のある男だったのだがな、ひょっとしたら少しボケが始まったのではないかと平井は思った。

二日目は快晴で風もなく穏やかな日和だった。朝食を済ませると、白井は

「ちょっと案内したいところがある」

と言って平井を誘った。日向見薬師堂から摩耶の滝まで歩くと言う。平井に特別な目的地が

あるわけでもないので白井の言うとおりに歩くことにした。新緑真っ盛りはもう過ぎていたが、辺り一面、濃い緑が綺麗で清々しい。はるか下を流れる四万川の川音が豪快に聞こえている。同じ方向に歩く人もかなりの数で、はじめのうちは同じ歩調で歩いていた二人だったが、間もなく白井が歩度を速めてさっさと先を行くようになった。とてものことに平井は白井の速さに追いつくことはできそうもない。平井は白井の姿を見失わないよう気をつけながら、自分のペースで歩くことにした。日向見薬師堂までゆったりした坂道が続き、二〇分ほど歩いて薬師堂に到着した。

堂の入口の石から温泉が湧き出していて、ここが四万温泉発祥の地であるという。今はこの源泉を利用して御夢想の湯という共同浴場が作られているが、時代がかった板書によると、一五九八（慶長三）年建立の由。病を治すと言い伝えのある薬師如来が祀られている。

薬師堂で小休止して、摩耶の滝を目指すことになった。「ここからはちょっとした山登りになるんだ」と白井は言い、先に立って歩き始めた。すると間もなく、「熊の出没が目撃されたため摩耶の滝遊歩道は現在閉鎖中」という看板が目に映った。そういえば、ここまで来る途中、鉄製の分銅がぶら下げられていて「熊除け鐘」と書かれている板を幾つも見た。

「熊は昼間も出るのかな」

「車の往来もあるから昼間は出ないよ」

摩耶の滝付近は山ビルが出るそうだと、マンションの管理人に言われたこともあって、二人は摩耶の滝行きを見合わせることにした。その代わり、摩耶の滝へ行く途中坂を右に折れて登るとやがて国道三五三号線に出、道なりに奥四万トンネルを潜ると四万川ダムの上に出た。ダム湖を上から覗く恰好になる。平井は若いカップルに

「シャッターをお願い」

などと頼まれて気軽に写真を撮ったりした。いわゆるディジタルカメラで、軽く扱いやすいところがいい。

ここからの帰り道はダムの管理事務所側へ下るほうが近いが、時間があるので、トンネル経由で元の道を戻ることにした。二人が下りにかかると、白井はさっさと先を行き、平井は自分のペースで後を歩く。二人の間の距離は瞬く間に開いた。ところが途中、全体としては下り基調であっても、部分的に登りとなるところがあり、平井はそこで白井に追いつき、はじめて先に立つことになった。ずっと自分のペースで上り下りをしてきたわけだから、平井はそのまま歩を進め、先に日向見薬師堂に着いた。一休みして白井を待ったのだが、すぐ後に続いて下りてくるはずの白井がいつまで経っても姿を現さない。心配になった平井が迎えに行こうかと思い始めた頃、漸く右の脚を引きずりながら白井の下りてくるのが見えた。

「先を行く平井に追いつこうとしてちょっと急いだところ、右の足を捻挫してしまった。しばらく歩けなくて、木の切り株に腰を下ろして休んでからそろそろと歩いてきたのだ」と白井は恨めしそうに言う。

「それはとんだ災難だったな。ここからマンションまで二〇分の距離だから、タクシーを呼ぼう」

と平井は言い、携帯電話でタクシーを手配した。マンションに着くと管理室へ行き湿布薬をもらって応急の手当てをした。このときも平井は、白井のちょっとしたボケが始まったように感じた。

「君がボクを置いてさっさと行くものだから」

と同じことを何回となく白井が口に出して言ったからだった。

五

労働組合は普通中央・地方の上部組織を持ち、仲間が寄り合って共闘組織を持つ。神高教の場合でいえば、中央の上部組織は日教組であり、地方では神奈川県評の傘下にある。共闘組織としては県労連、公務員共闘や、労働福祉関係の労働金庫、労災、労住協などがある。労働組合の幹部はこうした上部組織や共闘組織の役員を兼務しその組織を維持する役割を担うのである。これらの組織の中には現役退任後のＯＢ会を持つところもある。このようなＯＢ会はもちろん神奈川県庁関係にもあり、県教育庁にもある。

定年退職後の平井と白井は退職校長会である友朋会の会員であり、前述のとおり艮会にも属していた。この他、平井は県評役員ＯＢ会コスモス会の会員であり、白井は県教育庁ＯＢ会金曜会の会員であった。二人が白井の買った四万温泉リゾートマンションに遊んだ頃の友朋会会長は池辺亨であり、県教育庁ＯＢ会会長は副知事で退職した秋葉捷夫だった。

一〇月×日の朝、折から箱根のＯ荘で開かれていたコスモス会に参加していた会員のひとりが朝食後のロビーで神奈川新聞に目を通していて

「おい、平井のことが新聞に出ているぞ」

と隣に座った会員に小声で囁いた。新聞記事は大きな活字ではないが、それなりに目立つ表題の元に次のように書かれていた。このとき平井はこのコスモス会には参加していない。

児童買春の疑い　県警　県立高校元校長を逮捕

売春クラブで知り合った少女に金を渡してみだらな行為をしたとして、県警少年捜査課と宮前署は×日、児童買春・ポルノ禁止法違反の疑いで、横浜市神奈川区平川町、県立高校元校長平井武士容疑者（六×）を逮捕した。

逮捕容疑は、六月六日、自宅で東京都江戸川区の無職少女（一七）に約六万円を渡してみだらな行為をしたとしている。

県警によると、同容疑者は「少女が一八歳未満と知りながら、数回買春した。愛人にして関係を続けたかった」などと供述している。県警は九月に、児童福祉法違反容疑などで売春クラブ経営の男らを摘発。県警によると、平井容疑者はこのクラブを通じて少女と知り合い、その後もメールで連絡を取っていたという。県教育委員会によると、平井容疑者は県立Y高校長、S高校長を歴任して一九九八年三月に定年退職した。同教委の鈴木教職員課長は「退職した元校長であるとはいえ、こうした破廉恥な行為を行っていたことはまことに遺憾に思う」と話した。

「記事の限りでは確かに平井だが、また、何と破廉恥なことをしたものかな」
「これが本当なら、平井はコスモス会から退会勧告だな。このままだとオレたちまで変な眼で見られてしまう」
「そうだな。そういうことも考えなければいけないかな。彼奴も隅に置けない結構な女好きだからな。横浜の福富町・清正公通りの『友』や『つや』とか、伊勢佐木町裏・親不孝通りの『ヴィーナス』にあの頃よく通っていたな。オレの巣へ行かないか、なんて誘われたこともあったな。彼奴はもっぱら玄人相手に遊んでいたと思うが、いつからこんな小娘を相手にするようになったのかな」

同じ記事を読んだ池辺亨も、これはまた困ったことが起きたものだ、と呟き、しばらく様子を見て、もしこれが事実なら友朋会としても対策を練らなければならないのではないか、と思って事務局長にその旨指示することにした。

その三日後のこと、神奈川新聞に小さく次の記事が掲載された。目立たない記事だったから、気づいた読者はほんのわずかだったように思われた。

お詫びと訂正

×日に掲載した記事において、児童買春・ポルノ禁止法違反の疑いで県警と宮前署に逮捕された県立高校元校長名を平井武士容疑者と報道したところ、×日になって事実は白井武千元校長であることが判明した。県警記者クラブでの記者会見の際担当者がうっかりミスを犯したため。お詫びして訂正する

一連の記事に目を通した秋葉捷夫の反応は教員や労働界のそれとは好対照のものだった。彼はことの経過に疑問を抱き、裏から手を回して県警の担当者から本当のところを聞き出した。取り調べに当たった刑事は相当苦労したらしいという。

「まず、名前を言いなさい」

「私に命令するのか。私は元県立高校の校長だぞ。失礼があったら答えることも答えないから気をつけて話したまえ」

「分かりました。では、あなたのお名前を言ってください」

「よし、名前は言うけれど、その前に言っておきたいことがある。私の住んでいるところの目の前に郵便局があって、そのすぐ裏に松木という大先輩の先生がいる。松木さんは校長の先輩だが、今は小説を書いている作家だ。私は常々松木先輩を尊敬している」

「それが、何か？」

「いや、それだけのこと。ただ、それだけですよ。ところで何のことだったかな」

「お名前をお聞きしたい」

「あ、私の名前ね。私の名前は白井武千」

「あなたの名前は平井武士ですね？」

「そうだ」

「次にあなたの住所を教えてください」

「私の住所？　私の住所を聞いてどうしようというのかね。何か悪いことを企んでいるんじゃないだろうな。何も企んでない？　では私の住所を教えよう。金沢区平潟町二―×―×」

「これも確認しておきましょう。あなたの住所は神奈川区平川町二―×―×ですね？」

「そうだ。そのとおりだが、ちょっと疲れたな。お茶が飲みたい」

「売春クラブの経営者を引っ張って判ったことだが、あなたは相手が一八歳未満であることを承知の上でみだらな行為に及んだということだ。それに間違いはないか」

「あの子はとても可愛い子だったな。刑事さん、あの子に会うにはどうしたらいいか教えてくれ」

「当局の調べではあなたは校長の時代に『明日でお別れ』の某会長といい仲だったことも知れているぞ。嘘を吐くとそれだけ罪が重くなるから、しっかり本当のことを言いなさい」

「久子とのことはとっくに終わったことだし、今度のこととは関係ないじゃないか」


取り調べの刑事が半端な知識を持っていて、神奈川区平川町在住の平井武士という元県立高校校長のいることを知っていたのが取り調べの間違いを引き起こしたということらしい。白井は別に意識的に平井を名乗ったり、神奈川区平川町を口にしたということではないらしいのだが、軽い認知症に罹っていること、発音の不明瞭だったことが間違いを増幅させた模様だった。

どうやら認知症に罹っている様子だということがその後の取り調べを遅々として進ませない要因になったらしく、白井の無駄口がそれに拍車を掛けたと言っていいだろう。取り調べの二日目になって、当の平井武士が県警に出頭してきて、白井の平井違いを指摘されたという。新聞記事が掲載された日は夫婦で北海道旅行をしていて気づかなかったといい、記事に出ていた六月六日のアリバイも海外旅行でカナダへ行っている最中だったことが判明している。

秋葉は白井を教職員課の人事担当に引き上げるに際して、若干の瑕疵があったことを思い出している。あれは、表沙汰にならずに闇から闇に隠れた話だったが、白井が同僚だった新採用の国語の女性教諭を孕ませて、堕胎させたか流産だったかでことが済んだというのだった。そのことが今度の買春騒ぎに通じているかどうかは定かではないが、もうこの年になれば同じ過ちを再び犯すことはあるまい、これからは認知症のほうを真剣に考えさせることが肝要だと思った。

秋葉は金曜会の副会長に連絡を取り、今度のことでことを荒立てることのないように手を打つことを考えさせた。いずれ時間が経てば皆も忘れてしまうだろう、悪い奴に引っかかって遊ばされただけだ、お互い様のことじゃないか、と言って磊落に笑った。そして、今も生きている昔の人脈を使って県警や地検の首脳部に働きかけ、白井の認知症治療のことに目を向けることができるよう、配慮を要請しようと思うのだった。

その後間もなく、白井は処分保留のまま、起訴猶予で放免されたが、白井は裏で何が起こったのか、まったく考えもしなかった。

「認知症の振りをするのも楽ではないな」

と独りごちたが、実のところ彼の認知症はそれだけ進行しているのだった。

平井武士はと言えば、新聞の訂正記事にもかかわらず、コスモス会からの退会勧告はそのまま実行され、名誉回復はなされなかった。労働界は目頃から、その主張する革新性とは裏腹に、運営法や体質そのものは極めて保守的だったから、事実がどうあれ、新聞に不名誉な記事が載ったこと自体が無視できないことだったのである。

了

（物語は新聞記事にヒントを得たフィクションでモデルはありません）

（二〇〇九年一一月一五日初稿）

（二〇一三年　九月二一日加筆）

お湯、ときどき水

一

齢八〇歳に近づいた頃、正子は腹部大動脈瘤の手術を受けることになった。手術は中学二年の時に虫垂炎に罹って以来のことである。年も年なので開腹手術というわけには行かない。股の脇からカテーテルを入れてバイパスを通す方式だという。大動脈瘤は東名厚木病院で転倒防止の講習を受けた時に見つかった。当初は小さくて処置しにくいので様子を見ることになって四、五年ほど経過観察を行った後のことである。手術は東海大学付属伊勢原病院で行われた。厚木に住む正子の家から車で三〇分とかからない距離で、通院には同じ団地に住む娘の素子が車を出してくれる。手術を前提とした検査の結果、まず、心臓からの三本の動脈の内一本だけ太くする手術が必要だということになり、カテーテル手術を行い、血液をサラサラに保つためのステントを挿入した。こうして慎重に四ヶ月ほど経過を観察した後、八月半ば、大動脈瘤のカテーテル手術となった。術前では二時間ほどの予定だということだったが、実際は三時間余の手術となった。

術中に新たな瘤が見つかったためついでに処置したという説明だった。手術は全身麻酔で執行された。

術後の経過はまずまずだったが、麻酔から醒める時の気分は大いに不快だった。はっきり覚醒するまで時間もかかったし、疲労も半端ではなかった。過去の記憶も散漫で自分が何もので今どこにいるのか判然としない思いが続いた。周囲は雑然としていて、人の立ち回る賑わいが煩わしかった。

「あ、田村さん、目が覚めましたか。ご気分はいかがですか」

「気持ち悪い！」

そう言って、正子はまた気を失ったようである。こうしたことをさらに一、二度繰り返して、麻酔から覚醒したが、不快感はなかなか消えなかった。待機していた夫の康助と娘の素子が連絡を受けて寝台の傍に来たのは判ったが、言葉を交わす元気は戻っていなかった。

「まあ無事で何より」

「とりあえずよかった、よかった」

二人は正子にそう声を掛けて、すぐ、担当医の説明を聞きに別室へ赴いた。

「先生、ありがとうございました」

「無事に済みましたよ。すっかりきれいになりましたから、もう安心です」

一昔前なら、開腹手術をして腹部大動脈瘤を切除し、二三週間は入院加療を要するところだったが、カテーテル術の普及により、術後も三日ほど入院しただけで、無事退院という仕儀となった。もちろん、退院したからといって、すぐ普段通りの暮らしに戻ることにはならず、ベッドからトイレに行くにも康助の手を借りないわけにはいかなかった。しばらくは、おじいちゃん、トイレ、という声が昼夜の区別なく康助を追いかけたが、それも一週間ほど経つと自力でトイレを済ませるようになって愁眉を開くのだった。

二

四月の心臓カテーテル手術のときから、食事の面倒はすべて康助の手で行われた。同じ団地に住む娘の家族は素子とその連れ合いの浩に孫娘の佳乃の三人だが、このところ浩は海外赴任中で、母娘の二人暮らしを余儀なくされている。毎週日曜日には素子が厚木交響楽団の練習に出向き帰宅は夜九時半頃となるので、佳乃は夕飯を祖父母の許で済ます慣習が出来ている。これも一切が康助の手に委ねられた。現役の頃から康助は包丁使いを苦にせず、厨房に立つことも多かったから、こうしたことで戸惑うことはなかった。正子は大動脈瘤とは関係なく、足腰に衰えがあり、歯も歯周病で歯間の隙間が大きく、ものを食べても歯の間に挟まって往生するようになっている。硬いものも苦手だ。

自宅でラーメンを食べていた時のこと。突然正子が「硬い！」と叫んで箸を置いた。何ごとかと康助が訝ると、正子はおもむろに「モヤシが硬くて食べられない」という。モヤシは確かに火を入れすぎると軟らかくなって、麺が延びたようになってしまう。延びないように気遣って火を調節したものだから、硬いと叫ばれては間尺に合わない。

「モヤシが硬いとは何ごとか。延びすぎないように手前で火を止めたものを、そう言われては立つ瀬がないな」

「硬いものは硬いと言うほかはないわ。康助さんは私が歯を傷めていることをちっとも斟酌しないんだから」

手術を直前に控えた主治医の診察で、今日は大事なことを決めます、と言われて、何ごとか、とちょっと緊張したのを思い出す。

「手術の当日は朝から絶食です。手術後もすぐには多分食事を摂ることはできないでしょう。翌朝の朝食は和食がいいですか。それともパンにしますか」

「和食でお願いします。それに歯が悪いものですから、硬いものも食べられません」

「では、和食で軟食ですね。しっかり指示を出しておきましょう」

大事なことが決まりました、と真顔で言われて正子も康助も素子も一瞬大笑いとなった。

三

正子の手術につられたわけではないだろうが、田村家ではそれからしばらく修理修繕の沙汰が続いた。

まず、初めは、洗面台の湯が出なくなった。一台のガス給湯器で、風呂・台所・洗面台の湯が使えるようになっているのだが、洗面台の湯が出なくなったので、風呂や台所を試してみたところ、こちらは異常がなく湯が供給された。しばらくして洗面台の蛇口をひねると、湯が出た。これで何ごともなくなったのかと安堵していると、また洗面台の湯が出ない。やっぱり壊れたのかと思うと、また湯が出る、お湯ときどき水という事態となった。更に時間が経過すると、水ときどきお湯状態となり、ついには水常に水状態となった。ガス会社に電話すると、早速やってきたガス屋は、給湯器の本体を点検して、

「この給湯器は二〇〇二年に設えられたもので一四年が経過しています。普通この手の機械は一〇年で寿命が尽きると言われていますから、この際新しいものに替えていただくことをお勧めします」

「修理することは出来ませんか」

「出来ないこともありませんが、いつまた壊れるか判りません。お金をかけて修理して、結局

すぐ交換しなければ、ということになる場合もあります」

正子は、今交換するのはもったいない、すっかり駄目になるまで使うほうがいい、と言い、素子もそれに同調する。康助は、一〇年のところ一四年使ったのだからすぐ新しくしよう、と言うのだが、女性軍は、風呂や台所はまだ使えるから、すっかり駄目になるまでこのまま様子を見ようと言って聞かない。多勢に無勢で押し切られそのまま様子見となったが、それから二週間ほどで新しい機器を取り付けることになった。

そう言えば、これと似たようなことが前にあったのを康助は思い出した。白熱球や蛍光灯を逐次LED電球に替えていたときのことだが、まだ使える白熱球や蛍光灯をLEDに替えるのはもったいない、切れてから替えるほうがいい、とカミさんも娘も言い張る。仕方なく康助は自分の小遣いからLEDを調達して取り替えたものだった。

給湯器が一件落着すると、間なしに台所の床の張り替えとなった。台所の床は食事室につながっていて張り替えは二室一体で行われた。ここは前のリフォームから一五年が経過していて、至るところですり切れたり、剥がれたりしていたから、順当な張り替えだということで康助も正子も意見は一致した。

張り替え自体は順当だったが、張り替えに伴う荷物の整理と移動が半端でない仕事となった。業者は、二台ある冷蔵庫も大きな食器棚も置いたままで作業は出来ると言ったが、中身は空にしておいてほしいと言うのだ。大きな食器棚の他に簡易的な段棚もあって、食器ばかりでなく、鍋釜の類が重ねられている。これらの移動と整理に三日は優にかかった。正子は術後まだ日も浅いので、ものを持って移動することが出来ない。座ったままでの手仕事は出来るから、もっぱら残すものと捨てるものを区分する仕事に専念した。初めのうちは、なかなか捨てる決断が出来ずにいたが、それでは埒が明かないと悟ってから、捨てるものが増えていき、三分の一ほどは捨てられた。よくぞこれだけのものが詰まっていたものだと感心するくらいで、デパートの買い物袋三つ分を超す量となった。事前準備の最後は二つの冷蔵庫の始末だったが、これもまた驚くほどの食品が詰まっていて処分するのに辟易した。

床の張り替えは二人の職人が朝から手際よく作業をこなし、夕方までにはすっかり仕上がった。冷蔵庫はもちろん、食器棚もテーブルも椅子も元通りにそれぞれの位置に収まり、康助も正子もそれなりの達成感に満たされたのだった。

四

田村家三つ目の修理修繕工事は洗面台の取り替えだった。そろそろ師走に入ろうかという頃、洗面台からの水漏れが発覚した。台の下に置いてある雑巾が湿っているのだ。早速、リフォーム店に連絡を取り、見てもらったところ、洗面台からの塩ビ管に切れ目が出来ているということだった。洗面台も取り替えてから一五年ほど経過している。今では塩ビ管は廃れて金属管が用いられるようになっているという。修理は塩ビ管を金属管に取り替えるだけには留まらない。管がつながっている本体部分の下水口を取り替える必要があるのだ。この部分修理はその部品が製造元に在庫しているかを調べなければならないが、それには一週間ほど時間がかかるという。洗面台そのものを取り替える場合は二、三日もあれば工事も完了するということで、その選択を迫られることとなった。

田村家の住まいは中層公団住宅の二階なのだが、この思案中に、階下のK家から、洗面台の上部天井に水漏れの気配がある旨の電話があり、確かめに降りたところ、なるほど、水漏れによるシミが浮き出ている。田村家では否応なく、洗面台の全面取り替えに踏み切る結果となった。

こうした工事の間も、日曜日が来れば、娘親子の夕食は康助が準備する。食事にはデザートを用意するのもいつものこと。デザートはスイカ・ブドウ・リンゴ・柿・ミカンなど季節の果物が多い。パイナップルやキウイ・バナナを準備することもある。この日はその果物の買い置きが少ししかなかったものだから、康助は、こういう日のためにと思って食品収納庫からフルーツ蜜豆の缶詰を出して、柿とリンゴの切り身に和えて出した。

孫娘の佳乃は、お腹いっぱい、と言ってほとんど食べずじまいだった。正子は、美味しくないと言って手をつけなかった。康助は、どんなものかと口にしたが、特に不味いとも思わなかった。一人だけ遅い食事となった素子は、件のデザートを口にするや、「このフルーツ蜜豆は錫が溶けてとても食べられる代物じゃない。相当古い缶詰なのだと思うわ」と言って皿を投げ出した。

　康助は、こういう微妙な味を利きわけられる舌を持つ娘に感謝しながら、これは一度食品収納庫の缶詰を点検しなくてはならないと思うのだった。食器棚の整理で、たくさんの瀬戸物を始末して以来、何度目かの処分になるな、と思いながら、康助は翌日すぐ、缶詰類の点検に手をつけた。

五

　同種のフルーツ蜜豆の他、中には一九九〇年代のものまで出てきて辟易した。旅行先で買い求めた山口の夏みかんのママレード、岩手のイチゴ煮、など、そのとき交わした会話まで思い出されるから不思議なものだ。処分した缶詰類は一〇個以上に及んだ。

　カテーテル手術後、一ヶ月経っても二ヶ月経っても、正子は厨房に立とうとはしなかったが、この年年末まで二回ほど食事を準備したことがあって、その一度は一〇月初め、普段は東京都内に住む独身の息子の大樹が誕生日頃に実家に顔を見せに来るしきたりに従って来厚したときのことだった。たまに息子が来るのだから私がお赤飯を蒸かす、と言って、小豆を煮、餅米を研いで赤飯を用意した。お汁や総菜までは手が回らなかったが、それは大した話ではなかった。二度目は一一月半ばのこと。テレビを見ていて、突然、お昼は私が作ると言って台所に立った。しばらくごちょごちょして出てきたものはお好み焼き風の粉ものだった。テレビで放映されたものが美味しそうに見えたためだったが、康助はあからさまに不機嫌な顔をした。

「このところ何もしない正子が、突然私が作ると言って作ったものがこれかい。何が入っているのかもよく判らない粉ものじゃないか。出しゃばって作るというならもう少し気の利いたものを作れよ。俺のほうにだって昼の準備がないわけじゃないんだ」

康助のいつにない剣幕に驚いて正子は、大にそうだった、突然言い出して、こんなものじゃ、康助さんが怒るのも無理はないわ、と言って矛を収めた。康助は、下手に出て少し煽ててやれば正子がまた厨房に戻ることになったのかとも思ったが、とてもそこまで寛容には出来ないなと思うのだった。

かくて年末。いわゆるおせち料理は、可能なものを自分たちで作るのが田村家の慣習だった。豆は黒豆と白豆の二種。豆を買ってきて水で冷やかして煮るというだけの単純なものだが、冷やしの過程をはしょると上手く煮えない。数の子は塩蔵の数の子を買ってきて塩を抜き、割り下につける。この数の子と白豆だけは以前から康助の担当だった。行きつけの寿司屋から数の子をお歳暮にもらったことがあり、始末の仕方を伝授されたのがきっかけでそれ以来ずっと続く慣わしとなった。

調理の手始めは昆布巻きで、芯は身欠きニシン。鮭の切り身を芯に巻くやり方を試したこともあるが、あまり評判にはならなかった。昆布を水に浸して軟らかくする過程で摂れる昆布の多量の出汁が煮染めに使われる。煮染めの具はニンジン・ゴボウ・厚揚げの豆腐・蓮・ちくわ・こんにゃく・鶏肉などだが、これらは一つずつ丁寧に煮る。クワイやゆり根は食さない。なますは大根とニンジンの千切り。一塩して甘酢に漬ける。松前漬けもニンジンの千切り、するめと昆布も細く切って醤油に合わせる。

出来合いのまま皿に盛るのは酢蛸・コハダの卵の花漬け・紅白のカマボコくらいで、伊達巻きや栗きんとんが食卓に上ることはない。

こうした仕事のほとんど一切をこの年は康助が行った。正子が手を出したのは田作だけだった。どういうつもりか、クリスマスの頃に正子は田作を炒り始めた。そのまま味付けまでやり挙げるのかと思ってみていると、田作はずっと炒ったまま放置されたのだった。大晦日になっても田作はそのままだったので、見かねて康助が味付けして仕上げたのだが、出来上がった田作を口にした正子は「しょっぱくて食べられないわ。私が高血圧で塩分控えめだということを忘れたのかしら」と言った。「そういうわけじゃないんだが、砂糖が多すぎて甘くなってしまったから醤油を足したら今度はしょっぱくなったということなんだ。まあ食べるものは他にたくさんあるから、田作は少しだけにしたらいいだろう」

随分身勝手な物言いだな、正子はいつからこんなにわがままになったのか、と首を傾げる康助だった。

六

「その後奥様はいかがですか」

「ありがとうございます。ええ、まあ、ぼつぼつです」

「奥様、お料理なさいます？」

「いえ、四月以来、ほとんど厨房に立ちません」

「包丁を持つと脳が活性化されて、健康によいそうですわ。ご主人が包丁を握って放さないのは奥様を長生きさせないための陰謀かしら」

「ハハ。ボクはそこまで陰険じゃありませんよ」

「もちろん冗談ですわ。どうぞ、奥様お大事に」

声を掛けてきたのは、素子のドア向かいに住む鈴木さん。七〇歳過ぎの独身女性で、康助とは時折偶然顔を合わせると短い会話を交わす間柄だ。

お正月のちょっとした賑わいが過ぎて平常に戻った二十日になって、突然、康助にぎっくり腰が襲った。夜、床についていた間のことで、何のきっかけも前触れもなかった。三、四日後に診察した整形外科の医師は、夜中に突然ぎっくり腰とは、八〇歳の加齢のせいでしょう、と言って、とにかく安静にするのが一番です、というご託宣だった。

「腰のためには和式より洋式で生活するのがよいのです。布団でなくベッド。畳でなく椅子とテーブル、ということですが、急に替えるわけには行きませんね。少し落ち着いてからのマッサージがよいでしょう。今すぐですと、かえってバランスを乱すことになり、腰によくありません」

こうして暫くの間、康助は暇があれば床について暮らしたのだが、床から身体を起こすのが難儀だった。起き上がってしまえば、立っていても、歩いても、痛みはなく、身体のひねり具合で痛みが走ることはあってもそのときだけのことで大事なかった。

寝たきり状態の康助を見かねて、あたしがお昼におにぎりを作ってあげる、と言いだしたのは孫の佳乃。佳乃は普段リンゴの皮を剥くことすらしない高校二年生であるが、康助のために何か出来ることはと考えた結果だった。午前中バドミントンの部活で汗を流した佳乃は土曜日の午後一時過ぎに祖父母の元に赴くと、休む間もなくおにぎりづくりに取りかかった。あらかじめ三合のご飯も炊かれ、梅干しゃ鮭、花鰹、焼き海苔も用意された。

「おじいちゃん、ご飯出来たよ」と声がかかったのは二時過ぎのこと。初めてにしてはなかなか手際がいいな、と思いながら食卓に辿り着くと、焼き海苔に包まれたおにぎりが九個、他に目玉焼き、白菜の漬け物などが並んでいる。

「やあ、上手に出来たね。美味しそうだ。ありがとう、佳乃ちゃん」

康助は思わず感嘆の声を挙げた。早速おにぎりに手をつけてみると、塩気の利いていないのが難と言えば難だが、握り具合はしっかりしているし、大きさも大小なく均一に握られていて出来もよかった。多分、小茶碗にご飯を盛っておにぎりに仕立てたのだろう。塩を手につけてご飯を握ることは考えつかないことだったのかもしれない。それは大した話じゃない、これで上出来、上出来と、康助は鮭と梅干しの二つを食べて、大満足で床に戻るのだった。

「ありがとう佳乃ちゃん。美味しかったよ。明日は日曜日だから、夕飯はキャベツロールでも作ってあげることにしよう。佳乃ちゃんの好きなトマト味のをね。ごちそうさま」

後で康助が正子から聞いたところによると、佳乃はじいちゃん二個、ばあちゃん二個で残った五個をぺろっと平らげて、ご機嫌で帰ったということだった。

「そうか、かわいいな。佳乃はおにぎり五個を平らげて帰ったか。もしかしたら、残してはいけないと思って、無理して食べたのかもしれないな。何とかわいい孫だろう。いいね。太ることを気に掛けて食べるものも満足に食べない高校生が多いというじゃないか。それに比べて佳乃は何と素晴らしい子だろう」

もう何年も前から、康助は孫の佳乃が祖母の正子のことを「年上の妹」だと思っているのではないかと感じることがしばしばだった。足腰の弱ってきた正子にそっと寄り添いながら、何くれとなく気遣う。「あ、そっちは危ないよ。おばあちゃん」と言って歩道の車側に身を入れたりするのだ。

七

幸いなことに、康助のぎっくり腰は軽症で五日ほどで元通りとなったのだが、不思議なのはこの間の正子の立ち居振る舞いだった。康助が安静第一で横になる仕儀となっても、自分はまったく厨房には立とうとしなかった。朝昼夜、時間が来れば黙っていても食卓の準備はされるものと信じて疑わないのだ。

しばらくときが経過して、康助が正子に、あのときはどうして厨房に立とうとしなかったのか、何も心配はしなかったのかと尋ねると、正子は「大動脈瘤のカテーテル手術以来、あの全身麻酔のために、記憶力も判断力も失われて、何も考えることが出来なかった。私が何をしなければいけないのか思いつかなかった」と言う。全身麻酔が嫌だったとは術後繰り返し口に出していたが、ここまで引きずっているとは康助には思いもしないことだった。

「康助さんは、私や娘親子の食事の面倒を頼まれてやり甲斐を感じているんじゃないの。頼りにされるというのは生きる元気をいただくということだから、康助さんは長生きするわよ」などと正子は言う。

康助と正子の夫婦は結婚後五五、六年になるが、些細なことがきっかけで口論に及ぶことがしばしばだ。康助も、正子の屁理屈に真正面から向かうのは大人げないな、と思いつつ、でも、ここで負けては後々何かと不自由だと思うものだから、真面目に頑張るよう心がけている。真剣勝負で後へ引かないという姿勢も何かの健康法になるようにも思うのだ。

「たまにはブロッコリーをと思って茹でたのだが、軸の外側を削いでおこうか」

「食べる時に私が切るから、そのままでいいわ。ブロッコリーは茹ですぎなかったでしょうね。軟らかいブロッコリーは食べて美味しくないもの。元々ブロッコリーは生でも食べられるんだから」

「茹でたのを見もしないで、軟らかすぎないか、というのはどういう了見だい」

「康助さんはブロッコリーがあまり好きじゃないようだから、いい加減に茹でるんじゃないかと思ってさ」

「文句があるなら、食べてみてからにしてくれないか。仰るとおり、ボクはあまりブロッコリーが好きじゃないけれど、君のためにと思って茹でたんだ。それに、歯が痛むから硬いのは嫌だといつも言っているじゃないか」

「ブロッコリーは別なのよ」

他愛ないと言えば、他愛ないのだが、口論が始まれば終わるまでは続く。

娘や孫の前では、流石にこんな口論は控えるから、素子や佳乃が来てくれると、しばし平穏が保たれるのが康助にはありがたい。

正子は康助や素子や佳乃の助けがなければ生きていけないが、それを素直に受け入れることが難しい。ついこの間までは私のほうが皆の面倒を見ていたのだという自負心がつい頭をもたげる。謙虚にありがとうと言えれば心がずっと軽くなるだろうと判っているのだが、それができないのだ。

「今は全面的に私が康助さんのお世話になっているけれど、いつ何が起こるか判りゃしない。お互い、もう若くはないいんだから」

などと悪態をつく。

康助は七九歳の誕生日に孫の佳乃からバースデイカードをもらったのを思い出した。

『おじいちゃんへ
お誕生日おめでとう！　いつも美味しいご飯を作ってくれてありがとう！　長生きしてね。これからもよろしくね。佳乃より』

康助は誕生日が来る度に孫の佳乃からこういう優しいカードをもらって、心の温まる思いを強くしている。二月が過ぎ三月になっても、正子は一向に厨房に立とうはしない。もしかしたら、正子はこのまま死ぬまで包丁を持つことがなくなるのかもしれない、と康助は思う。午後からの会合、夕方からの会議などで他出する度に、正子の食卓を整えてからでなければならないのは、ちょっとしんどいな、と思いつつ、まあ、やるだけはやってみようと思う康助だった。

二〇一七年三月

ソリティアの神様

一

小林隆は無神論者である、そう大上段に構えて宣言するほどのものではないが、神や仏に対する信仰心を持っていないことは確かである。太平洋戦争敗戦後間もなく、小学校低学年だった隆をキリスト教教会の日曜学校に連れて行ったのは隆の父親だったが、さほどの意図があったわけではない。荒廃した世の中の泥砂を息子がまともに味わうことを気にかけて、いくらかでも心の平安を得ることが出来ればそれでいい、と判断したまでのことである。中学校はミッション系の関東学院を選んで進学させたが、出来て間もないいわゆる公立中学が荒れているという噂を気にかけてのことだった。そういう環境に入れられた隆は、それなりに神を理解し信仰心を培うべく、週一時間の「聖書」の授業に熱心に聞き入り、時間を見つけて聖書担当のY先生の自宅にまで出向くこともしばしばだったが、「神を信じる」境地に到達することは出来なかった。聖書を読んだり賛美歌を歌ったり、見よう見まねで祈りを捧げるポーズを身につけたが、あくまでポーズはポーズに過ぎず、その域を超えることはなかった。

隆は中学二年の時、関東学院の級友に誘われて横浜ＹＭＣＡの少年部に入会した。担当の主事とレイリーダーの大学生数人が学年ごとに組み分けされた中学生・高校生の面倒を見て土曜日の午後を過ごさせるのである。キリスト教教会の礼拝の真似事もプログラムに入っていたし、小さいながら体育館もあって、バレー・バスケット・卓球などに興じたりした。隆が少年部に入会したときは偶々その学年のグループが大所帯で同一学年にもかかわらず二つのグループに分けて活動するほどの盛況ぶりだった。同時に入会した級友も数多く、隆と小学校以来同一歩調を取ってきた松本行生もその一人だった。隆は少年部の活動が性に合っていたと見えて高校生になってもＹＭＣＡに通い続け、大学生になってからはレイリーダーを引き受けたりした。同時入会の松本は高校進学先が東京となった事情もあって、少年部には中学のときだけの短いつきあいとなった。

隆は札幌の郊外で敗戦を迎えたが、それは父親が応召して千島列島守備の任務につき、戦況不安のため列島から札幌に帰ってきていたからだった。しばらく札幌に腰を落ち着けることになりそうだという見込みから、疎開中の家族を札幌に呼び寄せたのが敗戦の年の五月のこと。八月の敗戦で父親は間もなく除隊となったが、臨時の間に合わせで用意された宿舎も返さねばならないこととなり、一〇月には横浜の母親の実家に一家五人が転がり込む仕儀となった。六畳と四畳半の二間での五人家族の間借り生活は窮屈で、隆の子ども心にもその息苦しさは耐えがたいものだった。隆の家（母の実家）から一〇〇メートルと離れていないところに松本行生の屋敷があり、隆のところとは対照的に、一〇〇坪を超える敷地、三五坪ほどの家屋敷に家族四人が暮らす裕福な環境に恵まれていた。

小学校二年の同級だった隆と行生はすぐ大の仲良し同士となり、隆はほとんど毎日のように行生の家へ入り浸るようになった。行生の母親は磊落な人で、どことなく、今で言うセレブの匂いを身にまとっていた。実際暮らし向きも隆のところとは比較にならないくらい豊かで、五歩も一〇歩も先を行くような趣きだった。隆は行生の父親から囲碁を教わり、セレブな母親から百人一首の手ほどきを受けた。夏休みの多くをカルタ取りの特訓で過ごしたのは小学校五年生の時のことだっただろうか。後年、隆が県のカルタ大会に出場して準優勝したのは間違いなくこのときの特訓のお陰だった。

中学まで一緒だった隆と行生は、高校大学をそれぞれに進み、卒業後、隆は県立高校の教員になり、行生は当時始まったばかりのテレビ局に就職した。社会に出てからの二人はそう頻繁に会うこともなく没交渉の時代が続いたが、親しい友人の関係は晩年まで引き続き保たれているというふうだった。

二

五〇歳を過ぎてから隆は県教育センターに出向し教育相談室長や研究部長を歴任したが、センター勤務となってからパソコンに馴染むようになった。パソコンは学校勤務の時もぼつぼつ使われ始められていたが、隆は大学入試問題集を編集するときなどに時折使うぐらいで、使用頻度は決して高くなかった。少し先に始めた同僚先生にワープロ機能の手ほどきを受けたぐらいのレベルだった。教育センターでは会議資料の作成や起案などにおいてパソコンは学校現場とは比較にならないくらい利用され、隆も自己調達してパソコンを日々の業務に用いるようになった。室員は昼休みにも外出することなくパソコンに向き合い、熱心に手を動かしている。見るともなく見ていると、無論仕事でパソコンを操るものもいるが、休息休憩の時間だからというわけでゲームに興ずる手合いもいる。パソコンゲームではどうやらソリティアというゲームが一番人気で、中には麻雀や囲碁将棋を遊ぶ室員もいた。麻雀などはそのために開発されたソフトを使わなければ遊ぶことができないが、ソリティアだけはほとんどすべてのパソコンに内蔵されているようだった。

初めのうち、隆はソリティアに格別興味を持ったわけではなく、一種の暇つぶしの遊びくらいのものだと思った。ルールは比較的単純で、隆もすぐに遊べるようになったが、やみつきになることもなく、二年ほどのセンター勤務の後、校長を拝命して学校現場へ戻っていった。

隆がソリティアに興味を持つようになったのは三台目のパソコンに買い換えてからのことで、定年退職後一四、五年経った頃のことだった。その新しいパソコンに装備されたソリティアはそれまでのものと違ってゲームの結果が累積的に記録される仕組みになっていた。そのことに初めのうち隆はさほど関心を持たなかったのだが、成功率が次第に高まるようになって、その表示に関心を持つようになった。いつからその結果をメモに取り始めたか定かではなく、最初の頃の記録は迂闊にも廃棄されてしまったが、隆の記憶では成功率一四％の頃がかなり長い間続いた。成功率は整数で表示され少数以下は示されず、四捨五入などの処理もなされないから、実質は一三、九九％成功しても表示は一三％となるのだ。この辺から興味も出て、何とか成功率を高めたいと思うようになり、やっている内に幾ばくかの技術の向上も見られるようになった。

手に入る範囲にソリティアの指導書などはないから、隆の実践の中で習得していった技術を体系的に解説することはできないが、その一端の紹介を試みてみよう。

① ゲームを始める段階で五二枚のカードは二八枚の場札と二四枚の山札に別れている。（場札・山札の用語は便宜的な隆の造語、以下同じ）

② 場札は七列に区分けされ、左から一枚、二枚、三枚…七枚並んでおり、その一枚目が開かれていて、そのカードは移動が可能である。山札はすべて伏せられているが、クリックすれば

はじめの三枚は何が出てくるか見えている。

③　ゲームは山札から場札へ、あるいは場札から場札へカードを移動させることで始まるが、動かせる札は順列で赤黒交互に下方へつなげる場合に限られる。四種のエースが出た時は、山札・場札と別の整理札として右上方に置かれる。整理札は場札山札の一番上で開いているカードから同種ごとに順列でエース・二・三…と上方へつなげることができる。ゲームの成功不成功は場札山札を整理札の列に整理できるかどうかにかかっている。ゲーム中整理札から場札へカードを移動させることは可能である。カードのすべてを整理し切れれば成功、整理しきれなければ不成功ということである。

④　カードの移動はこの③による場合に加えて、七列の場札の列頭に四種のキングを置くことができる。キングからクイーン・ジャック・一〇…の順に下方へ同種（ダイヤならダイヤ、スペードならスペード）のカードを移動させることができる。キング以外の札を列頭に置くことはできない。山札の頭にキングが出ても場札の列に空きがなければ移動はできない。また、山札から場札や整理札への移動は開いている札だけが対象で、山札の途中のカードを別の場札につけることも可能である。その場合、その札だけを移動させることは出来ず、その札についている下位札ごと移動させることになる決まりである。

三

隆が試技を始めて間もなく気づいたことは、順調に整理札にカードが整理されてほとんど最後の四、五枚まで来た時、山札の開いているカードと見えている二枚目のカードの順が逆であれば円滑にゲームが進むのに、それが逆順になっているためにそこで不成功になってしまうことだった。稀にはその順序を入れ替えることのできる場合もなくはないが、おおむね入れ替えはできない。この状態を隆は「逆子（現象）」と呼ぶことにした。

ソリティアのゲームソフトを立ち上げて、「新しいゲーム」をクリックすると、七列の場札とすべて伏せられた山札が現れる。ゲームを開始するかどうかはプレーヤーの判断で決まる。隆はいつの頃からか、二つ以上の面子ができているか、一つ以上のエースがあるか、という場合に限ってゲームを始めることにした。面子が一つしかなくエースもない場合は成功の確率が小さいと思われたからである。ここで「面子」というのは場札同士ですぐ移動できるカードのことである。二つ以上の面子もエースもない場合はゲームの開始を避けて、また「新しいゲーム」をクリックするのだ。どのカードがどこに出てくるかということについてプレーヤーには何の権限も与えられていない。すべてソリティア側の裁量に任されている。プレーヤーの判断に任せられるのは、直前の行為を元へ戻すことと、同じ条件の移動が二つある場合の選択くらいである。プレーヤーの技術でゲームを成功させることは成功ゲームの一割か二割程度だろうと隆は考えている。

技術はどのような場合に発揮されるか、さほど沢山あるわけではない。一つは移動を見送ることである。列に空きがあって山札にキングが出れば、普通は喜んで場札に落とすものだが、場面によってはハート（赤）のキングを見送ってスペード（黒）のキングを待つほうがいいということがある。二つは隆がスライド・ダウン、スライド・アップとよぶもので、例えば、クラブの六を整理札に移したいとき、その下についている赤の五をスペードの六に移してクラブの六を解放するというようなケースである。整理札に収まっているカードを場札に移して山札からのカードを受けるという場合もあり、横にスライドさせて上へ送る時がスライド・アップ、横にスライドさせて下へ向かう場合がスライド・ダウンというわけである。このアップダウンを繰り返すことで場札のクラブ一〇を山札のスペード一〇と取り替えるケースもある。

三台目のパソコンになって、ゲームに成功すると「おめでとうございます。あなたの勝ちです」という表示が出て、勝ち数が累積で示され、成功率が%表示される仕組みに出合った。不成功の場合は「あなたの負けです。次はがんばってください」で締めくくられるわけである。ゲームが開始されて山札のめくりが一巡しても場札への移動が何もできないケースもままある。隆はこの現象を「だるまさん現象」と呼ぶ。手も足も出ないという意味である。何も動かすことのできないような配牌に会うと隆はソリティアの欠陥ではないかと疑問を感じる。これも一回は一回にカウントされ成功率が落ちるだけの結果を甘受しなければならないからだ。隆が意識して成功率に目をつけるようになったのは試技が二〇〇〇回ほど、成功率が一四％と出たくらいの時のことである。ソリティアの成功率が一般にどの程度であるか確かめたことはないが、試技一〇回で一つ成功すれば成功率は一〇％、八回で一回ならば一二・五％、七回で一回ならば一四・二％であるから、六回で一回の一六・六％、五回で一回の二〇％はとても無理な話だと考えるのだった。隆は成功率の累計的な経過に興味が移り、一〇回成功することにメモすることにしたが、どうしたわけか、はじめから八五〇〇回までの記録が散逸してしまい、細かな経過を辿ることは不可能なこととなった。その後の記録を見ると、試技八五五九回で成功一四八〇回＝一七・二％、一〇〇〇〇回で成功一七一九＝一七・一％、一五〇〇〇回で成功二六二〇＝一七・四％、二〇〇〇〇回で三五二四成功＝一七・六％、という経過を辿っている。成功率が初めて一八％を超えたのは試技二九七一二回・成功五三五〇回の時である。その後一時一七％台に落ちることはあったが、また一八％台を回復して試技四〇〇〇〇回を超えてなお一八％を維持している。成功率一八％がどのくらいのことであるか、判りやすく言うと、試技六回で一回成功を三回続け、さらに試技五回で一回成功を二回続けるというペースを維持するということである。試技を続けて一〇回以上不成功という経過を辿ることは普通の現象である。それでいて成功率一八％を維持するというのは、時に連続して成功することがあるからである。例えば一〇回不成功が続いた後一一回目で成功し、一二回目も成功するということがあれば、平均して六回に一回成功したことになるわけだ。隆の経験では不成功の最長回数は二五回、連続成功の最長回数は六回である。

あれこれの経験をしている間に、隆は、ソリティアにはソリティアの神さまがいるのではないか、と思うようになった。神さまの仕業でなければ、これが成功するとは考えられない、というケースが何度もあったし、また逆に、こんな順調な経過を辿った末に不成功に終わるとは、それこそ神さまのせいに違いない、という試技もあった。どういうわけか、試技の回数を重ねてみると、絶好調期といえる時期があるかと思えば、絶不調期と言わなければ収まらない時期がある。好調期にはそれがずっと続けばいいと思うし、不調期になれば早く好調期に戻ればいいと、ひたすら耐えるのである。好調期には一〇回成功するのに試技四〇回で済むことがある反面、不調期になると試技八〇回を超す事態になるのだ。

四

驚天動地と言うほど大げさではないが、驚くべきことが出来したのは試技五五五四六回で成功一〇〇〇〇回目を迎えた時のことだった。突然、パソコンから声が出て「成功一〇〇〇〇回おめでとう。貴兄にソリティア名人の称号を贈る。私はソリティアの神ソリトンである。名人位獲得の祝いに今は天上人となった三人の霊に会わせよう。誰でも好きな人を指名するがよい。ただしその三人は同じ年に昇天した者とする。会いたい者の名前をパソコン上に印字するがよい」ソリトンと名乗ったソリティアの神様の言葉はそれで終わった。隆はこのお告げを特に信じたわけではないが、折角のお告げだから、と思って、二〇〇〇年に亡くなった塩崎朝樹、松本行生、渡辺博志の名前を印字した。

隆がこの三人を選んだのは、その死を悼む思いが特に強かったためである。塩崎朝樹は隆の大学同期生で、卒業後朝樹と結婚した一回生下の高木京子を取り合った間柄である。朝樹は大学を出ると出身の富山へ帰り、県立高校の英語の教員となった。受験英語の指導に身を入れて、教頭校長への誘いには一切乗ろうとしなかった。パソコンの画面に現れた塩崎朝樹は若々しく元気そうだった。

「やあ、塩崎、元気そうだな」

「ここでは年を取らないし、人前には若い頃の姿で出ることになっているからな」

「定年退職後、あれこれの大病を患ったそうじゃないか」

「そうなんだ。現役の頃は病気一つしたことはなかったのに、退職した途端に、前立腺肥大、脳梗塞、腸閉塞と続き、最後は心筋梗塞だった。でも、病歴を並べ立てても大した意味はないからそこまでにしよう。それより、昔のことだが、そう、三〇歳頃のこと、大学のゼミのOB会旅行に君が来なかったことがあったね。あのときはどうして君が無断で来ないか大いに気を揉んだものだったが、今はすべてがお見通しだからその理由は分かる」

「参ったな。あんな昔のことを思い出されて、しかも、今はその理由が分かるなどと言われては立つ瀬がないな。でもあのとき、無断で不参加を決め込んだのは申し訳なかった。遅きに失することだけれど、改めて謝るよ。本当に申し訳なかった。今なら、どうして一言断りの連絡を入れなかったかと思うのだが、初めての浮気旅行を企てようとして、まったく気持ちのゆとりがなかったのだ」

「今更、謝ってもらっても取り返しは効かないけれど、あのとき本気で心配したことだけは判ってくれるよね。ボクが天上のこの世に来て以降、毎年ボクの命日に合わせて京子に何かかかの届け物を欠かさないのには感謝している。無論、京子も喜んでいるよ。初めのうちは君がまだ京子に未練を持っているためかと思っていたんだが、今では、あれはボクに対する気持ちからなのだということがよく判るようになった」

「そう、最初は、君の訃報を知らせてくれて、宿の手配までしてボクが君の通夜告別式に参加するよう計らってくれた京子さんへのお礼の気持ちからだったんだけれど、一度始めてしまうと止めるわけにはいかなくなってね。そうか、もう一五年にもなるんだね。久しぶりに君と話が出来て嬉しかった。もしまた機会があれば姿を見せてもらいたい」

「同じ神さまの手引きでは二度というわけにはいかない決まりなのだが、機会があれば、また話したいものだね」

五

そう言って塩崎朝樹がパソコン画面から消えると、次に現れたのは松本行生だった。昔のように端整な顔立ちそのままである。

「よお、コバ。久しぶりだな。その節はすっかり世話になった。何かあったらコバに相談しろ、と和子に言っておいたんだが、そのとおりにしたようだな」

「和子さんから、その話は聞いた。役に立てたとすれば嬉しいね。でも君の通夜葬儀のときの和子さんは充分しっかりしていて、ほとんどボクの出番はなかったような気がするな。君も知ってのとおり、ボクはおふくろや親父が死んだ時、死に目には会っていないんだ。臨終から昇天まで直に居合わせることになったのは行坊のときだけ。もちろん和子さんもいたが、他に会社の水谷さんも一緒だった。何か因縁を感じるね」

「コバとは小学校二年の時からだったかな。敗戦の年の一〇月にコバの一家が北海道から引き上げてきて同じ小学校に通うようになってすぐ友だちになった。一緒にいいことをしたという記憶はあまりないけれど、悪さやいたずらは随分一緒にやった。関東学院の一年生のとき、黄金町のパチンコ屋でお巡りに補導されたことがあったな。子どもの遊びだったパチンコを大人が取り上げて、挙げ句は子どもを立ち入り禁止にするんだから、大人は勝手なものだった」

「うん、あれはひどかったたな。子ども禁止なんて知らなかったものな。行ちゃんちはあれから三鷹・辻堂と移ったのだったかな。辻堂・三鷹だったかな」

「三鷹・辻堂の順だった。親父が古風で方角なんかに凝っていたから、横浜から直に辻堂へは行けなかったんだ。親父も俺と同じ食道ガンだったが市大病院入院中はコバには何回も見舞いに来てくれたそうで、親父が喜んでいた」

「コバ、ここの飯は不味くていけない。南京町へ行って何か美味いものを食おう、なんて言って、タクシーで中華街へ行ったたな。確か、海員閣だった」

「俺も親父も同じ食道ガンで、六〇歳をちょっと超えたところで死んだ。親子って、おかしなところが似るものだな」

「兄さんの光男さんは長命だったんじゃないか」

「兄貴は八〇歳だったかな。子どもの頃は病弱でいつ死ぬかいつ死ぬかと思われていたらしいが、まあまあの歳まで生き延びた」

「光男さんにも随分お世話になった。おっとりして、悠揚迫らずという生き方がとても感銘深かった。おふくろさんの愛子さんにもひとかたならない世話になったし、松本家の皆さんには心から感謝しているよ」

「敗戦後のどさくさでも食うに困らなかったのは大きいね。親父のせいじゃないさ。親父はただ大きな不動産を相続しただけだ。貸家の収入だけで暮らせたからな」

久しぶりに昔話が出来て嬉しかった、機会があったら、また会おう。コバ、あんまり早くこっちに来るなよ、ウン判った、そう心がけよう…、

六

締めくくりの挨拶が済むと替わって姿を現したのは渡辺博志だった。彼は隆の義理の甥に当たる。隆の妻郁子の姉章子の息子で、隆の息子大樹と同年の従兄同士である。章子が博志を出産してすぐ輸血によるC型肝炎で入院した時、博志の面倒を郁子と二人で見たことがある。隆は大樹と博志を両の膝に乗せて悦に入った思い出がある。この従兄同士は仲もよく活発で、大樹は学生のとき自転車で日本一周を敢行したし、博志はアメリカ留学したとき、単身バイクで西海岸から東海岸まで横断したりした。

「ヒロちゃん、久しぶり。元気かな」

「叔父さんもお元気そうですね」

「ヒロちゃんは不幸なことに暴走族の車に幅寄せされてトンネル内の壁に激突して圧死したという説明を受けたけれど、本当のところはどういうことだったのだろう。あれはヒロちゃんが三六歳の時だった。警察からはヒロちゃんを死に追いやった暴走族を捜しているという連絡

ってしまった」

が何回かあったけれど、いつの間にかその捜索も打ち切りになって結局見つからないままとなってしまった」

「あの暴走族は前から荒っぽい走行をするので一、二度注意したことがあったんです。リーダーはそこそこものの分かる奴だったですが、あのときは偶々不在で、ボクを見つけた連中が強引な幅寄せを仕掛けてきたというわけです。普通なら、あの程度の幅寄せで取り込まれることはないのですが、ボクは突然くも膜下出血に見舞われて意識を失ってしまったために壁に激突して、一〇メートルほど飛ばされて即死したというわけです」

「そんなひどいことが起きたのか。かわいそうな出来事だった」

「ボクがアメリカ留学から帰った五年後の暮れに母がC型肝炎に起因した肝臓ガンで亡くなりました。母がC型肝炎に罹ったのは叔父さんもよく知っているとおり、ボクを帝王切開で生んだ時のわずか二〇〇CCの輸血のせいでした。そのときはまだC型肝炎についての知識が社会全体にありませんでしたから、しばらくの間黄疸などの病気に罹ったぐらいで、これが治った後は何の心配もせず、普通の暮らしをしていたわけです。それが二五年も経って、身体がだるい、疲れやすい、という症状が現れて、医者に診てもらったところ『肝硬変で、完全治癒は望めない』という診断が出たというわけです。ボクは一人っ子で母への依存度が極めて高かったために、母の死はボクにとって言いようのない衝撃でした。その頃ボクは定職もなく、今で言うフリーターのような暮らしでしたから、何をやるにも手につかず、次第に精神のバランスを崩していき、分裂病で入院加療という事態になりました」

「あのときはヒロちゃんのお父さんから入院加療するのがいいか、相談を受けたことがあった。それがいい、と勧めると、間なしに、博志が入院加療を承けてくれた、という電話があって、それはよかった、と胸をなで下ろしたことを覚えている」

「入院中はいろいろお世話になりました。囲碁の入門書と盤石をいただきありがとうございました。興味を持つことが出来たせいか、病気にもいい影響があると先生に言われました」

「あんなちんけな盤石を差し上げて済まなかった。簡便なものでと思ったのだが、もっといいものもあったのにと自分のケチを後悔している」

「でもお陰様で二年足らずで退院することが出来ました。退院後間もなく叔父さんちにお邪魔した時郁子叔母さんにご馳走になった金目鯛の煮付けが美味しかったなあ。大ぶりで肉厚で味がよく沁みていて、あんな美味しい金目は最初で最後でした」

「あのときヒロちゃんが大型のバイクに乗って帰っていくのを頼もしいと思いながら見送ったものだったが、ヒロちゃんが亡くなったのはそれから間なしのことだったね。交通事故で博志が救急病院に担ぎ込まれた、という電話をもらった時、郁子叔母さんは友だちとヨーロッパ旅行に出た直後のことで、結局、ヒロちゃんのお通夜と告別式には参列できなかった。叔母さんはヒロちゃんが不憫だと言って毎年祥月命日の日に章子さんとヒロちゃんの墓参りをしている」

「それはよく知っています。ありがとうございます」

そう言い終わると、ヒロちゃんの姿はパソコン上から消えた。隆は自分が選んだ三人の霊との語らいを思い返し、当時は知り得なかったいくばくかの新しい事実を知ることとなったことに深く感銘するのだった。

しかし、どういうわけか、隆のソリティア熱はすっかり冷めて、二度とこのゲームのソフトを立ち上げようとすることはなかった。手をつければ成功率一八%を割ることが目に見えているからかもしれなかった。

隆はまた無神論の世界に戻ったようである。

二〇一五年七月二七日（月）初稿

選択小説　たられば物語

「真理は一つ」ということがよく言われ、そう信じて疑わない人もいるが、実際は相反する二つがともに真理でどちらかが間違いだとは言えないということもあるものだ。諺・俚諺にその例を見つけるのによく引き合いに出されるのは「好きこそものの上手なれ」「下手の横好き」とか、「善は急げ」「急がば回れ」とかがすぐ思い浮かぶ。人間の行為や性質を一言で言い切ることは元々無理なことで、その都度、特徴的なものを捉えて表現するのだから同じ人のことだって簡単に割り切れるというわけにはいかない。

整理整頓が好きで得意だという定評のある人が裏へ回れば連れ合い以外の異性と長いつきあいを重ねていて、いい加減、ペンディング状態を解消すればさぞすっきりするだろうになどと噂される事例もなくはない。

小出一恵はごめんなさいの言えない女である。そう言って謝ってしまえばことは丸く済むのが判っていてもごめんなさいが言えない。些細なことが発火点になって大事になりかけるのもしばしばのことだ。

その日の諍いの発端も梨の皮一つのことだった。

一恵が夫の康夫と結婚してかれこれ五〇年近く、康夫が定年退職してからでも一二、三年になるが、彼らの住むS団地では市の生ゴミ回収車が週二回火曜日と金曜日に廻ってくる。回収車の来る時間は午後遅くなることもあれば、午前中になることもあってしかとは定まっていない。

康夫の定年後は、食事の後片付けや掃除洗濯が康夫の分担となったから、火金の日にゴミ出しするのは康夫の仕事となった。週二回ゴミ回収車の廻ってくる市のサービスは日常の生活を営む上で助かることだったが、それでも夏の暑い陽気が続けば、金曜日のゴミ回収車が行った後は火曜日まで生ゴミの出せないことはそれなりに気を遣うことに違いなかった。小さなポリ袋に入れた生ゴミを大きめのポリ袋に入れて溜めていくのだが、夏の生ゴミは黴を生やすのも腐敗するのも早かったからだ。

康夫が退職してから無聊の日々を託つのは忍びないという思いから、テープライターの通信教育を受けてそれなりの技術を取得したのは定年後間もなくのことだった。カセットテープに収録されたテープを起こして文書化する仕事である。康夫が勤務していた農協の元同僚などが口コミで広めてくれたお陰で、細々ながらテープ起こしの仕事が回ってくる。一本二時間三万円が年間一〇本ほどだから、家計の足しになる額ではなかったが、ちょっとした小遣いになるのは間違いなかったし、なにより、ものを書くことが康夫は嫌いではなかったのだ。

農業協同組合は今でこそＪＡと言い慣わされているが、これは一九九二（平成四）年四月以降のことで、農協をもっと国民に親しみあるものにしていこうとする改革の一環として策定された呼称である。農協を英語で表す訳語を JAPAN AGRICULTURAL COOPORATIVE と言い、その頭文字ＪＡＣから作り出したものである。正式には全国農業協同組合連合会というところを通称ＪＡ全農ということにしたのである。この小説において筆者は、以後、煩雑を避ける意味で、農協のことはＪＡと呼称する慣わしに従うことにしようと思う。

さて、その日も、頼まれていたテープ起こしが完了間近となっていたから、康夫は食器洗いと洗濯やゴミ出しを手早く片付けて、机に向かいテープを回そうとしたところだった。一恵は康夫のテープ起こしなどには、「好きで小遣い稼ぎをしているんだから」という程度の解釈と関心しかなかったから、テープ起こしに取りかかった康夫のところへ珍しく「梨が剥けましたよ」と言いながら二切れほどの梨が載った皿を置きに来たのだった。

「あ、ありがとう。だけど、テープを起こし始めたところなんだ。梨は後で食べるからそっちへ置いておいておくれ」

「はい」

「今日はボクはもう二度もゴミ出しをしてきたから、梨の皮のゴミが出たのなら自分で出しに行っておくれ。いいね？」

「はい」

いつもならば四の五の言って口答えをする一恵が、今日は馬鹿に素直だな、と思いながら、康夫はテープ起こしにかかった。一恵はごめんなさいが言えないだけでなく素直にはいと言うこともできない女なのだ。ある時一恵が、近くの農家で大根を分けてもらうことになっているから、一緒に取りに行ってほしいと康夫に言う。

「よし分かった。じゃあこれから行くという電話を掛けてから行こう」と康夫が言うのに、一恵は

「電話の必要はない。今日行くという約束になっているのだから、電話を掛ける必要なんかない。ただ行けばいい」と言って譲らない。

「何か向こうに不都合が起きているとか、不在だとかいうこともあるのだから、電話ぐらい掛けてから行くのは当然じゃないか」

「取りに行くという約束ができているのだから電話は掛けない」と言い張って、

「どうしてそんなに小うるさいことを言うのだろう、康夫さんという人は。いちいち面倒なことばかり言うものだから、気がくさくさしてしょうがない。ああ、私のほうが長生きして、ゆっくりのんびり生きてみたいものだわ」などということになるのである。

欲求不満といえば欲求不満なのかもしれないが、それだけでは充分に言い表せたことにならない。愛情不感症とでもいえば近いかもしれない。どれだけ周りから愛情を注がれてもそれで充分ということがない。小さい子どもがものを欲しがって「あれ買って」と強請ることがある。買ってもらうまで「あれ買って」と言い続けるのだが、欲しがっていたものを買ってもらうと

すぐ、次に欲しいものを強請って、また「あれ買って」が始まるのだ。一恵はちょうどそれに似ている。愛情を掛けても焼け石に水の状態で、少しも内部に愛情の留保ができない。

また、別のときのこと。一恵は、自分が手芸だか何だかの講習会があって出かけている間に、ときどき自家製の米を買いに行く農家へ行って、康夫に玉葱を買っておいてくれと言うので、早速自転車を押して出かけていき、棚に並べられた玉葱の品定めをした。農家のオカミさんは一袋一〇〇円の玉葱より三〇〇円のほうが安くなっていると言い、一〇〇〇円の袋はさらに買い得だと言うので、網に入った一〇〇〇円の玉葱を買った。一一キロ入りだとのことで、これだけあれば、一恵も喜ぶだろうと思って、自転車の前籠に入れて家に持ち帰った。ところが、外出から帰ってきた一恵はこの玉葱を見て「こんなにたくさんの玉葱をどうするの。しかもこんな大粒。もっと小粒な玉葱はなかったの。これで一〇〇〇円は高いわ」と言う。

「これが一番の割得だというから買ってきたんだ。大粒だと言うが、一〇〇円のものも三〇〇円のものもみんな同じだった。一〇キロもの玉葱は前籠で運ぶのも結構神経を使うんだぞ」

「あら、自転車で運ぶことも恩に着せる気？　玉葱は小粒でなければ使いにくくてしたがないわ。これじゃあ半分に切って半分は残しておかなければならないわ。残せば腐りやすくなるから、ちっとも得になんかならない」

「そんなにご託を並べるくらいなら、はじめから大粒だったら要らないと言えばよかったじゃないか」

「玉葱は小粒がいいのは常識よ。もう、買い物なんか康夫さんには頼まないわ」
どこまで行ってもエスカレートするだけで、あら、ごめんなさい、とはならないのである。

このテープ起こしの仕事はJAの後輩竹内徹を通して伊勢原市のO市会議員から頼まれたもので『夢会議』というタイトルが付いていた。完成間近になったものだから、康夫はそれまで起こした文章を読み返して整形かたがた確認作業に取りかかった。

青空フォーラム：夢会議

☆日　時：二〇〇×年一〇月×日
☆会場：伊勢原市農業協同組合会議室
☆テーマ：青空フォーラム・夢会議
☆主催：伊勢原・グリーンフォーラム
：
司会：よろしくお願いいたします。本日の集まりは、「緑化祭り」の一環として、私どもグリーン・フォーラム伊勢原がサブコーナーをお借りしまして、「夢会議」というタイトルで開催させていただくシンポジウムです。

そちらのコーナーのほうに、私どものこの花亭や木の実など、いろいろなコーナーを設けております。そちらのほうのアンケートにもお答えいただきたいと思っております

始めにちょっと、私どもグリーン・フォーラム伊勢原のご紹介をさせていただきたいと思いますが、グリーン・フォーラム伊勢原はおよそ一〇年ほど前、伊勢原の自然と緑を考えようという趣旨で、二、三人のグループでスタートいたしまして現在、約五〇名ほどの会員になっております。

皆さんも、どうぞ、興味や関心がございましたら、向こうのほうに係りの者が座っておりますので、お訊ねになっていただければありがたいな、というふうに思います。

で、ただ今から「夢会議」ということですが、伊勢原のほうに、近々、県立公園ができるということでございます。皆さまもお聞き及びのことと思いますが、われわれ市民も参加して、「このような県立公園が欲しいな」とか、「今なぜ県立公園か」とか、いろいろなご意見があろうかと思います。

そこでこれから、六、七名のパネラーの方々に意見発表をしていただきますが、その中で、皆さんと一緒に、「県立公園についてどうあるべきか」というような意見をたたかわせていただけば、より一層いいのかな、という気もいたします。よろしく一つお願いいたしたいと思います。

それではここで、来賓でございます「緑の街振興財団」のA理事長より、ご挨拶をいただきます。

康夫は、この冒頭の「緑化祭り」というところが、テープを聴く限り「四日祭り」としか聞こえなかったことを思い出している。この地方に四日祭りと呼び習わされるお祭りがあるのかと思いながら、先を聞いていくうちに、漸く緑化祭りのことだと気づいたのだった。気づけば何ということもないことだが、気づかないままあれこれ気を揉むことが結構多い。頼まれるテープ起こしは内容が座談会・講演会・シンポジウム・選挙演説会などと多岐にわたるが、大抵の場合、康夫は当日のレジュメなど参考資料をつけてもらうことにしている。しかしこの夢会議については何の資料もついていなかったから、ひたすらテープを聞くほか手はないのだった。固有名詞もとりあえず仮に宛がっておいて後で依頼元に手を入れてもらうしかなかった。

A：（拍手）皆さん、こんにちは。比々多地区に県立公園ができるということで、皆さまの中から意見を述べていただき、また、それについて検討していただくということを、この緑化祭りの中でやっていただくということでございますので、内容は緑化祭りに適しているのことかなと感じます。

是非、皆様方のご意見としてはこうだ、ということで、いろいろ出していただきまして、また、行政のほうに言っていただければ、お役に立つ、あるいは、計画の中に採り入れていただけることがあるんじゃないか、そういうこともあるかと思いますので、気楽に、是非討論をしていただ

きたいということで、大変簡単でございますけれども、よろしくやってください。（拍手）

司　会：どうもありがとうございました。それでは、早速、発表に移らせていただきます。では、一番はじめに、市内・上粕屋にお住まいのMさん、お願いいたします。

M：こんにちは。今日は本当にいい天気に恵まれまして、シンポジウムということでもって、発表させていただきます。フリープランの会に私も入会させていただきまして、これまであまり協力させていただく機会がなかったんですけれども、以前にバーベキューと総会、そして今回、初めてこういう場に参加させていただきました。

公園に関してなんですけれども、初めに私が考えますのは、物理的に何が必要かー。公園に行きますと、どうしてもトイレが欲しいな、と思います。今度、比々多のほうにできますと、近くにトイレはなかったと思うんです。しかも五〇ヘクタールという大きさなものですから、まず、トイレが必要かなと思っております。

あ、それからベンチー。歩いた後少し休めるようなベンチが、最低、必要だと思っております。こちらも上に行きますと広場とかあるんですけど、雨が降ると結構不便なんです。それで、できましたら、屋根つきのベンチが欲しいと思っております。

あとは、駐車場ですね。おそらく、比々多の公園ですと、歩いても行けるんでしょうけど、車を使わないとどうしても不便さを感じると思いますので、広い駐車場。

ですから、駐車場と天井つきのベンチ、それから、トイレ。このいくつか、最低欲しいな、と思っておりますけど、もう一点挙げるとすれば、街灯ですか。

それ以外は、自然です。自然が一番欲しいな、と思っております。物はいくらでも、お金をかければいっぱいできると思うんですけど、あとは、木・花・草――。そういった緑の多いのがいいな、と思っております。

個人的には、そんなものがあればいいな、と思っているんですけど。それ以外で、物理的な物以外で、公園といっても、一番大事なのは、そこにある物だけでなくて、どう使うか、ということが一番肝心じゃないかと思うんですけど――。

そういった意味で、どう使うか、ただ自然がいっぱいある、もしくは、環境に恵まれている、というだけじゃなくて、そこが公園として活き活きするかしないか、というのは、多くの方が来られて、楽しい公園である、そして、使いやすい、いろんなレジャーができる――、そんなことが、公園としては一番の存在意義があるのかな、と思っています。

それじゃあ、どんなふうに活用したらよいか、例えば、どこの公園にでも行きますと、花火をやってしまうと、近所から迷惑がかかるのでできない、とか言いますけれども、花火なんかも、近所に迷惑がかからないところでできる――。また、観月会・キャンプファイア・花見会なんかもできたらいいな、と思っています。

ただ勝手にやっても、独りで観月会に行っても寂しいと思うんですね。月を見ながらチビチビ呑んでも寂しいな、と思うし、花見といっても、独りで桜の花を見ても寂しいと思うんです。そんな意味で、グリーンフォーラムなんか、大きな存在の意識をもって、「何月何日に花見をやります」とか、「何月何日に観月会をします」というふうに、例えば、広報とか、宣伝していただければ、おそらくグリーンフォーラムとしても折り合いますし、公園としても意味がありま す。そういったことを市民からも言っていただければ、公園が盛り上がってくるんじゃないかと思います。

あと、こちらの総合運動公園も草木がいっぱいあるんですけれど、小学生・中学生の子どもたちが、珍しい木やそういったものを観察・採取、植物だけじゃなくて、昆虫とかを採取できれば、そんな自然を持った場所がいいな、と思っています。

まあ、私のほうからは、そんな感じなんですけれど、一番言いたいことは、県立の公園と言っても、どんな公園でも、いずれ、最終的には市民の財産なものですから、すぐに汚くなったりとか、人が使わないのは寂しいものです。

いつまでも長く使う大事な公園として、常々足を運んで、監視といったらおかしいですけれど、「どうしたらもっとよくなるか」「どうしたらもっと楽しく使えるか」、ということを考えながら、自分たちの財産として、見守っていく、利用していくという姿勢が不可欠じゃないかと思っています。

三分、ということで、私のほうの発表は以上にしておきます。どうもありがとうございました。

（拍手）

司　会：どうもありがとうございました。市内・上粕屋のMさんでした。県立公園のテーマでやっています。そこの所に、比々多地区の県立公園の予定の場所ですとか、そういう形を展示していますので、お話を聞きながら、その展示も見ていただけると幸いです。それでは続きまして、市内・善波から一人、Hさん、お願いいたします。

【中略】

H：今、紹介いただきましたHといいます。今度、伊勢原に県立公園ができるということで、その予定地の地元といいますか、すぐ下の善波というところに住んでいます。今日は、その県立公園について二点。まず、一点としては、地元に住んでいるというところからの自分の意見として、一つ言いたいと思います。

【中略】

管理するということは、私、さっき言いました、造園業者ですから、私に仕事をください、ということはありますけれど、そんな冗談を交えながら、以上で終わらせていただきます。（拍手）

その辺りまで読み返した康夫がふと眼を窓の外にやると、目の前のゴミ集積所にゴミ回収車の近づくのが眼に入った。

「おおい、一恵、ゴミ回収車が来ているぞ。生ゴミは出したか？」

「あら、まだだったわ」

「早く出さないと、車が出ちゃうぞ」

「ゴミは梨の皮一枚だけだから、出さなくてもいいじゃない」

「梨の皮一枚だけでも、今日出しておかなければ、火曜日まで出せないじゃないか」

「それはそうだけど、梨の皮一枚だけじゃ、面倒くさい。火曜日までこれしかゴミが出ないわけじゃないから、一緒でいいんじゃない？」

「梨の皮一枚の生ゴミを出さないというのかい？　さっき、出しておくれといったら、はい、と返事したじゃないか。これは約束だ。約束を守らないつもりかい？　回収車が行ってしまうぞ」

「約束を守らないのは私より康夫さんのほうが多いわ」

「だから約束を守らなくてもいい、と言うのかい？　話をすり替えないで、頼むから、生ゴミをすぐ捨てに行っておくれ。つく始末がつかないと落ち着かなくていけない」

　漸く観念したか、一恵はなおブツブツいいながら、梨の皮一枚の生ゴミを出しに行き、康夫はまたテープに戻るのだった。

司　会：どうもありがとうございました。ただ今発表されましたのが、善波のＨさんでございます。それでは続きまして、「自然と環境を守る会」の代表をされておりまして、市内・高森にお住まいのＪさん、よろしくお願いいいたします。

Ｊ：皆さん、こんにちは。私は、伊勢原・自然と環境を守る会の代表をしております。現在、会員が一二〇名ほどおりますけども、今日はこの席で、是非、皆さんに訴えたいことがあります。

一つは、私ども、過去六年間にわたって、伊勢原のノックス、いわゆる二酸化窒素の測定をやってきました。六月と一二月ですが、その結果を見ますと、伊勢原の二酸化窒素は年々悪化しています。

例えば、国道二四六の沿線から二〇〇メートルくらい離れた一般住宅でさえも、国の基準をオーバーしてきている。まして、二四六の沿線上などは国の環境基準の二倍から三倍という値が出ております。今年は、市内で五四箇所測定しました。その結果、環境基準以下がわずか六箇所、一一％です。約九割が環境基準をオーバーしております。現在、伊勢原には、小田厚道路と二四六と東名が走っておりますが、そういう状態でさえも、こういう数字です。

今後、第二東名と二四六バイパスが通ってきたら、一体、伊勢原の居住環境はどうなっていくのかという、そういう心配を持っております。

この第二東名も伊勢原の北インターまでということで、相模川から八・九キロの施行命令が出て、予算がつきました。この工事は一メートル五千万円の工事です。こういう大きな予算を使って、果たしてこういう道路を作る必要があるだろうか――。

昨年の三月、県が丹沢大山自然環境総合調査というものを行いました。四年間かけて、延べ七、五〇〇人の調査員を投入して、調べた結果、大変なことが判りました。

どういうことかと言いますと、丹沢山系は、動物も植物も土壌も、衰退の一途をたどっているということです。すなわち、動物は、例えば、鹿なんかは、大人になると六〇キロぐらいの体重になるんですが、捉えて調べてみると、四五キロしかない。これでは生殖能力もなくなってくるし、冬場を越せないというような痩せ方です。

それから植物は、ブナやモミは、丹沢の西から南にかけての斜面では、ことごとく枯れ出していることが明らかになりました。

土壌はどうか。酸性雨・酸性霧によって下草が枯れ、むき出しになっておりまして、丹沢山系全体では、二六〇箇所以上裸になっております。大山付近でも九箇所、そういう地肌が出ているという状態が発表されています。

このように、丹沢は道路から起きる二酸化窒素によって、すなわち大気汚染によって、酸性雨・酸性霧が発生して、このようなひどい状態になっていることが明確になりました。そういうことで、今度計画されています二四六バイパスも、地元の人たちは、現在の二四六が混んでいるから、何とかバイパスを作ってほしいという要望を出しているわけですが、それを僕らが分析してみると、完全に逆手に取っているのです。
すなわち、どういうことかと言いますと、この二四六バイパスは現二四六のバイパスという性格よりも、むしろ開発道路という性格のほうが強いことが判りました。それは、相模川から渋沢丘陵までの沿線になるわけですが、その沿線に膨大な開発地が五箇所計画されております。
これはまさにバブル発生時代の発想法です。二四六のバイパスとしての性格より、開発のほうが強いんだということが判りました。もちろん、有料高速道路です。

【中略】

司　会：どうもありがとうございました。ただ今発表していただいたのが、市内・串橋のKさんでした。それでは、最後に、纏めを兼ねまして、市内・串橋にお住まいの、ＮＨＫ趣味の園芸の講師をされておりますL先生、お願いいたします

L：こんにちは。この会場に集まった人がこんなに少ないとは、私は思いもしませんでした。伊勢原市内に県立公園を考えていただくという、これは大変ありがたいことですね。しかも、その公園は、どういう公園を作るから、自分たちにとって、あるいは、近隣の市町村にとって有意義な公園であるか、というテーマですから、もっともっと多くの人が関心を示していいのじゃないか、当然私はそう考えたんです。

【中略】

長くなりましたが、以上です。ありがとうございました。（拍手）

司　会：どうもありがとうございました。以上が、ＮＨＫ趣味の園芸講師・Ｌ先生でした。本当に、どうもありがとうございました。これで終わらせていただきますけれど、是非、お考えいただきたいと思います。

県立公園が、今、計画されています。国道二四六号線を伊勢原から秦野のほうに向かって行きます。鶴巻温泉に入るところの先、東名をくぐった右上の山に、大きな五〇ヘクタールの公園が計画されています。基本調査が終わって、基本構想が終わって、基本計画が終わって、あとは県の予算さえつけば、いつでも着工という形になると思います。

大規模な計画ですから、当然、その前に、アセスメントなど、さまざまな手続きはされますけれど、そういう計画がされています。今日、こうして、シンポジウムを開かせていただいたのは――。

だって、自分たちの税金で、ああいうものを作るのであれば、地元の自分たちの声を入れていきたい、そういうことで、こういうシンポジウムを始めさせていただきました。

六名の方から発表していただきました。そこにも資料が貼ってございます。アンケートを取らせていただいている中で、もうすでに百数十名の方からアンケートをいただきました。今日はこの場をお借りいたしまして、市からも絶大なご協力をいただきました。神奈川県からも全面的なご協力をいただきました。

皆さまの声をきちっと反映させるために、お届けをさせていただきたいと思います。貴重な場をお借りしたことに、心より感謝申し上げまして、閉会とさせていただきます。ありがとうございました。

以　上

なお、この県立公園は「県立伊勢原塔の山緑地公園」として二〇〇七年から二〇一二年にかけて造成された。

A

小出康夫が急性肝炎で突如亡くなったのはその年の年末、暮れも押し詰まった一二月二×日のことだった。今わの際の病床で康夫は思いも寄らぬある過去を一恵に告白し後事を頼んで息を引き取った。一恵にとって康夫の死も康夫の告白も青天の霹靂というほかないことだった。

康夫には小学校から高校まで共に同じ学校生活を送った本岡誠一という親友がいた。康夫は高校を出るとすぐK県JAに就職したが、本岡はW大学商学部に進学し卒業後大手の商事会社に進んだ。彼の大学時代には一時疎遠になった期間もあったが、彼が社会人になるとまた交友関係が復活し、年に何回か酒食を共にした。小学校、中学校のときは共に相模原市相模台に住んでいたが、その後康夫は厚木市を経て秦野市へ移り、誠一は藤沢市から千葉県袖ヶ浦へ転居した。結婚は康夫のほうが早く、二〇代のうちに一男一女を授かったが、本岡は優雅な独身貴族を経て三〇過ぎに郁代と結婚した。何年も子どもに恵まれないまま本岡は四〇を前にして突然亡くなった。交通事故に遭って即死したのだ。車には女性が同乗しており、誠一と一緒に亡くなった。独身時代から付き合いの続いていた女性だということだった。夫の突然死にあって茫然自失の態となった郁代を助けて、警察や保険会社や葬儀社などとのやりとりに息つく暇なく大汗をかいたのは康夫だった。生前から誠一は「何かあったら小出に相談するといい。アイツは頼みになる奴だ」と郁代に言い言いしていたのだ。

その郁代が娘の愛を生んだのは本岡の死後一〇ヶ月足らずのことだった。郁代は「もしかしたら」という周囲の好奇の眼を避けて、横浜市汐見台の両親の許へ戻り、愛を出産したのだ。

県立高校で社会科を教えているその愛が実は自分の子どもだというのが康夫の告白だった。愛は今年三五になるはずだが、男運が悪くて、父親の違う二人の子どもを抱えて苦労しているという。上が女の子で誠代という名の小学校四年生、下は爽という名の男の子で幼稚園の年長組に通っている。愛は二人目の夫とも離婚して旧姓の本岡姓に戻っているが、母の郁代は愛が三〇のときに病死している由。康夫は子どもとして認知した愛が自分を頼ってきたら是非力になってやってほしいと言って息を引き取った。

死に出の旅に出る直前の康夫のこの告白を聞いて、一恵は茫然となり、康夫の葬儀を済ませる間もなく寝込んでしまった。受けた衝撃はそれだけ大きかった。

康夫と一恵の間には太郎と麻世という二人の子どもがいるが、二人とも結婚を機に独立している。子宝には恵まれていないところや夫婦共働きのところが二人の共通点で、康夫の葬儀にはもちろん参列したのだが、終わると早々に引き上げていった。

「あの子たちはさばさばしているというのか、薄情なのか、とても康夫の告白のことなんか、相談できやしないわ」と一恵は思った。「私に隠れて子どもまで成すなんて、どうしたって許せない。認知したといっても本当に康夫の子どもなのかどうか判りはしない。愛に財産なんか分けてやるものか」一恵は寝込んだ床の中で一人息巻くのだった。

その愛が二人の子どもを連れて一恵の許を訪ねてきたのは年が明けて早々のことだった。

「竹内さんから父の亡くなったことを教えていただきましたので、とりあえずお悔やみに伺いました。お線香を上げさせていただければ、すぐ失礼します」愛は慎ましやかにそう挨拶した。

二人の子ども神妙にかしこまっている。一恵は思いがけない愛の来訪に、すっかり先手を取られた恰好で、押し返すこともできずに康夫の位牌の前に愛を案内した。しんと合掌を終えた愛に習って位牌の前に進んだ二人の子どもは遺影を見るなり、こもごもに甲高く「あ、おじいちゃんだ！」と懐かしそうに声を挙げた。見れば男の子は顔の輪郭にも康夫の面影を色濃く残していたようだった。

竹内さんと愛が言ったのは、ＪＡ当時の康夫の後輩で、康夫とは一番息の合う部下だった。竹内徹も康夫に心服してよく彼を助け、定年退職後もずっと親交が続いていた。定年後康夫がテープ起こしのアルバイトを始めたと聞けば、どこからともなく康夫の許にテープを持ってきたりした。勢い、一恵もＪＡ関係のことは何かにつけて竹内を頼りにしてきた。

一恵は聞くべからざる言葉を聞いた思いで耳を疑い、脳天にカウンターパンチを食らうのを感じた。だが、それにしても、子どもは何と可愛い声を出すものだろう。太郎にも麻代にも子どもができなかったから、無邪気な幼児の声を身近に聞くのは何十年ぶりのことだろうかと思うのだった。

康夫の遺産相続についても一恵は何かと竹内に相談に乗ってもらったが、竹内はＪＡに相続のことを所管する部署があるから、具体的なことはＪＡの担当者に相談するほうがいいと言って、一恵にその課長を紹介した。

財務コンサルタントの担当者の助言もあって一恵は太郎と麻世に加えて愛も相続会議に呼ぶことにした。太郎と麻世は愛のことを聞いてびっくりするとともに、愛を相続会議に呼ぶことに反対し、愛に相続遺留分を放棄させるよう執拗に主張した。しかし、コンサルタントが、愛を欠いて決めた相続会議の結論は無効になり、改めて愛を含めた会議を開かなければならなくなることを説明したので、二人は不承不承愛を参加させることに同意した。

二月になって開かれた相続会議の冒頭、皆の意向を察知したかのように愛は自分の遺留分の相続権を放棄すると宣言、皆は喜んでこれを了承した。愛が相続権を放棄したことは、太郎と麻世の取り分が六分の一から四分の一に増えることを意味していた。だから愛が父の形見分けとして生前彼が愛用していたパイプを一つ所望したとき、一恵は「一本と言わず、二本でも三本でも好きなだけお持ちなさい」と寛大なところを見せ、太郎や麻世ももちろん異を唱えることはなかった。彼らに喫煙の習慣もなかったし、父親のパイプなどには関心も持たなかったからだ。愛は「では、お言葉に甘えて」と言いながら、数あるパイプの中から、いかにも確信ありげにツツジ材のマドロス一つを選び出した。不思議といえば不思議な所作だったが、その場に居合わせた人たちは誰もそれと気づかなかった。

相続会議の結果、一恵は居住している家屋敷と定期預金合わせて二千五百万円相当、太郎と麻代は定期預金と有価証券、ゴルフの会員権など合わせてそれぞれ一千万円相当を相続するところとなった。子どもたちの取り分が厳密に四分の一とならなかったのは、二人が独立するときに一定額の生前贈与を受けていたからである。

相続会議がまずまず妥当な線で収拾すると、太郎と麻代はまた元の生活に戻り、四九日の法要や納骨式、百箇日の法事の際に顔を見せるだけで、一人暮らしになった一恵を格別気遣うふうもなく日時が過ぎていくのだった。

一恵は康夫の遺品の整理に取りかかりながら、康夫と過ごした日々のことを思い出していた。

私は一体いつの頃から康夫につれなくし始めたのだったろう、と一恵は思った。どこまでが康夫の許容範囲であるかを確かめたいという思いで何かにつけて逆らうようになっていったように思う。康夫が昇進するにつれて忙しくもなり、あちこちへ泊まりがけで出張することも多くなったからだった。女の直感で康夫に女の影が差すように感じたことも一因かもしれなかった。そう言えば、「あなたのご主人が若い女の人と相鉄和田町駅前の商店街を歩いていたのをうちの主人が見かけたのよ」と近所の奥さんに囁かれたのもその頃だったかもしれない。

「それ以上無茶なことを言うと離縁するぞ！」とでも康夫に言われれば、すぐ矛を収めて態度を変えたはずだったが、康夫は不満そうな顔はするものの、離縁などということはついぞ言い出すこともなく日が過ぎていくのだった。

康夫はＪＡ勤務時代に燻製の初歩を学び、興味を覚えて以後、いぶりがっこ、チーズ、ゆで卵の燻製から、ロースハム、ベーコンなど肉の燻製や岩魚、山女などの川魚、鮭、サバ、アジなどの海魚の燻製をあれこれ試して一〇年以上のキャリアを持っていた。はじめのうちはいろいろな食材に挑戦したが、段々収斂して晩年はハムとベーコンが主になっている。スモーカーもはじめはドラム缶から試してみたのだが、段々と段ボール箱に落ち着くようになった。ベーコンは大方の好評を得てどこへ送っても喜ばれる。

康夫はいつもベーコンならバラブロックを二枚仕込んでベーコンを作る。一枚六個、二枚で十二個のベーコンができる。ブロックが大きければ一個一キロほどのベーコンになる。ベーコンができるといつも恩師のK先生に寄贈する慣わしだ。口の悪い恩師は「お前の大根や人参は食えたものじゃないが、肉だけは確かだ」などと言う。教え子から手作りの贈り物が届くのは嬉しいことなのだ。

滅多にあることではないが、ある時、康夫が送ったベーコンに対してK先生からお煎餅のお返しの届いたことがあった。外出から帰った康夫に一恵は言う。

「宅急便が届いているわよ」

「荷物を開けて、中が何か確かめておくれ」

「Kって誰なの？」

「ボクの高校の時の恩師じゃないか。いつも言ってるんだから、恩師の名前ぐらい覚えて置いてもらいたいね」

「恩師だかなんだか知らないけど、いちいち覚えていられないわよ」

「どうして、そうつれないことを言うのかな」

「そんな無理なことを言うんなら、この荷物、自分で開けてよ。あたしは食べないわ」

結局、康夫が荷を開けて、中を確かめて、K先生にお礼の電話を掛ける羽目になる。宅急便一つで、こうも割に合わない仕儀になるのは考えてみればいつものことである。

ごめんなさいが言えたらどんなに楽だろうと思ったものだと一恵は思い返したが、あの頃はとてもそんなことは考えられなかったのだ。夫唱婦随で妻が夫の言いなりに従っていくのは対等平等の夫婦関係とはほど遠い、意味なく康夫に頭を下げるのは屈服以外の何ものでもない、私はそんなことはできやしないと、いつもそんなふうに考えていたのだったと一恵は思う。ぎくしゃくした感じが拭えないまま、子育てに忙しい思いをしている間にそれが定着して晩年まで続いてしまったのだ。「でも私は本当に康夫さんが好きだったわ」と一恵は思うのだった。

康夫の一周期が間近に迫ったある土曜日、突然愛が誠代と爽を伴って一恵の許にやってきた。一周期のお線香を上げさせてほしいと言う。一年ぶりで見る二人の子どもはずっと大きくなった感じだったが、康夫の位牌の前で「あ、おじいちゃんだ！」という甲高い声は前のときと同じように響いた。二人にとって康夫がおじいちゃんなら、康夫の妻である私はおばあちゃんということになるんだわ。身勝手な論理であることを忘れて一恵はその閃きが新鮮な思いつきだと感じた。「愛さん、康夫の回忌のときばかりじゃなくて、いつでもいらっしゃいよ。ゆっくりお話しましょうよ。もちろん、誠代ちゃんと爽ちゃんもね。今日は土曜日だからよかったら泊まっていかないこと？」かつて愛につれなくしていた自分を棚に上げて、一恵は本気で愛と子どもたちを誘うのだった。もしかしてうまくいけば、もっと私が年を取ったとき愛や康夫の面影を色濃く残している爽たちと一緒に暮らすのも悪くないかもしれないわ、という思いつきに一恵はちょっとうっとりするのだった。

愛の家族に対して親しさの増すのを感じるうちに、一恵は思いがけず「康夫さん、ごめんなさい」という言葉が素直に口をついて出てくるのだった。

三年ほどの闘病生活を送った一恵を看取ったとき、康夫は、ああこれでやっと解放されたと密かに安堵の声を挙げた。曲がりなりにも夫婦の関係を全うしたのだから、一恵が嫌いだったわけではないが、生前の一恵は何かにつけて異を唱えることが多く、康夫の気の安らかにならないことが多かった。ＪＡを定年退職して年金暮らしになってから一恵は一段と自己主張が強くなった。どうして、こうどっちでもいいことにまで逆らうのだろうと康夫は辟易するのが常となった。馬には乗ってみよ、人には添ってみよ、なんていうこともよく聞くことであるが、一恵が生前康夫に寄り添ったという記憶はなかったように思う。

闘病という言葉を常套句として使ったが、一恵の場合は適切ではなかったかもしれない。何しろ、一恵には自分が病気と闘うという気概に乏しく、多くのことを人に頼って日を送ったからだ。まあ、そのために寿命が早まったのかもしれなかった。

一恵が病気になって入院するということになる経過には信じられない些末な連鎖がある。ある年の夏の終わり、一恵は友人三人と連れだって草津温泉を旅行した。午後早めに現地に到着した一恵たち一行は早速西の河原にある露天風呂を訪れた。陽のあるうちに大きな露天風呂を楽しみたかったからだ。まだ暑い時期だったためにお腹にパンツが食い込んで、汗で肌が荒れたことにさほど気を払うこともなく湯に浸かったことで、肌は痒みを伴って赤発した。その痒みのためについ指で掻いてしまったために帰宅してからそこが化膿した。草津温泉は有名な強酸性の湯であるために肌が負けてしまったのか、あるいは、小さな創から雑菌が入り込んだかしたのだろう。相当な痒みを伴ったものだから一恵は皮膚科の診療を受けたのだが、しばらく通院して肌のほうは軽快したのだが、このときの薬がやや強かったものか、胃をやられてしまい、そのために薬局で売薬を買って胃痛を抑えにかかったのだ。ところが今度はこの売薬が身体に合わなかったために胃炎を起こし、胃炎が嵩じて胃潰瘍にかかってしまった。もちろんこの段階では胃腸科の専門病院に行って診療を受けたのだが、はかばかしく軽快することなくすっかりこじれて、胃ガンに進んでしまう結果となった。

こうした経過を経て草津温泉行きから四ヶ月ほどの後に入院生活を始めることになったのだった。入院先は伊勢原にある東海大学病院。幸い康夫の住居から車で三〇分足らずの距離だから往復するのは楽だった。ところがいざ入院するとなると、一恵はパジャマや肌着ばかりでなくタオルやハンカチなどの小物に至るまであれこれの注文をつけて康夫を使嗾するのだ。大磯・井上のはんぺんが食べたいとか、小田原・早瀬の干物がほしいとか、所望することもしばしばだ。「どうせ暇を持てあましているんだから毎日見舞いに来てね」という注文もある。ある時、急用ができて見舞えなかったことがあったのだが、早速太郎と麻世に電話が入って恨みがましく愚痴をこぼす始末だった。康夫は、これも一種の甘えだろうから仕方がない、と思い、若い頃から一恵にことさら優しくしたわけでもなく、脛に創を持つ身を振り返ればこれくらいの罪滅ぼしは甘んじて受けようと思って、その煩わしさを厭わないことにした三年間だったのだ。

一恵を看取って解放されたと康夫が感じたのにはまた別の意味もあった。「これで郁代と愛のことは一恵に知られることなく隠し通したことになるな」と康夫は思った。

郁代は小学校以来の親友本岡誠一の妻だった人である。康夫は誠一たちの結婚式の前に初めて郁代に会って以後数回ほど行き来した経緯はあるが、特別な感情を抱いて郁代を見たことは一度もなかった。しかし、誠一の突然の交通事故死ということがあり、それも女性を同伴していてのことということもあって、郁代は茫然自失、魂まで抜けてしまったのではないかという虚脱体となってしまった。おろおろと落ち込んで何も手につかない郁代を助けて諸般の雑事を取り仕切ったのは康夫だった。葬儀の日取りの関係で遺体を部屋に寝かせたまま四日を経過してやっと通夜ということになったのだが、その間郁代を一人にして置くこともならず、康夫は郁代の家に寝泊まりした。もちろん康夫一人だけが泊まったわけでなく、親戚筋の何人かが交代で郁代の傍についた。

告別式が済んで参集した多くの人々が日常に戻るとひとりぼっちになった郁代を寂寥感が苛む日々が続いた。人一人が死ぬことに伴う雑事は思いの外多い。誠一の場合は同伴女性を伴った事故死だからその方面での折衝も多くを数えた。康夫は郁代を励ましながらそれらの雑事に当たり一つ一つ問題を解決していったのだ。こうして二人は親密の度を増し、どちらからともなく身体を求め合い、忘我のひとときを共有することとなった。失意の郁代を慰め、励まし、立ち直りを促すにはこれは必然なのだと康夫は思ったが、そう何度もそうした関係を持つことができるわけもなく自然に元の二人に返ったのだった。

小出康夫が竹内徹から「ちょっと内密に課長代理のお耳に入れておきたいことがありますので」と耳打ちされたのは、本岡誠一の三回忌が間近に迫った三月末のことだった。誠一が突然の交通事故死でこの世を去ったのは二年前の四月の初め、桜の花が盛りの頃のことだった。

花盛り　花散る気配　これなくに　君何故急ぐ　我ら残して

という短歌を添えて誠一の告別式で弔辞を読んだことを康夫は思い出した。早いものだ、誠一が死んでからもう二年も経つのだな、と康夫は思った。

「本岡郁代さんから代理宛の手紙を託されましたのでお渡しします」

「ほう、郁代さんからの手紙ね」

郁代と聞いて、康夫は誠一の葬儀の後郁代と二人だけで過ごした幾日かの秘め事を懐かしく思い出した。葬儀の時はあれこれと忙しかったために心ならずも竹内にも手伝いをさせてしまったのだった。

「はい。大切なことなので、代理だけでなく、第三者にも知っておいてほしいので、ということでした」

郁代からの手紙は、去年の一月に帝王切開で娘が産まれたこと、娘を愛と名づけたこと、愛は間違いなく康夫の子どもであること、誠一は無精子症で子どもが生まれない身体であったこと、康夫の毛髪をＤＮＡ鑑定にかけて愛との親子関係が証明されたこと、などが理路整然と書かれており、誠一の三回忌が終わった後、一度お目にかかりたい旨で結ばれていた。

康夫はこの手紙を一読して大きな衝撃を受けたが、部下の竹内におよそのところを知られたこともあり、誠一の三回忌の法要を済ませて郁代に再会したときは、郁代や愛に対してできる限りの誠意を尽くすことでしっかり腹が決まっていた。

「その節はあれこれとすっかりお世話になりまして、ありがとうございました。何しろ突然のことでしたので気が動転して頭が真っ白になり、考えることもできず何も手につきませんでしたから、小出さんに差配していただいて漸く乗りきることができたのですわ」

「誠一とは小さいときからの親友でしたから、当然のことをしたまでですが、お役に立ててボクも嬉しい限りです」

「愛を妊娠したときはちょっとびっくりしましたが、小出さんの子どもだと確信しました。誠一が子どものできない身体だったことは承知しておりましたし、他にそういう関係を持つ男性はおりませんでしたもの。身籠もったことを知ったときすでに五ヶ月が過ぎておりましたので堕ろすことはできませんでしたが、早く知ったとしても堕ろす気はありませんでした。誠一の生まれ変わりとして折角神様が与えてくださった子どもですから」

「そうでしたか。そうお聞きして何と言ったらいいか」

「いいえ、小出さんにご迷惑をおかけするつもりは毛頭ございませんの。愛のことで小出さんのご家庭に波風を起こしたり、壊したりするのは本意ではありません。私にも同等の責任がございますから、愛の養育費をいただく気持ちもありません。保険の外交をやっておりますし、誠一の任意保険がそれなりの額になりましたから愛との生活のことでのご心配はご無用です。ただ、愛の将来のために小出さんに認知だけはしていただきたいのですわ。それから、年に何回か、自然な形で愛の顔を見に来てやっていただきたいとも思っています。愛には、愛が大きくなってことの理非が判るようになってから、私が知らせますので、小出さんは口は出さないでくださいませ」

愛との親子関係は認知していただきますが、だからと言って、もう二度とセックスはごめん被ります、というのが郁代の締めくくりの言葉だった。小出は養育費はもちろん慰謝料なども請求されるのではないかと密かに覚悟していたのだが、意に反して、郁代の要求は康夫にとって寛大なものだった。

あれから今日まで、二、三の例外を別にすれば、おおむね順調に推移してきたのだったな、と康夫は思う。愛のことが一恵に知れてしまったときはその時のことと腹を括って、愛のためになにがしかの貯金を心がけることに腐心した。

ＪＡに就職して総務課に配属された康夫は職務の一環として広報紙の担当となり、月一度の広報紙作成に当たった。『これからの営農を考える』という特集記事が評判となり、小出康夫を名指しで座談会が開かれたり、講演会の講師を依頼されたりする機会が多くなった。振り返って、あの頃はゆったりしていたものだった、と感慨に耽る。広報紙担当の職員として講師を務めても、お車代などの名目で講演料が用意されるのが常だった。今でこそ、そうした収入は事業所の収入として扱われ、手当は手当として別に処理されるようになっているが、当時は、そのままお車代が自分の収入になったものだった。もちろんいつもすべてを自分のポッポに入れるというわけではなく、時には用意されたお車代をそのまま主催者にカンパしてくることもあれば、部下の職員に酒果を振る舞うのに散財することもあったが、愛名義の預金通帳の残高が増えていくことに大いに貢献したのも事実だった。

「農産物の無人販売方式の開設」とか、「生ゴミで堆肥をつくろう」とか、「スパイス野菜の栽培について」など、JA婦人部に招かれてお喋りした講演会が大いにヒットしたことも今では懐かしい思い出となっている。

本岡郁代が帝王切開の際の輸血が元で発病したC型肝炎で亡くなったときは大変だった。今では注射針の二度使いが禁止されていて、肝炎発病源の一つが改善されているが、当時はC型肝炎に対する知識が希薄で、こうした罹患の例が数多く報告されている。郁代の場合も、輸血量はわずか八〇〇ミリリットルで念のための輸血だった。医者に肝炎に対する関心が薄かったから、自分の血液を予め採取しておくこともせず、売血の血を使用したのだった。輸血の後黄疸の症状は出たもののまさか肝炎とは考えもせず放置したため、三〇年後に突如発病し、発病後は肝硬変から肝臓ガンへ急速に進み、間もなく命を失ったのだった。

このとき愛は二人目の爽を出産して一〇ヶ月ほどのところで、余りの衝撃に授乳中の乳が出なくなってしまったりした。幸い愛は生後一年までの育児休業期間中であったため、学校に出ずに家事育児に専念できたから、ゆっくりながら回復の道を辿ることができたのだった。汐見台の実家で爽を出産した愛は誠代も連れてそのまま実家で過ごしているうちに郁代の発病という事態になったために、なお母の許を去るわけにも行かず、夫の岩田正を一人にしておくほかないのだった。

岩田とは同業で、社会科の教科研究会で知り合って結婚したのだが、正は見かけの恰好よさと裏腹に、大の焼き餅焼きで、酒が入るとすぐ暴力を振るう男だった。生徒というものは教師の本質を見抜く目を持っていると見えて、岩田のことを陰で嫌田と呼んでいるふうであった。郁代が亡くなって、仏向町の自宅に戻った頃から、岩田の酒乱はさらに度を増し、いわゆるDVに発展した。愛にとって最も耐え難かったのはDVの対象が自分だけでなく、父の違う誠代に対してもすぐ暴力を振るうことだった。

岩田は素面の時は理非の区別がつくのだが、一旦酒が入るとがらっと態度が変わってちょっとしたことで誠代を苛め、手を挙げるのだ。結局家裁の厄介になって離婚が成立し、愛は二人の子どもを連れて今は亡き母の実家に戻って再出発したのだった。

あのときも竹内徹には世話になったなと康夫は思った。郁代の病気の頃からは、努めて愛のところへ顔を出すようにしたのだが、どうしても間に合わない急用の時は竹内に助けてもらうこともしばしばだった。

遺産の相続でゴタゴタすることのないよう、きっちりした遺言状をそろそろ書いておかなければならないと思うと、康夫は真っ先にあのマドロスパイプのことが頭に浮かんだ。パイプは、本岡誠一が亡くなったときの後始末に奔走した康夫の労苦に対する心からの謝礼として郁代が贈ってくれた逸品だった。康夫は「これだけは間違いなく愛の許へ渡るようにしなければ」という思いを改めて繰り返した。

妻の一恵をあの世に送った今、漸く晴れて愛と孫たちに正対することができるのを康夫は嬉しく思った。愛はそろそろ四〇歳になろうとしており、誠代は中学一年生に、爽も小学校四年生になっている。八〇歳を前にした父と幸せの薄かった愛たちの一家が共に暮らせることは愛にとっても心の安まることになるのではないか、と康夫は思うのだ。

だが、そこに潜む自分の身勝手さに康夫は最後まで気づくことはないのだった。

（了）

［作者注］共通部＋Aと共通部＋Bは別の物語である。どちらを選ぶかは読者のお好み次第。

（２０１０／６／２４初筆）
（２０１２／９／２４加筆）
（２０１３／６／２５加筆）

〔連作小説〕牡丹と禿

第一部　牡丹

貴栄《たかえ》・正栄《まさえ》の姉妹は農業藤井正臣・マツ夫妻の長女と次女として島根県八束村に生まれた。一九一×（大正×）年（姉）、一九二×（大正×）年（妹）のことである。

八束村の存する大根島は十八世紀の初頭から牡丹栽培の盛んなところで、二一世紀はじめの今日、栽培農家五五〇戸が七〇㌶の耕地に毎年二五〇種一五〇万本の牡丹を生産している。今でこそ大根島は松江市大海崎町から入江地区へ、また、馬渡地区から境港市へ道路が通じて交通の便が格段によくなったが、一九八〇（昭和五五）年に道路が建設されるまでの交通の手段は渡し舟しかなく不便を極めた。大根島で生産された牡丹の苗や花は農家の主婦たちの行商によって全国各地へ運ばれたが、最盛期には八〇〇人を超す女性が行商に出たという。

藤井正臣・マツ夫妻も牡丹と朝鮮人参の栽培で生計を立てており、二人の息子が後を継いだため、その代々の妻女も連れ立って牡丹の行商に精を出すこととなった。毎年雪が解ける三月から五月頃まで、大きな籠に牡丹の苗を入れて背負い、四通八達の国鉄を利用して、近くは金沢や広島、遠くは北海道まで出向いて苗を売り歩いた。

彼女たちは行商先で牡丹を売るばかりでなく、「是非一度大根島へお出でませ」などと郷土の観光案内にも精を出し、商いの成功に比例して大根島への観光客が増えたから、島の経済の成長に大いに貢献した。

朝鮮人参のほうも栽培の歴史は古く、一七〇〇年代の後半に松江藩の財政を補う事業として始められたという。その頃は全国各地で栽培されたが、明治以後はほとんど消滅して、残った栽培地は長野県・福島県と八束町になってしまった。ここで生産される人参は雲州人参と称され、本場の高麗人参に並ぶ世界の最上級品として高い評価を受けている。

さて、藤井姉妹の姉の貴栄は長じて松江市職員の溝口清と結婚して松江市内に住み、二男二女を儲けた。信二はその次男である。妹の正栄は国鉄職員三宅章と結婚し神奈川県川崎市新城に住み、二女の母となった。三枝子はその長女である。

信二は小学生の頃から快活で頭もよく、成績はいつもトップクラスだった。中学高校と順調に進み、大学進学に際して上京し中央大学法学部に学んだ。学生時代の四年間は多摩区(当時)王禅寺に移り住んでいた正栄叔母さんの家に下宿した。下宿代代りというわけではないが、下宿時代は進んで従妹の三枝子の家庭教師を務めた。八歳違いだったから三枝子はまだ小学校五年生になったばかりだった。

三枝子は色白で上背もある、すらっとした可愛い子であった。

信二は大学卒業と同時に神奈川県職員となり、就職を機に叔母さんの家を出て独立したが、三枝子は「信二兄ちゃん、いつまでもいて」といって信二との別れを悲しんだ。

一

その日は朝から快晴だった。杉中大樹《たいじゅ》は夜中に何度も目が覚めて寝不足だったが、これはきっといい知らせの証に違いないと思った。一九九×年三月三日、神奈川県立生田南高校の合格発表の当日のことだった。

「行ってらっしゃい、車に気をつけてね。発表を楽しみに待っているわ」母三枝子の明るい声に送られて、大樹は家を出てバス停に向かってそろそろと歩き始めた。普通ならば五分で歩けるバス停「弘法の松」まで大樹の足だと一〇分は優にかかる。生後六ヶ月頃に罹ったとびひが発端となって、手遅れの治療を繰り返して薬物アレルギー症を呈し、40度を超す高熱が続いて腎臓機能に異常が起こるという、次々に大事が大事を生むに至った結果、三ヶ月かかって漸く何とか症状が軽快した後、四肢に障害が残り、脳にも軽い知的障害を負うことになったためだった。

よいお天気がいい知らせの前兆だと勇み立ってみたものの、大樹は内心不安で堪らなかった。生田南高校への志願者が定員を超えていたらまず駄目だと思っていたのだ。彼の調査書という名のいわゆる内申書は最下位グループの中に位置していたし、入学試験の出来もほとんど点にはならない始末だったからだ。通学中の川崎市立上沢中学では大樹はずっといわば〝お客さん〟で、生田南高校を受けたいと意思表示したときも、はじめは担任の大石朋子先生にはまるで相手にされなかった。「志願者が定員に満たない定時制ならともかく、学区内の全日制の公立高校はどこも合格の可能性はありません」受けるだけ無駄だ、とまで言われたのを押し通して、杉中大樹が生田南高校受検にこぎ着けたのは、どうせどこも駄目なのだから、どこを受けてもいい、という大石先生の最終判断があったからだった。

南生田高校を受けたいという大樹の希望に担任の大石先生がそこまで難色を示すことは、善し悪しは別にして無理もないことだと杉中親子は知っていた。多くの進学希望者からできるだけ不合格を出さないようにするためにという中学校側の配慮と工夫が高じて、いわゆる偏差値重視の輪切りスライス選抜と言われる振り分けが徹底していて、生田南高校は川崎北部学区の全日制普通県公立高校一〇校の三番目に位置する進学校で志願者の人気の最も高い高校だったのだ。

大石朋子先生は「上沢中学としては、本来ならばそういう受検秩序を乱すような受検は来年度以降の進学指導に悪影響があると考えられるので認めることはできないんです」生徒・父母・

担任が一堂に会して行う進路指導のための〝三者面談〟の中でそう言った。「でも、これまで上沢中学では心身に障害のある杉中君のために親身の義務教育を施してきたとはとても言えない状況です。予算がないとか人手がないとか、ないないづくしを言い訳にして義務を放棄してきたことを申し訳なく思っているのです。ですから」と言って、合格の可能性はまずゼロといっていい情勢だが、最後の進路希望ぐらいは大目に見て認めてあげたいと思う、校内には根強い異論もあるかもしれないが、自分が責任を持って説得する、と決意を披瀝した大石先生の態度に「びっくりしたなあ、あのときは」という記憶が大樹の頭の中に鮮明に蘇るのだった。

大樹が生田南高校に着くと、玄関脇の合格者発表の掲示板は黒山の人だかりで、「あった！あった！」「おう、合格したぞ」「やった！やった！」という歓声が至る所に弾けているところだった。小躍りして喜ぶ者、手を取り合い、抱き合って合格を嬉しがっている友達同士、皆、思い思いの態度で喜びを表している。中には感極まって泣き出す生徒もいた。不思議なことに誰一人がっかりし落胆している様子の子どもが見受けられない。大樹は「もしかしたら」という期待の気持ちを膨らませて、不自由な足を引きずりながら、掲示板に近づいていった。合格者は順に受験番号で示されているのだが、一番からほとんど切れ目なしに続いている。二三六番。大樹はドキドキしながら自分の二三六番を目で追った。二三三、二三四、二三五、二三七、二三八…。何と！　ないではないか！　二三六番！　前後はずっと続いているのに、自分の二三六番だけがない！　何ということだろう。やはり志願者は定員を超えていたのだろうか。がっかりしながら大樹は発表されている番号を最後まで見ていった。何と最後の番号は三三九番だった。入学定員が三二〇名だから、少なくとも一九人は定員をオーバーしている様子だった。なるほど、これでは自分が合格するはずはない、大樹はそう観念して掲示板を離れようとした。

諦めきれずに掲示板の端から端まで目をやると、合格者の番号群から少し離れて別の掲示がある。念のためこれを確かめると「次の番号の受検者は応接室へお越しください　一七、七九、一一一、二三六、二八八、三〇一、三〇七」と読める。大樹はここに自分の番号が出ていることに一縷の望みを見出して、とにかく応接室へ行くことにした。

大樹が応接室に赴くとすでに先客が詰めかけている。「あった、あった、オレの番号がある」先客たちが興奮して口々に声を挙げているところだった。大樹が見ると、黒板に先ほどの七つの番号が書かれている模様だった。

「皆さん、おはようございます。皆さんがおそろいのようですから、今日の合格者発表のことについて一言申し上げます。大切なことですからしっかり聞いて間違いのないようにしてください」

校長の丹羽武はそう言って語を接いだ。

「今日の発表では皆さんにいい結果を差し上げることができませんでした。昨日の合格判定会議の結果及び県教育委員会との折衝の結果、今日から三日間の入学手続き期間中に合格辞退者が出た場合は皆さんを繰り上げ合格にすることにいたします。その場合、合格通知は皆さんの通う中学校長宛に出しますので、中学校からの連絡を待ってください。このことを今皆さんに申し上げるのは、本校が不合格だと私立高校に入学金を納めなければならない人が出るかもしれないからです。無駄なお金を払わないで済むようにという配慮をしたわけです。皆さんにとっていいお知らせが届くようになることを私も希望しています」

これを聞いて皆が躍り上がって喜んだのは言うまでもない。〝合格辞退者が出れば〟という条件付きではあったが、例年の受検者の傾向から考えれば、合格辞退の一つや二つが出るのはほぼ間違いのないという認識だったのだ。というのは、この学区が多摩川を隔てて東京都に隣接していたから、神奈川県の県公立高校を滑り止めにして東京の私学を狙う生徒がかなりの数に上るためだった。この傾向は特に成績優秀な生徒に多く、多摩・生田・生田南の三校に集中しているのだ。一名でも辞退すれば七名全員の繰り上げ合格を認めるという破格の決定で、最後に残った志願者全員の合格が保証されたも同然と言えた。大樹は校長の一言がどういう意味であるのか、よく分からなかったが、皆が底抜けに喜んでいるのだから、何かいいことが起きたのだと思いながら生田南高校の校門を出たのだった。

杉中三枝子は大樹の帰りの遅いのが悪い結果のせいではないかと気を揉んで、息子の帰りを今か今かと待っていた。漸く大樹が家へ帰ってきたのは辺りが少し薄暗くなりかけた夕方だったが、大樹の顔を見ると三枝子はすぐ急き込んで首尾を尋ねた。

「結果はどうだったの」

「そ、そ、それがよくわ、わ、わかんない」緊張すると吃音になるのは大樹固有の癖なのだ。

「よく分からないって、どういうこと？」

「お、お、お母さん、繰り、繰り、繰り上げ合格って何のこと？」

何度も行きつ戻りつして大樹から話を聞き、三枝子はどういう事態になったのかを掴むことができたように思った。事態の確認のため彼女は上沢中学の大石朋子先生に電話を入れた。その結果、大樹が発表を見に行った足で中学校へ直行し、生田南高校からの連絡をずっと待っていたこと、生田南高校からは〝合格辞退者が出れば杉中大樹の繰り上げ合格を認める〟旨の連絡があったこと、但し、午後四時までにその連絡は来ていないことなどが分かった。上沢中学でも受検者の繰り上げ合格という事態は初めてのことだったから、再三生田南高校と連絡を取って確信を得たということだった。

その夜一晩中途半端な不安な気持ちで過ごした三枝子の許に吉報が舞い込んだのは翌三月四日の朝一〇時過ぎのことだった。上沢中学からの電話で、大樹が生田南高校に晴れて合格したことが知らされ、入学手続きのために一両日中に生田南高校へ赴くよう指示されたのだ。

聞けば、生田南高校ではその日の朝になって二人の合格者から辞退の届けが出されて、大樹たち七人の繰り上げ合格が決まったということだった。三枝子は思わず歓声を上げて、大樹の就学にかかるそれまでの長く辛い道のりを思い返すのだった。

二

杉中龍介・三枝子夫妻の長男として大樹が生まれたのは一九七×年五月五日のこと、端午の節句に生まれたのも何かの縁と考えて、夫妻はこの子に大樹という名を授けた。緑の枝葉を豊かに繁らせる大樹のように育ってほしいという願いを込めての命名であることはもちろんだった。三二〇〇グラムを超す体重と五五センチの身長に恵まれて生まれた大樹は両親の慈愛を受けて順調にすくすくと育ったから、七月の終わり頃になって汗疹ができたときも三枝子は特別に心配はしなかった。丁寧に湯浴みをさせて清潔を保ち、汗疹のできたところにはベビーパウダーを適量つけておけばそのうち治ると軽く考えたのだ。

ところが、折から夏風邪を引きこれをこじらせた三枝子が大樹に風邪を移してはいけないと用心したあまり、つい大樹の患部を綿密に観察するのを怠ってしまったために、彼女が気づいたときは大樹の身体中に赤い斑や水疱ができていたのだ。慌てて駆け込んだ小児科のお医者さんに「普通のとびひです。皮膚を清潔に保つよう注意すればすぐによくなるでしょう。軽い消炎剤と念のための抗生物質をお渡ししますから、よくならないようだったら指示に従って飲ませてください」と言われ、一安心して大樹を家へ連れ帰った。しかし、見ていると帰宅してからの大樹は機嫌も悪く、どこか不快な様子だったので、三枝子は早く治してあげたいと思うあまり抗生物質を指示より多目に飲ませてしまったのだ。

結果的にはこれが逆効果だったのだろう。多量の抗生物質で病菌も死んだが、身体に必要な善玉菌も死滅させてしまうことになって、身体が本来持っていた抵抗力というか、免疫力というか、そういうものがすっかり機能しなくなってしまったのだった。大樹の病状が軽快するまでの三ヶ月というもの、三枝子はどれだけ後悔し、懊悩したことだろう。「あのとき私がしっかり大樹を見ていてさえやれば」「あのとき焦って抗生物質を余分に飲ませたりしなければ」こんな事態を招くことはなかったろうにと悔やみ、大樹が治るためならば自分の命に代えてもいいと彼女は本気で思った。

一一月の声を聞くようになると大樹の病は漸く峠を越し、少しずつ快方に向かったことで三枝子は愁眉を開く思いだったが、あれほど丸まると太っていた大樹は見る影もなく痩せ細り、食欲もしっかりとは回復せず、牛乳や卵は食べるそばから吐き出してしまう始末だった。あの病のせいで、アレルギー体質に変わってしまったのか、薬剤アレルギーのほかに食物アレルギーも起こすようになってしまったのだ。三枝子は闇雲に大樹を周りの子どもたちと比べるつもりはなかったが、大樹は二歳を過ぎても歩かなかったし、言葉もはかばかしく獲得していると は思えなかった。

どうやら目は異常がないらしく、耳も不自由ではないようなのがせめてものことだと三枝子は思ったが、あの病のために大樹が脳と四肢に障害を持つに至ったのは確かなことだった。

大樹は四歳で幼稚園に入園した。幸い地元の百合ヶ丘幼稚園は障害児にも理解があり、門戸を開いて障害のない子どもと一緒に大樹を受け入れてくれるところだった。大樹は同じ年の子どもたちと比べれば遙かに発達は遅かったが、不自由な四肢と不自由な口とで大樹なりに幼稚園生活に馴染んでいった。

三枝子は常々、あの百合ヶ丘幼稚園の竹中均園長には一方ならないお世話になったと心から感謝している。隔てなく大樹を受け入れてくれたことも嬉しかったたし、大樹が地域の王禅寺小学校に入れたのも園長先生の数々のアドバイスのお陰だと感謝した。一〇月になると川崎市各区から就学時健康診断の案内が来る。この健康診断の結果によって区の教育委員会は就学を予定している子どもたちの行き先を地域の普通小学校、盲学校、ろう学校、養護学校、特殊学級へ振り分ける指導を行う仕組みになっているのであるが、その検診を前にして竹中園長は三枝子に言った。

「杉中さん、他の子どもたちと同じように大樹ちゃんを地域の普通学校へ入れたいと思うのであれば、就学時健康診断の案内が来ても行く必要はありません。いいえ、むしろ検診には行かないで、区教委に〝大樹ちゃんを普通学校へ入れたい〟という意思だけはっきり伝えることが肝要です。区教委は大樹ちゃんの検診を行って養護学校へ行かせたがるに違いありません。何度も検診を受けろと言ってくるはずですが、ここで負けてはいけません。断固拒否を貫く必要がありまます。困った区教委は大樹ちゃんが通っている幼稚園の園長である私のところへ意見を求めに来ることになりますが、私は〃大樹ちゃんは王禅寺小学校へ行く力が充分ある〃と保障します。お母さん、大樹ちゃんをみんなと同じ小学校へ行かせてあげてください。私も応援します」

三枝子は息子の大樹を養護学校へやるなどとは思ってもみなかった。みんなが行く王禅寺小学校に行くことは当然だと思っていた。だが、区教委から来る就学時健康診断の案内には従って、検診を受けなければならないものと思っていた。園長の話を聞いて〃就学時検診を受けなくてもいい〃ということが分かり、むしろ行かないほうが王禅寺小学校への道につながるのだということに確信を持つことができた。

実際の進行も園長の言ったとおりに進み、就学時健康診断を受けないまま、杉中大樹に王禅寺小学校への就学通知が届いたのは三月も末のことだった。この間三枝子は何度となく多摩区教育委員会へ足を運び、同じ要求を持つ父母数人と「王禅寺・地域で育つ会」を立ち上げたのは大樹が入学して間もない頃のことだった。

大樹が小学校に入学してすぐ学校から集団登下校のことでクレームがついた。学校は普通の歩度で一〇分くらいの距離にあるのだが、大樹の足では三〇分かかるのだ。地域ごとに登校班ができるのだが、大樹が入ると他の子どもに迷惑がかかるから親が学校まで付き添ってほしいというのだ。大樹の身の安全に関わることでもあったから、三枝子は学校の申し入れにウンと言いそうになったが、できるだけ「何ごともみんなと一緒に」行動させたいという思いからは簡単にハイと言うわけにはいかなかった。

三枝子が登校班の子どもたちにこのことを伝えどうしたらいいか相談した。子どもたちはみんな大樹のことも知っている。すると一人の五年生の男の子が「大樹ちゃんも同じ地域の仲間だから同じ登校班で登校したい。だけど、足の悪い大樹ちゃんの速度でみんなが歩くことは無理だから、五年生が毎日交代で大樹ちゃんに付き添う。そのために大樹ちゃんに皆より一五分早く家を出ることにしてもらいたい。学校までの道のちょうど真ん中で登校班が大樹ちゃんに追いつき、追い越していくことになる。ただ帰りは学年によって下校時間がまちまちだから、一年生だけの下校の時は小母さんが迎えに来てよ」というのだ。

「ありがとう。是非そうお願いするわ。でも随分知恵があるのね。小母さん、感心しちゃった」

「うん。大樹ちゃんが王禅寺小学校に入ることが分かったとき、僕たちどうするかみんなで相談していたんだ」

障害を持つ子どもに対して学校は冷淡だが、地域の子どもたちは優しくて、その上知恵があると三枝子は思うのだった。夏が近づくと学校は、プール指導が始まるので介助を頼むと言ってきた。プール指導は登下校の問題と違って、まぎれもなく教育活動内のことだったから、三枝子は断固として学校の申し出を拒絶した。一度子どもを受け入れたのだから、その子に対する通常の教育活動のことは学校が責任を持つべきだと、周りからも言われたし自分でもそう思ったからだ。

陰湿ないじめもあったし、高学年になると、同級生の父母から「大樹君がいるお陰で授業が遅れて迷惑だ」ということを露骨に言われたりもした。もめ事が起こったときや新たな要求が生じたときなど、その都度「王禅寺・地域で育つ会」のみんなと手を携えて学校へ行き、区教委へ行った。会の活動のお陰であれこれの難題を解決していくうちに、会の存在自体が世に知られるようになって、大樹が地域の上沢中学に入るのにさほどの軋轢は生じなかった。

大樹にとって中学校は入ることにかけてはスムースだったが、入ってからはずっと〝お客さん〟だった。屈辱的だったのはテストのたびに別室へ連れて行かれることで、統一テストの時は自宅で待機してほしいことをあからさまに言われたりした。大樹が加わることで平均点の低くなることを避けるための措置であることは明らかだった。体育祭でも修学旅行でも、はじめのうちは外されそうになったが、その都度抵抗して、皆と同じ待遇での参加を獲得していった。支えてくれたのは王禅寺小学校以来の友だちで、「大樹は俺たちの仲間だ」彼らはいつもそう言ってその輪の中に入れてくれた。

しかし、それも大樹たちが三年生になり、高校受検を目の前にする段階になると、皆、自分のことで精一杯の状態になった。そして秋以降、大樹が生田南高校を受けたいという意思表示をしてからは特に、「お前、そこまでやるのか、それはやり過ぎというものじゃないか」という非難さえ出る始末だった。それまで常に大樹を支えてくれた王禅寺小学校以来の友だちも一人去り、二人去りして、大樹はすっかり孤立することとなった。

大樹が高校進学問題に直面する段階になって、三枝子は「王禅寺・地域で育つ会」を通して「障害児の高校進学を実現する会」の存在を知り、早速入会の手続きを取った。「耳の聞こえない者に手話を用意し、目の見えない者に点字を用意するのと同じように、知恵の足りない者に知恵を貸すのは当然ではないか」という実現する会の主張に双手を挙げて賛成だったし、「ゼロ点でも高校へ」のスローガンも同感だった。軽いとはいえ知的障害と身体障害の両方を持つ大樹が将来世の中で普通の暮らしをしていくためには高校教育も大学教育も必要だ、高校教育をどれほど必要としているかという必要度では大樹はすべての志願者の中でもトップクラスだ、と三枝子は考えた。

大樹が志望校を生田南高校にしたいと強く言い出したのは、三年生の秋に同校の文化祭「山百合祭」を見てきてからのことだった。明るく快活な校風であることは以前から聞こえてきていたことだったが、学校へ行ってそれを目の当たりにしてすっかり魅了された恰好だった。体育館でのブラスバンドの演奏も底抜けに明るかったし、社会科研究部の「被差別部落の人権」「広島・平和学習修学旅行」という展示にも大いに共感した。家からも一番近い。「ボクは生田南に行くんだ」それからの大樹はそう言って聞かなかった。

それまでの三枝子は、大樹の成績で少しでも入学の可能性のある柿生東高校とか大菅高校辺りを志願することになるのかと考えてきたのだったが、大樹の生田南志向の気持ちが強いのを知って、「親なのだから息子の希望に沿うように応援しよう」という意志を固めるのだった。

実現する会のアドバイスに従って、上沢中学に志望校を認めさせるよう働きかけもしたし、生田南高校の様子を知るために大樹が魅了された「山百合祭」の人権展と就学旅行展を展示した社会科研究部の顧問である村島輝二先生にも会ったりした。

三枝子は、村島先生にも一方ならないお世話になったたな、と思い返している。会って話をしてみると、村島先生は本当に誠実な人柄だった。障害を持つ大樹が生田南高校を受検したいとの希望を持っていることを告げると、村島先生は一通りじっくり三枝子の話に耳を傾けた後、「近いうちに本校の先生方何人かと連れだってお宅を訪ねて、改めてお話を伺い、どんな対策が立つか考えてみましょう」と言うのだった。

その言葉通り村島輝二先生が安藤勉ほか二名の先生と一緒にうちへ来てくれた夜はとても寒かったことを三枝子は思い出した。聞けば、その時の一行は神奈川県高等学校教職員組合生田南高校分会の主立った分会役員の面々で、それまでにも校内で反差別の学習会や統合教育の研修会を開いたりしてきたそうだった。「今の高校現場は適格者主義の考えの人が多く、簡単に障害児を受け入れる態勢ができるとは思えません。時間はあまり残されていませんが、少なくとも〝入学定員が割れていれば不合格にはしない〟線で意思統一できるよう頑張りましょう」話し合いの最後に村島先生はそう締めくくったのだった。

「校長先生にも会ってお願いしたいと思うのですが」と三枝子が言うと、「校長のほうは私たちが話します。彼は少し前までは神高教（組合）本部の執行委員長だった人ですから、その辺りの人権とか反差別のことはセンスもあり、飲み込みが早いのです。今お母さんが校長にお願いに行くのは逆効果にもなりかねませんから、遠慮していてください」村島先生ははっきりそう言って止めたのだった。

大樹が高校受検問題に直面していたとき、従兄の溝口信二が神奈川県庁勤めであることを手がかりに、藁をも掴む思いで三枝子は彼に電話をかけたことがある。それまでも信二とは普通の従兄妹同士の付き合いを続けてきていて、年に何回かは家族ぐるみで行き来のある間柄であったのだが、三枝子が杉中龍介との結婚を決意したある一夜、密かな思いを秘めて信二と会ったことは彼と二人だけの小さな秘密になっていた。

「他ならない三枝ちゃんの頼みだけれど、大樹ちゃんの合否にボクが口を挟むことはできないよ。一昔前までは県会議員の先生方が県教委幹部や高校の校長に圧力をかけて、特定の受検生を無理やり合格させてしまうケースもないことではなかったのだけれど、今はもうそういう時代じゃないんだ。

ボクも教育委員会にいたことがあるから少しは知っているんだけれど、神奈川県では定員内不合格は出さないように高校を指導している。

大樹ちゃんはどこを受けるのかな。ああ、生田南なら校長は丹羽先生だね。彼とは昔付き合ったことがあるからよく知っている。彼なら定員内不合格を出すことはないと保証できるよ。彼はそういうことをする人じゃないんだ」信二はそういって三枝子を励ましてくれたのだった。

長い回想から我に返った三枝子は、あの時村島先生の言うことを聞いて校長に会いに行かなかったことも今日の朗報につながったのかとしみじみ思いながら、大樹の入学手続きを済ませるために生田南高校へ出掛ける支度に取りかかった。「今日はお赤飯を蒸かしてお祝いしなくちゃ。忙しくなるわ」三枝子はそう声に出して言い、深々と深呼吸をするのだった。

三

知的障害を持つ杉中大樹という上沢中学の三年生が本校を受検したいと言っているということを生田南高校の丹羽武校長が知ったのは一九九×年一〇月半ばのことだった。一九八×年三月まで神奈川県高等学校教職員組合の本部執行部に一六年いて書記長や執行委員長の職を務めた丹羽だったが、寡聞にして「障害児の高校進学を実現する会」が多くの県で活動しているることは知らなかった。だからこの手の会が神奈川県にあることも、〝ゼロ点でも高校へ〟というスローガンを掲げていることも、その会にこの杉中親子が加入していることも勿論知らなかった。

そういうことは何も知らなかったが、丹羽は目の前に出現した問題課題に正面から立ち向かう姿勢をいつも持っていたから、障害を持つ杉中大樹の入学に関する件も決して等閑にするつもりはなかった。

中学生が高校に進学するには「入学者選抜制度」の決まりに従わなければならないが、その根幹はいわゆる成績である。調査書といい、ア・テストといい、学力試験という。端的に言えば、すべての成績を数値化し一定の係数をかけて得られた合計得点を序列化して、入学定員を勘案の上合否を決める仕組みである。点数に換算できない特徴や個性、特技や適性、意欲などをどのように判定資料に組み込むか、その方法如何によって年々の選抜制度の中身は変わるが、非点数化部分が大きく扱われることはほとんどない。誰もが納得する結果を得るためには点数化による序列化が最も説得力を持つからである。

学区内全日制普通科一〇校中三番目にランクされる生田南高校の志願者に伍して、杉中大樹が競争試験を首尾よく通過する見込みは十中八九考えられなかったから、彼が合格するには、志願者が入学定員を超さないいわゆる定員割れとなるか、普通の入学定員とは別に定員外の定員を県の教育委員会に認めさせるか、そのどちらかしかないと丹羽校長は考えた。

そもそも、障害を持つ志願者の受け入れに関する県教委の施策がどの辺りにあるのか、丹羽は調べてみることにした。その結果、県教委が前々年度の四月に審議会を立ち上げ、一年間の審議を経て、前年度の末に三論併記の答申を得ていることが判明した。それによると、
①現行制度の枠の中で
②生活コース（仮称）を新設して

③入学定員上別枠を設けて

障害児を受け入れることとし、なお詳細は引き続き検討するが、その受け入れについて高校長の理解を得ることが先決で、現在は時期尚早であるとの意見が添えられている。丹羽が校長になってまだ日は浅いが、この間に、〝校長の理解を得る〟手だてが講じられた形跡はなかった。

県教委は障害を持つ生徒の受け入れには極めて消極的な姿勢であり、この状況では、次年度の入学者選抜要項が改善されて生田南高校が杉中大樹を受け入れる道が開かれるとは丹羽校長には到底思えなかった。しかし、杉中大樹が受検してくることは目の前の待ったなしの問題で、手を拱いて待っているだけでは事態が打開できるはずもなかった。

校内の様子を窺うと、村島教諭をはじめ分会役員たちが主導して「反差別の取り組み：障害児の受け入れについて」とか、「高校現場が持つ〝適格者主義〟の問題点は何か」などのテーマで研修会を企画実行したり、「統合教育」の情報宣伝活動を行ったりして、徐々に受け入れ態勢づくりに取りかかっている様子である。

入学選抜に関する事務を取り仕切り、判定会議に原案を提出する「入選委員会」が積極的な賛成者主体で構成されるよう下工作を行うということも彼らの手で行われた。

かくて、選抜業務が開始される頃までには、杉中大樹を受け入れようというムードは高まり、少なくとも、定員割れの場合には不合格にしない、という職場の意思統一が相当程度までできあがるムードだった。

校内の取り組みはこれでいい、なまじ校長が手を入れると逆効果を生む心配がある、丹羽校長はそう思い、自分は県教委対策のほうを進めようと考えた。県教委を訪れた丹羽は高校教育課の大山課長の許へ行き、①定員内不合格を出さない方針の徹底と②障害者入学のための別枠での定員措置、とについてしっかり検討するよう求めた。大山課長とは丹羽が高校教職員組合の役員時代からよく知った間柄だったのだ。

「課長、障害を持つ生徒の受け入れについての校長理解を深める手だてを早く講じたほうがいい。いずれ、障害児が普通高校を目指してやってくる時代になると思うぞ」

「校長さんの仰るとおりですが、多くの校長さんはまだまだそこまで考えていないんです。そう簡単ではありません」

「定員内不合格を認めない指導通知の徹底はどうか」

「こちらのほうはやっと多くの校長さんに理解が行き渡るようになりました。でも、残念ながら、まだ一〇〇%とはいえない状況です」

「それでは、別枠定員の検討のほうを頼むよ」

「検討はしますが、これも結構難しいと思います。教育長が硬いですから」

「課内でよく検討して、教育長を説得してほしいな」

そういう調子で高校教育課長とそうした中身の話ができるのも神高教執行部経験があるからだ、と丹羽は思い、改めて自らの経歴をありがたいことだと思った。

四

入学者選抜に関する事務が進んで二月二〇日の学力検査の当日となった。それまでの間に上沢中学から杉中大樹の選抜試験に関して特別申請書が出されていたが、県教委との調整も済んで、その日の大樹は①別室受検、②口述筆記人・音読人の介添え、③テスト時間の延長（一・五倍）などの措置を受けて受検に臨んだ。丹羽はこの日の朝はじめて杉中大樹と会うこととなり、「おはよう」と明るく声をかけたのだが、大樹は緊張のためか、顔面は蒼白で言葉も出ない様子だった。

生田南高校への志願者は志願受付から志願変更の段階では五〇〇名を数えたが、以後、学力検査の日までに三五〇名に減少していた。その後合格判定会議までに一定の取り消しや辞退が出ることは予想されたが、入学定員の三二〇名を割るのか割らないのかはっきりしたことは予測できなかった。

合格判定会議は発表の前日三月二日の朝から開始された。この日までに丹羽は再三大山高校教育課長と折衝を重ねたが、結局、別枠定員を措置させることはできずじまいだった。

志願者のほうは三五〇名から一一名減って三三九名になっていたから、判定会議は次の区分と順序で審議が行われた。

①入学定員　三二〇名まで
②入学定員の二%超え　六名
③杉中を除く残り　一二名
④杉中　一名
このうち②の入学定員の二%＝六名という区分についてはどの都道府県でも行われている仕組みとは言えないから多少説明が必要だと思われるが、これは学校が定員を超えて入学させようとするとき、定員の二%までは学校の裁量に任せる範囲として、教育委員会との事前協議を行わずに決定できる枠のことなのである。言い換えれば、この枠を超えた合格認定については、事前に県教育委員会との協議を経なければならない決まりがあるということなのだ。

この学校裁量枠ができたのは、かつて、入学定員の厳密な適用によって、ほぼ同順位と言っていい志願者の一方を合格とし、他方を不合格にしたことで当事者からクレームがついたことがあったためだった。その意味で、甲乙つけがたい成績の者に対して適用するための枠だった。

さて、生田南高校の合格判定会議の概要は次のとおりだった
①②の合計三二六名までは細かい確認を除けば、ほとんど議論なしに手順を踏んで合格と認定された。
③の一二名については
「定員は守るべきではないか」

「志願以前に志願を断念させせられている生徒がいると考えられる中で、受験者全員を入れることは問題だ」

「本校の水準を落とすことにならないか」

などの反対意見ないし消極論も出されたが、全員合格としたい旨の確認がなされた。

これは、杉中大樹を含めて定員超過分一九名程度ならば合格認定の射程に入った、という感触が大勢を占めたためだったろう。

いわゆる成績という点では最下位だった杉中を入れて他を落とすことは考えられないことだったから、杉中を受け入れるためには一人も不合格とすることはできないと判断された結果だった。

かくて④の杉中大樹。
③の反対・消極的意見がここでも繰り返された上、
「障害を持つというが、どの程度の障害であるか」

「中学時代はどのような生活をしてきたのか」

「成績資料を正確に示してほしい」

「この生徒を受け入れた場合、教員定数の加配はあるか、施設設備上の配慮はなされるか」

「介護などの点で保護者の協力は得られるか」

などの質問が出され、入選委員会や校長の回答が求められた。

さらに、

「障害者を受け入れる条件整備がなされていない現在、この生徒の受け入れは時期尚早と言うべきだ」

「高校の本旨は何と言っても勉学面にある。成業の見込みが立たない生徒を受け入れることは問題ではないか」

「障害児教育の専門家が一人もいない本校で受け入れるのは無責任ではないか」

「不測の事故が起きた場合誰が責任をとるのか、我々では面倒見切れないのではないか」

「この生徒を受け入れたら、来年以降障害児が殺到するのではないか」

などの消極論、反対論がかなりの職員から提起された。

しかし、

「希望者全入は我々の目標だったはずだ、昨年も一昨年も全員合格だったではないか」

「定員の一八名オーバーで採って障害児一名だけ落とすことはとてもできない」

「全志願者の中で杉中君ほど生田南高校入学を熱望している者は他にいない。彼はここを落ちれば行くところがないのだ」

「我々がこれまで反差別や統合教育について何年も前からいろいろ学習を重ねてきたのは何のためか。実践あるのみだ」

などの積極論、賛成意見が大勢を占め、採決の結果八五%の高率で全員合格を内定したのだった。

　この会議において定員を大幅に超えて合格させることができるかどうかの議論もあったが、何しろ、前年、土井校長の時代に定員を超えて合格させようとしたとき、当時の県教委高校教育課の担当者は規定上できないとは言わず、むしろ、県教委としてはありがたい旨、歓迎する言辞を吐露した、という記憶が職員に鮮明に残っていたために、ほとんど問題にはされなかった。

　もちろん、この結果を受けて丹羽校長は、学校裁量二％を超える者の合格判定は県教委との事前協議が必要であること、その結果によっては緊急に会議を開かねばならないこと、の念を押して早速高校教育課長に電話を入れたのだが、折から県議会本会議が開かれていたために、直ちに事前協議とはならなかった。

　夕方五時頃教育庁飯出管理部長から電話が入り、「全員合格させたいとのことだが、成績は切れ目のないほど続いているのか。成績上落差があればそこで切ってもらえまいか」と言う。

　丹羽は、そんなことはできない、とにかく事前協議に応じてもらいたい旨を言い張ると、今本会議の休憩中なので終了してから改めて連絡しましょう、ということになった。

　七時半頃かかってきた二度目の電話で丹羽は直ちに県教委へ向かい、八時半頃に到着するとそのまま指導部長室に案内された。部長室には、飯出管理部長、今宿指導部長、大山高校教育課長の他、課長代理、専任主幹、主幹など数名が陣取っており、ただちに事前協議が開始された。

表向きは事前協議だが、内実は交渉だった。

当局側の責任バッターは飯出管理部長で、丹羽は彼とは昔、一九八×（昭和五×）年当時二年ほど、神奈川県職員労働組合連合協議会（県労連）交渉の、彼が当局側責任主幹で、丹羽が県労連事務局長という関係でわたり合い、苦楽を共にしたことのある間柄だった。

生田南高校教職員の総意で内定した三三九名全員の合格を当局に認めさせようとする丹羽が攻め手、入選要綱・要領を根拠にこれを跳ね返そうとする当局側が防ぎ手、という関係での交渉は長時間に及んだ。

交渉の中での丹羽の武器は、前年土井校長時代に二％の学校裁量枠以上を合格させた事実があり、これを当時の高校教育課の担当者が認めたばかりでなく謝意さえ表した経過があった、ということだけだった。

丹羽の主張に対して抵抗する当局の真意は交渉の中で次第に明らかになっていった。「規定枠以上の希望者全入という印象を残したくない」ということと、「知的障害者を全日制普通課程で受け入れるのは時期尚早だ」という二つだった。

協議の中で当局は、「二％を越えて合格させたいので事前協議を、と求めてきた学校が数校ありましたが、すべて規定どおりの枠内で、とお断りしてきました。事実上の門前払いです。生田南だけ特例とすることはできません。教育長の決裁も済んでおります」と言った。

「教育長決裁が済んでいる、とは聞き捨てならない話だ。今、何のために事前協議をしているのか。協議以前に結論が出ているのではこれ以上話し合っても無駄ではないか」と丹羽。

この勇み足を手がかりに全入云々の一方の壁は何とか崩す目途がついたのだが、もう一方の知的障害者受け入れ困難の壁はなかなか崩す展望を見出すことができなかった。

あろうことか、当局はまた「ギリギリの話、知的障害者だけは落としていただけないでしょうか」という。ついに本音がそのまま出たのだ。これはチャンスだと丹羽は思った。

「ちょっと待て、今、何と言ったか。これほどの障害者差別があるか。杉中を受け入れるためにはだれも落とすことができないと生田南のみんなが判断した結果だということが分からないのか」

さらに数合のやり取りの後、最終内部協議のための休憩を管理部長が提案、丹羽は一人指導部長室に残されたが、当局がいかなる結論を出してくるか何の予測もできなかった。

ご相談のできる内容を纏めてきました、と言いながら管理部長以下が指導部長室に戻ってきたのはそれから間なしのことだった。

「昨年の生田南高校の実績、合格辞退者の出る予測、先生方の熱意などを考慮して、定員を越える一九名の志願者について次のとおり取りはからいたいと思います。

まず、校長裁量二％六名が合格、次に特別裁量枠として更に二％六名も合格を認めます。

残り七名については明日の発表時点では不合格としていただきますが、発表後辞退者が出た場合、校長の責任において繰り上げ合格とすることに県教委として異を唱えない、ということでいかがでしょうか」

一名でも辞退者が出れば七名全員の繰り上げを認めるという解釈ができる、丹羽はそう直感して、あえてその確認はしなかった。交渉の場面で互いに何を言ったかということには細大漏らさぬ神経を使う、解釈は勝手、というわけである。

場合によっては解釈の余地が残らない確認を必要とすることもあるが、また、場合によっては解釈の余地を残す方が得策だと判断されることもある。そこまで追い詰めないほうが相手の立場を認めることになることもあるのだ。

当該本人に何時までに知らせるかなど、細かな確認事項を交わして漸く事前協議を終了したのは一一時半を廻った頃だったが、すぐに管理部長は丹羽の目の前で送受話器を取り、厚見教育長に報告に及んだ。

「教育長決裁のとおり校長に理解していただきました。そうです、希望者全入でないことと身障者不合格の2点です」

これを聞いて丹羽は、あ、管理部長も泥をかぶる腹を固めたのだな、事実上の全員合格を認めた措置は管理部長の胸のうちに収める責任で行われたことだ、と直感し、さすが行政の責任者もやるものだという思いを改めて深めたのだった。

「皆さん、事前協議で実質的に全員合格を認めてもらいました。ただし」と言って、丹羽が全職員に協議の内容の了解を求めようとしたのは発表当日の朝八時半からの職員打ち合わせでのことだった。

「反対！　反対！」

「職員会議決定どおり全員合格とすべきだ」

「繰り上げ合格は制度としてあるのか」

「不合格の発表はかわいそうだ」

「今となっては不合格の七名を特定できない」

予想されたこととは言え、七名の不合格発表は職員に不評であった。

丹羽は実質上の全員合格を位置づけるにはこれ以外手だてのなかったことを説き、直ちに入選委員会を開いて七名を特定するよう要請した。

四〇分ほど経って入選委員が戻って来て言うには、原案が全員合格であるので委員会として七名を特定することはできない、とのこと。

時間稼ぎをしておいて、作業時間がないからという理由で原案どおりの強行突破を狙った行動であることは明白だった。

しかし、交渉ごとは互いに妥結結果に責任を持つことで成立するものであるから、時間稼ぎくらいのことで約束を違えることは交渉当事者の沽券に関わることだった。

一〇時の発表を目前に控えて、丹羽は校長の責任において七名を特定することを毅然として、また、断固として宣言した。

どうしてもその校長判断が職員に認められないというのであれば、丹羽はさっさと辞任するという腹をとうに固めていたのだ。

「繰り上げ合格は何時知らせるか」

「入学手続きの日以前に知らせたい」

「そのことを発表時に本人に知らせてよいか」

「別室に呼んで知らせることは結構です」

「別室に来るよう貼り紙をしてよいか」

「はい」

こうしたやり取りの結果、事実上の全員合格が全職員の胸に落ちて、事前協議どおりの発表が漸く確定した。発表時刻の一〇時直前のことであった。

五

杉中大樹は生田南高校への入学が決まると毎日が夢見心地だった。落ち着こうと思っても足がフワフワして、しっかり立っていられない。生田南高校へ入ったらあれもしたい、これもしたいという思いが頭の中を駆けめぐり、顔は自然にほころぶ。部活動は何がいいだろう。勉強は大の苦手だが、高校へ行ったら頑張るぞ、とも思った。中学校では誰も相手にされなかったから、自然、何も話さなかったが、生田南高校は大好きだから、みんなともできるだけ話すように心がけよう。言葉を話すのは口が言うことを聞いてくれないからとても難儀なのだが、友だちがほしいからしっかり話すようにするんだ、と決意した。

三枝子はそんな大樹を見て、わずか何日かの間に、息子が急に大人になったように感じ、高校入学がこれほど彼に自信を与えてくれたことにびっくりし、また感謝するのだった。村島輝二・安藤勉の両先生が三枝子を訪ねてきたのは三月末のある晴れた日の午後のことだったが、三枝子は改めて大樹が合格に至った経緯の詳細を二人から聞くことができた。判定会議のやりとりはさすがに伏せられたが、その様子は充分察することができた。

発表前日の深夜に及ぶ校長と教育委員会との事前協議については、もとよりその細部を知るよしもなかったが、何はともあれ実質的な全員合格への道を切り開いてきた校長の獅子奮迅の働きは、生田南高校の職員が「丹羽校長でなければ到底やりとおすことはできなかったことだ」という評価を下していると聞くだけで、三枝子は涙が溢れた。こんないい人たちに恵まれて、大樹はきっと素晴らしい高校生活を送ることができるに違いないと思った。丹羽校長のことはまだよくは知らないが、一方ならないお世話になったあの百合ヶ丘幼稚園の竹中均園長以上の恩人だと、感謝の気持ちが満ち溢れるのを止めることはできなかった。

四月に入ると六日が生田南高校の入学式だった。この年は春が暖かだったために三月二四日頃から櫻が開花し、入学式まではほとんど散って葉桜になりかけていた。三枝子は大樹とともに入学式に参列した。高校生として公式にその第一歩を踏み出す式だったから、会場は心地よい緊張感が漂い、咳一つしない静けさが保たれていた。

「学校長のことば」という式辞で丹羽校長は教育基本法の前文と第一条（教育の目的）を主たる題材に取り上げて、格調の高い話をした。戦前の教育が国家による強い支配の下で形式的、画一的に流れ、極端な国家主義的傾向を持つ面のあったことに対する反省から新しい教育基本法が生まれたこと、ここでは国の教育権を排し一人一人の国民が持つ個の教育権が優先して尊重されること、教育の目的は人格の完成を目指して行われるべき営みであること、だから目先の成績などに一喜一憂することなく高みを目指して人間を磨かねばならないことなどを分かりやすく説くものだった。

丹羽校長は式辞の最後に、「ここで皆さんにお知らせしておきたいことがあります」と言って、「今年の新入生三三七名の中に心身にハンデイキャップを持った生徒がいる。彼は杉中大樹君というが、もちろん障害は彼の責任ではない。だが、障害のために彼はこれまで随分辛い目に遭ってきた。校内で困った彼に出逢ったらどうか積極的に手助けをしてあげてほしい」そう言って校長は話を結んだ。

三枝子はその斬新で毅然とした式辞に心が震えた。こういう正論を生徒や父母に対して堂々と話すことのできる校長だからこそ、教育委員会の首脳部を向こうに回して、大樹の入学を獲得してくれたのだと合点の行く思いだった。最後に大樹のことに言及した優しい思いやりも思いがけないことで、ただ、ただ、ただ、感謝の気持ちで胸が詰まった。

大樹は校長の式辞が難しくてほとんど理解できなかったが〝目先の成績に一喜一憂することなく〞というところだけははっきり心に残り、「やった！　生田南高校では自分がやりたいことをやればいいんだ」と思い、あの学力検査の日の朝、はじめて校長に会ったとき「この先生なら何とかしてくれるんじゃないか」という印象を強く持ったことを鮮明に思い出していた。この校長先生のお陰でボクは今ここにいる！　校長先生はボクの恩人だ！　ボクはこの先生のことは一生忘れないぞ、大樹は心からそう思った。

学校が始まった当初、大樹は足繁く校長室を訪ねた。朝のこともあるし、昼のこともあり、放課後に顔が覗くこともあった。生田南高校で大樹が知っている先生は村島輝二先生と安藤勉先生ぐらいで、学級担任もクラスの友だちもはじめてだったから、校長先生が一番親しく感じられたのだ。村島先生や安藤先生は職員室へ行かなければ会えないし、職員室は絶えず人の出入りがあって、落ち着いて話のできる雰囲気でもなかったし、緊張すると吃る癖もある。初対面では特に言葉が出てこないのだ。

「こ、こ、校長先生、校長先生はどうして校長先生になったんですか」などと大樹の質問は具体的だが、何とも幼い。

「こ、こ、校長先生、ボ、ボ、ボクは将来、ぅ、ぅ、宇宙飛行士になりたいんです。そ、そのためには、きょ、きょ、京都大学に入ってぶ、ぶ、物理学を勉強します。ボ、ボク、入れますよね、こ、こ、こ、校長先生。だって、ボク、い、い、生田南高校に入れたんですから、べ、べ、勉強頑張れば大丈夫ですよね」

「ボ、ボ、ボク、ワンダーフォーゲル部のデモを見てすっかり気に入っちゃいました。ワ、ワ、ワンゲルに入りたいんです。ボ、ボクでも入れますか、こ、こ、校長先生。ど、どうしたら入れますか」

正直、丹羽は辟易した。質問に対してとても本音は言えない。言えば、大樹の夢を無惨に壊してしまうことになるのは明らかだからだ。彼は生田南高校に入学したことがよほど嬉しかったに違いない。このことで明るい未来が見えてくる思いなのかもしれない。今は毎日毎日夢を見ているのだ。時間が来れば現実を悟るだろう。自分で気づくまではこのまま夢を見させておこうと丹羽は思った。

時が流れて五月、六月が過ぎる頃になると、杉中大樹は次第に校長室に姿を見せなくなった。一時の興奮が冷めて平常の生活に戻るにつれて、大樹にもクラスメートとの間につながりができて、友だちができたためだった。大樹は自分の言葉の不自由を補うために小さなノートを用意し、ワープロで打った自分のプロフィルを見せながら、会う人ごとにサインをしてもらう行動を開始した。

早速校長室を訪れた大樹がサインを求めるのに応じて、丹羽は〝忘れることも亦、大切だ〟と書いた。ものを憶えなければと急かされることの多い年代の人に対して丹羽が好んで認める言葉であった。あれも憶えろ、これも憶えろ、とせっつかれても、人生時には忘れることも大切なときがあるというものだ。

それからの大樹は自分のクラス、職員室、一年生の他のクラス、二年生、三年生というふうに範囲を広げてサイン帳を広げた。はじめのうちはおっかなびっくりという態度だったが、次第に慣れていき、最後には三年生の女生徒にもアタックできるようになったのだった。〝大樹がサインを集めているぞ。そのうちお前のところにも来るかもしれない〟という囁きがそここで聞かれるようになって、誰もが気軽にサインに応じたから、その年のうちに「大樹のサイン帳」は五〇〇人を超す成果を挙げた。

サイン帳が一杯になったから読んで、感想を書いてください、と言って大樹が校長室に顔を出したのは、一二月はじめの頃のことだった。丹羽は早速ワープロを叩いて次のように感想をまとめた。

大分長い間大事な「サイン帳」を借りてしまいました。読むことは、杉中君が置いていったその時すぐに読んだのですが、感想を書く暇がなかなかできないうちに定期試験になってしまったり、外へ出かける仕事ができたりしたためです。

【感想1】

何とたくさんの人の「サイン」を書いてもらったことでしょう。まず、その多さにびっくりしました。

【感想2】

その多くが、杉中君を応援し、杉中君を励まし、一緒に歩いていこう、と言っていることは、何と素敵なことでしょう。

【感想3】

杉中君を励ましている人々は、実は、自分が杉中君によって励まされ、勇気づけられているのだ、ということが、「サイン帳」を読むとよく分かります。でも、そのことに自分では気付いていないのは事実でしょう。

これはとてもおもしろいことだ、と思いませんか。

【感想4】

人は一人で生きていくことができない動物です。意識するかしないかは別として、多くの人のおかげで生活していくことができているわけです。そのことに絶えず感謝することが大切です。

と同時に、杉中君のおかげで生きている人も数え切れないほどいることに気付いてください。

人の役に立つ、ということほど、嬉しいことはありません。頑張って、精一杯生きることを通して、人に励ましを与えてください。

杉中君の仕事です。

六

杉中大樹を受け入れたその年の職員のムードの流れを丹羽は興味を持って観察した。受け入れまでの間は、村島教諭など分会役員が積極的に受け入れ態勢をつくるよう取った行動が功を奏して徐々に受け入れ態勢ができていった。最初は「募集定員割れの時は不合格にはしない」

申し合わせを目指していたが、受け入れムードが高まって、定員超えになっても受け入れようという空気が支配的になった。その結果の定員一九名オーバー全員の合格決定となった。校長が深夜に及ぶ県教委との事前協議でこれを実質的に認めさせ、実際に二名の辞退者が出て七名全員が合格することになったことも受け入れムードを高める効果があったと思われた。

しかし、新年度が始まって、担当の職員が授業や行事、生徒指導などの点で実際に杉中大樹と接触し、その言動を直視しなければならなくなると、ただの受け入れムードではことを処理できないことが次第に明らかになった。これまで出逢った生徒とははっきり違う。言葉が出ない、出ても不明瞭でその上吃音だ、というハンディは杉中自身のハンディだが、聞く側にとっても難物だった。四肢が不自由で一人で歩かせておけないように映る。本やノートのページを繰ることさえ杉中には一仕事で、まして授業の中身を理解させることは至難のことだ。

特定の教科は「取り出し」や「入り込み」の授業ができる教員定数を校長が確保してきたが、とても現実には足りない。学期末になって行った期末テストの結果は予想どおりほとんど点になっていない。これだけ手を尽くしても効果が挙がらないのは、結局受け入れたことに間違いがあったのではないか。そういう迷いが芽生えた時期もあったと丹羽は回想する。一学期末の成績会議では「杉中大樹には赤点（落第点のこと）をつけてはいけないんですか」などという質問も出たりした。

この間特に設けた「杉中プロジェクト」では教科間の連携はどうあったらいいか、とか、各教科の評価はいかにすべきか、とか、これまであまり考えたこともない課題に取り組んで研究討議を重ねていたのだが、これが皆の期待したほどには役立つ対処法を編み出していないことも厭戦ムードを助長しているように思えた。

二学期末の成績会議が迫る中で、プロジェクトの出した資料が厭戦ムードを変える転機になったのではないかと丹羽は思っている。まだその効果がはっきり現れるところまで行っていないが、先生方皆が肩の力を抜くほうに少しずつ動いていると思われる。

その資料とは次ぎのようなものだった。

・児童が心身の状況によって履修することが困難な各教科は、その児童の心身の状況に適合するように課されなければならない（学校教育法施行規則二六条・準用六五条）

・学習の遅れがちな生徒、心身に障害のある生徒などについては、各教科・科目等の選択、その内容の取扱いなどについて必要な配慮を行い、生徒の実態に即した適切な指導を行うこと（高等学校指導要領第一章第六款六―七）

丹羽は、こうした心身に障害のある生徒の受け入れを前提とした規定が教育法や指導要領に明記されていることの意味を生田南高校の職員が理解し、身につけてもらうのを希望するのだったが、もう少しでその境地に到達できるかもしれないと期待を大きくしたところだった。

こうして年末年始の休みに入って間もなくのこと、宅急便で大きな箱入りの牡丹が丹羽の家に届けられた。中を開けると大輪の牡丹が色とりどりに入っている。ピンク、黄色、薄紫、赤、白…。牡丹の切り花が二〇本ほども詰まっているのだ。立てば芍薬、座れば牡丹、歩く姿は百合の花、などと女性の美しさの形容に一役買う牡丹が二〇本も束ねられているのはただ美しいというだけでなく、豪華そのものでもあった。

牡丹と一緒に添えられた手紙は杉中三枝子からのものだった。

前略ごめんください。

大樹がいつも何かとお世話になっておりますこと、心から感謝申し上げます。生田南高校へ入れていただいて、大樹は毎日喜んで学校に通っています。勉強はできなくても、みんなと同じ生活を経験させたいと私も念願しておりましたから、すっかり明るくたくましくなった大樹を見るのはとても幸せです。これもみな校長先生はじめ先生方の広い心と温かいご指導のお陰と、毎日心から感謝しております。高校は社会への第一歩ですから、大樹にとっては貴重な経験となります。このご恩は大樹も私も一生涯忘れることはありません。

感謝の気持ちの万分の一のしるしとして牡丹を送るよう手配いたしました。私の実家の親類筋が島根県松江市の在で牡丹農家を営んでおりますので、頼んだ次第です。

ご笑納いただければ嬉しく思います。

ご機嫌よろしう。よい年をお迎えください。

かしこ

一九九×年一二月　杉中三枝子

仕事柄丹羽はこれまでも時に届け物を受けることがあったが、封も切らずにそのまま返送することも結構多かった。だが、牡丹の切り花ではそのまま返すわけにもいかず、ありがたく受け取ることにした。

切り花には〝牡丹の切り花を長く保たせる方法〟というチラシがついている。

◆管理方法

一．一〇℃前後の場所を適温とし、それ以上の高温やそれ以下の低温の場所はなるべく避けてください。特に二五〜三〇℃以上の高温では切り花の消耗が激しくなり花持ちが悪くなります。

二．石油・ガス・炭火などの直接暖房を使用している部屋では花持ちが悪くなります。

三．直射日光やガラスを通した強い光線にはあまり当てないでください。

四．強い風や外気にあまり当てないでください。

五．毎朝水を換え切り口を新しく切り直してください。

◆水揚げの方法

一．水切り…水中でハサミなどで根元を切る。

二．茎や枝の切り口を砕く…切り口をハサミの峰でたたいて砕いてください。

三．茎や枝の切り口を割る…切り口を縦に四ッ切りくらいに割ってください。

四．切り口を焼く…切り口をその周りを強火で黒くなるまで焼いてください。

五．切り口を煮る…切り口とその周りを二〜三分熱湯に浸し、直ちに水の中に入れてください。

六．薬品処理…牡丹は薬品が極めて効きにくい植物ですので、あまり効果は期待できません。


そう言えば、あれは六月頃のことだったかと丹羽は思い出している。何かのついでに杉中三枝子が校長室を訪ねてきたことがあった。やりとりの中で、「大樹君が単位を取れなくて進級・卒業できない事態になったら、彼には卒業証明でなく履修証明で高校を出てもらうことになるかもしれません」と丹羽が言うと、三枝子は色をなして、「大樹は生田南高校第一×回生として入学したのですから、第一×回生として卒業させていただきたいと思います」と言ったのだ。

丹羽はその剣幕に驚きながらも、三枝子の言葉を聞いて、障害を持つ子どもを受け入れるということは、その子に学校の規範を無理矢理押しつけることではなくて、学校のほうが子どものほうに歩み寄っていくことを意味するのだと瞬時にして悟ったのだった。

いただいた牡丹はあまりに多かったからご近所の二、三軒にもお裾分けをしたのだが、正月松の内を過ぎてもなお美しさを保っているのが驚きだった。

牡丹は大樹が二年生の冬にも届いた。大樹が三年生になるとき丹羽は人事異動で横浜の三ツ境高校に移ったのだが、その年の冬にも牡丹の切り花は丹羽の家に届けられ、彼が生田南高校を卒業してからもその花の到来は続いた。

丹羽が杉中大樹の学年の卒業を待たずに三ツ境高校へ転任したことは今書いたとおりであるが、その学校の卒業式も同じ日だったために生田南高校の卒業式に参列することができず、丹羽はメッセージを送って祝意を表わした。


第一×回生の皆さん、卒業おめでとうございます。

皆さんの入学から二年生の終わりまで生田南高校の生活をともに楽しんだ立場から、一言お祝いの言葉を贈ります。

高校を卒業するということは、これを期に大人社会に巣立っていくことを意味しますから、誰にとっても祝うべきことに違いありません。

しかし、一×回生の皆さんの卒業には特に大きな声でおめでとうを言いたいと思います。

それは、皆さんの中に、大きなハンデイキャップを持った杉中大樹君という仲間がいて、一緒に生田南高校の三年間を送り、今、一緒に卒業式を迎えることができたからです。

　頑張り通した杉中君のその努力はもちろん特筆に値することですが、友達として、また、仲間として、杉中君と喜怒哀楽をともにした一×回生の皆さんの優しさや思い遣りも決して忘れることはできません。

　これから皆さんが出ていく社会の実際には大層厳しいものがあると思われます。この先、苦しいときや、困ったときはどうぞ生田南高校の三年間を思い出して頑張ってください。きっと、元気が出ることと信じています。


　卒業式に列席した杉中三枝子は、このメッセージが紹介された際、期せずして、会場に大きな拍手とどよめきが起きたときの感激を終生忘れることはできないと思った。息子が多くの人々に祝福されて生田南高校を巣立っていくことのできることを心から感謝しながら、あの優しさ溢れる丹羽校長のにこやかな顔を思い浮かべるのだった。

（七）丹羽の家に届く牡丹ははじめのうちは切り花だったが、途中から鉢植えに変わった。鉢植えの牡丹は淡いピンクで典型的な牡丹だった。送られて来るのはいつも正月用だったが、そのままベランダに置いて丹念に水やりを切らさずに続けていると、次は翌々年の五月頃に花を咲かせるようになった。

鉢が二つ、三つと増えるようになるとベランダも手狭になったので、丹羽のカミさんはそのうちの一つを住まっている団地の路地の脇に植え替えたりした。ベランダの牡丹のうちの一本はいつの間にか枯れてしまったが、残ったこの二本は開花の時期に少しのずれを持ちながら、五月になるとそれぞれ美しい花を咲かせるのだった。

三ツ境高校に異動した丹羽武は定年までの残り年数を考えて、ここが最後の職場になると思った。できれば何か期を画す行為を残して第二の人生に入りたいと考え、それには自分が見聞したあれこれを一冊の書物にまとめて残すのがいいと思った。若い時期の一六年を高校組合の本部執行部で過ごし、最後の数年は教育センターの室長・部長、県立高校での校長を経験したが、こうした経歴は高校教員なら誰でもできるという内容ではなかった。墓場まで持って行くには少し惜しいと思う経験もある。幸い、折に触れて書き綴った文章もパソコンを開けば多少の修正で役立つ文になるであろうと思われる。

こうして丹羽は合間を見ながら思い出すままに項目を挙げ、一つ一つ吟味しながら改めて取捨選択した。まとめてみると組合のときの経験にまつわるものと、その後の管理職・校長になってからのこととほぼ半々の内容になった。

組合時代の話題でいえば、神奈川県高教組が宿願の日教組加盟を果たすに至った経緯、神奈川県労連事務局長としての定年制導入や賃金闘争の奮闘、新しい高校教育会館の建設、長洲県知事目玉政策の県立高校百校建設計画にまつわる秘話、さらに組合加入オルグの手練手管などが主であり、管理職、特に校長になってからの項目でいえば、生田南高校創立二〇周年記念行事、校長先生の家庭科、日の丸君が代紛争のほか、何と言っても、「杉中大樹のサイン帳」を外すことはできなかった。

丹羽が定年退職するのは一九九×年三月のことであるが、生田南高校の杉中大樹受け入れから数えれば5年になるところである。あの時、〝校長の理解が得られず時期尚早〟として、事前協議の中で「障害児だけは落としてもらえないか」とまで言った障害を持つ生徒の高校受け入れに関する取り組みはまったく何らの進展も見られていなかった。三論併記の答申の中身の検討も、校長理解を進めるための施策や研修会もこの五年間、何も具体化されることはなかった。

丹羽はこの教育行政の怠慢を告発し、障害を持つ生徒の高校進学に広い道を開くためにも、杉中大樹受け入れに関する詳細な経緯を自分の著作の中で公表しなければならないと考えた。その趣旨を貫徹するためには、関係者はほとんどすべて実名で登場させることが必要であり、著作の刊行日も自分の定年退職日より前、現職校長の立場であるうちでなければならないとも思った。

もちろん、これは秘匿すべき個人のプライバシーを冒すことにもなることだったから、行政関係の役職員は別として、生田南高校の関係者、特に杉中大樹とその家族の事前の了解はどうしても取り付けなければ話は始まらないと思った。

そこで丹羽は、自分が定年退職するに際して本を出したいこと、その中で大樹受け入れの経緯や高校生活の詳細を書き出したいこと、などの理解を求めて、大樹とその家族に自分の意図を説明し、意向を聞いた。いくつかのやりとりの結果、大樹たちの大筋での了解が得られたと判断した後は、どういう内容で、どのような表現や言葉遣いにするか、文案ができる度に写しを送って確認に努めた。意見があればその通りに文章を訂正することを二度三度と繰り返し、万全の準備を整えて丹羽は出版にこぎ着けた。

（ある執行部の回顧）という副題を付けた『みんな一緒』という名の丹羽武の本二千部は丹羽の退職日の一五日前の三月一五日付けで自費出版され、退職前の慌ただしい中で、丹羽自身の手で関係各方面へ発送された。

本の発送されたその日から、丹羽の元に返ってくる『みんな一緒』の反響は多くを数え、おおむね好評だったが、特に「杉中大樹のサイン帳」に対して寄せられた驚き、感銘、共感、激励の言葉は丹羽の予想を遙かに超えるものだった。

しかし、あろうことか県教委は、この『みんな一緒』の内容表現に見過ごせないところがあるとの理由をでっち上げて、丹羽に対して処分を強行した。定年退職五日前の三月二六日のことである。

そうしたてんやわんやの中で迎えた丹羽の退職だったが、その丹羽の手元に一通の封書が届いたのは、その慌ただしさの潮が一段落して少し落ち着いた四月半ばのことだった。裏を返すと杉中大樹という署名がたどたどしく書かれている。

そういえば、あの出版にまつわるやりとり以来すっかりご無沙汰だったと思いながら、丹羽が中を開けると、大樹にしては長文のワープロで書かれた手紙が現れ、三枝子の手紙も同封されていた。

大樹の手紙に目を通した丹羽は思いもかけない内容にすっかり驚かされた。中身をそのまま書き写すのは憚られるので、大意を記すことにするが、その内容はおおよそ次のようなものだった。

「校長先生が本にするというので、ボクは確かにウンと言った。でも、本と言ってもこんな本格的なものだとはボクは思わなかったし、二〇〇〇部も印刷するとも思わなかった。身の回りのボクがよく知っている人にだけ配る内輪の本だとばかり思っていた。だからボクはウンと言ったのに。この本にはボクのことは馬鹿だ、成績最低だということがしつこく強調して書かれていて、ボクの知らない人にまで、ボクが馬鹿だということが知られてしまう。こんな恥ずかしいことはない。もう外は顔を上げて歩けない気がする。

それに、校長先生はボクのことを知的障害者だと決めつけている。ボクには障害はあるけれど、それは身体障害であって知的障害ではない。こんなことなら本に書くことを承諾はするんじゃなかったと後悔した。

校長先生がこの本を書いたことで処分されたと聞いたけれど、県教委でも校長先生がこの本を書かなかったほうがいいといっていることだと思う。

ボクを生田南高校に入れてくれた校長先生は好きだったけれど、本を出した先生は大嫌いになった。もう絶交だ」

同封の三枝子の手紙もその大意を記すと、

「大樹が校長先生に手紙を書くというので中身を読みましたが、思いもかけない内容でした。私は大樹が間違っていると思いますが、大樹は私の言葉を聞き入れようとはしません。私は大樹の親ですので、息子が間違っていると思っても、大樹の側に立ってやらなければならないと思うのです。

大樹もいつかきっと分かってくれる日が来ると思いますので、それまでどうか待ってやってください」


二通の手紙を読んだ当座、丹羽は愕然として「それはないだろう！」と思った。人間とは何と身勝手なものだろう、それにしても寂しいものだ、とも思った。しかし、よくよく思い返してみれば、杉中大樹の受け入れと進級・卒業に関して自分の果たしたことは微々たるもので、今日大樹のあるのは大半、生田南高校職員集団の努力と苦闘と成長の賜物だということに気づくのだった。

あの職員集団が苦しんだのは、どのような基準で、どのように杉中大樹の評価を下したらいいかという点に関してだったが、一年半ほどの実践の結果、漸く、相対的でもなく、また総体的でもない、大樹自身を原点として大樹の成長の度を対象とする〝個的評価〟を行えばいいのだという指導の基本に、職員集団として到達したのがターニングポイントだったと思い返している。あれでみんなの肩の力が抜けたのだった。

それに、と丹羽の考えは続く。きっかけの善し悪しは別にして、ここでかつての校長から離れていくということは大樹の自我がそこまで育ったということではないか、だとすれば、そこまでの成長に少しでも手を貸した自分の功績も満更捨てたものではないということになるのではないか、とも思った。

これまでやや気取った気分で若い人たちに対して〝忘れることも亦、大切だ〟と書いてきたその言葉を今や自分に対して言うべき時だと気づくと、丹羽はにわかに気の休まるのを感じるのだった。

そのことがあって間もない五月に入ると、ベランダの牡丹と団地の路地脇の牡丹は、今年もまた、何ごともなかったかのように一斉に花を咲かせた。いそいそと咲く大輪の牡丹を見て、丹羽は、何も面倒を見ないのに牡丹たちはよく花をつけてくれる、自然は人間と違って人を裏切らないなとしみじみ思うのだった。
　すっかり太くなった牡丹の幹に張り付いているビラを改めて見る。時が経って所々薄れかけた紙片には次の注意書きが書かれていた。

牡丹の育て方

★植え場所
・日当たりよく、排水、通気のよい肥沃な砂壌土が最適です。
★植え方
◎庭植え　植え穴は直径、深さともに約40㎝。
・底に堆肥・鶏糞・油粕・骨粉等を入れ土とよく混ぜ、その上に一〇㎝ほどかぶせてから接ぎ目が三㎝ほど埋まる程度に植えます。
・二本以上植えるとき、株間は一ｍくらい必要です。
◎鉢植え　鉢作りの場合は径二四㎝〜三〇㎝の鉢に根の間に隙間ができないように植え、半年後に油粕・骨粉を鉢土の上に施します。
★上手に作るポイント
・確実に花の咲く、樹形のよい株にするため、毎年芽つみと剪定が必要です。
・開花後、油粕と骨粉を根のまわりに充分与え枝葉を茂らせます。

・乾燥を特に嫌いますから、充分潅水します。

（この説明の後に・花後に切る、五月下旬に取る、秋に剪定する、基部の芽は残す、との指示が絵入りでついている）

これまで丹羽は忙しさにかまけて、芽つみや剪定はおろか、油粕も骨粉もやったことがなかった。ああ、申し訳ないことをした。水だけ飲ませてパンも食べさせないとは。許してくれ、牡丹！

丹羽はけなげに咲く牡丹に目をやると、急に牡丹が愛しくなった。これからはきっと丹念に牡丹の面倒を見てやることにしよう、そしてまた、いつかきっとお前たち牡丹の故郷、八束町をお前たちの代わりに訪ねてやろう、それまで達者でいてくれよ、なあ、牡丹。

丹羽は祈るような気持ちで、今を盛りと咲く牡丹をじっと見つめて、佇立していた。

無論のこと、あれ以降丹羽の家に新しい牡丹の送られてくることは絶えてなくなったが、あの二本の牡丹は今年二〇〇×年五月にもまた、美しいピンクの大輪を咲かせて、丹羽やカミさんを楽しませてくれている。あれから何年経ったことだろうか、丹羽は指を折って数えながら、今年こそ八束町を訪ねて、牡丹との約束を果たしたいものだと考えている。

（了）

この作品は、事実を基に再構成されたフィクションです。作中の人物・団体・事象等は実在の人物・団体・事象等と異なります。

第二部　禿

一

　神奈川県総務部長の溝口信二は宿敵の丹羽武に一矢報いる絶好のチャンスが訪れかかっていることに小躍りする思いだった。それまでも幾度となく丹羽にギャフンと言わせる機会を密かに探ってきたのだったが、これはという場面を見つけることができずじまいで、ついにその鬱憤を晴らす機会を持てないまま丹羽が定年退職していくのを黙って見守るほかないのかと半ば諦めかけていたところだった。その丹羽が三ツ境高校校長を最後に退職する日まであと二〇日もない今日になって、教育長の野田康夫から思いも掛けない相談が溝口の許に舞い込んできたのだ。


「部長、あの丹羽武が定年退職を前にして回顧録を自費出版したのをご存知でしょうか」

「ああ、本は私の家にも郵送されてきていたから知っているが、それが何か？」

「退職まであと二週間あまりという時期に〝回顧録〟の自費出版とは妙だとは思いませんか。何かあるとピンと来たので、教職員課長の鈴木猛にそう言って手分けして本を読ませました。

四〇〇ページほどを五人で手分けして半日かけて読みましたので、まだ総体としてのまとめは十分ではありませんが、案の定、問題表現が随所に見受けられました。

一つは、セクハラ語、不快語、差別表現などがいくつか見られること、二つは、障害児の入学選抜に関する詳細な記述、三つは国旗国歌に関する意見などです。セクハラ語は〝豊胸の街・生田〟の豊胸、不快語はタイトルで出てくる〝死に損ない〟、差別表現は学校業務員というべきところで使う〝おばさん〟という具合です。

障害児の入学選抜に関しては、まず、これが実名で記述されていることが問題です。入選委員会の構成に関して下工作が行われたとの記述が目につき、入選の公平性に疑問が生じます。しかしそれより重要なことは、当時管理部長だった今の飯出郁夫副知事が障害者差別に見まがう発言をしたと誤解されかねない表現があることです。

国旗国歌に関する意見は県教委が進める国旗掲揚・国歌斉唱の指導方針に明らかに抵抗する論旨で、彼なら言いそうなことですが、何といっても現職の校長の意見ということでは議会かられじ込まれるネタになりかねません。

部長に相談というのは、丹羽をこのまま無傷で退職させていいものか、それとも何らかの処分を降しておお灸を据えるか、そのどちらにするかの判断をいただきたいということです。率直に言って教育庁の内部は和戦の意見がほぼ拮抗しているといったところです」

こう言って野田が溝口に示したのは『みんな、一緒』と題した自費出版本の次の箇所だった。

校内の様子を窺うと、村島教諭をはじめ分会役員たちが主導して「反差別の取り組み…障害児の受け入れについて」とか、「高校現場が持つ〝適格者主義〟の問題点は何か」などのテーマで研修会を企画実行したり、「統合教育」の情報宣伝活動を行ったりして、徐々に受け入れ態勢づくりに取りかかっている様子である。

入学選抜に関する事務を取り仕切り、判定会議に原案を提出する「入選委員会」が積極的な賛成者主体で構成されるよう下工作を行うということも彼らの手で行われた。

かくて、選抜業務が開始される頃までには、杉中大樹を受け入れようというムードは高まり、少なくとも、定員割れの場合には不合格にしない、という職場の意思統一が相当程度までできあがるムードだった。

校内の取り組みはこれでいい、なまじ校長が手を入れると逆効果を生む心配がある、丹羽校長はそう思い、自分は県教委対策のほうを進めようと考えた。県教委を訪れた丹羽は高校教育課の大山課長の許へ行き、①定員内不合格を出さない方針の徹底と②障害者入学のための別枠での定員措置、とについてしっかり検討するよう求めた。大山課長とは丹羽が高校教職員組合の役員時代からよく知った間柄だったのだ。

「課長、障害を持つ生徒の受け入れについての校長理解を深める手だてを早く講じたほうがいい。いずれ、障害児が普通高校を目指してやってくる時代になると思うぞ」

「校長さんの仰るとおりですが、多くの校長さんはまだまだそこまで考えていないんです。そう簡単ではありません」

「定員内不合格を認めない指導通知の徹底はどうか」

「こちらのほうはやっと多くの校長さんに理解が行き渡るようになりました。でも、残念ながら、まだ一〇〇%とはいえない状況です」

「それでは、別枠定員の検討のほうを頼むよ」

「検討はしますが、これも結構難しいと思います。教育長が硬いですから」

「課内でよく検討して、教育長を説得してほしいな」

そういう調子で高校教育課長とそうした中身の話ができるのも神高教執行部経験があるからだ、と丹羽は思い、改めて自らの経歴をありがたいことだと思った。


入学者選抜に関する事務が進んで二月二〇日の学力検査の当日となった。それまでの間に上沢中学から杉中大樹の選抜試験に関して特別申請書が出されていたが、県教委との調整も済んで、その日の大樹は①別室受検、②口述筆記人・音読人の介添え、③テスト時間の延長（一・五倍）などの措置を受けて受検に臨んだ。丹羽はこの日の朝はじめて杉中大樹と会うこととなり、「おはよう」と明るく声をかけたのだが、大樹は緊張のためか、顔面は蒼白で言葉も出ない様子だった。

生田南高校への志願者は志願受付から志願変更の段階では五〇〇名を数えたが、学力検査の日までに三五〇名に減少していた。その後合格判定会議までに一定の取り消しや辞退が出ることは予想されたが、入学定員の三二〇名を割るのか割らないのかはっきりしたことは予測できなかった。

合格判定会議は発表の前日三月二日の朝から開始された。この日までに丹羽は再三大山高校教育課長と折衝を重ねたが、結局、別枠定員を措置させることはできずじまいだった。

志願者のほうは三五〇名から一一名減って三三九名になっていたから、判定会議は次の区分と順序で審議が行われた。
①入学定員　三二〇名まで
②入学定員の二%超え　六名
③杉中を除く残り　一二名
④杉中　一名
このうち②の入学定員の二%＝六名という区分についてはどの都道府県でも行われている仕組みとは言えないから多少説明が必要だと思われるが、これは学校が定員を超えて志願者を入学させようとするとき、定員の二%までは学校の裁量に任せる範囲として、教育委員会との事前協議を行わずに決定できる枠のことである。言い換えれば、この枠を超える合格認定につ

いては、事前に県教育委員会との協議を経なければならない決まりがあるということなのだ。この学校裁量枠ができたのは、かつて、入学定員の厳密な適用によって、ほぼ同順位と言っていい志願者の一方を合格とし、他方を不合格にしたことで当事者からクレームがついたことがあったためだった。その意味で、甲乙つけがたい成績の者に対して適用するための枠だった。

さて、生田南高校の合格判定会議の概要は次のとおりに進められた。

①②の合計三二六名までは細かい確認を除けば、ほとんど議論なしに手順を踏んで合格と認定された。

③の一二名については

「定員は守るべきではないか」

「志願以前に志願を断念させられている生徒がいると考えられる中で、受験者全員を入れることは問題だ」

「本校の水準を落とすことにならないか」

などの反対意見ないし消極論も出されたが、全員合格としたい旨の確認がなされた。

これは、杉中大樹を含めて定員超過分一九名程度ならば合格認定の射程に入った、という感触が大勢を占めたためだったろう。

いわゆる成績という点では最下位だった杉中を入れて他を落とすことは考えられないことだったから、杉中を受け入れるためには一人も不合格とすることはできないと判断された結果だった。

　かくて④の杉中大樹。
　③の反対・消極的意見がここでも繰り返された上、
「障害を持つというが、どの程度の障害であるか」

「中学時代はどのような生活をしてきたのか」

「成績資料を正確に示してほしい」

「この生徒を受け入れた場合、教員定数の加配はあるか、施設設備上の配慮はなされるか」

「介護などの点で保護者の協力は得られるか」

などの質問が出され、入選委員会や校長の回答が求められた。

　さらに、

「障害者を受け入れる条件整備がなされていない現在、この生徒の受け入れは時期尚早と言うべきだ」

「高校の本旨は何と言っても勉学面にある。成業の見込みが立たない生徒を受け入れることは問題ではないか」

「障害児教育の専門家が一人もいない本校で受け入れるのは無責任ではないか」

「不測の事故が起きた場合誰が責任をとるのか、我々では面倒見切れないのではないか」

「この生徒を受け入れたら、来年以降障害児が殺到するのではないか」

などの消極論、反対論がかなりの職員から提起された。

しかし、

「希望者全入は我々の目標だったはずだ、昨年も一昨年も全員合格だったではないか」

「定員の一八名オーバーまで採って障害児一名だけ落とすことはとてもできない」

「全志願者の中で杉中君ほど生田南高校入学を熱望している者は他にいない。彼はここを落ちれば行くところがないのだ」

「我々がこれまで反差別や統合教育について何年も前からいろいろ学習を重ねてきたのは何のためか。実践あるのみだ」

などの積極論、賛成意見が大勢を占め、採決の結果八五%の高率で全員合格を内定したのだった。

この会議において定員を大幅に超えて合格させることができるかどうかの議論もあったが、何しろ、前年、土井校長の時代に定員を超えて合格させようとしたとき、当時の県教委高校教育課の担当者は規定上できないとは言わず、むしろ、県教委としてはありがたい旨、歓迎する言辞を吐露した、という記憶が職員に鮮明に残っていたために、ほとんど問題にはされなかった。

もちろん、この結果を受けて丹羽校長は、学校裁量二%を超える者の合格判定は県教委との事前協議が必要であること、その結果によっては緊急に会議を開かねばならないこと、の念を押して早速高校教育課長に電話を入れたのだが、折から県議会本会議が開かれていたために、直ちに事前協議とはならなかった。

夕方五時頃教育庁飯出管理部長から電話が入り、「全員合格させたいとのことだが、成績は切れ目のないほど続いているのか。成績上落差があればそこで切ってもらえまいか」と言う。

丹羽は、そんなことはできない、とにかく事前協議に応じてもらいたい旨を言い張ると、今本会議の休憩中なので修了してから改めて連絡しましょう、ということになった。

七時半頃かかってきた二度目の電話で丹羽は直ちに県教委へ向かい、八時半頃に到着するとそのまま指導部長室に案内された。部長室には、飯出管理部長、今宿指導部長、大山高校教育課長の他、課長代理、専任主幹、主幹など数名が陣取っており、ただちに事前協議が開始された。

表向きは事前協議だが、内実は交渉だった。

当局側の責任バッターは飯出管理部長で、丹羽は彼とは昔、一九八×（昭和五×）年当時二年ほど、神奈川県職員労働組合連合協議会（県労連）交渉の、彼が当局側責任主幹、丹羽が県労連事務局長という関係でわたり合い、苦楽を共にしたことのある間柄だった。

生田南高校教職員の総意で内定した三三九名全員の合格を当局に認めさせようとする丹羽が攻め手、入選要綱・要領を根拠にこれを跳ね返そうとする当局側が防ぎ手、という関係での交渉は長時間に及んだ。

交渉の中での丹羽の武器は、前年土井校長時代に二%の学校裁量枠以上を合格させた事実があり、これを当時の高校教育課の担当者が認めたばかりでなく謝意さえ表した経過があった、ということだけだった。

丹羽の主張に対して抵抗する当局の真意は交渉の中で次第に明らかになっていった。

「規定枠以上の希望者全入という印象を残したくない」ということと、「知的障害者を全日制普通課程で受け入れるのは時期尚早だ」という二つだった。

協議の中で当局は、「二%を越えて合格させたいので事前協議を、と求めてきた学校が数校ありましたが、すべて規定どおりの枠内で、とお断りしてきました。事実上の門前払いです。生田南だけ特例とすることはできません。教育長の決裁も済んでおります」と言った。

「教育長決裁が済んでいる、とは聞き捨てならない話だ。今、何のために事前協議をしているのか。協議以前に結論が出ているのではこれ以上話し合っても無駄ではないか」と丹羽。

この勇み足を手がかりに全入云々の一方の壁は何とか崩す目途がついたのだが、もう一方の知的障害者受け入れ困難の壁はなかなか崩す展望を見出すことができなかった。

あろうことか、当局はまた「ギリギリの話、知的障害者だけは落としていただけないでしょうか」という。ついに本音がそのまま出たのだ。これはチャンスだと丹羽は思った。

「ちょっと待て。今、何と言ったか。これほどの障害者差別があるか。杉中を受け入れるためにはだれも落とすことができないと生田南のみんなが判断した結果だということが分からないのか」

さらに数合のやり取りの後、最終内部協議のための休憩を管理部長が提案、丹羽は一人指導部長室に残されたが、当局がいかなる結論を出してくるか何の予測もできなかった。

ご相談のできる内容を纏めてきました、と言いながら管理部長以下が指導部長室に戻ってきたのはそれから間もなしのことだった。

「昨年の生田南高校の実績、合格辞退者の出る予測、先生方の熱意などを考慮して、定員を越える一九名の志願者について次のとおり取りはからいたいと思います。

まず、校長裁量二％六名が合格、次に特別裁量枠として更に二％六名も合格を認めます。残り七名については明日の発表時点では不合格としていただきますが、発表後辞退者が出た場合、校長の責任において繰り上げ合格とすることに県教委として異を唱えない、ということでいかがでしょうか」

一名でも辞退者が出れば七名全員の繰り上げを認めるという解釈ができる、丹羽はそう直感して、あえてその確認はしなかった。交渉の場面で互いに何を言ったかということには細大漏らさぬ神経を使う、解釈は勝手、というわけである。

場合によっては解釈の余地が残らない確認を必要とすることもあるが、また、場合によっては解釈の余地を残す方が得策だと判断されることもある。そこまで追い詰めないほうが相手の立場を認めることになることもあるのだ。

当該本人に何時までに知らせるかなど、細かな確認事項を交わして漸く事前協議を修了したのは一一時半を廻った頃だったが、すぐに管理部長は丹羽の目の前で送受話器を取り、厚見教育長に報告に及んだ。

「教育長決裁のとおり校長に理解していただきました。そうです、希望者全入でないことと身障者不合格の二点です」

これを聞いて丹羽は、あ、管理部長も泥をかぶる腹を固めたのだな、事実上の全員合格を認めた措置は管理部長の胸のうちに収める責任で行われたことだ、と直感し、さすが行政の責任者もやるものだという思いを改めて深めたのだった。


これは、丹羽武が校長としてはじめて赴任した生田南高校において、障害を持つ杉中大樹という生徒を受け入れるために、大幅な定員オーバーとなった受検生を全員合格させるべく、合格者発表の前日に県教育委員会首脳部との間に彼が行った事前協議についての詳細な描写の一部である。溝口総務部長はその以前に教育委員会総務室長の職にあったことがあるから、流れの大筋は承知していたが、ここまで克明な経緯に触れるのははじめてのことだった。

従妹の杉中三枝子から息子の大樹の高校受検のことで電話をもらったことのあることは溝口も鮮明に覚えているが、三枝子のことでは信二に密かな思い出がある。

あれは三枝子がまだ三宅三枝子だったときの一九七×（昭和四×）年八月の終わり頃のことだった。信二が大学生だった四年間、正栄叔母さんのところに下宿させてもらった縁で、神奈川県庁に就職してからも、信二は盆暮れの挨拶より少し頻繁に叔母の家を訪れていて、三枝子が少女から一人前の若い女に成長していく様子をちょっと眩しいような気持ちで見てきていた。

あのとき、東京の旅行会社に勤めていた三枝子から「信二兄さん、ちょっと会ってお話したいんだけど」という突然の電話をもらって三枝子に横浜まで来てもらったのだった。関内の駅で夕方六時に落ち合って、県庁近くにあるレストラン「かをり」へ案内した。「かをり」は位は高くないが、ちょっと本格的な西洋料理店という香りのする店で、信二もたまに課長や部長のお供で来たことのあるところだった。

ワインを飲みながらの夕食中の三枝子は快活で屈託なく、添乗で出かけた旅の苦労話や他愛ない失敗談などに興じていたから、「会ってお話」という話をいつ切り出すのか、信二は訝しく思ったりした。

食事の締めくくりにコーヒーとシャーベットが供されるときになると、三枝子は「信二兄さん、私、大桟橋に行ってみたいわ。案内してね」と言い、信二が「ああ、いいとも」と答えると、「嬉しい」と言ってにっこり笑った。「かをり」を出て桟橋に向かって歩き始める頃から、三枝子はめっきり口数も少なくなり、歩度もゆっくりになってきた。宵の口の大桟橋はまだ人通りも繁く、活気に満ちていたが、三枝子は埠頭の突端まで行くと「気が済んだ」という面持ちで、立ち止まることなくそのまま戻ってくるのだった。

信二はそんな三枝子をやや持て余し気味に感じながら、「何か話があったのじゃないのかい。もう少し歩こうか」と聞くと、三枝子は「ええ」とだけ短く答えて、話のあることに「ええ」と言ったのか、歩くことに「ええ」と言ったのか、その両方に「ええ」と言ったのか、判然としなかった。信二は大桟橋入り口のところで山下公園通りに出ると、通りを左折して山下公園のほうに向かうことにした。

公園の入り口まで歩いても三枝子は止まろうとはしない。結局信二はそのまま進んで、山下橋を渡り、谷戸坂を登って港の見える丘公園まで三枝子を連れていった。公園から見下ろす港の夜景はなかなか見事なものがあった。

三枝子は「まあ、きれい」と声に出して言い、おずおずと自分の背中を信二に預けてもたれかかるのだった。「このまま少し抱いていて、信二兄ちゃん」と言った。

信二は突然のことで戸惑いを覚えたが、成り行きで三枝子を後ろから優しく抱いた。その姿勢でどれほどの時間が過ぎたことだろう。やがて三枝子は体を起こし、向きを変えると、今度は信二の胸に顔を埋めて、「もう少し、このままで、お願い」と言いながら腕を回してくるのだった。

「ありがとう、信二兄ちゃん。私、今度、結婚が決まったの。式は一〇月だけど、これからも三枝子を守ってね、信二兄さん」というのが三枝子のその場の最後の言葉だった。信二は三枝子と横浜駅までタクシーで行き、三枝子を家まで送ってから帰宅した。

従兄妹同士の関係だからといって、一人前の若い女の子がずいぶん思い切ったことをするものだ、あれは結婚を前にして三枝子が漠然と感じた不安のせいだったろうと思ったものだったが、もしあの時、自分が邪な気持ちを露にして「ホテルニューグランドも近いけど」と誘っていたら、三枝子はどうする気だったのだろう、信二はしばらくそう自問してみたが、はきとした答えはなかなか見つからないのだった。

大樹の高校受検のことでは、三枝ちゃんのために何もしてやれなかったなと思いながら、信二は丹羽が杉中大樹を合格させるために教育委員会の面々と渡り合っている光景をまざまざと目に思い浮かべるのだった。

二

丹羽武を処分に賦すか否か、なお一両日それぞれにおいて検討すること、当事者ともいうべき飯出副知事の内意の打診は溝口のほうで当っておくことを確認して、野田教育長を退室させると、溝口はもう一五年以上になる丹羽武との長い関わりを思い返していた。

溝口にとって丹羽との初めての出会いは衝撃的というほかはないもので、今も昨日のことのように鮮明に覚えている。そのとき溝口は企業庁総務室の労務担当主幹になったばかりで、丹羽は神奈川県職員労働組合連合協議会（県労連）のベテラン事務局長だった。一九八×年度当初の労使の顔合わせの席でのことだった。

県側職員が参事室に隣接する会議室に入ると労連側の幹事団はすでに席に着いていて、中央に議長、事務局長が並んで座っている。少し緊張した面持ちで溝口が境のドアから入室すると、丹羽事務局長は溝口の顔を見ながらやおら手の平を開いて頭にやり、そのまま掌を後ろへ滑らせる。〝あ、禿！〟と声に出して言ったわけではないが、仕草はそのことを雄弁に語っていた。

〝初対面の挨拶も済まないうちに、何と失礼な！〟溝口は毒気に当てられてしばし呆然とした。並み居る他のメンバーは何も気づいていないふうで、すぐ自己紹介が始まったのだが、溝口はどんな自己紹介をしたかまったく記憶に残らなかった。丹羽とはそういう出会い方でつきあいが始まったのだった。

溝口は三〇歳代に入るとボツボツ頭髪が薄くなり、三〇代の後半には頭が上がって、髪の毛は申し訳程度にうっすらと左から右へ棚引くだけになった。四〇代に入った彼自身は禿げ上がった自分の頭をさほど気にするつもりはないのだが、三人いる娘がいずれ結婚していく日のことを考えると、どんな顔をして結婚式に列すればいいか、ちょっと娘が可哀想になるのは避けられない思いがしていたところだった。

神奈川県が山積する職員労働問題に正対するために、人事課に参事を置いて分室体制を設けたのは一九六〇年代初めのことだった。この場合の労務担当参事は文字通り特命事項を担当する本来の意味の参事で、病院担当参事と並んで県参事と呼ばれる権威の高い職位で、後年給与上の措置のために乱発されることになった参事とは異質のものだった。県参事は部長ではないが、部長待遇といって間違いないものだった。

一般に県職員の給与体系は国の指導の許で、国に準じてつくられ、運用される建前である。「一職一等級の職務給」が原則だなどと言われるが、国自身この原則で給料表を運用したことはほとんどなく、県のレベルでも同じである。国の一般行政職の職位は局長・部長・課長・課長補佐・係長・事務官の六種であるが、現行給与体系の元が発足した一九五七（昭和三二）年の給与の等級は八等級で、その時点から一職一等級とはなっていなかった。同じ給料表を運用する神奈川県で言えば、職位は部長・課長・係長・吏員・雇員の五種に対して給料表は六等級建てだった。国は、国の三等級を県の一等級に対応させる給料表をつくるよう県を指導している。

給与体系なり給料表なりをつくった当初は原則に近い形で運用することが可能であるが、時間が経てば原則通りに行かない要因が頻出する。課長を部長に昇進させたくても、部の数に限りがある以上、部長に空きができなければ昇進させることはできない。このことは係長から課長へという場合にも、吏員から係長へという場合にも、事情は同じだ。

ポストに空きがなければ昇進させられない、昇進させられなければ昇級もさせられないという制約を突破するためにまず考え出されたのは、既定の職位に新しい職位を加えて、昇級条件を緩和することだった。ラインの階段を細かくするということである。部長の次に次長を設ける。課長と課長補佐の間に課長代理を置くといった類である。こうすれば、新しく課を設けなくても複数の課長代理を置くことができ、何年かの代理経験で課長待遇の八級を給すことが可能となるという具合である。

しかし職員は大勢であり、適宜に競争させて意欲を持たせるためには、昇級もある程度公平な基準で実施しなければ効果が期待できない。こうしたことからラインとは別に特命事項を担当させるスタッフを置くことが考え出され、そのために新しい職名を導入したりした。こうして参事という名前も八級の課長を九級に昇進させるために用いられるようになり、その結果参事兼室長、参事兼課長が乱発され、参事の権威はほとんどなくなった。スタッフのために考案された主幹という名前がその後の給与体系改訂においてラインの中でも使われるようになり、これが基で、専任主幹とか副主幹という職名も生まれたりした。

溝口が企業庁の労務担当の代表として県労連との交渉に出るようになって一年後には労務担当参事室の次席主幹（職名ではなく複数いる主幹の筆頭に次ぐ立場との意）に抜擢され、県労連との事務折衝の一翼を担うようになり、それも一年だけで翌年には筆頭主幹になった。立場は責任主幹だが、交渉の内実についての理解が深いわけではないから、参事室に長いベテランの次席主幹・川上繁のリードを受けることになった。

幸い、溝口・川上コンビは気心も知れて、相互の信頼も厚かったから、それなりに力を尽くすことができた。県の労使を取り巻く環境は厳しく、課題は重要なものの目白押しという状況が続いていたが、はじめて溝口が労務担当として丹羽と顔を合わせた一九八×年からの最初の二年は、退職手当の削減と定年制の導入という超弩級の課題の処理に加えて、給与条例上のプラスアルファ条項の削除などいう問題も重なって、労使双方息も吐けない事態の連続だった。それまでの労使交渉といえば盆暮れ闘争と言われるように、夏と冬のボーナスと賃金確定と福利厚生事業の課題が中心で、年中角突き合わせる必要はなかったものだった。しかし、退職手当の削減などということになれば、全職員に関係するマイナスの措置をどうするか、ということであり、ある時期だけの短期の交渉で決着がつくということにならない課題だった。

一九八×年に国は法律を改正して三年がかりで退職手当を削減することにした。地方自治体に対しても、条例を改正して同様に削減するよう指導している。当時一〇〇分の一二〇という係数を掛けて最高六九・三ヶ月だった退職手当の支給月数を翌年は一〇〇分の一一七、二年目は一〇〇分の一一三、三年目は一〇〇分の一一〇の係数に減らし、最高で六三・五二五ヶ月にするというものである。国が法律を改正して措置したものを県段階で無視したり、拒否したりすることは事実上不可能である。せいぜい実施時期をずらす程度のことしかできない。退職手当で言えば、この本体の法定分のほかに県独自に条例で措置した加算がある。勤続年数の長さに応じた勤続加算と一定以上の役職に就任した場合の役職加算の二本立てで、併給も可であったから、中には独自加算だけで三〇ヶ月も法定分を上まわって受給する剛の者もなくはなかった。退職手当本体が削減されるということはこの加算措置もいずれはゼロにするという意味だったから、ことは思った以上に深刻だった。一般職員ベースで言っても最高八四・三ヶ月の退職手当が六二・五二五ヶ月に減るということだったのだ。神奈川県の労使はねばり強い交渉によって、この難題に決着をつけたのだが、独自加算措置の一部を一定期間残す内容に導いたのは丹羽事務局長の手腕によるところ大であった。

こうした労使交渉の前には事務折衝がある。情勢をどう読むか、争点は何か、お互いに相手の腹の探り合いをする場面であるが、繰り返し行うことによって、ギリギリの争点がどこにあるかが判ってくる。その辺りを経過しないと労使双方とも決着点を見据えることはできない。双方ともに背後に控える部隊を抱えているのだ。県側で言えば、知事・副知事の理事者に県議会とその構成各会派、県労連で言えば県職労・公企労・神教組・神高教の各単組の執行部およびその傘下の組合員などである。

事務折衝の合間や交渉の修了後には、お互いに労をいたわる裏の舞台も設営される。事務折衝の中心は筆頭主幹・次席主幹と事務局長・事務局次長である。ときには参事室の室員が後学のために加わることもある。一杯飲んで麻雀ということもあれば、漸く流行り始めたカラオケなどに繰り出すこともある。

溝口は麻雀もカラオケも仲間内では定評があった。特に麻雀はそれまでほとんど負けたことがなく、ちょっとした小遣い稼ぎになっているという実績を誇っていた。だが、彼が丹羽とそういうつきあいをした二年というもの、丹羽と卓を囲むときは大抵負けた。腕に違いはないとは思うのだが、どういうわけか丹羽には勝てなかった。終局間近まで確かに勝っていると思う局面で、黙って面前で待たれた丹羽に振り込んで逆転されることもあった。半チャンごとの精算で勝つ半チャンもあるのだが、トータルすると負けになっているのだ。負けが込むと次第にコンプレックスを感じるようになり、思いがけず丹羽の大きな手に振り込むと、初対面のときの〝禿！〟の所作が目に蘇ったりすることもあった。

丹羽をよく知っている庁内の人々の声を聞くと、丹羽は労使交渉では手ごわいが、なかなかの人物だということでほぼ一致している。

しかし、ずっと後になって丹羽とゴルフのラウンドを一緒したとき、溝口は丹羽がスコアを過少申告する悪癖のあることを実際目撃したことがある。昔からゴルフはその人の品性や性質が出るといわれており、その点から言えば、丹羽の品性に難があるということになるのではないか。あのとき確かに丹羽はゴルフを始めてからまだ日も浅いと聞いていたし、実際、腕前やスコアを云々する域に達していなかったから、スコアを過少に申告する癖ができているとはなんと奇態なことだろうと思ったものだったと溝口は記憶している。

溝口・川上体制のときの最大の難題は給与体系の見直しだった。国は八等級制だった給料表を三本増やして一一級制にした。神奈川県は国の一級に相当する職がないから一〇級までの給料表を使うことになったのだが、それまでは六等級制だった。一職三等級ぐらいに混在している職位を整理して一〇級に振り分けるのだが、体系であるから、将来の姿も視野に入れておかなければならない。どういう昇級基準にするかも慎重に考慮しなければ、将来の人件費がパンクする可能性もないとはいえない。職員側から言えば、それまでの既得権を侵害されない体系であることはもちろん、これまでの昇進上の不満や人事上の不公平を解消したいというテーマを持つ。

給料表上の級を誰もが同じような基準で通過して昇級していくのをワタリというのだが、それまで三等級までは大筋ワタリで昇進していた。新体系に引き直せば六級である。だから六級までのワタリは県も認めないわけにはいかなかった。労連側は七級までワタリで進むことができるよう基準化しろというのが要求の眼目だった。県は七級が課長補佐級の職位であることから、ワタリで昇級させることはとてもできない、これは理事者の任用行為である、という立場に固執した。労使の争点はいくつもあったが、結局最後に残ったのはこの七級ワタリの問題だった。交渉の大詰めまでこぎ着けたが、どうにも埋まらない溝が横たわって、膠着状態となった。

決着がつかないまま交渉が決裂するかという段階で妙案を出して交渉をまとめたのはここでも丹羽事務局長だった。七級昇進に直接手をつけずに、六級昇進の条件に一定の配慮をすることで、この問題をクリアしたのだ。交渉が円満に成立して、問題が解決したことは筆頭主幹の溝口にとって肩の荷を降ろしたことを意味していたのだったが、別の見方をすれば、ここでも溝口は丹羽に敗北を喫したということでもあった。


そこまで思い返した溝口総務部長は、あのとき参事室のみんなが〝よかった、よかった〟というムードだった中で自分だけ憮然とした思いに沈んでいたことを鮮明に思い出していた。

早速飯出副知事室に電話を入れると、折りよく副知事は在室していて、用があるなら聞こう、すぐ来い、ということだった。

溝口が赴いて今野田教育長から聞いたことの概要を話し、丹羽処分のことを打診したときの飯出副知事の意向はおよそ次のようであった。

すなわち、副知事のところにも『みんな、一緒』が一冊届けられていて、ざっと目を通したこと、障害児の生田南高校受検にまつわる件の一文を読んで「なかなかよく書けているな」と思ったこと、副知事が障害児差別を助長するような言動を吐いたのではと誤解される心配はなく、むしろ、障害児の高校入学を実現させた働きを評価される公算が大であると考えていること、当時の厚見教育長はとっくに定年退職していてクレームのつく心配は毛頭ないこと、こうしたことを述べた後、副知事は最後に次のように締めくくった。

「したがって、私の立場を慮って丹羽校長を処分するというならその必要はまったくないと思ってもらいたい。ただ、彼との間には君たちにもさまざまな思惑が介在しているだろうから、彼の処分そのものに絶対反対だとは言わない。総務部長や教育長が処分を主導するならそれはそれで構わないが、まあ、できるだけ穏便にことを進めてもらいたい。人事委員会提訴や裁判沙汰になるような事態は是非避けてほしい」

総務部長室に戻りながら溝口は飯出副知事の言ったことを反芻し、副知事は口ではああ言ったが、どちらかと言えば丹羽を軽く処分するほうに軍配が揚がったと捉えたのだった。


溝口信二は、そういえば、このところ三枝ちゃんともしばらく会っていないな、と思い、丹羽校長の処分をどうするかを考える何かの手がかりが得られるかもしれないとも思って、その日の退庁後、川崎・麻生区の王禅寺に三枝子を訪ねた。幸い、三枝子の夫龍介も定時退社ができて、帰宅したばかりのところだった。

「いつも忙しい信二兄ちゃんが突然訪ねてくるなんて、雪でも降るんじゃなくて？　何か急なご用ですか」

「いや、特別な用というわけじゃないんだが、大樹ちゃんにもしばらく会っていないしね。彼今どうしている?」

「ええ、元気ですよ。元気ですが、今はピースボートに乗っていて、ここにはいないのよ。今日辺りはバンコックかな」

久しぶりの三枝子夫妻との談笑に酒食も進んで信二にはくつろいだひと時となった。

「その後、丹羽校長とは行き来があるの?」

「いいえ、特にありませんわ。年賀状のやり取りだけになっているのですわ。何といっても大樹の入学や高校生活の上でとてもお世話になった校長先生ですから、感謝の気持ちはいつも忘れてはいないのですけれど。ここのところ毎年暮れには大根島の実家筋のほうから牡丹の鉢植えをお送りしているんですが、それにはいつも丁寧な電話と手紙の礼状が返ってきますわ。とても喜んでいただいているみたい」

そんなことがきっかけで、ひとしきり丹羽校長の話題に花が咲いた。信二は、まさかその丹羽校長が定年退職を前に処分沙汰になろうとしているとは口が裂けても言えることではなかったが、三枝子が何か奥歯にものの挟まったような言い方をするのが気になった。

何か、気になることでもあるのか、と水を向けると、三枝子はおずおずと次のようなことを言い出した。

大恩ある校長先生のことを悪く言うわけではないのだが、退職を前に丹羽校長は元PTAの女性役員とわけありらしいという噂があるとのこと。それも今の三ツ境高校関係ではなくて、生田南高校のときに知り合った川崎地区の別の学校のＰＴＡ役員らしいこと。丹羽先生を知っている地域の商店のご主人が行きつけの生田のスナックで、二人を何度か見かけたのが噂の出所らしいのだが、その人も元生田高校のＰＴＡ役員だったことがあり、ＰＴＡ役員ＯＢからＯＢへ噂は瞬く間に伝播して行ったらしい。三枝子自身、大樹が生田南高校に在籍していた三年間は、お礼の意味も兼ねて、進んでＰＴＡ役員を務めていたから、ＯＢの立場で今でも連絡があり、その線から噂も耳に入ったということだった。

信二は、自分が知っている丹羽校長を思い浮かべて、彼が結構女好きであり、かつ周囲の女性にもかなり評判がよかったことを思い出して、元ＰＴＡ役員の女性とわけありらしいと聞けば、それもありそうなことだと思うのだった。そしてこれはきっと何かの役に立つ話になりそうだ、一度きっちり調べてみようと考えて胸に収めるのだった。三枝子からこうした丹羽武の話を聞くうちに、やはり彼を何らかの処分をもって遇するのがいいという気持ちが次第に固まっていくのを覚えるのだった。

（三）　翌日朝一番で総務部長室を訪れた野田教育長と溝口総務部長のやりとりはおよそ次のとおりであった。

「いかがでしょうか、ご検討いただけましたでしょうか」

「副知事の意向は聞いた。一言で結論を言えば、われわれに任せるということだ。教育庁のほうはどう？」

「昨日もあれから遅くまで総務室長や教職員課長と話し合ったのですが、ここまで書かれてそのままというのは、議会から追及されたときに説明がつきませんし、飯出副知事が障害児差別を黙認したのではないか、との誤解のおそれも残りますから、県庁組織という組織を防衛する観点からも、やはり処分の線で行きたいという雰囲気でした」

「簡単に処分というが、書いたものをネタに処分するとなると、細かく配慮しなければならないな。それにしても丹羽はどうしてこの時期に回顧録を出したのだろう。定年退職後ならこんな事態にならないのに」

「何故この時期かについては手分けして読んだ限りではよく分かりませんでした。彼には妙な潔癖感がありますから、現職中に拘ったんじゃないかというのは教職員課長の観測です。配慮の点というのは、例えば議会筋とかですか」

「むしろ議会のほうは必要なら事後に説明するほうがいいだろう。事前では却ってやぶ蛇ということもある。社民党などが騒ぎ出さないとも限らないからな。内部のほうの知事・副知事はいいとして、出身の高教組の意向は軽視できないだろう。何の廉で処分するか、内容と処分理由もよく吟味しなければなるまい」

「高教組のほうは、丹羽が校長になっていますから、問題にはならないでしょう。執行部経験者であっても校長になった者には結構冷淡ですから、あそこは。処分は地方公務員法に定める戒告、処分事由は守秘義務違反ではどうでしょうか」

「戒告処分だけだと実損は出ないのかな。任用期間がまだあるのならば昇給の三ヶ月延伸がつくから多少の実損が出るところだが、今月末に退職してしまうとそういうことにはならないだろう」

「実害の出ない戒告処分では意味はありませんか。となると、校長を解任して専任主幹を発令しますか。これならば、分限条項をテコにして行政職給料表に切り替える際、直近下位の号俸を適用することが可能です。もっとも、専任主幹を発令しても、経験年数があるから参事に昇格させなければなりませんが、差し引きで一〇〇万円くらいの実損となる試算のようです」

「その辺のことはそちらで考えてやってもらっていい。ただ、守秘義務違反は使えないだろう。守秘義務違反を問う場合、事前に何が守秘義務の対象になるかを明示しておかなければならないからだ。入選業務の詳細や事前協議の細部を書かれたということで守秘義務違反とは言えないだろう。使えるとすれば〝公務員の不良行為〟か〝信用失墜行為〟かな。法制的にしっかり裏付けを取っておかなければいけないな。その意味では人事委員会への根回しも必要だろう。それから処分を行うことを前提にして、決定のための教育委員会は近くに予定があるのかな」

「教育委員会は定例会が二〇日にありますから、充分間に合います。ただ、丹羽に対する事前の事情聴取をやっておきませんと、あとで手続きミスを突かれてお手上げになります」

「そこは教職員課長にやらせればいい。何なら学校へ出向いてでもやっておくことだな」

「それから処分の発令日ですが、学校は二五日が修了式ですから、その前となると、現場が混乱するおそれもあります。校長代行に修了式を任せるのは危険ですので、修了式は丹羽にやらせて、処分の発令は、決定から日が経ちますが、二六日がいいのではと、これは総務室長の意見です」

「うん、それはそれがいい」

こうして大勢は丹羽処分に向けて動きだし、その矢が放たれることとなった。組織が一旦方針を決めれば行くところまで行かなければ途中で変えることはできない。三月一六日に教職員課長の事情聴取があり、二〇日は定例の教育委員会が開かれて、①地方公務員法に基づく戒告、②校長解任専任主幹発令、の二重処分が正式に決定した。五人の教育委員の誰もが質問もなく、何らの異を唱えることもなかった。委員の中には丹羽校長をよく知る委員もいて、そのあたりから何か異論が出るのではないかと野田は思ったのだが、「私たちはこの処分を認めればいいのですね」という確認の発言があるだけで、野田はちょっとホッとする思いだった。発令は二六日のことで、学校が混乱することもなかった。丹羽は直ちに人事委員会への提訴を目指して馴染みの弁護士に相談を開始した模様だった。

教職員課長の事情聴取によって、何故丹羽がこの時期に回顧録を出したか、その謎が解けた。課長のその質問に彼は次のように答えている。

「知的障害を持つ生徒の高校受け入れ問題は五年前の生田南高校での実践以来、何の進展もない。あの当時、県教委は審議会を立ち上げ、一年間の審議を経て、三論併記の答申を得ている段階にあった。三論併記とは、①現行制度の枠の中で、②生活コース（仮称）を新設して、③入学定員上別枠を設けて、障害児を受け入れるということだったが、この答申に但し書きがついており「なお詳細は引き続き検討するが、その受け入れについて高校長の理解を得ることが先決で、現在は時期尚早である」という。

あれから五年が経過したが、この間〝校長の理解を得る〟手だてが講じられた形跡はまったくない。また、答申に併記された三論のいずれに絞り込むかという本体の論議もまったくなされていない。これは高校教育課の怠慢だが、一人高校教育課の怠慢というだけでなく、県教育委員会全体の怠慢と言っていい。問題提起をした立場から言えば、この怠慢をそのまま見過ごして定年退職するわけにはいかない。この事実を告発し、警鐘を鳴らすためにはどうしても現職中であることが必要だった」

言われればまさにその通りだが、正論だからと言って処分を中止するわけにはいかない。もうその線で事態は動き出してしまったのだ。知事や副知事の了解もすでに得られている。

こうして出来上がった戒告辞令などは次のようなもので、溝口総務部長としては何とお粗末なという不満の残る内容と文言とになったが、地公法二九条第三号が守秘義務違反でなく、「全体の奉仕者たるにふさわしくない非行のあった場合」という規定であることにひとまず安堵するのだった。

処分説明書

平成一×年三月一五日に発行された「みんな、一緒」の著書の中で、校長として在任していた県立生田南高等学校における平成×年度の入学者選抜に係る県教育委員会との事前協議の状況及び入学者決定にいたる経緯等、校長としての職務上知り得た、入学者選抜の円滑な実施の根幹に関わる情報等を、校長としての職務遂行以外の私的な目的で使用した。

また、同著書のなかで、『判定会議に原案を提出する「入選委員会」が積極的賛成者主体で構成されるよう下工作を行う』との記述や、県教育委員会との事前協議において、教育庁幹部が『知的障害者だけは落としていただけないでしょうか』と発言したとの記述等、客観的に事実かどうか明らかにできない、学校等に対する信頼を失墜する恐れが極めて高い情報を、校長としての職務遂行以外の私的な目的で使用した。

さらに、校長という立場にあるにもかかわらず、同著書の中で、教育上の見地からの最大限の配慮を払うべき特定個人の情報を取り扱うにあたり、その配慮を欠いた。

学校を管理・監督する立場にある校長の行ったかかることは、入学者選抜をはじめとした学校教育に及ぼす影響が極めて大きく、教育公務員としての職の信用を著しく失墜させるものである。

人事委員会へ丹羽が提訴するだろうことは副知事からはそうならないよう釘を刺されたことだったが、溝口や野田には織り込み済みだった。三月三一日までに提訴されなければ、丹羽は地方公務員でなくなるから、訴える資格がなくなる。そうなれば提訴は門前払いに賦すことができる。それを重々承知の上で、不服申し立ての期限について「翌日起算の六〇日以内」という（注）をつけたのだった。

この付記はウソではないが、ここでは適性を欠く。人事委員会への提訴権が現職の地方公務員に限られるのもまた事実なのである。丹羽が気づいて三月三一日までに提訴するということなら「これまでの行政実例にない」という理由で門前払いに賦すこともできるだろうとは人事委員会との打ち合わせで一応確認したことだった。

丹羽の人事委員会提訴は「六〇日以内」の注が効いて五月中旬になったために、人事委員会は予定通り門前払いの回答をした。これに対して溝口や野田が訝しく思ったほどに、丹羽の反応は何もなかった。仄聞するところ、代理人の弁護士が人事委員会からの決定通知を見落として時間切れになっていたためだということで、丹羽には踏んだり蹴ったりの事態だった。後残された手段は、戒告処分等の取り消しを求める裁判を起こすことだった。丹羽がそこまでやるかどうか、溝口には判断がつかなかったが、そうなればなったで、県の顧問弁護士と十分相談して対処するほかないと腹をくくることにした。

万一の裁判に備えて溝口は丹羽の身辺調査を行ったが、県教委にとって特に有利な材料は出てこないようだった。三枝子がもたらした元ＰＴＡ役員の女性とのわけありの噂の真相は、一通り調べた範囲では、その女性の末子の高校進学の相談を丹羽が受けたときの流れの中のことという以上には発展しそうになかった。

溝口総務部長は、丹羽との直接対決において、比較対象外だったゴルフ以外ではことごとく敗北したという内心の思いはあったが、あの給与体系の見直しを無事に処理したことが人事当局に高く評価されて、参事室筆頭主幹の難職から一年で解放され、その後は順調に人事の階段を上っていった。人事課本課の課長代理を振り出しに、行政管理課長、教職員課長、教育総務室長、土木部次長、農政部長、出納局長を経て総務部長に上り詰めた挙げ句、最後は副知事に選任された。労務担当参事室出身の副知事は飯出副知事に次いで二人目だった。

溝口の丹羽への意趣返しは丹羽の定年退職五日前の二重処分で完結して、長年の溜飲を下げたのだが、終わってみると、溝口は事前に期待したほどの満足感を味わうことができなかった。一期だけの副知事を降りて目の回るような忙しさから解放されると、あれは少しやり過ぎだったか、という思いがすっかり禿げ上がった溝口の頭の中をときどきよぎるようになった。

思えば、自分が思ってもみなかった副知事になれたのは労務担当参事室の筆頭主幹を見事にやってのけたことがスタートだったたし、何より、良好な労使関係を破壊することなく維持させることのできたことは神奈川県の財産と評価してもいいことだといつの頃からか溝口は気づいている。労使関係がぎくしゃくして多額の思わぬ出費を余儀なくされたり、人心が乱れて組織がバラバラになっていたりする他県の例を垣間見るにつけ、自分や神奈川県はどれほど助けられたことだろうと彼はつくづく思う。

それもこれも元はといえば、宿敵だったあの丹羽武の知恵と機転と存分の働きがもたらしたものではないか。そもそもの〝禿！〟の所作も緊張しきっていた自分をほぐすための思いやりの軽い行為だったのではあるまいか。また、娘の結婚式の心配もしたものだが、三人のうち二人まで済ませてみると、自分の禿頭が何かの障害になるというのは杞憂に過ぎなかった。二人とも大恋愛の末にゴールインしたからだった。

あの丹羽への二重処分を断行したことによって、確かに県庁組織は無用の組織攻撃を未然に防ぐことができたに違いない。しかし、組織防衛とはなんであろうか。突き詰めてみれば上司へのおもねり、小役人の自己保身ではないのか。せいぜいが仲間同士の庇いあいで、それも自分が万一ミスをしたときの保険というか、講にでも入っているような意味合いが強いのではないか。

溝口元副知事は自分が副知事だったときの部下のおもねり、追従、といったもののあまりの多さに辟易した記憶がまだ新しいのに気づいていた。副知事である自分でも、知事に対して本当に必要な諫言をしたといえるだろうか、知事にとって耳の痛い意見を具申したことが何度あるだろうか。これ以上の昇進を望むことのできない立場になっても、なお、自己保身に憂き身をやつすのが小役人の性なのではないのだろうか。

一般に県庁組織の体質は古いが、中でも教育の世界は一段と旧いように溝口には感じられた。やる気満々といった若手職員がなかなかいいじゃないかと思われる提案をしても、検討が上の段階へ上がっていくにつれて変えられて、最後には消されてしまう例を何回となく見聞きしたと思う。県教育センター史の編纂という事業が提案されたときもそうだったと溝口は思い返している。

あれは、もしかしたら、丹羽が生田南高校へ出る前に務めていた教育センターの研究部長だったときのことではなかったか、と膝を打つ。県史にしても県教育史にしても、歴史編纂物は莫大なお金がかかる割りに高い評価を受けない地味な事業であるが、また、一面ではやるべきときにやっておかなければならない仕事であることも確かである。時機を逸すると史実編纂の作業がそれだけ困難を増すことになるからである。時間が経過すると記憶が薄れたり、消えたり、意図的に歪められたりすることも起こるのだ。第一、記憶の持ち主の寿命が尽きてしまって間に合わないことにもなる。

あのとき教育センター史の編纂事業が日の目を見ることのなかったのは、県財政逼迫のためという事情もあったが、それより、以前にセンター史編纂事業に極めて消極的だと言われていた渋井重明教育長が副知事に就任していて、「副知事の顔を潰すことはできない」と渋井副知事におもねる教育センター管理部長が大木正巳所長を押し切ったためだという理由のほうが大きな比重を占めたと聞いている。丹羽教育研究部長は管理部長のその観測に疑問を持ち、直接渋井副知事に真意を確かめに行ったところ、副知事は「教育センター史編纂に私が反対しているというのはまったくの誤解です。あれは、編纂事業をオレに書かせろと直訴してきたある偽歴史学者をたしなめるために、お前には頼まないと言ったのを、その偽学者が曲げて宣伝したのが真相です。彼とは昔からの知己でしたから彼が私を頼みに来たのでしょうが、私はそれで大いに迷惑しているのです。センター史編纂事業の発案は教育委員会が行うものですから、その提案が教育委員会から正式に上がって来れば、私としても十分力を尽くしますよ。ほかならぬ丹羽委員長がセンターにいる間に是非手をつけてください。センター史編纂は今やらなければ、貴重な証言が得られなくなるかもしれません。初期の関係者は皆さん相当ご高齢になっておられますから」と言って、むしろ積極的に勧めた、ということを溝口は後になって耳にした。

それでもセンター史編纂事業が着手されなかったのは、副知事へのおもねり分子が幅を利かせていて、丹羽に手柄を立てさせたくない勢力と手を組んだためだったと溝口は判断している。

革新県政との鳴り物入りで知事に登場し二〇年の長きに亘って県政を担った長洲元県知事も、中盤以降は裸の王様との陰口を囁かれたものだった。聞きたくない意見を耳にすると、露骨にいやな顔をする知事の前では、正直に正しいと信じる意見を開陳する職員が激減するのも無理のないことだっただろう。

当の杉中大樹は何年間かの大学の通信制学部を終了して、両親や親族が協力して立ち上げた大根島の牡丹園で働いている。有能なスタッフを配置して、ゆくゆくはその牡丹園の経営者に納まることで、生活の心配はしなくて済みそうな見通しとなっている。大樹がこうした順調な社会生活を送ることのできる基礎が生田南高校入学にあったことは誰もが認めることである。もしあのとき、高校への入学が実現していなかったら、大樹は自分に自信を持つこともできないまま、鬱々とした暗い生活から抜け出すことも難しかったであろう。

溝口元副知事はこうしたさまざまな経過と現状に思いをいたし、そうした感慨に到達すると、この間自分がずっとソッポのほうを向いて過ごしてきたのではないか、暗然とした思いを禁ずることができずに、ただ佇むほかはない思いを持て余すのだった。

この作品は、事実を基に再構成されたフィクションです。作中の人物・団体・事象等は実在の人物・団体・事象等と異なります。

我が愛しのサガン

一

ちょっと気取って我が愛しのサガンと名づけましたのは、これから私の申し上げることが私の左眼と孫娘の佐賀乃にまつわるお話だからです。左眼がサガンであることは容易にお判りいただけると思いますが、孫の佐賀乃がどうしてサガンかと申しますと、佐賀乃が言葉を獲得し始めた頃、自分のことを佐賀乃と言えず、「サガンも、サガンも」というように言い慣わしたからに他なりません。

私は未熟児で生まれたせいで、左眼が弱視に生まれつきました。当時の検眼では最下限の〇・一。今ならもっと緻密な測り方をしますから〇・〇四などということになるのかもしれません。幸い右眼は健常で若い頃は眼鏡をかければ一・二ほどの視力がありましたから、日常の生活にはほとんど支障は感じませんでした。左右両眼が正常ならば正しい遠近感が得られるのだろうな、と思うこともときにありましたが、生まれつきの特性ですから、まあみんなもこんなふうに見えるんだろうと想像して済ませてきたわけです。左右の視力に大きな差がありますから、右眼の視線と左眼の視線が一点で焦点化することはありません。右眼で捉えるものを絶えず左眼が弱々しく追いかける形になりますから、何を見てもゴーストがついて回ることになるのです。見るという機能だけに限れば、左眼は右眼の邪魔をしているだけの悲しい存在です。

私の両親が私の眼の異常に気づいたのは私の生後半年以上経ってのことだったと聞いています。「顔に手をかざすと、普通は目をつぶったり、顔を横向けたりするはずなのに、君子は瞬きもしないんだ。それにかざした手を動かしても眼で追ってこないことも多かったんだ」と父に言われたことがあります。もしその時すぐに眼医者さんに診てもらっていたら、私の左眼も別の道を辿ったかもしれず、ひいては私の人生そのものもまったく違った航路を辿ったかもしれません。その頃は日中戦争の真っ直中でしたから、父は私の眼の心配をしながら応召し、除隊して帰ってきたのは私が四歳の誕生日を迎えようとしていたときでした。戦争から帰ってきた父は一段落するとすぐに私を高名な眼科医の許に連れて行ってくれました。慎重に、丁寧に診察してくださった先生は「もっと早ければ手術をすることもできたかもしれませんが、今となっては、残念ながらお嬢さんの左眼は手遅れです。軽い斜視がありますから、これは手術でなく、眼鏡で矯正することにいたしましょう」と言って眼鏡を処方してくれたのでした。これを聞いて父は嘆くまいことか、「四歳にしてすでに手遅れとは。あのときすぐ診てもらっておけば、君子を不自由な目に遭わせることもなかったのに、物心ついてからのほうが治療しやすいのではないかと考えて、放置しておいたのはお父さんの一生の不覚だった」と言って私に深々と頭を下げるのでした。

　斜視を眼鏡で治すというのはどういうことかと申しますと、わざと度の合わない眼鏡をかけるのです。レンズを通して見るのは不自由でしょうがありませんから、眼鏡を鼻眼鏡にして、顔を下げて眼鏡の上縁越しに上目遣いで見る他ありません。私は四歳の頃から合わない眼鏡をかけてそういう不自然な見方でものを見て大きくなっていったのでした。太平洋戦争が終わったのは私が小学校二年生の時のことでしたが、敗戦と同時に連合国軍の兵隊が日本に進駐してきましたから、街中をたくさんの外人兵士が横行することになりました。そんな兵隊さんは赤ら顔で上背もありましたから遠くから見るだけでも怖ろしい気がしましたが、多分、宣撫工作のためでしょう、子どもたちには優しく接するよう心がけた様子で、チョコレートやチューンガムなどを気前よくただでくれる兵隊さんもいて、徐々に、子どもたちの恐怖心も薄れていくのでした。

　その頃の子どもたちの遊びといえば、皆が集まって石蹴りや缶蹴り、達磨さんが転んだなどの他、男なら三角ベース、女の子ならお手玉やおはじきなどでしたが、道路や空き地など、戸外での遊びが一般的でした。今と違って異年齢の大きな集団が構成されて、上は中学一、二年から下は四、五歳の幼児まで、同じ遊びを楽しんでいました。一番上のガキ大将がその集団を統率し、集団の中の幼児はミソッカスと呼ばれました。彼らには幼児のための特別ルールが用意されて、仲間はずれにならないよう配慮されているのが常でした。私はミソッカスのことを思い出す度に、私の左眼はちょうどミソッカスのようなものだと思ったものでした。

そうした集団遊びに皆で興じていたあるとき、進駐軍の兵士が二人、私の傍につかつかと寄ってきて、一人がポケットから眼鏡を取り出し、レンズを割ってフレームだけにしたものを私に差し出すのです。もう一人の兵士がたどたどしい日本語で「あなたの眼鏡が顔からずれ落ちそうで見ていられない。このフレームを上げるから眼鏡屋で玉を入れ替えてもらいなさい。このフレームならきっちり顔に合わせることができるはずだから」鼻眼鏡で上縁越し上目遣いでものを見ている私の姿が余程異様に見えたにちがいありません。私は、これが斜視を治すための眼鏡であることを説明することができなかったので、ありがとうと言って、その玉なし眼鏡を受け取ったのでした。

その当時、幼い子どもの眼鏡をかけた姿は物珍しく映りましたから、私が学校の校庭で遊んでいるとき、そっと後ろから近づいてきた悪童たちが眼鏡の蔓の尻尾を押して滑らせ、眼鏡を前に落としてレンズを割るのを何度も経験したものでした。私の左眼の弱視と斜視を笑われたり、からかわれたり、時には苛められたりすると、私は、子ども心に「どうして人は表面に現れた障害や欠陥ばかりを問題視するのだろう。どうして表に見えない精神的な欠陥とか、知的な欠点は誰も問題にしないのだろうか」と不思議に思ったことを今でも鮮明に覚えています。鼻眼鏡上目遣いのお陰で斜視は相当に矯正されて、小学校を卒業する頃には人に私のロンパリを気づかれることはほとんどなくなりました。

日常生活にほとんど支障を感じたことのないことは冒頭に書いたとおりですが、それでも実際の暮らしの中ではこれはと思わされることもないではありませんでした。小学校を卒業するときのことです。太平洋戦争敗戦後まだ間もない頃のことでしたから、今とは随分事情も違います。校舎が不足したために早番・遅番の二部制授業やこれに中番と遅遅番が加わった四部制授業が行われたりしていました。ものないことも相当でしたけれど、皆も同じような暮らしですから特に不満を持ったりすることはありませんでした。写真を撮るということも何か特別の日や行事を記念するとき以外にないことでした。その卒業記念の集合写真も、一クラス五五、六人、一学年六クラスというような規模でしたから、子どもたちの不慣れもあって、撮影がかなり大雑把になったのも致し方のないことだったと思います。卒業式の後で配られた記念写真の私は右半分しか顔が写っていないのです。左眼の弱視のためにカメラのレンズを見据えたのは右眼だけだったからに違いありません。その写真のことは私本人より母のショックのほうが数段も上のようでした。「左眼が弱視のためにこんな顔で写ってしまうなんて。これからは人の後ろに立って写真を撮ってはいけません」と言って母は何時までも嘆いておりました。

あれは中学何年生のときのことだったでしょうか。校内道路を歩いていたときのこと、突然「馬鹿野郎！　危ないじゃないか！　気をつけて歩け！」という罵声を浴びたことがありました。気がつくと、工事用のトラックが長い丸太を積んで徐行してくるのです。その丸太の尖端には事故防止の目印に赤い布の切れ端がついていて風に揺れているのが漸く眼に留まりました。もう少しのところで、尖った丸太の先が顔面を直撃しそうに迫っていたのです。校内道路でしたからトラックが徐行していたために大事に至ることはありませんでしたが、充分に肝は冷えました。

県立高校の社会科地理の教師になってからのことです。親しい友人になった同僚の宮崎久子さんから「君子先生、生徒が先生のことを『生徒を差別して見ている』と言っているわよ」と言われたことがありました。宮崎先生はその生徒にどうしてそう思うのかと聞いてくれたそうです。すると、生徒は「福岡先生に手を挙げて挨拶したのに、福岡先生は私のことをまったく無視して歩いていってしまったんです」と言っていたそうです。宮崎先生には何か心当たりがあるか、と聞かれて、私はハッとしました。手を挙げて挨拶する生徒を承知の上で知らん顔するなどということは私には考えられないことですが、その時は多分、私にはその生徒が見えていなかったのだと思うのです。

「教えてくださってありがとう、宮崎先生」

「いいえ。先生に限って、そんなことがあるはずもないと思いましたからお知らせしたんです。でも、何か心当たりがあるみたいね」

「確かな心当たりというわけではありませんけれど、きっと、私にその生徒が見えていなかったんじゃないかと思います。私、左眼が生まれつきの弱視で、左側のほうがよく見えないことがあるようなんです。私自身はそれに気づかないから、よく判らないんですけれど」

「そう、よく判ったわ。その生徒には私も説明しておくけれど、先生自身からも皆によくお話ししたほうがいいと思うわ。生徒って、本当のことを話すとちゃんと判ってくれるものですもの。そして、そういうことは口コミでも広まるものですから、『生徒を無視した』などという誤解はこれからは少なくなると思うわ」

宮崎先生にそう言われて、私は自分の持つホームルームや授業の、また部活動の生徒たちに、自分の左眼の弱視のことをオーバーな言い回しにならないように気をつけて説明したのでした。すると、その後は本当に口コミなどで広まって、同じようなことが二度と起こることはありませんでした。それでもいちいち説明するのは煩わしいし、わざとらしいとも思いましたから、いっそのこと、左眼のほうを黒レンズで隠してしまうのはどうかと眼医者さんや眼鏡屋さんに相談したこともあるのですが、決まって反対されました。若い女性が黒眼鏡で片眼を潰すことはどう見ても格好のつかないことだったからです。左眼にそういう欠陥がありましたけれど、まず、日常生活にさほどの影響があったわけでないことは上述したとおりで、私は中学・高校の間、スポーツのほうもおおむね人並みで、陸上競技も球技も体操や水泳も特に苦手とするものはありませんでした。ことに卓球は大好きでそれなりに上手でしたから、校内球技大会のクラス代表になることもしばしばでした。両眼の視力に大きな差があって遠近感に難があるはずなのに、どうして、あの小さな速い玉を打ち返せるのか、自分でも不可解でしたが、相手の癖や打ち方が判ると、結構正確に対応することができるものなのでした。打球の早さが時速何キロなのか判りませんが、相当程度に速いとなれば、最早、眼で見て得た情報を脳が瞬時に判断して手や腕に命令を下すという命令系統が正常に作動する域をとっくに超えた何かのメカニズムによって、手足が動いているためなのかもしれません。まあ、実際は、そういう理屈をこねるほどの卓球の腕前でもありませんでしたけれど。

眼鏡のほうは四歳の時からずっとかけ続けましたが、中学生の頃からは近視と軽い乱視のためのもので、左眼はもちろんただのガラスです。

二

福岡君子は一九三七年に横浜で生まれたが、太平洋戦争末期には疎開に継ぐ疎開のために敗戦は札幌の郊外で迎えた。兵役中だった父の千島列島防衛部隊が札幌に引き上げてきていたためであるが、軍によって調達された仮の住まいがバラック建てで、とても北海道の寒い冬を越すことができない代物だったために、寒くならないうちに横浜の母方の実家である大分家にご厄介になることになった。父は「子孫に美田を残さず」という類の考えの持ち主で、以前に住んでいた横浜の家も借家だったが、戦争で焼けてしまったので、帰るに帰れない事情であった。

幸い祖父母たちが港北区の片田舎で農業を営んでおり、家屋敷だけは余裕があったのだった。

しかし、その大分の家の当主となっていた叔父と君子の父とのそりが合わず、相次いで祖父母が他界すると、君子たち一家は大分の家を追われるように出る羽目になり、相模原のほうに移住した。君子が中学二年生の頃のことである。因みに君子の家族は父母と二歳違いの弟と君子の四人だった。父は私立高校のしがない教員で、文字通りの薄給だったから、インフレ経済の許での暮らしは楽ではなく、家計の助けのために父はどぶろくの密造を手がけたりした。実のところ、どれほど家計の助けになったか定かではない。酒不足で売り物になったのは確かだが、自分の胃袋にも落としたからである。このどぶろく造りも叔父との反目をより大きいものにする一因となっただけかもしれなかった。

君子は三流大学で教員免許を取り、卒業と同時に運良く神奈川県立高校の社会科教員に採用されて教員生活を開始した。一九六〇年安保の年のことである。一年後に一学年の学級担任となり、持ち上がった二年生の秋の修学旅行が縁で、R企画というその旅行社の社員だった長崎巌と知り合って二年後に結婚した。その修学旅行は九州中北部の大分県別府熊本県天草、長崎県長崎、佐賀県呼子を巡る当時としては珍しい大型の旅行で、学年八クラスを二つの梯団に分けて、順に廻る組と逆に廻る組で旅行する試みが真新しい企画だった。君子のクラスは別府から始まるコースだったが、初日の宿泊旅館でちょっとした小火騒ぎを起こす生徒がいたり、飲酒喫煙の禁を破る生徒が出たり、なかなか気の休まる間もない旅となった。

「福岡先生は若いに似ず冷静で的確な生徒指導が立派だった」と同行の先生方から過分の褒め言葉が出たりしたが、添乗した旅行社の長崎巌が何くれとなく親切に協力してくれて、お互いに心を通わせることになったのだった。君子たち夫婦は男女一人ずつ子どもを授かったが、兄は四郎、妹は呼子と名づけた。あの修学旅行で印象に残った天草四郎と佐賀の呼子に因んで命名したというわけだ。

こうして君子は福岡から長崎へ姓が変わったわけだが、つくづく因縁だと君子が思うのは息子の四郎のことで、彼もまた高校の修学旅行で北海道大学を訪れてすっかり北大の魅力に取り付かれ、高校卒業と同時に北海道大学農学部へ進学し、卒業後は北海道庁へ就職して林務課勤務となった。広々とした北海道の原野の魅力が四郎を掴まえて離すとは考えられなかったから、この先四郎が神奈川県に戻ってくることは万に一つもないものと思われた。

最初の赴任校で知り合って親しくなった宮崎先生と君子はその後もつきあいが続いて、鹿島先生と名前の変わった久子先生の二番目のお嬢さんと四郎が結婚したので、学会とか出張とか、何かあるときには夫婦揃って顔を見せてくれる慣わしのできていることが大きな幸せとなった。残念なことに、四郎夫婦に子宝が恵まれず、二人だけの暮らしの続いているのが君子の心配と言えば心配である。

連れ合いの巌は同僚やお客からガンさん、ガンさんと呼ばれて親しまれ、手抜きのない仕事ぶりが評価を呼んで次第に責任ある仕事を任されるようになった。団体旅行課から法人課を経て企画室へ転じたが、ここではさまざまな商品開発を手がけてR企画の礎を築いていくのに貢献した。中でも人気を博したのは、国鉄や旅館組合と提携して立ち上げた個人旅行の「名湯紀行」である。これは加入した会員が国鉄や旅館を利用するのに応じて一〇%から三〇%を還元するポイント制度を軸とするもので、加入者は貯まったポイントを使って国鉄の割引切符を購入したり、無料の旅館宿泊券を手に入れたりすることができる仕組みになっている。考え方は一九七五年に発足した日本秘湯を守る会や後のJR東日本の大人の休日倶楽部などと底通するものであるが、巌の名湯紀行はさらにR企画が売り出す団体旅行の参加者にもポイント還元を適用することで、ツアー客を大いに集めることができたのだった。

娘の呼子もまた、親の血筋を引く大の旅行好きで、大学に入学した直後から旅同好会というサークル活動に参加して日本全国を股にかけて歩き回り、若い者の特権で、寝袋一つを携行して駅構内や神社仏閣の境内などに野宿したり、自転車合宿を敢行したりして青春を謳歌するのだった。呼子は明るく爽やかな娘で、幼い頃から「私はお父さんとお母さんが呼んでくれた呼子で、幸せを呼ぶ呼子なの」などと言って周囲を笑わせた。

大学を出た呼子は地図を作る出版社に就職し、三年の後旅同好会の先輩だった熊本健太と結婚した。健太は総合物流会社に就職していたのだが、水戸にある茨城支社に赴くところだった。呼子も出版社の水戸出張所への転勤を希望したのだが、人事異動の調整がつかなかったために退職を余儀なくされ、嘱託職員として再雇用されることになった。地図づくりのための基礎的な資料収集が仕事である。

孫の佐賀乃が生まれたのは一九九七年九月のことで、君子と同じ丑年の生まれである。呼子は里帰りして相模原の産院で佐賀乃を出産したのだが、呼子夫婦は生まれてくる子どもが男なら佐賀生、女なら佐賀乃と名づけることと決めていたようだった。君子は定年退職まであと半年の、何となくそわそわした時期に当たっていた。神奈川県地方公務員の年次有給休暇は暦年の単位で更新されていて、君子は九七年が繰り越し分を含めて四〇日、九八年が二〇日となっていた。九七年中に二〇日を残せばその二〇日を翌年に繰り越せる仕組みであるから、九八年三月の定年退職までの間に四〇日の有給休暇を取ることが可能である。無論それは制度上取れるというだけであって、実際に計四〇日の年休を行使したわけではない。大学受験に地理を選択する生徒もいたから、授業に穴が空けばそれだけ迷惑も大きくなるわけで、君子はその面の影響をできるだけ少なくするよう配慮しながら年休を活用して佐賀乃の育児に助力した。娘親子は年末まで実家に逗留して新年には水戸へ帰っていったが、佐賀乃の誕生で君子たちは久しぶりに華やかで活気のあるムードに包まれたわけだった。

その頃の君子の両眼の状況はずっと基本的には以前と同じだったが、加齢とともに健常の右眼が老眼化して裸眼での視力は〇・四くらいに落ちて、五〇歳の辺りから細かい字を読むときは眼鏡を外すほうが見やすくなった。左眼はそれまで同様右眼の邪魔をするだけの状態だった。

佐賀乃は生後一〇ヶ月が経過しても言葉らしい言葉が出なかったのでちょっと心配したが、

誕生日を迎える頃からボツボツ言葉らしい音が口をついて出るようになり、一つが二つ、四つが五つというふうに増えて瞬く間に一〇を超すようになっていった。

心配と言えば、この頃、夜中にストンと起きあがりトコトコと歩いてまたコトンと寝るという行動が続いたことで、呼子がかかりつけの小児科医に相談したところ、どうやらそれは夜驚症だろうということになった。大きくなるうちに自然に治るから心配ないと言われて安心することができた。

この頃佐賀乃は「人」のことは皆「ママ」と言っていたようで、ある時君子が呼子に電話をかけると、一緒に聞いていた佐賀乃が傍にあるアルバムの中の君子の写真を指さして「ママ、ママ」と言ったりしたという。やがて佐賀乃は自分のことを「サガンちゃん」とよぶようになったのだ。

健太が平塚へ転勤することになったのを期に、呼子の一家と君子たち老夫婦が同じ団地に住むことに意見が一致し、あちこち見て回った結果、平塚市郊外のマンションに恰好の住まいを見つけて転居することになった。同じ棟の同じ階段で呼子一家が三階、君子たちが二階ということになり、サガンちゃんとはほとんど毎日顔を合わせることとなったわけだった。どこかへ出かけるということがなければ、毎日どころか日に何度もという頻度である。呼子が水戸にいるときは、君子たちが出かけていく場合でもせいぜい月に一度か二度ということだったから、ほとんど同居の状態で佐賀乃に会えることは君子たち老夫婦の何よりの喜びとなった。佐賀乃が幼稚園に通うようになると、自転車での送り迎えが巌おじいちゃんの日課となった。

佐賀乃は幼い頃からとても利発でこちらが目を丸くするようなこともたびたびのことだった。トランプで神経衰弱遊びをやると、いつも一番になるのは佐賀乃だったし、大富豪・大貧民などでもいつの間にか大富豪になっていて、滅多にその座を明け渡すことがない有様だ。佐賀乃が幼稚園の年長組になると、時計も読めるようになったし、電話も一人で掛けられるようになった。君子と呼子と佐賀乃の母娘三代で旅行に出かけることもあるが、途中疲れて足が遅くなる君子の背中をそっと押してくれる優しい面も持ち合わせている。

この辺りから数年の間、君子たちの身の回りに悲喜こもごもの出来事が次々に生じた。嬉しかったことは佐賀乃に妹が誕生したことで、佐賀乃とは六歳違いである。呼子夫婦はこの次女を筑紫野と名づけた。筑紫野が生まれたことで佐賀乃はすっかりお姉さんになり、ママを手伝って筑紫野の面倒をよく見るようになった。しかしいいことばかりが続いたわけではなく、佐賀乃の夜驚症の発作がまた現れるようになったりした。症状そのものは軽いのだが、頻度が高いのだ。平塚に移住してから診てもらっている小児科医に相談したところ、妹が生まれたことで両親の愛情がそちらに移ったように感じたためかもしれないということだった。弟妹が生まれたことで赤ん坊返りの起きることは時に聞くことでもあったから、佐賀乃が不安になることのないよう充分気をつけていた積もりだったが、現実にはそれでも配慮が足りなかった様子だった。

「サガンちゃん、妹が生まれて嬉しい？」

「うん、嬉しい」

「妹は可愛い？」

「うん、可愛い」

「サガンちゃんは妹の面倒をよく見てくれるから助かる、ってママが喜んでいたわ。サガンちゃんは偉いわね」

「お姉さんになったから。でも、今までみたいにママに甘えられないのが寂しい。ママは筑紫野ちゃんばっかりだから」

「あら、サガンちゃん、いいのよ、ママに甘えても。赤ちゃんは手がかかるから面倒を見ているだけなの。サガンちゃんが赤ちゃんの時は同じようにサガンちゃんの面倒を見ていたの。順番なの、順番。だからサガンちゃんが筑紫野ちゃんに遠慮しなくてもいいのよ。サガンちゃん、順番って判るでしょ」

「サガンちゃん、順番、判る」

佐賀乃は順番ということを聞いて納得したらしく、それからは夜驚症も自然に納まり、いつもの佐賀乃に戻ったように思われるのだった。

佐賀乃が小学校に入学した年の夏、君子は佐賀乃と二人だけで平塚の七夕を見に出かけた。団地からは路線バス一本で行けるのだ。いつもの年は巌や呼子夫婦も一緒に行ったのだが、この年は筑紫野が生まれてまだ間もない時だったので、人混みを避けて家にいたわけだった。君子は混雑した人波に押されて道路の縁石に躓きものの見事に転んでしまった。佐賀乃とは手を繋いでいたものだから、佐賀乃も一緒に転んだのだが、身軽な彼女は何ともない。君子だけが手をついて挫き、足にヒビが入ったのだ。こうなると七夕見物どころではなくなる。巌に迎えに来てもらって帰宅するほかないことになった。佐賀乃は君子の怪我騒ぎに慌てることもなく、携帯電話を使っての臨機の応対がそれは見事だった。このときは市民病院に二週間ほど入院したのだが、佐賀乃は毎日見舞いに来て、君子を励ましてくれたものだった。

健常だった君子の右眼に異常を感じ始めたのは何時のことだったろうか。同じように見ていても視線の当て方によって見えなくなることがあるのだ。意識して視線を動かすと見えなかったところが見えたり、見えていたところが見えなくなったりするのだ。その日の体調によって差もあったから、加齢のためだろうと思ったが、念のため眼科医に行き、検査を受けたところ、緑内障だと診断された。緑内障は基本的に不治の病で、進行を遅らせることはできても治すことはできないという。「右眼が見えなくなる!」と思いついたときの恐怖は今でもありありと思い出すことができる。もし右眼が見えなくなったら、という仮定の話はこれまでもずっと君子を脅かしてきた。左眼がほとんど役に立たない君子にとって右眼に何かがあれば、それは直ちに光を失うことを意味したからだ。いよいよ現実の話になるのかと思うと、居ても立ってもいられない気持ちに襲われた。その恐怖と向き合いながら発症後五年ほどで君子の右眼はとうとう失明してしまった。君子が七〇歳の古希を迎えたばかりの頃のことである。

そうなると、頼りはそれまで邪魔ばかりの存在だった弱視の左眼だ。左眼は弱視ではあるが、眼病にかかったことはなく、人の顔を見分けたり、字を読んだりする視力こそないが、団地の階段ぐらいは踏み間違えることのない程度には見えるのだ。健常だった右眼の視線の後を辿々しく追いかけるだけだった左眼。見るという機能を充分に果たすことのできないで来た左眼。光を失った右眼に代わってその左眼が「見る」主役となったのだ。何と愛しく思えたことだろう。

しかし、身体の眼が衰えるにつれて心眼とでも言えばよいのだろうか、心の眼が働くようになったことに驚きを感じた。どこに何があるか、心の眼がはっきり見せてくれるのだ。君子には人間の身体というものはつくづく上手くできていると思われてならない。

孫の佐賀乃は一〇歳の誕生日を過ぎて来年はもう小学校の五年生、妹の筑紫野は幼稚園年中に入園となる。二人とも可愛くて、利発で、思いやりの深い子どもたちだ。君子の右眼が失明したと知ると佐賀乃は「可哀想なおばあちゃん。これからは私がおばあちゃんの右眼になってあげるからね」そう言って君子を慰め、励ましてくれるのだ。実際のところ、佐賀乃は五年後の今に至るまで、何くれとなく君子の面倒を見てくれているのだ。佐賀乃がまだ小さかった頃、私が「食べにお出で」と声をかけると「やったあ」と言って喜んで食べた餃子もラーメンももう作ってあげることはできなくなり、代わって、佐賀乃が君子に「おばあちゃん、今日は何が食べたい?」と聞いて何でも作ってくれるようになっている。来年は高校進学の年だが、衛生看護科高校へ進んで、将来は看護士になると張り切っている。

君子の左眼はと言うと、相変わらず、弱々しい視線を泳がせながら、それでも光の元になっていて、光のあることがどれほど素晴らしいかを眼をもって力強く主張しているのである。

(二〇〇九/四/二一初筆)

(二〇一三/四/二〇加筆)

契約恋愛

一

「初めてこの話が郁ちゃんから出てきたときは本当にびっくりしたね」

「この話って、期限付きおつきあいのこと？」

「そう、ボクもそれまでいろいろな経験をしてきたけれど、おつきあいしましょ、期限付きで、と言われたことはなかったな」

「私だって、誰にでもそう言うわけじゃないわ。センセだけ、はじめて。でも期待していたとおり素敵なおつきあいでしたわ。あ、期待以上かも」

「つきあいが始まってすぐ郁ちゃんに同好の士の匂いを感じて安らぎや癒やしを感じたものだった。悪は悪の匂い、好き者は好き者の匂いがあるというわけだ。それで、今日がその約束の期限の日というわけだから、契約どおりこれでお仕舞いにしようというのかな」

「ずっとそう思ってきたんだけれど、センセさえよかったら、あと一年契約の延長をお願いしたいの」

「こんな素敵なおつきあいなら一年といわず、二年でもボクは結構だけれど」

「ううん、あと一年だけ。物事にはけじめが必要だし、それに長くなればお互いボロも出てくるんだもの」

「わかった、それで行こう。あと一年経ってどうするか、そのときになって考えればいいことだものね。それにしても、この契約恋愛、はじめから異例ずくめだった」

「ええ、一番最初の日のことね」

「郁ちゃんに今日これからつきあっていただけますか、と言われて、ボクがうん、と言ったら、黙ってまっすぐ連れて行かれたところがラヴホテルだったのにはびっくりした」

「センセったら、目を白黒させて、いきなりかい？　なんて言ったわね」

「いくら何でも情緒がなさすぎてつきあい切れないと思ったら、ラヴホテルの裏口のほうに回って、付属の邸宅のほうに案内されたんだった」

「受け持ちのA子の家庭訪問で父親に会うためだったわけ。あの日を指定したら、申し訳ないが自宅のほうに来てくれと言われたから。父親が忙しくて外で会うわけに行かなかったものだから、センセには失礼しました」

「お陰で、その後の手間が省けた。Fへ行くか、とかFするとか言えば通じるんだからね」

「意地悪！　人のせいにしないでよ」

「A子のお父さんはF興業と言ったっけ、ラヴホテルの他、不動産や建設業なんかも手広く手がけているそうだね。実はあの家庭訪問についていったときボクも一言お父さんの藤吉さんと言葉を交わしたんだけれど、それが契機となって藤吉さんとはすっかり肝胆相照らす仲になっていったんだ。今もときどき電話をもらって一杯やることもあるんだ」

「不登校中だったA子のことで、センセがお父さんに『気が済むまで休ませるのがいい』と言ったのははっきり覚えていますわ。学校の先生から不登校を勧められるとは思わなかったとお父さんは感心しきりでしたわね」

「そうなんだ。学校の教師は何を措いても出てこい、出てこいの一点張りだからね。本人をその気にさせることが肝心なのに、それをやらずに力ずくで生徒を引っ張り出そうとするのは百害あって一利なしだと思うね。それでA子は無事に学校に復帰したんだったね」

「三ヶ月ほど不登校を続けた後六月のはじめになって学校へ出てきたの。この話、これまでしていなかったかな。休みが年度末から新年度にまたがったけれど、うちでは他の学校とは違い、特別規定で時期に関係なく休みを通算して扱うから、特に問題にもならずに二年に進級している。不登校がいじめとか喧嘩とかで起きたわけでなく、親子関係のもつれから生じたことだったために、そちらのほうが解決してみると、前よりずっとふっきれたみたい。看護実習にも元気に出てきているようだわ」

「そう、それはよかった。ご承知のようにボクはあの後すぐ変則的な五月の人事異動で教育センターに出向してしまったから、ちょっと不案内だった。藤吉さんとお酒を飲んでもこのことにはあまり触れたくない様子だし」

「センセが三月末までで本部執行部を降りて学校に戻り、一ヶ月かそこいらですぐ教育センターに出たのにはみんなが驚いた。やっぱり管理職になりたいために本部役員になったのか、と誹謗する声も多く聞かれたわ」

「ボク自身もびっくりしたけれど、教育庁の管理部長から直に頼まれてね、嫌とは言えなかったんだ。猟官運動で本部へ出るというもっともらしい非難のことはボクもときどき聞いたけれど、それは的外れのやっかみだね。本部経験者がみんな校長教頭になっているわけでもないし、他の目的のために本部の仕事をするなんてとてもできることじゃないさ。郁ちゃんも知っているとおり、本部執行部の仕事は片手間でできるほど簡単なものではないし、一定の成果を挙げるためにそれなりの努力も必要なんだ」

「それは私も認めるわ。私たち看護科の職員はほとんどが実習助手身分で入ったから給与は三等級。二等級に昇格するためには教諭の免許が必要なのに、それまでは教諭免許を取得する道がなかったのだからひどい待遇だった」

「太平洋戦争後六三三制が始まって、教員が不足したけれど、高校の専門教科は特になり手がなかった。困った文部省は農業や工業の現場から教員をかき集めて何とか体裁を整えようとした。教員には免許が必要だったのだが、免許を持っているなり手はほとんどいなかったから、免許なしで採用するためにとりあえず三等級の実習助手身分で任用するしか手がなかった。しかし三等級では一人前の待遇にほど遠かったし、教える生徒の手前もあって、二等級の教諭身分に昇格させる手立てを創らなくてはならなかった。もちろんこの問題は神奈川県だけのことではなく、全国共通のことだったから、文部省（当時）が教員免許法を改正して二等級への道を開く手立てを取ったわけだった。俗に「六年一〇単位」と言われる単位を取得して二等級の免許を得る制度だけれど、神奈川県ではその運用に際してさまざまな工夫を凝らして道を広くした。もちろん、県教委が勝手にやるわけではなく組合との交渉を重ねてのことだった。

「このことで組合が大いに頑張った話は私も聞いているわ」

「六年一尾単位」の六年というのは基礎資格取得後六年以上経験を積んでから、という意味だけれど、農業や工業の場合は専門高校で学んで卒業することで基礎資格が得られるから、単純に言えば高卒後六年経てば単位認定講習を受けて単位を取ることができるわけだ」

「ところが衛生看護科の場合は専門高校がなかったから高卒で基礎資格を取ることができなかったというわけね」

「この場合は中学卒業後九年の実地経験をもって基礎資格とするという決まりになっているんだけれど、例えば病院で看護婦さんをしていた経験が九年以上で基礎資格とするというのは他の教科の場合と比べて差が大きすぎる。中学を卒業してすぐ看護婦さんになれるわけじゃないからね。これを縮めてバランスを取ったと思うんだけれど、このほうの担当じゃなかったから実際何年に短縮したのか記憶にないんだ。郁ちゃんの場合は県職員になってから夜間の大学へ通って教諭免許を取った。その免許を持っているお陰で看護科教員になるための教科教育法一単位と専門教科四単位と職業指導一単位の六単位を取るだけで看護科教諭になれたんだったね」

「そう、私の場合は県が衛生看護科高校を創ることを決めて一定数の職員を集める必要に迫られていたから、促成栽培されたというわけ。単位認定講習の他に三等級の給与曲線を二等級に近づけるための賃金交渉で大きな成果を勝ち取ったのはいつのことでしたかね」

「うん、あれは一九七三年のことでね。ボクはその交渉のための基礎資料を手に入れるために大阪府と兵庫県を訪れてね、結構いい資料が入手できたものだから意気揚々と帰ってきたら、その間に県教委と交渉した書記長から、『今、資料収集のために担当者を大阪・兵庫に派遣しているところだ、と言ったら、県教委はそれには及ばないと言って事実上三等級の号俸を五箇所も省く措置を執ろう、と提案してきて、もう交渉は終わっちゃったんだ』と言われて、ちょっと気が抜けて記憶が今も残っているよ。この措置は一九七四年度に適用されて今もその効果は残っているはずだね」

「おかげさまで看護科教員の多くも二等級に昇格するとき有利な条件で教諭に任用されたわけね。だからうちの（実習）教諭任用替えの当事者は組合に感謝しているの」

「それは嬉しいことだ。組合運動はみんなでもり立てていかなければ成果を挙げることは難しいからね。今日はこれからどうしよう」

「ところでこの一年の中で一番センセの印象に残っていることは何？」

「それは何と言っても、去年の夏日帰りで奈良田温泉に行ったときのことだ」

「あら、私も同じだわ。じゃあ、今日はこれからあの奈良田温泉へ行きませんこと？　時間は十分あることだし」

「それはいい考えだね。奈良田は身延から路線バスだからとりあえず身延まで行くわけだけれど東海道線・富士から行くか、中央本線・甲府から回るか、どっちから行こうか。もちろん、富士から行けば甲府から帰ってくるし、甲府から行けば富士から帰ってくるんだけれど」

「富士川を遡るほうがいいわ」

「判った、それでは富士から行くことにしよう」

二

身延駅を出たバスはしばらく富士川に沿って国道五二号線を北上し、上沢交差点を左折して県道三七号線、通称南アルプス街道に入る。この街道はおおむね早川沿いに走っていて、進むほどに深山幽谷の趣を増す。終点の奈良田温泉まで身延から一時間四五分ほどであるが、山峡の静けさと緑が時間を忘れさせてくれる。奈良田温泉の手前で早川がちょっと膨れたようなところを通るのだが、これは奈良田湖と呼ばれている。実際は湖とはおこがましく、池といっても充分通用しそうな趣である。

奈良田温泉白根館の湯は含硫黄・ナトリウム・塩化物泉で、源泉温度が四一〜五一℃、毎分一三〇リットルの湧出量を誇るツルツル、スベスベ、源泉かけ流しの日本秘湯を守る会の会員宿である。

宿で入手したリーフレットによれば、奈良田温泉は「女帝伝説の隠れ谷」といわれ七不思議の湯であるとのことで、①塩の池（しょみず）、②御手洗の温湯（洗濯池）、③明星（みょうぞん）の湯、④長寿の湯、⑤子宝の湯、⑥おぼこの湯、⑦苦無（くな）の湯の七つを挙げている。

小早川隆が岸本郁恵から奇抜な提案を承けて始まった二人の仲は郁恵の提案どおり結果的に二年となった約束の期限が来て無事終了となった。特に終わりの儀式をしたわけではないのだが、隆も郁恵も仕事が一段と忙しくなって、二人が逢う時間を見つけることが難しくなったためであった。互いに連絡も途絶えるようになると改めて再会のきっかけを掴むことが不自然になっていったのだった。契約恋愛を始めた頃隆は妻を乳ガンで失って七年ほど過ぎたところであり、郁恵はかつて病院勤務だった頃の恋愛に失敗して以後独身を続けていたところだったから二人がつきあうことに問題はなかったのだった。隆は神高教の名書記次長として一〇年勤めて元任校のF高校に戻ってすぐ郁恵の申し出を受けたのだったが、さしたる制約なしに女性とつきあうことのできることは楽しいことに違いなかった。名委員長や名書記長はときに聞く表現であるが、名書記次長はほとんど聞くことはない。隆が委員長や書記長の意を受けて交渉の下調べなどを担当する書記次長として玄人受けのする実績を積み上げた結果だった。書記長や委員長の職に色気を持たない隆だったから務まった話だったと言っていいだろう。酒や麻雀、カラオケなども誘われれば嫌とは言わない腕前だが、どういうわけかゴルフだけは近づこうとしなかった。

岸本郁恵が小早川隆に特別な興味を抱いたのは彼が神高教書記次長として数々の成果を挙げたことを聞いて憧れたからだったが、隆が密かにF高校の同僚海老塚幸子とつきあっていることを知ったからでもあった。海老塚は郁恵より一年先輩で看護科の重鎮として皆から一目置かれている。郁恵が幸子を追い越すためには幸子のことをもっと知らなければならないと思ったのだった。隆をとおして幸子のことを探ることができればと思ったのだ。郁恵が隆とのつきあいの期限を一年延長しようとしたのは幸子のことでさほど耳寄りの情報を得られていなかったせいもある。

「センセが奈良田温泉のことを印象深く記憶しているのはどうして?」

「ボクは子どものときから早熟でね。小学校四五年の頃から自分の性器をいじって遊んでいた。いわゆる亀頭の先の皮を無理に剥いてとても痛かった。痛かったけれどまた何とも言えない気分になったりした。そのためかどうか判らないけれど大人になってから皮がたるんで気づいたら包茎になってしまっていた。そのせいで性欲は人一倍強いんだけれど一度に何回も絶頂に達することはなかった。若い頃、精力絶倫の青年が『昨日は抜か三だった』とか『俺は抜か五』などと威勢のいいことを競い合っているときボクは抜か一しかできないと心の中で呟いていたものだ。ところが去年の奈良田温泉。一度達した後抜かずにいたら、何とまた勃起して見事抜か二が完成したというわけだ。文字通り生まれて初めてのことだったので忘れることはないのさ。ありがとうね、郁ちゃん。ところで郁ちゃんは何故奈良田温泉だった?」

「あのとき帰り道を歩き出してセンセが言ったじゃない。郁ちゃん、行きはくたびれて萎れていたけれど、帰りは見違えるようにはつらつとして精気が蘇ったみたいって。本当にあのときほど満ち足りた気持ちになったことはなかったわ。セックスって最高！　の気分にさせてくれたからだわ。センセ、ありがとう。ところでセンセ、私とこうなる前に海老塚さんと深いおつきあいをなさっていたんじゃありません？　みんな陰でひそひそ噂しているわよ」

「えっ？　ボクがエビちゃんとつきあっているって？　どこからそんな噂になったのかな」

「去年の暮れ、センセが海老塚さんと西口の東急ホテルから連れ立って出てくるところを見られているの。怪しいわっていうわけ」

「あ、あれか。あれはエビちゃんからエビちゃんの弟さんのことで相談を持ちかけられて話を聞いたのさ。弟さんは佐藤さんと言ったかな。手広くタオルや石けん、歯ブラシなんかを商っていて、県とか共済組合の保養所などで使ってほしいと思っていたそうで、ボクが組合で仕事をしているのを知ったものだから、県や共済組合の担当者を紹介してもらえないか、ということだった。あのときは、東急ホテルのロビーを使って三人で打ち合わせをしていたのさ。ロビーの前で佐藤さんと別れて帰るところだった。そうか、ああいうところを見られることもあるんだな」

三

教育センターで教育相談室長・教育研究部長を歴任した隆は約四年ぶりに学校現場へ戻ることとなり、南生田校高校の校長を拝命した。初めての校長としての気負いがあったわけではないが、隆はそれまでの経験から長年温めてきた学校運営上の構想を提示して皆に検討を加えるよう要請した。一つは上履きの廃止、二つは九〇分授業の部分的導入、三つは生徒指導目標のランク付けである。

いずれもそれまでの学校運営上慣習化されたものでここにメスを入れるなどと誰も思いつかないことばかりだった。上履きの廃止というのは、通学に使用する靴を校舎内では上履きに履き替えるのを止めて校内でも通学靴をそのまま履いていいことにしてはどうかということである。上履きを廃止すれば下駄箱は要らなくなり、いわゆる昇降口も不要となって他の用途に転用できるのではないか、という提案である。隆はこの提案が簡単に受け入れれるとは思っても居なかったが、さりとて簡単に廃案になるとも考えていなかった。しばらく喧々諤々の議論があって継続審議くらいのオチになるかと期待していたのであるが、先生方はほとんど問題にならないというふうである。学校では上履き・下履きの他、体育館履きという運動靴があってこれを止めることは考えられない、だから下駄箱廃止まで行くことはあり得ないというのである。

部分的に九〇分単位の時間を導入することについても、本校の生徒は九〇分の授業にはついて行けない、とても間が持てないと言うのである。事実上は体育や家庭科、理科の実験など、五〇分の単位を二つ連続して行う授業もあるのだが、学年全体を九〇分で縛ることはできないと言うのである。

飲酒・喫煙の禁止令と遅刻禁止とを同列に論じて生徒を束縛するのはいかがという問題提起には、少しでも緩みを見せるとそこからがたがたに秩序が崩れてしまうおそれがあるから、禁止は一律禁止がいいと言う。こうして、隆の校長提案はことごとく退けられたが、先生方は自分たちが持ち出した改革の提案には相当の執着を見せるのだった。隆が着任した年の夏から秋にかけて、来年の南生田高校には知的障害を持つ生徒が受験してくるという情報が聞こえてきたのだが、この生徒の受け入れについて積極的に校内世論をリードする主張とその準備が着々と進められた。

隆は生徒が知的障害を持つから受け入れないという能力主義偏重の高校教育論を信奉しているわけではなかったが、知的障害を持つ生徒を積極的に擁護するという極端な立場に立つこともできなかった。現行の入試選抜制度がある以上、最後はこの制度の運用の範囲でことを決める以外にないと考えたのだ。

南生田高校は生徒に人気の高い高校で志願者は多く押し寄せたが、東京に近いという地理的条件もあって、志願の取り消しも多く、合格辞退者も並々でないという変動要因を抱えていた。この年の志願者は三二〇名の定数を大幅に超過し総数三三八名を対象に選抜会議が開かれたが、件の生徒の選抜成績は受検者中の最下位で彼を合格させるためには結果として全員を受け入れるほかないという有様となった。選抜会議は慎重審議の末、職員の総意で受験者全員の合格を決めた。県の定める選抜要項では、一定の定員オーバーでの受け入れは是とするものの、それ以上については県教委と協議すべし、という規定になっており、学校が決めたから自動的に合格が決定できるというわけにはいかなかった。

選抜会議を終えて合格者発表を明日に控えた前夜、隆は単身県教委に乗り込んで組合執行部の経験とこの間培った人間関係や交渉技術などを駆使して交渉に当たり、一定の条件付きながら学校の選抜会議が出した結論を県教委に尊重させることに成功した。

このときの取り組みの経緯から、隆は件の生徒が南生田高校を卒業した段階で、この生徒が属していた全国規模の障害者団体の会員となった。「知的障害を持つ生徒の高校入学を実現する会」である。

契約の終わりから無音の一五年ほどの年月を経て、隆と郁代は偶然と言えば偶然の再会を果たした。隆は六五歳を超えており、郁恵も定年後二年が経過していた。郁恵は敵愾心を燃やした海老塚幸子を追い越すことこそできなかったが、最後はF高校の教頭に任じられていた。二人が出会ったのは県立学校退職者会の春の総会・懇親会の場でのことだったが、この退職者会も隆が書記次長として創立に力を尽くしたもので、設立当初には県教委から年三〇万円の補助金を獲得したものだった。郁恵の姿を目にした隆は契約恋愛当時のあれこれを瞬時に思い出していた。いつも隆が行きつけのD寿司で酒を飲みながら寿司をつまみ、興が乗ればこれも行きつけのスナックVへ回ってカラオケに興じるのが定番のコースだった。ときには伊勢原駅近くのスナックUのドアを叩くこともある。Uは隆の大学時代の先輩の奥方が経営しているスナックだった。

懇親会が終わりに近づいた頃、隆は儀礼半分期待半分という思いで郁恵の耳元でそっと囁いた。

「折角だから一緒に帰ろうか」

あら、怖い！　が郁恵の答えだった。そうか、怖いのかと隆は思った。

四

　それからまた五年ほど経過したある年の暮れのこと、隆は「実現する会」の資金作りの手助けとしてある障害者団体が作成販売しているカレンダーの販売に奔走していた。五〇部・一〇〇部とまとめて扱えば一定の販売手数料が交付される仕組みになっていて、隆は毎年一〇〇部ほどを引き受けて頒布しているのだった。

「ご無沙汰しておりますが、社長の藤吉さんはご在宅でしょうか」

「はい、藤吉です」

「小早川です。すっかりご無沙汰で申し訳ありません。お変わりありませんか」

「あ、小早川さん、ええ、相変わらず元気にしております」

「実は今日はお願いごとがあってお電話したのです。早速で恐縮ですが、私の関わっているある障害者団体が資金作りの一環として毎年カレンダーを作成販売しているんです。常に連続する二ヶ月分の七曜表を見ることのできるカレンダーで、絵は児童画のM先生の手になるものです。一部一〇〇〇円で、五部でも一〇部でもいいのですが、ご協力いただけないでしょうか」

「あ、判りました。障害者団体の運営に協力できる事業ですね。一〇部いただきますから、F興業宛てに送ってください。請求書もF宛てでお願いします。先生もなかなか大変ですな。年が明けたら久しぶりに一杯やりましょう」

久しぶりに思い出して電話を掛けたところ、思いがけず、Ｆ興業の藤吉社長に一〇部まとめて買ってもらうことができて、隆は気持ちが豊かに弾むのを覚えた。この調子ならあと五〇部を追加して扱うことができるかもしれないと思ったりした。調子に乗った隆はことのついでに郁恵に電話して協力を求めることにした。

隆からの電話に出て話を聞いた郁恵は
「あら、センセ。お話しはよく判りましたわ。カレンダーを買って障害者団体の運営に協力したいのは山々ですけれど、センセもご存知のとおり私の家はとても狭くてカレンダーを飾っておくスペースがありませんの。海老塚さんなら顔も広くていらっしゃるから海老塚さんに頼んでみたらいかがですか」

なるほど、そういう断り方もあるというわけだ、それにしても下手なウソを吐くものだ、坊主憎けりゃ袈裟までもということかと、隆は思い、これで郁ちゃんとのことは完全に終わったと感じるのだった。


（二〇一三・五・六初筆）

桜校長のア・ラ・カルト

神奈川県立Y高校の桜幸二校長はちょっと毛色の変わった経歴を持つ校長である。青壮年期の一六年間、神奈川県高教組の執行部に席を置き、書記長・委員長を歴任した後で教育センター研究部長を経て校長に任じられた。普通、校長は二校ほど教頭を経験してから校長に昇任するのだが、桜はその教頭経験が皆無である。

組合執行部経験者が管理職に登用されると、一般組合員の間に「執行部を踏み台にして管理職になった」という非難の声が囁かれる。桜は教頭や校長がどのように任用されるか、たくさんの例を知っているから、そうした非難が的はずれであることを誰よりも承知しているが、管理職になりたいと熱望する教員のやっかみも判らないことはない気がするし、新任校長の研修会などで顔を合わせる仲間から「彼奴は教頭を経験していない」おかしな校長だ、という白い眼で見られることにもさもありなんという顔で通した。彼を無視しようとする一部の視線に棘を感じることはあったが、その程度のことはいずれ実績の前に大方消えてしまうと高を括って校長に就任した。

桜は新任校長が知らずに犯す「何でもオレが」という逸る気持ちを抑えて、まず、職員や生徒学校そのものを知ろうと努めた。幸い、長いこと組合執行部に席を置いたお陰で職員の大半について名前と顔が一致していたので、いつも気軽に声をかけることができるのだった。

こうして次第に学校や職員に慣れるにつれて職員のほうからも声がかかるようになり、桜は生徒を対象とした特別講義を講じたり、PTA主催のコミュニティスクールの講師を務めたりするようになった。桜は教諭現職にあったとき、しばしば生徒の自習監督でまったく初めてのクラスに出向くことがあって、一校時単位の「読み切り講談」をいつも三、四は用意しておくよう心がけていた。担当教科が英語だったこともあって、「英語という言語の特性」「英単語学習法」「英語と聖書」といったテーマで四五分ほど話すことはお手のものと言ってよかった。若い頃に苦労して積んだ経験は年を取ってからも忘れずに残っているもので、そのつもりになれば、少々の準備時間でこれらを再現することはさほど難しいことではないのだった。

一

創立後二〇年ほど経過したY高校は学区の中でも上位にランクされる学校になっていたから、いわゆる生徒指導・生活指導事案で校長訓戒を行うケースはさほど多くを数えなかったが、それでも月に二、三回は指導の網にかかってくる生徒が出来した。

桜がY高校へ赴任して初めて訓戒の場に立ったのは五月半ばのことだったが、対象の生徒は二年生の女子生徒梅田蓉子で、バイク乗車禁止規定違反という事案だった。Y高校では、特別指導を実施するという事態が発生すると、生徒指導部が事実調査を行い、指導原案を（臨時）職員会議に提案して、審議を経て特別指導を行うという段取りとなっていた。多くの場合過去に指導の前例があり、大抵はその前例を踏襲して指導内容を決定するのである。特に悪質だと判断されない限り、生徒の指導要録に記載義務とならない校内運用の範囲に留める措置を執るのが普通である。生徒の懲戒については学校教育法に定めがあり、退学・停学・訓戒とあるのだが、同じ訓戒でも法に基づく懲戒となると生徒の指導要録への記載と県教委への報告が義務づけられることになるのである。要録記載となれば、生徒の履歴事項となるから将来ある生徒に無用の瑕を負わせるのに忍びないというのが校内運用で生徒指導措置を行う理屈になっているのだが、これは建前で、本音は詳細な県教委報告を省きたいということにある。正式の事故報告などを持って県教委に報告に及べば痛くない腹を探られる結果になるのがオチで何の得にもならないからである。

さて、梅田蓉子に対する指導措置のことであるが、指導部が臨時職員会議に提案した指導原案は、梅田が休業土曜日の午前中一〇時頃バイクに乗って通行しているところを本校家庭科教諭上田翠に目撃されて、校内規則違反の現場を押さえられたという事案において「校長訓戒・家庭謹慎三日・反省文提出」というもので、前例を踏襲した内容だったから、会議ではほとんど意見も異論もなく原案どおり決定した。

一九八〇（昭和五五）年頃から、高校生のバイク事故が全国的に広がり、神奈川県では全国ワーストワンの汚名を返上できない状況が続いて、そのまま放置できないとして、「免許を取らない」「車を持たない」「運転しない」という「バイク三ない運動」を発展させて、「乗せてもらわない」を加えた「四ない運動」、さらに「親は子どもの要求に負けない」をプラスした「四プラス一ない運動」などに取り組んで、社会的に高校生のバイク事故をなくそうとする運動が展開されていた。

桜は赴任して初めての事例でもあったので「梅田がバイクに乗っていた事情について何か特別なことはなかったか」と質問したが、指導部からは特にないという回答だった。職員会議で梅田についてコメントを求められた学級担任は、梅田が学習成績は中の上程度で特に問題はないこと、バイクは大好きで一六歳になるとすぐに免許を取得し、女子高校生バイクグループ『桜乙女』に属していてグループの副隊長を務めているらしいこと、そのバイクグループはいわゆる暴走族との縁はなく、バイク好きの女子高校生が休日などに集まってグループで乗車指導を受けたり、遠乗りなどに出かけたりしていること、などを報告した。

梅田蓉子に対する校長訓戒は翌日早朝、始業前に校長室で行われた。梅田には保護者同伴という規定どおり、父親の梅田透が付き添ってきていた。父親は学校から一〇分ほどのところにある商店街で酒屋を営んでいるとのことだったが、特に悪びれるところもなく、といって卑屈な様子も見せず、穏和な表情を浮かべて腰を下ろしている。

生徒指導部長の事実確認に間違いがないことを梅田蓉子が認めたことを受けて、校内指導措置として校長による説諭を行う段取りとなった。

「本校にバイク乗車を禁じる規則のあることは知っていますね」

「はい」

「先ほども確認があったように、先週土曜日午前中にバイクに乗っているところを本校の先生に見つかったということだけれど、バイクに乗る特別な事情はなかったのだろうか。繰り返しその点の確認をするのは、単純に、規則違反・校長訓戒で済ませることはできないと考えているからです。法律上でも『校長および教員が児童等に懲戒を加えるに当たっては、児童等の心身の発達に応ずるなど教育上必要な配慮をしなければならない』と言っていますし、バイク乗車ということ自体は道路交通法で運転免許についての規定があるとおり、一六歳で免許が取れることになっていますから、バイクを禁止するほうが特例なんですね。何か配慮すべきことがあれば斟酌するのは当然です」

「法律の中に配慮することと書かれていることははじめて知りました。そういうことなら、この間のバイクは、隣のおじいちゃんが自宅の二階の階段の途中から落ちて脚に怪我をしたから、病院へ急いで連れて行ってほしいと頼まれたためでした」

「そういう事情があったのなら、どうしてこれまでの事情聴取のときに言わなかったのかな」

「そういう事情を言ってても言わなくても、バイクに乗ったことは事実だから、校則違反も間違いないと思ったからです」

「お父さんにお伺いしますが、今蓉子さんが言ったことは本当ですか」

「ええ、本当です。本来ならば私が隣のおじいちゃんを運べばよかったんですが、ちょっと急ぎの配達がつかえていたものですから、蓉子が行くと言うのを止めなかったんです」

「判りました。校長説諭の途中ですが、これは当然配慮事項に該当すると思われますので、しばらく時間をください」

桜校長はそう断って、同席していた教頭・生徒指導部長・学級担任と別室で協議を行い、梅田親子の許に戻り、

「今回の校則違反・校長訓告の処分は白紙に戻すことにします。ただ、この指導措置は職員会議で決定したことですので、職員会議の了解を得なければなりませんが、私の責任で纏めますので、この場はこれでお引き取りください。なお、蓉子さんには、おじいちゃんを病院に連れて行った顛末について報告書を提出していただきます」

梅田蓉子父娘はともども桜校長の臨機の措置と適切な判断にすっかり魅了されて、こんな校長先生に出会ったのは初めてのことだとの思いを深めるのだった。

次に桜と梅田蓉子が同じ場を共有したのは、夏休み前の特別授業のクラスにおいてのことだった。Y高校では一学期末の成績処理に忙しい時期を利用して特別授業が実施される慣わしが

できていた。普段は大学受験を念頭に置いて授業が行われがちであるが、この特別授業は全学年を対象に受検に直接関わらないいくつかのテーマでセミナーが開催される。桜はこのユニークな試みが気に入って、『タテ社会の人間関係』というテーマで教壇に立つことにしたのだが、梅田蓉子もちょっと面白そうだと思って、セミナーを受講することにしたのだった。

皆さんはこれまで「タテ社会」という言葉を聞いたことがありますか、という問いかけでその特別講義が始まった。集まっていた生徒は五〇人ほどだったが、三〇人ぐらいの生徒が手を挙げた。

「この言葉は今から三〇年ほど前、社会人類学者、当時東大教授だった中根千枝という先生が論文の中で使い始めたものですが、著書を通して広く知られるようになり、今では至極常識的な言葉として定着しています。今日はこのことについて別紙の資料を参考にお話ししたいと思います」

と言いながら、一枚のプリントを配るのだった。

［別紙資料］

◇タテ社会の人間関係＝中根千枝＝◇

（一）　社会集団を構成する要因「資格」と「場」

・どの社会においても個人は資格（教授・事務職員・学生）と場（R大学の者）（すなわち枠）による社会集団に属している。

・日本人の社会は「場」「枠」が強調され、「資格」はあまり問題にされない。

「家」

「一族郎党」

「国鉄一家」

「ウチの会社」

「オタクの社」

・枠によって共通の場を基盤とする社会集団は資格を異にする者を内包する結果となる。一体感によって枠の強固さが養成されると、枠の外にある同一資格者との間に溝ができ、同時に、枠内の異資格者との距離が縮まる。

こうして、日本人の社会は集団の機能が強化されるに伴ってウチとソトの区別が進むようになっていくのだ。

・日本社会では個人の生活が、集団から地理的に離れて、毎日顔を見せることができないような状態に置かれると、集団から疎外される結果を招きやすいが、反対に、地理的に接近し、顔を合わせるチャンスが多いと、否応なしに集団に組み込まれやすく、一旦そうなると、集団構成員として、他の社会では見られないほど個人は束縛される。

・二つ以上の社会集団に同様のウェイトで属することは困難であり、ということは、単一社会だということに他ならない。場によって個人が所属するとなると現実に個人は一つしか集団に所属できない。その場を離れれば、同時にその集団外に出てしまうわけであり、個人は同時に二つ以上の場に自己を置くことは不可能である。

(二) 日本社会は「タテ社会」

・場の共通性によって構成された集団は枠によって閉ざされた世界を形成し、構成員のエモーショナルな全面的参加により、一体感が醸成されて、集団として強い機能を持つようになるが、集団が大きいときは個々の構成員をしっかり結びつける一定の組織が必要である。日本人の場合、これは「タテ社会」であることが共通である。

タテ　……　親子、上役と部下　………　資格の異なる人を結ぶ

ヨコ　……　兄弟姉妹、同僚　………　同質の者、同列の者

・タテ社会においては、同じ資格の者であっても、「タテ」の運動に影響されて、「差」が設定され、強調されて、精チな序列が形成される。

年齢・入社年次・勤続年数・先輩後輩という要素のほうが、職種・身分・位階などの要素より重い序列なのである。

・終身雇用制←年功序列制を支えているのは、能力平等観にあり、差は「働き者」「怠け者」に見られる個人の努力差である。

この「能力平等観」に立てば立つほど、その結果として、序列偏重に偏らざるを得ない。「学歴一律主義」も極端な「学歴反対主義」も個人の能力差を認めないという点で同じ信念から生まれている。

・序列偏重が日常的であるのは、座席順、言葉遣い、発言順や量などを見れば明かである。

・この根強い平等主義のおかげで、個々人に自信をもたせ、努力を惜しまず続けさせることができる。「タテ」のリンクは、そうして努力してきた個人にとって、またとない上昇の梯子を用意する。

・例えば、東大を通過することによって誰でも同列に立つことができる。教育機関が社会層の差をなくし、縮小するのだが、オックスフォードでは、下層階級の子弟は依然として下層階級であって、教育機関が社会層の差に対して、さほどの機能を発揮しない。イギリスはタテ社会ではないからだ。

・「タテ」社会であるということは、あらゆる層において、同類の集団ができないということであり、同類が敵となるということである。並立するものとの競争が、仕事の推進力となり、その集団の結束を固めている。

みんな同じことをしないと気がすまない、競争に負けてはならない、バスに乗り遅れるな、となるのである。

一群一群が明確な集団を形成し、自己完結的なワンセットを構成している。構造的には、分業精神に反する仕組みとなっている。

何でも屋精神はすべての分野に見られ、出版界・放送・新聞・雑誌・デパート・総合大学など教育機関のあり方によく現われている。

・社会組織とは異質の政治組織も日本では「タテ」の組織を基盤としている。

・「タテ」集団は、底辺のない三角形で、その構造は常に外に向かって解放的であるが、「ヨコ」集団は、円形で、外に対しては閉鎖的である。

「タテ」は成員の個人関係によって集団が構成されており、「ヨコ」は人間以外の、ルールとか資格によって集団ができている。

社会組織の基盤となる人と人との関係のあり方は、「タテ」の関係、「ヨコ」の関係、「契約」の関係が代表的であり、「タテ」社会では、「契約」関係が育ちにくい。

・人と人との関係を何より優先する価値観を持つ社会は、宗教的ではなく、道徳的で、対人関係が自己を位置づける尺度となる。「みんながこう言っているから」「他人がこうするから」と言うことによって、自己の考え・行動に示唆が与えられ、「こうしたことをすべきでない」「その考えは古い」というような表現で、他人の考えや行動を規制するのである。

「日本人社会は集団内部の序列意識が強く、その結果、横並び意識が強く働く。今の子どもたちの意識や行動様式は変わったとよく言われますが、先輩・後輩意識は昔以上です。『皆と同じ』であることが行動の規範となり、『皆と同じ』であることを確認して安心することとなり、『皆と違う』ことを怖れ、『皆と違う』者を排除しようとする意識が働くのです。

男女、高齢者、外国人、障害者などに対する差別意識が根強いのも、いわゆる部落差別が未だになくならないのも、その現れと捉えられます。『いじめ』もまた集団からの仲間はずれ＝排除・人権軽視を伴うことがあるという点で、差別事象の一種と言えるでしょう。

こうして、日本人の社会集団の特性がタテ社会にあるということから考えると、今社会問題になっている就職氷河期と言われる問題の解決が相当難しいのが判るでしょう。横並び意識や序列意識が根底にあって新卒者優先という採用方式が定着しているからです。本気で就職氷河期の問題を解決しようとすれば、毎年の新採用者の中に何割かは既卒者を含むべしというようなルールの法律を作って企業に実行させるようなことが必要でしょう。

今日は時間がありませんでしたので、中根先生の理論のほんの一端を紹介するだけで終わることになりました。興味のある方は中根先生の**『タテ社会の人間関係』**などに目を通してくださるよう薦めます。講談社現代新書に収録されています」

この特別セミナーを受けた梅田蓉子は自分の属しているバイクグループ「桜乙女」の構造や

運営のことを考えると、校長によるタテ社会の説明がぴったり当てはまるのに芯から驚いて、本気で中根千枝教授の理論について勉強したいと思うのだった。もしかしたら、と蓉子は考える。社会現象を材料として社会構造の分析を目指す社会人類学というのはなかなか面白そうな学問だ、将来、この方面の研究に力を入れるというのは魅力のありそうな思いつきではないか、と思わず手を打つのだった。

それから一年半あまり蓉子は蓉子なりに真面目に受験勉強に打ち込み、Y高校卒業と同時に社会人類学を学ぶためにM大学人文学部に入学することに成功した。桜校長はあの特別講義がこのような形で一つの実を結んだことを感慨深く受け止めるのだった。

二

桜がY高校に赴任してきたその頃、上田翠はもう二年越しの不倫の恋に落ちていて、心身ともに疲労困憊していた。相手は上田が顧問をしているバスケット部のコーチで、小島保という六歳年下の青年だった。小島はY高校の卒業生で在学中はもちろんバスケットの選手だった。大学を卒業して地元の信用金庫に就職し、バスケットのほうはY校バスケット部OBを中心メンバーとする社会人ティームに属してプレイを続けていた。一九〇センチ近い長身を生かしたポストプレーに卓越し、一試合四九点の県高校生最多得点記録を保持していた。

上田翠も高校時代にバスケット部に入って活動していた経歴を持って、Y高校のバスケット部顧問になっていたから、時間があればコートに出て生徒と一緒に汗を流すことも多かった。身長は一七〇センチにやや足りないくらいで、女子一般の中では上背のあるほうだったが、バスケットの世界では小柄の部類で、速攻のときのカットインやミドルシュートを得意としていた。大学卒業と同時に県立高校に採用されて、Y高校は二校目だった。結婚は二五歳のとき。相手は母親同士が親友という間柄で、翠がまだ小さいときから家族ぐるみで親交のあった上田優といい、翠より二歳年長である。優は大学を卒業して外資系の商社に入り、海外出張も度々という日を送っていた。優は引け目に感じるというほどではないが、どちらかと言えば中背のほうで、翠とは知人たちからノミの夫婦などと揶揄されている。

翠がY高校へ転勤してバスケット部の顧問になったとき、小島保は大学を卒業して社会人になったばかりのところで、二人はごく普通の顧問とコーチという間柄だった。特別な関係が芽生えたのはまったくの偶然のことだった。生徒に混じって練習試合をしていた小島が、リバウンドを取りに飛び上がって着地しようとしたとき、下に生徒が倒れていて、その生徒を避けるために無理な体勢で飛び降りたものだから、片足を捻挫し、おまけにもう片方の太ももに肉離れを起こしたのだった。練習に居合わせた上田翠はすぐさま小島を自分の車で病院に運び、治療を済ませた小島を彼のマンションまで送っていった。

捻挫と肉離れで動きの取れない一人暮らしの小島のために、翠は簡単に夕食の準備を整え帰宅した。家庭科教師の上田にとって食事の支度ぐらいはお手のもので特別なことをしたという意識はまったくないことだった。その三週間後の金曜日、小島保が先日のお礼を言いたくてと言ってワインを手みやげに上田翠のマンションを訪れた。

「先日は大層お世話になりました。お陰様で、今ではすっかり捻挫も肉離れも治りました。ワインはほんのお礼の気持ちです。ご主人とお二人で召し上がってください」

「わざわざお越しいただかなくてもよろしかったのに。却って散財させて済みません。あいにく主人は仕事で海外なんですよ。どうぞゆっくりしていってください」

「あ、そうですか」

「少し暑くなってきましたから、汗をおかきになったんじゃありませんこと？　簡単にシャワーを浴びてきてください。その間にワインのおつまみを作っておきますから。折角ですから小島さんの全快祝いといたしましょう。あら、どうぞ、遠慮なさらずに」

それではお言葉に甘えて、と言いながら、小島はシャワーを浴びに浴室へ行く。戻ってくると、なかなか華やかな食卓の準備が整っていた。アボカドのサラダにはトマト、キュウリ、ズッキーニなどがマヨネーズ仕立てで和えてある。やや厚切りのハムはカツに仕上がっている。ジャガイモのきんぴらは半生が旨い。カリッと揚がった揚げワンタンも美味しそうだ。

「ありあわせですから、ほんのおつまみ程度ですけれど。さあ、召し上がれ」そう言いながら翠はワインのコルクを抜く。

翌日は休日だという開放感もあって、お持たせのワインはあっという間に空いてしまい、後はウィスキーのオンザロックになった。お酒は二人ともかなり行ける口と思われた。しかしその時はそのお酒の勢いを借りてだろう、気づいてみると、二人はベッドの中だった。

「先生、ボクは先生にはじめて出会ったときからずっと先生が好きでした」保にそんなことを言われて翠は舞い上がる気持ちを抑えることができなかった。

一度不倫の恋に落ちると、毎日が地獄と天国、悔恨と歓喜の繰り返しになった。翠が小島に傾いていったのは、大きな体と力で抱きすくめられたいという願望からだったが、夫の優に取り立てて不満があるわけでもなく、優を愛せなくなったわけでもない。もちろん優には申し訳ないという気持ちで一杯だ。小島に対しても、いつまでも不倫の関係を続けるわけにはいかないという思いがある。もし小島に結婚話が出るときが来ればもちろん喜んで身を引かなければならないとも思っている。小島に誘われると「今度だけ、これだけにしよう」と決意するのだが、しばらく間が空くと、自分のほうから携帯のダイヤルを押してしまうこともある。欲望を満たして我に返ると、夫や家族、生徒や父母に知られたらどうしよう、限りない不安に戦く他はないのだ。二人の関係を他に知られないよう細心の注意を払ってきたから、大丈夫だとは思うもののいつ思わぬところからアリの一穴が開かないとは限らない。

そういうときに桜が校長としてY高校に赴任してきたのだ。翠が折れそうになる心を何とか持ちこたえたのは、仕事に打ち込んだためだった。教科指導は言うに及ばず、校務分掌でも、部活動でも自分から進んで精一杯の努力を重ねることで活路が開けるのだった。だから、その年のコミュニティスクールの企画をどうするかが問題になったとき、翠は同僚の鈴木文恵と話し合って、家庭科で引き受けることにした。ただ、「成人病予防のための食事」とか「介護食」とかのテーマで調理実習を中心に講座を開くのは少しパンチの効かない意味合いがある。何かこれを補助する彩りはないかを模索しているところへ、桜校長から、「燻製講座はどうでしょうか。自己流ですけれどもう一五年ほどハムやベーコンを作っているんです。もちろん講座で他人様に教えるなどという経験はありませんが」という意向が届けられた。渡りに船とはこのことで、上田と鈴木は一も二もなく賛意を示し、関係者での協議を経て、調理実習と燻製講座という二本立てでコミュニティスクールが開かれることになった。

講座の案内を配ってみると結構人気も高く、四〇人募集のところ七〇人ほどの応募があり、桜校長は家庭科の二人の先生方とも相談して、同じ内容の講座を二回開いて希望者全員を受け入れることにした。受講者の中に八名ほどの男性がいたが、桜校長に心酔した梅田透もその一人だった。この八人はその後Y高校PTAの中に親爺倶楽部を作るときの中心メンバーとなっていたが、そのことはこの物語とは直接関係はない。閑話休題。

開講式に続く講義では、桜は格好をつけて「薫製の話」「スパイスについて」「バランスの取れた食事とは」などのテーマで一席ブッたものだ。

その大半は参考書の受け売りであったが、受講者の中には真面目に質問する受講生もいて冷や汗三斗という状態であった。燻製講座の冒頭の挨拶で桜はちょっとしたやりとりを挟んでみることにした。ものは試し場を和やかなものにすること請け合いだと考えたのだ。

「皆さんは朝昼夜の食事を食べる際『いただきます』といういわば挨拶をするのが普通ですが、これがどういう意味かご存じですか」

「食事を作ってくれる人に対する感謝の言葉、『愛情をありがたくいただきます』ということじゃないかしら」

「そういう解釈もあるかもしれませんが、実のところ『命をいただきます』ということのようですよ」

そういう導入もそれなりに効果があったと言ってよいであろう。

と言うのは、薫製の実習が始まってみると、結構気楽に話を投げかけてくれる受講生が多く出たからである。

「薫製を始めてどのくらいになりますか」

「どんなきっかけで薫製を始めたのですか」

「これまでどんなものを薫製にしましたか、魚をやったことがありますか」

などと、大層賑やか、かつ、和やかな情景が展開する仕儀となった。

「そう、薫製を始めてから一五年ほどにはなりますね。きっかけと言えば、最初は手作りのソーセージができないか、と思って羊腸を探したことなんですね。

簡単に手に入ると思って肉屋さんに聞いてみると、ウチでは扱っていません、と言われるばかりで、手がかりも何も教えてくれなかったんです。あちこちに手を回して漸く羊腸を手に入れたのは探し始めてから半年ほど経った頃だったと記憶しています。

この入手に手間取ったことがそれだけ執着心を呼び起こす結果となって、印象に残っているわけです。苦労の末にできたソーセージは今にして思えば決していい出来映えのものではありませんでしたが、家族にはとても好評でした。

それからあらためて「ハムソーセージの本」という参考書を買い求めて勉強し、ハムづくりに手を着けるようになったというわけです。

これまで、ハム・生ハム・ソーセージ・ベーコン・スモークトチキンなどの肉系統の薫製を主に、他には、ゆで卵やタコ・イカなどもやりましたが、お魚はほとんどやったことがありません。

どうしてかと言うと、例えば、スモークサーモンなどは一五℃位の冷燻で処理することが必要なんですが、小型のスモーカーでは庫内の温度が上がって温燻や熱燻になってしまい、煮えてしまうからなんです。

庫内温度が上がらない工夫にちょっと浮かんだことがありますので、その内挑戦してみたいと思っています」

こうして話が弾むとさらに発展するというわけで、
「校長先生はお家でもお料理しますか、家事もなさいますか」
「奥様お喜びになるでしょう、お幸せな奥様ですね」
などという話になって行くのである。

燻製講座で桜はロースハムを取り上げた。いわゆる仕込みに手間と時間がかかり、熟成させるのに少なくとも五日間は間を置く。最後にスモーカーで五、六時間燻煙に付し、二時間ほどボイルしてできあがるという寸法である。肉は豚のロース。八〇〇グラムから一キロぐらいのブロックを用いる。スモーカーは手製でドラム缶から作った。これだと一度に二〇個ほどのロースハムを燻煙に付すことができる。

こうしてできあがったハムは受講生が一つずつ持ち帰るのだが、それとは別に全体の試食用にいくつかを余分に作った。二人の家庭科教員も興味津々で桜の燻製講座に参加して助手を務めた。最後の試食会ではロースハムをスライスしたり皿に取り分けたりしなければならない。ハムだからパンかというと、桜は和食を用意するという。献立は簡単で、ハムに野菜サラダ、後は白いご飯と味噌汁だけである。ただ、これらも桜が主導して全部整えた。

出来立てのロースハムは主菜に相応しい堂々たる存在となった。見事なピンク色でソースだの醤油だのという調味料は要らない。適当な塩味で肉質も柔らかに仕上がっている。ボイルのとき温度が高いとぱさぱさして肉が割れてしまうことがあるのだが、八〇℃から八五℃に保ってボイルすれば間違いない。丁度美味しくできたというわけだった。受講生のみんなも満足げにハムを口に運んでいる。

サラダといえば今風でモダンな感じがするが、その実は野菜の塩もみである。キュウリ、茄子、白菜、キャベツ、大根、人参などを千切りにして塩でもむ。これを固く絞って生姜のみじん切りを和えて仕上げる。この固く絞るというのがミソで、握力が強くないと上手く絞れないし、味も出ない。その意味では男の料理である。昔からキュウリもみという一品があるが、これは塩でもんだ後砂糖で甘味をつけて酢のものにするのが常道である。桜の塩もみは砂糖も酢も使わないが、なかなかさっぱりしたものである。彼はこれを密かに「一塩漬け」と呼んでいる。

味噌汁は小さく千切ったレタス、細切りにした油揚げにトマトのみじん切りという具であった。

翠はこの味噌汁を飲んだとき、ハッと心を打たれる思いがした。レタスは火が入ってもしゃきしゃきした歯触りが失われていないのが驚きだった。庖丁を使わずに手で千切るのがいいというマニュアルどおりにできている。トマトを味噌汁の具にするとは、ついぞ考えたこともないことだった。しかも丁寧に湯剥きがしてある。トマトを味噌汁で食べると、ほのかな酸味がアクセントとなって、独特の食感が楽しい。すっかり家庭科教員のお株を奪われた思いがして、翠は謙虚な、へりくだった、心のシンとする思いを噛みしめた。

そしてこのとき、心に激震が走った。不思議なことに、あれほど苦しんだ小島保との不倫の恋の呪縛から解放されるのを実感したのだ。晩秋の夕方の柔らかい日差しが心なしか心地よかった。

無論のこと、桜はこの翠の心の葛藤のことは知る由もない。

三

梅田透は娘の蓉子が三年生になると同時に、Y高校PTA会長になった。進んで立候補して信任されたのだが、蓉子が卒業するまでの一年間、PTA会長として桜校長と一緒に仕事がしたいと思ったのだ。この校長とならきっといい仕事ができると思うと、いつか心がわくわくするのだった。透は蓉子が中学生だったときもPTAに関わったことがあるのだが、このときは失望の連続だった。中学ではPTA役員を人手として使う意識が強く、PTA独自の活動の自由がない感じなのだ。広報などの記事や内容についても、端から端まで学校の意見を押しつけてくる。それも有無を言わせない一方的なもので、原稿に手を入れるなどという生やさしい手法でなく、学校側が書いた原稿をそのまま採用させるというふうだった。そういう苦い経験があるものだから透は蓉子が高校へ入学したばかりのときは、ＰＴＡ役員への勧誘を断っているのだが、桜校長との邂逅によって、またやってみようという意欲が湧いた。透は元々世話好きで人のいい人物だったから、会長になると、夏の甲子園野球の県予選などでは商売もののジュースなどを冷やして何ケースも球場に運び込んで選手の応援に一役買ったりした。そのお陰かどうか、その年のＹ高校は五回戦まで勝ち進んで、公立の星などという賞賛の声を浴びた。

高校の課程ごとに作られる単位ＰＴＡが集まって、学区地区高Ｐ連ができ、県高Ｐ連が組織される。高Ｐ連の集まりは関東地区のレベルでも行われ、全国のレベルでも開かれる仕来りがある。

梅田透がＹ高校ＰＴＡ会長になった年は関東大会が群馬県高崎で開催されたのだが、たまたまＹ高校が地区Ｐの持ち回り会長校になっていたこともあって、梅田は貸し切りバスを仕立てて近隣の高校のＰＴＡ役員を高崎大会へ引率することにした。学区には一五、六校があるのだが、そのうち八校ほどの役員がそのバスに乗った。一校あたりＰＴＡ役員が二、三名、学校側で校長か教頭のどちらかが参加する慣習である。五〇人乗りのバスが八割方埋まる状況となった。

桜は組合執行部にいた頃日教組や公務員共闘などの会議で全国各地へ出かける機会に恵まれたから、県外への出張は可能な限り教頭や他の職員に任せることを基本にしていた。それに普段ＰＴＡとの学校側窓口は校務分掌上のＰＴＡ担当と教頭が当たることになっているから、この高崎大会へも教頭の松由紀女史に行ってもらうことにした。なにがしかの骨休めになればという思いからだった。会長がバスの手配を依頼した旅行社で宿泊ホテルの面倒を見てもらったから、バスグループは全員がJ亭に泊まり、関東大会の公式会議が終わった後ホテルに戻ってささやかな宴会が開かれた。

このときの集まりがバスグループの参加者に大きな印象を残したためだろう、地区に戻った後梅田会長を中心にJ亭会という懇親会が作られて、年末に忘年会が開かれたが、会長校の校長だからという理由で桜もその会に招待された。J亭会はその後毎年四月と一二月に持たれるよう定例化し、参加者も次第に定着して一二、三名で落ち着いた。Y高校からは梅田会長、桜、松の三名が例会に参加した。

Y高校教頭の松由紀。彼女は五〇を少し出たばかりで桜校長の着任を迎えた。常識的にはあと一校教頭を務めて校長に昇任する可能性が高い。将来を嘱望されている立場にある。教諭時代には事情があって神高教の組合員ではなかったが、教頭になっていろいろ苦労を重ねる内に組合のことにも理解が深まって桜校長の斬新な考え方に共鳴するところが多くなった。

例えば、と桜校長は言う。

「本校では一校時五〇分で平日六校時と授業のある土曜日は四校時という時間割を持っているが、この内平日の二校時を括って一駒九〇分で運用すれば一駒について一〇分とその間の休憩時間一〇分の合計二〇分を短縮することができる。この時間を放課後に回せば、それだけ部活動の時間を増やすことができるのではないか」

「本校では体育館履きは別として、上履き下履きの二足制を仕来りにしているが、生徒の健康やこのところの道路事情などを考慮すれば一足制に移行することがいいのではないか。いわゆる下駄箱のための昇降口スペースを空けることができれば、それなりの有効活用が見込めるのではないか」

「校則を守らせるということにおいて、先生方はすべての項目について一〇〇％達成することを念頭に置いていると思われるが、ものによっては八〇％でいいという目標にすれば、随分楽に指導することができるのではないか。飲酒・喫煙ということについては生徒の健康や将来の家庭生活などのことから、一〇〇％を目指すことは当然であるが、遅刻や欠席といった項目では一〇〇％を期待するほうが無理なのではないか。事柄によって目標値を設定することを検討してはどうか」

これらの考え方を聞くと松は目の洗われる思いを禁じ得なかった。校長の考えだということを伏せて、先生方の意向を打診してみると、ほとんど関心を示さない。ウチのレベルの生徒では九〇分授業はとても保たない、とか、校則遵守の目標値を項目ごとに変えるのでは校則にならない、とか、皆どれも極めて消極的なのだ。口では教育改革などというきれい事を言うのだが、その実、現状を変えることには警戒心を募らせる職員が多い。変えることで現行の勤務条件が悪化する怖れのあることにあえて踏み込もうとはしないのだ。「こういうところが今の先生方の食い足りないところだわ。警戒心ばかり先行させては何も変えることはできないじゃない？」と松は思うが、やみこみ突っ走っても先生方がついてこないことは自明のことだったから、時間をかけて少しずつ啓蒙していかなければと心を決めるのだった。

松由紀は元々生真面目な国語の教師で、お酒とか宴会などに進んで近づこうとはしないできたのだが、教頭に任じられてから、そうばかりも言っていられない機会が増えた。特にPTAの会合があると、終わったあと軽くビールで喉を潤すのを心待ちにしている役員も結構多いのだ。といって毎回そういうところに顔を出すわけではないのだが、梅田透が会長になってからはその機会が一段と増えて、松はその愉しさを少しずつ実感するようになっていった。高崎大会のときも結構楽しかったという思い出がある。

主人が毎日のように社用の接待で遅いご帰還となるのだから、私だって、たまに羽目を外しても咎められることはないのだ、などやや不埒な想いが由紀の心をかすめるようになってくるのだった。

こうして三月の年度末を迎えた。学校が短い春休みに入った二×日の午後、松は年度末の雑務処理のために来校してきた梅田会長とかなり長時間に亘って打ち合わせを行い、新年度を迎える準備を整えた。一区切りついて、ちょっとホッとしたとき、桜校長が二人の前に顔を出して、「打ち合わせは済みましたか。お疲れでしょう。少し時間をいただいて簡単なご苦労さん会をやりませんか」と言う。校長に誘われて校長室へ赴くと、テーブルの上に酒とつまみが用意されている。

「こうして三人が揃うと、花札の赤単を絵に描いたようですね。何かいいことがありそうな気がしてきました。ところでこれは秋田の太平山で、梅田会長のお持たせです。秋田には爛漫とか、高清水とか、両関など、個性的なお酒がたくさんありますが、太平山は美味しいお酒です。本当ならお燗をつけてやるところですが、ここでは酒器も揃っていませんし、冷やでやっても結構行ける酒ですから、今日は冷やで行きましょう。何もありませんが、ちょっと喉を湿してください」と言って太平山を勧める。

校長によって用意されたつまみはそぎ切りにした平貝の塩焼き、校長得意の一塩漬け、牡蠣の天ぷら、三山葵（みつわさ）、手作りの海苔の佃煮というものだった。なかなかどうして、そう簡単なつまみではない。

「これはどれも美味しいですね。これは三つ葉ですか」と梅田。

「ええ。三つ葉のお浸しに山葵を擂って合わせ、もみ海苔を振っただけのものですが、ちょっと洒落ていますでしょ。簡単ですが、三つ葉はすぐ茹だって伸びてしまいますから茹ですぎないように注意することが肝心なんです」

「海苔の佃煮は校長先生の手作りですか」

「はい。これは湿気てしまった乾し海苔を細かく切って水に戻し、出し汁で煮たものですが、隠し味に柚子胡椒を混ぜてあります。柚子胡椒は初めて九州へ修学旅行の生徒を連れて行ったときに別府で見つけて買ってきたわけですが、以来、ほとんど切らすことなく愛用しています。うどんやソバの薬味としても行けますよ」

「牡蠣のフライというのはよく食べますが、天ぷらとは珍しいレシピですね。何か謂われがあるのですか」

「カリッと揚げるのがミソなんですが、これはメリケン粉ではなくて片栗粉なんです。衣をつけてしっとりさせて、ちょっと高温で揚げるのがポイントです」

三人で太平山一本を空けたところでご苦労さん会はお開きになった。少し残したことがあると言う桜校長を置いて梅田会長と松教頭が連れ立って校門を出ると、折角の機会ですから行きつけのスナックへ寄っていきませんか、と会長が誘った。

「会長さんも校長先生もお酒は強いですね。まだ大丈夫ですか」

「ええ、もちろんですとも。商売柄結構飲みますから」

「では、ちょっとだけ、お伴しますわ」

折良く来合わせたタクシーを捉まえて梅田会長が行きつけのスナック・秋桜へ入った。時間はまだ六時半と早かったから秋桜は開店したばかりで、他にお客の姿はなかった。

「あら、ウーさん、いらっしゃい。今日はすこぶるつきの美人とご一緒でお安くないわね」

「いや、そんなんじゃないんだ。この方はY高校の教頭さんで松さんという先生。PTAでいつもお世話になっているの。今まで、校長の手料理でご苦労さん会をやってきたところなんだけど、すっかりいい気分になったものだから、ここへ誘ったというわけなんだ」

「そうでしたか。校長先生もお連れしてくだされればよかったのに」

「校長はまだ仕事が残っているんですと」

「ウーさん、この次は校長先生とご一緒でお願いしますわ。今つまみを出しますから、ちょっと待っていてください」

「そういうわけで、お腹はできているから、つまみは乾きものぐらいでいいよ」

「はい、はい。ではどうぞごゆっくり」

それから二人はゆったりとブランデーを口に転がしながら、その年のＰＴＡ活動のこと、高崎の関東大会のこと、岡山での全国大会のこと、文化祭での出し物のこと、などの話に興じ、果ては桜校長の手料理のことなどに話題が飛んだりした。

「今日の校長さんの手料理はみんななかなか美味しかったですね。教頭先生は何が気に入りましたか」

「平貝の塩焼きと三山葵（みつわさ）」

「私も三山葵と牡蠣の天ぷら、あのふっくらとした衣が何とも言えない」

その日はそんな話が締めになり、カラオケを二人で二、三曲歌ってからそれぞれ帰宅した。松は心のどこかにひっそりと灯りの灯るのを感じるのだった。そして二人はメールの交換を始めるようになり、次第に親密な仲になっていった。一年の任期だけで梅田が会長を降りたあとも、例のあのJ亭会の集まりや、Y高校PTA役員OB会の総会や旅行会などで顔を合わせる機会がある。他に時間の折り合いがつくと二人は秋桜で落合う。話は決まってあのときの三山葵（みつわさ）から始まる。

「家内に作らせてみたのだが、どうしてもあのしゃきっとした感触が出ないんだ」

「あれは三つ葉の茹で方も大事だけれど、ぱりっとしたもみ海苔も疎かにできないようですわ」

そして二人は何時の頃からか二人だけの密かな時間を持つようになり、何年か経過した。桜校長はY高校に三年いて、次の高校に転勤していったが、松は周囲の期待に反して依然として教頭のままY高校に塩漬けになっていた。

そして、ある日。還暦間近の梅田透と松由紀の二人は示し合わせて出奔した。中年過ぎの色恋は止まないというが、透と由紀もそういう例になったのだろうか。県教委には松からの辞職届が郵送されてきただけだった。無惨にも二つの家庭を壊すとは社会人として無責任きわまりないことだが、思えば、二人が親しくなるきっかけは、あのご苦労さん会のあの三山葵（みつわさ）にあったと思われるのだ。しかしもちろん、桜幸二は自分があの二人を離れがたく結びつける火付け役を演じたなどとは夢にも思っていない。

二人の行方は杳として知れないままである。

二〇一〇・一〇・八脱稿

二〇二二・一〇・八加筆
二〇二三・五・一二加筆

親父の酒

一

遠藤惇は親父の亡くなった年齢に近づくにつれて、一体自分と親父はどんな親子だったのか、思い返すようになった。親父の守は惇が四九歳の時腎不全で亡くなった。享年八三歳だった。守の生まれは一九〇三年一〇月だから、日本が太平洋戦争に負けた一九四五年八月を境目とすれば戦前四二年、戦後四一年、ほぼ同じ年数の二つの人生を生きたことになる。因みに母の里は戦前三九年戦後三九年、トータル七八歳でその生涯を閉じている。敗戦の時惇は七歳、小学校二年だから、戦前の記憶はほとんどないが、守が前後三度出征したと聞かされている。

数少ない戦前の記憶の一つに、守が出征する日の朝のことがある。出て行くとき、守は「行ってらっしゃい」と笑顔で挨拶する惇と姉の恭の二人を玄関の前に立たせて、黙って二人の顔に往復ビンタを見舞って無言のうちに出て行ったのだ。突然打擲された姉弟の二人は何故ぶたれなければいけないのか考える暇もなくワッと泣き出してしばらく泣き止まなかった。守の三度目の出征の時のことである。

一九四四年四月に横浜の国民小学校に入学した惇は予断を許さない戦争の行方を心配した家族の意向で宮城県亘理郡山下村、福島県との県境に近い父親の守の実家に縁故疎開した。その年の夏休みのことである。惇の母の里も姉の恭も弟の令もこの時初めて守の故郷に身を寄せたのだが、令は前年の九月に生まれていてまだ一歳にもならない乳飲み子だった。

守の実家は中程度の農家で守の家族四人の面倒を見るのに難色を示したわけではないが、特段可愛がるふうでもなく、むしろ働き手として当てにしたように思われる。それまで都会暮らしが続いていた里にとっては農家の嫁を演じるのは難儀なことで、義母はともかく、封建的で厳格な義父の言いつけに従うことは死ぬほどの苦しみだった。何しろ頼みに思う夫は戦地に取られている上子どもたちも長子が小学校四年の恭、次子が小学校一年の惇、三子に至ってはまだ満足に歩くことも出来ない令という家族構成だったからである。困難な義父母の家での暮らしの中で里の苦しみを理解し何かにつけて庇ってくれたのは義父の実姉だったが、近くに住むだけで同じ家に住んでいるわけでもなかったので、後ろ盾として自ずと限界もあるのだった。

習うより慣れろ、でようやく農家の嫁らしくなってきた矢先、里の許に守からのハガキが届いたのは一九四五年五月のことだった。千島列島シュムシュ島の守備隊勤務だった守の部隊が増し続ける敵影を避けて北海道に撤退する途上、苫小牧近くの厚賀の沖合まで来たとき敵艦の魚雷を受けて船が沈没する事態が発生した。偶々運よく救命ボートの近くを巡邏中だった守はいち早くボートに乗りこんで一命を取り留めたという。北海道札幌の部隊に仮編入された守がようやく落ち着くことが出来たことで、家族を呼び寄せたいというのだ。亘理郡の穀倉地帯にもときどき敵機が偵察飛行を繰り返すようになっていたこととて、家族の安全をより確かなものにする意味でも、守の申し出を奇貨として里たちが北海道へ渡ったのは敗戦の年の六月のことだった。

札幌の部隊に仮編入となった守は間に合わせの少尉官舎として魚屋を営む関水脇士氏方の二階を与えられていたが、もとより五人家族が日々を暮らせる施設にはほど遠く、関水の好意により敷地の中に仮のバラック小屋を建てさせてもらうこととなった。先のことは先のこと、とりあえず農家の嫁の立場から解放されるなら、住まいの条件が悪いくらいはまだ増しだと里は考えた。

バラックへの移住は六月のことで八月の敗戦もここで迎えたが、秋から冬を臨む頃になると、札幌の寒さをどう凌ぐか、部隊からはとうに除隊となり、国に面倒を見てもらえる立場にはなく、自前で処理しなければならない。関脇にこれ以上面倒見てもらうわけには行かず、札幌に相談できる知人がいるわけでもない。冬の寒さから避難するために里は横浜の実家に頼るほかないのだった。

一〇月下旬に五人家族が転がり込んだ里の実家は実母がすでになく、実父と弟家族三人が住んでいたが、船大工のテクノクラートだった父の考えで家屋敷はコンパクトに造られていたから、里たち五人が住む部屋は六畳と四畳半が隣り合う二間に限られた。二階の二間に弟家族、階下の一室に実父が住むと、後は離れたところに位置する応接間しか残らないのだった。敷地は一〇〇坪ほどの広さだったが、道路面から四、五メートルほどの高みに上物が建てられて、法面にかなりの面積を取られていた。父の趣味で枯れ山水を模した庭に花壇や樹木が配されて瀟洒といえば瀟洒な家屋敷だったが、二家族が同居するにはかなり手狭で不便だった。

淳には祖父に当たる里の父近藤丑松などの職能集団について、経済評論家で名高い内橋克人氏が書いた次の一文を淳はあるとき偶然目に留めた。誇り高き技術者としての意気軒昂ぶりがよく窺える文章として印象が深い。

◆（内橋克人氏の文章より）

祖父近藤丑松のこと

第一次大戦前後、未曾有の好況を謳歌し、資本主義の基礎を固めた日本経済にとり、唯一の悩みは「労働力」不足だった。

当時、台頭しつつあった第二次産業、すなわち近代工業は、どの企業でも生産現場を支える熟練工の確保に四苦八苦しなければならなかったのである。

腕に覚えの熟練技術者たちは、農民や商店主らと同様、自立した労働者だった。彼らの多くは、大企業の組織官僚制からも、昇進・昇給制度を枠組みとする従業員管理制度からも独立した、「自由なる勤労者」として歩き、よりよい待遇・報酬の条件を求めて、奔放に企業から企業へと渡り歩いた。

造船産業を例にとれば、そこでは企業の丸抱えでない、独立系の職人集団が錨打はじめ多くの造船工程を担っていたのである。

船台の上で鉄板と鉄板を鋲で締め、空へ、空へ、と船体をかさ上げしていく。軍事用艦船も民間の商船も、そのようにして建造された時代、鋲打の工程を担ったのは造船職人たちの独立チームだった。

初期の頃、それは「六人炉」と呼ばれた。

炉とは鋲打に当たる職人集団の一単位を指すが、後に合理化が進み、一単位当たりの人数が減少するにつれ「五人炉」から「四人炉」を経て「三人炉」へと集結していった。

チームを構成する一人ひとりの技能者は文字通りのスペシャリストたちである。

まず、「横座」と呼ばれるリーダーがいる。横座は自ら大小のハンマーを握り、力を振り絞って鋲を打ち込んでいくばかりでなく、打ち込んだ後の鋲代（鋲の頭）をはったり、丸シメで馴らしたり、次に説明する「先手」と協力しながら丹念に仕上げる。

鋲を打ち込むときは強力な腕力が必要であり、微細な仕上げにかかれば、今度は繊細で器用な手作業の藝が要求された。

いかに不良鋲を出さず、いかに一本でも多く鋲を打ち込むか、そのためにいかにチームの士気を高く維持するか。結果はたちまちチーム全員の報酬の多寡にハネ返った。

意志が強く、勝ち気で、覇気に富んだ若者でなければ、横座は到底務まるものではなかったといわれる。

巨大な艦船の船腹も、結局はこうして一枚一枚の鋼鉄を鋲打によって貼り合わせていくことで形成された。

リーダーの横座に対して、これを助ける女房役が「先手」である。

先手は横座の相方であり、ナンバー二の役割を果たす。作業の現場では、たとえば甲板で鋲打に入るときは、横座と先手が「ただ構え」の姿勢で向かい合って立ち、穴から出てくる鋲先を待ち構える。

真っ赤に焼けた鋲を穴に入れるのが「取次」であり、当盤鋲の頭を下から押し上げるのが「押し方」の役割り、といった具合である。

鋲先が姿を見せるやいなや、間髪を置かず横座、先手の掌にある鉄製のハンマーが交互に振り降ろされる。

他に「鋲焼き」「鞴（フイゴ）吹き」など。

このように横座、先手、押し方、鋲焼き、取次、鞴吹からなる六人衆がチームを組み、一人ひとりが高いスペシャリティを発揮しながら作業を進めた。チームの数は一つの造船所に七、八組。その七、八組で一船当たり六〇万本ほどの鋲を打ち込み、船台の上に次々に巨大な船舶を建造していった。

彼らの報酬は期限内に打ち込んだ鋲の本数で決まる。チームとチームの間の競争心と、逆にチーム内の仲間意識が、人間が担うにしては激し過ぎるほどの過酷な労働を支えた、といえる。

そして、これは一例に過ぎない。造船産業に限らず、勃興期の日本資本主義の中枢部をなす近代工業を担ったのは、まぎれもなく自立した職人集団であり、彼らは自らの技能・技術をより高く評価してくれる職場を求めて、誰に遠慮気兼ねもなく集団移動を繰り返したのである。

この熟練技能の労働市場こそ圧倒的な売り手市場であった。工賃の単価は働く側に有利に決まり、職場の選択もまた彼らの意のままだったといえる。労働はこの上もなく主体性を誇っていた。

やがて企業側の対抗策が打ち出されるようになったのである。ひねり出されたのが「終身雇用」であったことはいうまでもない。

戦争に取られる以前、守は私立中学で英語の教師を務めていたが、学制が整っていなかったため終戦後直ちに元職復帰を果たすことが出来なかった。当面一家を養うため守はその英語力を手がかりに駐留軍総司令部（ＧＨＱ）で臨時雇いの通訳と検閲の仕事につくのが精一杯のところだった。手許資料によれば、当時のＧＨＱの大規模な言論統制について、元駐タイ大使などを務めた岡崎久彦氏が著書の中で「占領軍の検閲は大作業でした。そのためには高度な教育のある日本人五〇〇〇名を雇用しました。給与は当時、どんな日本人の金持ちでも預金は封鎖され、月に五〇〇円しか出せなかったのに九〇〇円ないし一二〇〇円の高給が支払われました。その経費はすべて終戦処理費だったのです」と書いている。

当時守がどれほどの給与を支給されていたのか惇には不案内であるが、守は検閲対象の本の中から子ども向けのものを選んで、「これは三日以内に読め」、とか「これは明日まで」、とか言って惇たちに雑多な本を読ませたものだった。ときに守が持ち帰る真っ白な食パンがどれほど美味でどれほど貴重だったか、家族みんなが思わずワッと歓声を挙げて迎えたものだった。このときの読書が後年の惇の職業選択に大きな影響を与えたと言うことができるようである。

守がかつての私立中学の同僚大場光男の尽力によって横浜市立高校の教員になることの出来たのは一九五〇年四月のことで、大場自身が先行して横浜市立中学の教職に転職していて守に道を開いてくれたのだった。

ようやく正規の教員としての職を手に入れたとは言え、当時の教員の待遇は惨めなほど低かったから、生活を守るためやむなく誰もが副業に精出すというふうで、守は総司令部勤務の時に始めた密造酒造りをそのまま続けた。その頃酒飲みの欲求を満たすだけの酒の生産は不足して、とても需要に追いつかなかったから、怪しげな密造酒・密売酒の類がどこからともなく出回り、飲んべえの期待に応えたのだ。化学薬品として造られたメチルアルコールを飲んで失明したり落命したりする例のニュースが新聞紙上を賑わしたのもこのときのことである。

守が造る密造酒は米と麹に酒石酸を原料とするどぶろくだったから安心安全なアルコール飲料で、人づてにそれなりの人気が出て造れば造るだけ売れる時期もあった。しかし、家族五人が暮らす二間限りのスペースを広げるわけには行かず、造れる量は知れたものだった。何しろ違法な密造酒を造って売るわけで、大ぴらとは行かない。原料の米は無論闇米で、どうしてこんなに大量の米を買うのか、どうも怪しいと官権に目をつけられたら、一巻の終わりである。怪しまれないよう細心の注意を払って慎重の上にも慎重を期さねばならない。こうして守が思いついたのは息子の惇を運び屋に仕立てることだった。惇は小学校六年から中学一年にかけて、暮夜密かにリュックサックに詰めたどぶろくを二本買い手の居宅に届けたのである。無論、たびたびというわけには行かないし、同じ家に何度も届けることも避けなければならない。どこから足がつくか判らないのである。

幸い家屋敷が道路面から一段高く位置していたので匂いから足のつくことはなかったが、いつまでも危ない稼業を続けるわけには行かず、守は二年ほどでどぶろく造りに終止符を打ったのだった。結局収支を決算してみれば、自分の飲み代がただになるぐらいのことだったかもしれない。

二

思い返してみると、惇の記憶に残る親父の思い出はさほど多くはない。惇が幼少であった頃のことで思い出すのは断片的なことばかりだが、どうやら守はその頃流行のスパルタ教育を信奉し実践していたように思われる。両手の掌を紫色に腫れさせて帰宅した親父が、今日は二〇人の生徒に往復ビンタを食らわせて手が痛くてかなわない、などと話すのを聞いた記憶がある。それを惇はそんなこともあるのか、という程度に聞き流したものであったが、戦後の高校では、借り物の民主主義が横行し始めていたから、さすがに往復ビンタを見舞うこともなくなっていたようだった。

里の実家からの脱出は守が市立高校勤務になってからのことであり、共済組合からの借入金で自前の家を建てたのだった。そしてこれが一段落するとすぐ、親父は返済資金稼ぎのための副業として家で中高生向けの学習塾を開いた。初めのうちは週に二日ほどだったが、その頃のブームに乗ってだんだん人気が高まり、毎週日曜日を除く六日を開塾日にするまでになっていった。当時も公務員は兼職禁止が建前だったが、インフレに追いつかない薄給の待遇では公権力が建前を押し通すことはとてもできない相談で、教員のアルバイトは黙認というより、常識と言ってもいいほど大ぴらだった。惇が高校生になると、守が所用で定時に帰宅できないときなど、中学低学年のこどもの勉強を惇が代わって教える機会も増えていった。

惇はこうした親父の副業の代行が特に不快でもなく不満でもなかった。高校の教師ならば、放課後の会議もあるだろうし、部活動指導もあるだろうから、毎日判で押したように五時までに帰宅することは難しいのではないかと思っていたし、代わって教えていて、子どもが自分の教えたことを理解する瞬間に気づくときなど、教える楽しさも味わうことが出来たからだった。

代行と言えば、惇が中学二年の頃、親父の守に代わって山下村の守の実家に赴いたことがある。年長の従姉の結婚式だったか、祖母の告別式だったか、とにかくそういう冠婚葬祭のときで、「守の名代で来ているのだから今日の惇ちゃんは一人前だ」と言われて、皆と同じ立派な座布団に座らされて一丁前の脚付き角膳を振る舞われた記憶がある。後年事情通の従兄の話によると、その頃の守は実の兄弟との間で喧嘩状態にあって、顔を出すと騒ぎが大きくなるのを心配したからだろうということだった。

同じ頃、多分職場の忘年会か年度初めの離着任教員の歓送迎会かで、惇は親父の付き添いで宴会に列座したことがある。どうして、教員仲間の宴会の席に座っていたのか惇には判らないが、とにかく宴会に出て宴会料理をご馳走になったのだ。守の言い分では、酒を飲むと足下が覚束なくなって心配だからついてきてくれ、ということだったが、宴会は酒が入ると乱れて卑猥になるもので、初めのうちこそ中学生が同席していることへの配慮もあったはずなのだが、座が深まれば酔いも回り、酔いが回れば遠慮も配慮もなくなる道理で、宴たかなわともなると猥歌を唄う輩、「オ○○コ、○マン○！」を絶叫する輩などが続出した。惇は、大人というものはだらしないものだなと思ったりした。その日、守は付き添いのいることにすっかり安心したのか、途中乗換駅を間違えそうになったりして、惇がちょっと手こずらされた程度でまずは無事に帰宅することとなったのだった。

守は三人の子どもたちの教育についてはそれなりに熱心だったが、とりわけ惇に対しては厳しく接した。惇が小学校高学年だった頃、盛んに守から言い聞かされたことがあって耳にタコができるほどだった。「お前は自分で頭がいいと思っているかもしれないが、惇程度の頭の持ち主は全国レベルでは掃いて捨てるほどいる。決して頭がいいなどと思うな」と言うのだが、親父に言われるまでもなく、惇は自分が頭がいいと思うことはまるでなかった。そういうことは考えもしないというほうが事実に近いかもしれない。利発という点で言えば、姉の恭は守がしばしば「恭が男の子だったらな」とこぼすぐらい利発な上、物事の割り切り方が大胆で決断力に富む子だった。

昭和のいわゆる高度成長時代に跋扈した教育ママの伝で言えば守は教育パパと言っていい。始まったばかりの六三三制の公立中学が荒れているという風聞を真に受けて恭と惇を私立の入学へ進学させた。惇の高校受験ではいわゆる寄留という手立てを講じて県下一と言われるS高校へ行かせた。単に住居だけの寄留でなく、選んで進学させた私立中学を辞めさせてまでS高校の学区内の公立中学へ転校させたのだ。その転校初日のこと、淳が昼休みに男子トイレに入って小用を足しているところへ級友の一人がずかずかと近づき、脇から覗き込んで「何だ、大してでかくねえや」という率直な熱烈歓迎のご挨拶を受けたとき、淳は、これは大変な学校へ転校してきたものだと慨嘆しないわけにはいかなかった。

この藤沢市立M中学への転校はまたしても友人大場の手を煩わせるものとなった。「親子二代に渡って大場には世話になった」というのがしばらくの間守の口癖になるほどだったが、大場の親切に対して守がどれほど具体的に感謝の気持ちを表したか惇には何も感じられるところはなかった。惇の目から見て、守にこの人と言えるような友人はいないようだったし、友人が家を訪ねてくることも全くないことだった。

疎開先の小学校で惇が神童と言われたことのあるのは確かだった。担任は山下小学校の石山先生といったが、惇の転校後間なしに産児休暇に入ったときのこと、当時は産休代替の教員がすぐに配置されるのは稀でしばらく空白の日が過ぎたのだが、掛け持ちで面倒を見てくれる教師にも事欠く始末だったとき、惇は皆に推されて教壇に立ったことがある。何をどう料理したのかまるで惇の記憶にはないが、国語や算数で何かものを言ったらしい。皆に推されたのは転校後すぐのことでまだ言葉がなまっていなかったためらしかった。惇の教壇活動は間もなく中止になったが、その頃には惇の言葉が標準語に代わってすっかり土地の方言に馴染んだためらしかった。山下小学校の石山先生と記憶に残っているのは札幌に疎開したときの学校が石山小学校で担任が山下先生だったからにほかならない。惇にはこの取り合わせがとても妙に思えたのだ。

幼い頃の親父の記憶でもう一つ鮮明に残っているものがある。惇が小学校三、四年だった頃、やはり田舎へ親父と惇が何か慶弔のことで出かけたときのことだが、惇は親戚の小父さんや小母さんからお小遣いをもらった。遠くから偶に来た小学生にちょっとしたお小遣いをやるのはその地の習わしだった。確か一〇円、二〇円の単位だったと思うが、まわり中が一〇円を惇に与えていたときA叔母が奮発して五〇円をくれたのだ。惇はもちろん守に知らせないで独り猫ばばしようと思ったわけではないが、何しろ何人もの小父さん小母さんからのいただきものだったので、そのときはそのままポケットに仕舞った。

何時間か経ったとき守は皆のいる前で「A叔母からいくらもらったか。一〇円か」と惇に聞く。惇が不決断に「うん」と答えると、守は烈火のごとく怒って「惇は何故ウソをつくか！」と言った。惇はあっけにとられて呆然と見守っていると、守はやにわに身体を投げ出して地面をごろごろ転がりながら「惇がウソをついた。惇がウソをついた」と怒鳴ったのだ。惇はことの次第にただ驚いて何も言えないでいた。

一〇円をくれた小父さんや小母さんの前で「A小母さんには五〇円もらった」とは言えない気がしたのだ。一〇円をくれた好意が台無しになると思ったからだったが、親父の突然の憤激のさまを目の当たりにして何ものが言えないのだった。惇はこのとき自分が何と気弱な性格であることか情けない気持ちで一杯になった。親父はA叔母から惇に五〇円与えたと聞いていたに違いないが、何故惇がもらったのは一〇円だったとウソをついたのか真意を確かめようともしないで狂態をさらすだけだったことにとてもがっかりしたことも覚えている。

三

思い返してみると惇は親父の守と芯から胸襟を開いて言葉を交わした記憶がほとんどない。いつも遠慮とか気兼ねとかの夾雑物が立ちはだかっていた。言っても判ってくれないとか、叱られるのがオチだという思いが先に立って打ち解けた話にならないのだった。煙たいという気分も十分に持っていて、姉の恭や弟の令が何の気兼ねもなさそうに守と言葉を交わしているのを見てちょっと不思議な気がしたものだ。惇が大学に進学したときも、就職先を決めたときも、すべて独断で誰にも相談しなかった。守にも里にも事後の報告はするけれど事前の相談はしないのだった。惇の結婚は早かった。一家を構えるためだったのは確かだが、早く家を出たいという動機も強かった。一歳年下の朝倉鈴とは大学の文芸サークルで知り合った。惇が評論などを得意としているのに対して鈴は詩や短歌俳句が得手だった。鈴が大学を卒業し公立中学の国語教師になった翌年惇と結婚したのだった。二人の新居は千葉県船橋。鈴の実家近くの公団住宅だった。この結婚を機に惇は親父とさらに疎遠になっていった。

守も惇も酒飲みだった。どちらかと言えば強いほうの部類に属すると言えるだろう。だが、惇には親父と酒を酌み交わした記憶はない。酒の飲み方も対照的で、守が日本酒などの醸造酒を好むのに比し、惇はウィスキーや焼酎など蒸留酒を好んだ。守はほぼ毎日、晩酌したが、惇にはまだ晩酌の習慣はなかった。

守の酒はほどほどで済めば問題はなかったが、酔いが深くなるまで飲むと見境がなくなるようだった。あるだけの酒を飲んでしまおうとするのだ。里は毎晩酒の隠し場所を工夫して守に見つからないように気を配らないではいられなかった。守はまだ酒があるはずだということになると、家中探し回るのだ。里の工夫が実らずに酒が見つかって出てくると本当にあるだけ飲んでしまうのだ。そしてときに家中探し回っても酒の見つからない結果になると、守はプイと外へ出て馴染みの小料理屋などにしけ込むことになるのである。恭のまだ幼かった時分、守の膝に座って「とうたん、ニゴ飲むの？」とあどけなく聞くのが常だったと惇は里に聞いた覚えがある。「ニゴって判る？　お父さんは二合飲もう、とよく言っていたのよ」

惇が鈴と結婚するときすんでのことで破談になるところだった。鈴の両親が念のためにと思って興信所に調査を依頼したところ、父の守が酒乱の気味があるという調査結果が報告されたためだった。酒を余り嗜まない朝倉家にしてみれば、娘の嫁ぎ先の舅が酒乱の気味があるというのは見過ごしに出来ないことだった。興信所の調査がやや杜撰で、オーバーな言い回しになっていたことも判明して破談を免れたということだった。

遠藤家の家計は常に苦しかった。だから密造酒を造って密かに売りさばいたり、家で学習塾を開いたりしたのであるが、副業も連日に渡るようになればそれだけストレスが増すというものだ。守の晩酌はストレス解消のためであったが、ときに行き過ぎともなると却ってストレスを増す結果になってしまうようだった。

里はよく「お父さんはみんなより一〇年遅いのよ」とこぼしたものだった。確かに四六歳での中途採用の高校教師では給与は知れたものだったろう。ただでさえ地方公務員の待遇は低かった上、当時の教員はその公務員の中でも薄給の代名詞になるほどだった。守の現役時代はまだ公務員の定年制はなく、働きたければいつまでも働くことが可能だった。校長や教頭といった管理職には一定年齢での退職勧奨があって、これを拒むことは慣例的に出来ないことだったが、平教諭の身には退職を強制されることはなかったから、守は七〇歳まで常勤教諭として働いた。これと言って趣味のない守のせめてもの憂さ晴らしだったかもしれない。守が退職した一九七四年は狂乱物価といわれるほどのインフレが横行しているときだったが、守はようやくそれなりにまとまった退職金を手にすることが出来たのだった。

守も里も明治の生まれだから家父長制への傾斜が強く、老後を託すのは長男の惇という考えが根強かったが、現実のこととすれば、ほとんど行き来のない惇より、ずっと一緒に暮らしてきた末子の令に頼るほうが自然だと思うようになった。

「お母さんとも相談したんだが、私たちももう相当年を取った。老後は三人の子どもの誰かに面倒見てもらわなければならない。あれこれを考えた末出てきた答えは、令、お前に私たちの面倒を見てもらえまいかということだ」

「ボクはまだ独り者だから結婚してどういうことになるか判らない。本来なら兄貴に面倒を見てもらうのが筋だけれど、親父たちがそういう気持ちでいるなら考えてみてもいいよ」

「惇は長男だから順番から言えば当然彼奴の出番だと思うんだが、ここしばらくほとんど没交渉になっている上、彼奴のところは千葉の公団住宅だから手狭で私たちが押しかけていくのは考えものなんだ。この年になって馴染みのないところでの暮らしを考えると二の足を踏むというものだ」

「兄貴は薄情で早くから家を出た。姉貴は他家に嫁に行った身だから当てにするわけには行かない。となれば、貧乏くじを引くのはボクの役目かもしれないな」

「そう言ってくれると嬉しいな。もっともまだ今のところは二人で暮らせる元気はある。実際に面倒を見てもらうのは私かお母さんが逝ってしまって一人残された後のことになるだろうが、そのときはどうかよろしく頼むよ」

「まあ、兄貴ともよく相談して決めることにしよう」

令の優しい言葉にすっかり安心した守と里は人生の最後を令に託すことに心を決め、そういう構想で令に傾斜していく。

敗戦後転がり込んだ里の実家からの脱出のために建てた家はバラック同然という代物でと

うに耐用期限が切れていたため、家を購入することにしたが、その場合でも具体のことは令の意見を容れた。車を置くスペースを確保するため、場所はそれまでの東横線沿線から引っ込んだ横浜線沿線の田舎に決めた。土地は借地。元々守には家屋敷に対する執着心は薄く、戦前はどこにでも見つかる借家の暮らしだった。大学を卒業して製薬会社に入社した令はいわゆるプロパーとして病院まわりをしている間に同じプロパーの鎮子に出会って結婚し家を出た。鎮子が舅姑との同居を嫌ったからである。守と里は令たち夫婦がまだ若いのだからそれも当然だと納得したが、いずれは令たちと一緒に暮らすのだということを令たちに改めて確かめたりするのだった。

四

淳は大学を卒業すると同時に広告代理店に就職した。遮二無二働いて身体を壊しかけたこともあったが何とか乗り越えて順調にポストも上がっていった。しかし、地位が上がって責任の度合いも高くなると淳は次第に社の方針に疑問を抱くようになり、違和感を増大させていった。どちらかというと淳は個人志向が強く社の組織主義に飽き足らなくなるのだった。淳は本音主義だが、社は建前尊重である。ポストが低いうちは発言の影響も小さいが、地位が上がれば発言を巡って軋轢を増す。淳が企画室次長に就いて間もなく開かれた企画会議でのこと。何か奇抜なキャッチコピーはないかという常連のクライアントからの依頼について検討中の淳の提起が物議を呼んだ。

「『悪事はバレるまでは悪事ではない』というのはどうでしょう」

「代理らしい率直なフレーズでなかなか面白い」

「仰る意味はよく判るが、公的なキャッチコピーとしては行きすぎだと思う」

「本音ではそのとおりだと言えるけれど、さすがにきついね」

「教育畑のほうからクレームのつくこと請け合いだ」

「ウソももちろん悪事の一つだが、確かにばれるまではウソにはならないね。警察や検察の取り調べで自白を強要するのはほぼ公然たる事実だが、警察や検察は容疑者が強要されたと訴えても、自白を強要した事実はないと言い張るね。また辞任する大臣の理由は九分九厘まで体調不全だしね」

「『表通りは建前、本音は裏通り』というのはいかがです」

「そのくらいなら検討に値するかな。クライアントがどう言うかちょっと当たってみてもらおう」

「『政治の世界ではウソは言い放題』なんていうのもありますね」

「今日の遠ちゃんはまたバカに活発だね。代理になって張り切っているのかな」

「確かに昨日まで一二〇％出馬しないと公言していた候補者が、翌日突然議員選挙に出馬すると言い出しても、誰もその候補者をウソつきだと指弾したりはしないな」

「しかし政治の世界はそれこそ建前重視だからそんな本音を言えば袋だたきに遭うは必定だ」

「『人は人。物は物。人を物として扱うな』というキャッチコピーはどうでしょうか。一目惚れなどというのは大抵人を物として見ることから来ているように思いますが」

「いかにも泥臭い言い回しの感じだな。洗練された言い方があれば考えてもいいね」

「最近、ウソに二種類あると気づきました。一つは普通のウソで、言葉で表されるウソ。もう一つは言わないウソとでも言うべきウソのことです。普段吐くウソを陽性のウソとすれば、こちらは陰性のウソということになるでしょうか。本来ならば言わなければいけない事実をあえて言わずにいることで結果として騙すことになるウソがあると思うのですね。審議会の答申などで出された少数の正論を隠して言わない。多数で押し切った偽りの結論だけを公表して間違った方向に導く。こうしたことが何年も経ってから明るみに出て皆騙されていたことに気づくなどということがありますね。活断層の上には原子力発電所の枢要な施設は建設を許さないという規制のあることを承知の上で原子炉を建てて、何年も稼働させた後で実は下を通るのは活断層ではないかという疑問が出される。調べてみると、当初からその疑問が提起されていたのだが多数派が押し切って原子炉を建ててしまっていたことが判るというのは実にお粗末な展開ですが、突き詰めれば、言わないウソが隠れていたことになるわけです」

淳は自分が試みに言い出したキャッチコピーが社内の会議に限った発言だとしても到底受け入れられるはずのないことは重々承知の上でのことだったが、問題提起に対する周囲の空気には馴染めないものを感じて、次第に身を引くようになり、挙げ句の果てに二〇年余勤めた広告代理店を退社することにした。淳は、その道で権威のあるM新聞社が主催する『地方の時代においていかに地域の活性化を図るか』という論文コンクールに応募して見事三席に入賞したことを契機として、日頃書きためた評論を整理再考しながら評論家としての道を歩こうとしたのだ。

幸い、広告代理店勤務を通して知り合った某会社社長S氏が応援を約束してくれた。淳の転身を知って講演を依頼してくる企画もそれなりの数に上った上、地味ながら講演録を出版してくれる出版社の手も挙がった。こうしてうまく評論家の道を滑り始めた淳の行く手に待ったをかける出来事が出来した。

一九七九年四月、わが国では初めて養護学校の設置が都道府県に義務づけられたのだが、これはそれまで教育の対象とされていなかった心身に障害を持つ子どもたちを教育制度の中に組み込むという意味で画期的な改革だったが、障害当事者の間では必ずしも義務化賛成という意見ばかりではなかった。

こういう中で淳はM新聞社の依頼を受けて養護学校の義務化を歓迎するという趣旨の解説記事を寄稿したのだ。時日が切迫していたこともあり、いわゆる障害児を教育の対象に含める趣旨は推進していいと考えたからであるが、十分な事前の取材を省いて解説文を書いてしまったために、義務化に反対する障害当事者から予想以上のクレームを突きつけられた。抗議は全国から寄せられたが、とりわけ学区の小学校への自主登校運動を展開する東京都足立区のＫＫ君のグループからの意思表示は強烈だった。

養護学校二年に在学中だったＫＫ君は一九七八年、弟の入学した地元の小学校へ自分も行きたいと言い出した。脳性麻痺者である彼は車椅子を使い、言語も不明瞭で文字版を用いて会話する暮らしだった。親は早速ＫＫを転校させるために養護学校と教育委員会に届け出たのだが、教育委員会は頑として受け入れようとしない。しびれを切らしたＫＫ君は自主登校を始める。小学校はＫＫ君を入れさせないよう固く門を閉ざした。一年以上そのような自主登校が続いた後で、学校側はそれまで利用を認めていた校内トイレの使用を禁止し、それでもトイレを使いたいと校庭内に入ったＫＫ君に退去を迫り、車椅子を押していた支援者の青年は建造物侵入罪と暴行罪で逮捕される事態となった。

当然、青年は裁判で争うこととなったが、養護学校の義務化はその裁判闘争継続中に起きたことで、この義務化にＫＫ君のグループは反対の姿勢を堅持して取り組んだ。障害を持つ者と障害を持たない者とを分離して教育する体制に対して、真っ向から統合教育を求めてたたかいを挑んだのである。全国でたたかう障害者を先頭に義務化阻止闘争がわき起こったが、西のＵ、東のＫがその代表的な存在となった。

「遠藤さん、養護学校義務化に反対する私たちの意見を縷々述べてきましたが、お判りいただけたでしょうか」

「はい。十分理解したつもりです。新聞社から急な要請があったとは言え、文部省の提灯を持つような記事を書いたことは恥ずかしい限りです。これまで教育の対象から外されてきた障害者に教育への道を用意する制度のできることは素晴らしいことだという一面に目を奪われて大事な核心部を見失っていました。これからは障害があってもなくても誰もが分け隔てなく地域の学校に行ける統合教育を進めることができるよう、私もできることに取り組むつもりです」

「それを伺って、安心しました。健筆を振るう遠藤さんにご理解いただけたことは私達の運動にとって百人力を得たように心強く感じます」

「これから私は皆さんの取り組みについてしっかり勉強して、分離教育に固執する文部省の蒙を啓くことができるよう頑張ります。今日はありがとうございました」

「こちらこそありがとうございました。勢いとは言え、失礼な言葉数々をぶつけて済みませんでした。これからもどうぞよろしくお願いいたします」

KK君のグループの活動家の皆さんからの抗議を受けて話し合いに臨んだ淳は、かすかに抱いていた危惧が現実のものとなったことに深く反省し、可能な限り、支援の青年の裁判を傍聴し、支援の論陣を張るのに精を出した。地域の学校に通いたいというKK君の取り組みは彼が区立H北中学に入学することで一区切りがつき、引き続いて彼は都立高校定時制へ進学し、卒業後は都の障害者労働センターの職員となった。一方、支援の青年の裁判は一九八二年一月に東京高裁で結審し、多くの人々の期待に反して有罪判決となった結果、公務員だった青年は失職することとなった。判決は現行法の枠内で可能な限り統合教育に理解を示したが、刑事事件の結論とすると、行為の目的は正当であるが手段は相当ではなかったとしたのである。

五

学校の教員は世間知らずであることで名を馳せているが、淳の見たところ守の世間知らずは特に著しい。どうやら根がお人好しであるらしく、騙しにかけられたときの被害は相当なものだった。金で苦労した割に金を大事にしないから、狡知に長けた勧誘の格好のターゲットになる。慢性的な貧乏性で金儲けについての欲は深い。儲け話があるとつい乗ってしまうことで何度も失敗した。小金ができてまず引っかかったのは豊田商事だった。小豆相場に手を出して一〇〇万円ほど損をした。初めはビギナーズラックもあってわずかに儲けたのだが、勧誘員の言葉に騙されて投資額を大きくしたところで丸損を被った。後になってこの話を耳にした淳は、玄人でさえなかなか利益を出すのが難しいとされる小豆相場によく手を出したものだと、その世間知らずを哀れに思ったものだ。世間知らずで欲張りなのは守に限ったことでなく里もまた何度となく騙しに逢った。化粧品の訪問販売、高級下着や学習参考書などを手がけて利ざやを稼ごうという話に乗って、代金は払わされるが品物は売れず、扱っただけ損ということもあった。あまり仲のよくない夫婦だったが、この点では似たもの夫婦だった。いつの損の場合でも「自分が損しただけで他人様に迷惑をかけたわけでなし」などと言って恬淡としていたと言うから始末に悪い。晩年、里に先立たれて独り住まいをしていたとき、欲と二人連れの勧誘員の目先の親切にころっと騙されて言うなりに金を出すこともあったらしい。

「肩を揉んでいただいてありがとう。お陰ですっかり軽くなりました。今鰻を注文したところですから、食べていってください」などと下にも置かないもてなしで、謝意を表すこともあるというのだ。会員権つきリゾートホテルに入会したこともあったが、考えてみれば、もう一人で旅行するほどの元気もなく、どうしてこんなものに引っかかるのか、淳には理解の外のことばかりだった。

騙しに逢いやすいお人好しは晩年の生活設計においても思うように行かない結果となった。淳を見限って令に老後を託そうとした投資も結局上手く運ぶことはなかった。令に初めから騙すつもりがあったかどうかは定かではないが、体よく逃げられたことだけは確かだった。会社勤めの令にとって転勤は宿命だったが、令が福岡へ転勤ということになったとき、守はかねてからの約束だ、とばかり、里を伴って令について福岡へ行くと言いだしたのだ。慌てた令は兄弟で話し合うからと言って守を留め、早速、恭と淳を呼び出して鳩首会談に及んだ。

「確かに親父たちの老後は俺が面倒見るようなことを言って親父をその気にさせたかもしれない。でもそれは俺が横浜にいるというのが前提で、転勤先までついてくるのを受けると言った覚えはないよ。それにあれは俺がまだ独身のときのことで、結婚すればまた事情は変わるのさ」

「親父も本気で福岡まで行くつもりはないだろう。心細くなって老後の担保を確かめるだけだったんじゃないか」

「兄貴頼むよ。女房はとてもあの舅や姑とつきあって行けそうもない。お嬢さん育ちで三日と保たないし、無理はさせられないよ」

「それはうちの鈴も同じだ。親父の老後は令が見ることで暗黙の了解ができていると踏んでいるから、今急に言われてもどうしようもないな。令だってそのつもりで結構美味しい話を楽しんだのじゃないか。鈴をその気にさせるには、時間をかけて説得するほかないだろう。親父たちもまだ二人揃ってそれなりに元気だから、今すぐどうと言うこともあるまい。今日のところはそういうことで結論は先送りとしよう」

　こうしたやりとりを残して令の一家は福岡へ赴任していった。それからしばらく何年かが経過して、入退院を繰り返しながら尿道ガンを罹患した里があの世に旅立ったのは一九八四年一二月のことで享年七八歳だった。ＫＫ君の自主登校事件を巡って挫折しかけた淳はその後一回り大きく回復して、里の葬儀は見栄張りの里に相応しい盛大なものとなった。後に残された守はその後二年ほど独り住まいの暮らしを送ったが、病を得て最後は淳の許に引き取られた。令は転勤に次ぐ転勤で横浜に帰ることがなかったためである。

八〇歳を過ぎて身体がもう言うことを聞かなくなってからも金に対する執着心は衰えることがなく、結果として損を重ねた。その頃から守宛に次のような怪しげな郵便が配達されるようになった。

重要　最終認定通知
　賞金割り当て委員会により、遠藤守様が当選資格保持者として認定されました。当選賞金総額は三七〇、〇〇〇、〇〇〇円を上回ります。賞金受領のため、今すぐ下の本人確認書に必要事項を記入し、指定された住所宛に速やかに返送してください。返信を怠ると全資格が取り消されます。なお、賞金手続き手数料として一、〇〇〇円をお支払いください。

このような手紙が到来すると、守は総額三億七千万円の賞金の一部が送られてくることを露疑うことなく、手数料一、〇〇〇円を添えて返信するのである。当然のことながら、これに対して賞金割り当て委員会から賞金が送られてくることもなく、結果としてただ手数料を召し上げられることとなるわけだった。守は「向こうも忙しくてなかなか手が回らないのだろう」な

どと呟くだけで、また、守さん、当選おめでとうございます。などで始まる手紙を受け取り、
指定された手数料を支払う手続きを取ることを繰り返した。高額賞金を受け取る夢を見るため
だけの手数料として守は生涯どれほどの損を重ねたことだろう。
守が千葉県立病院において八三歳の生涯を閉じたとき、手許の預金は五〇〇万円を超えてはいなかった。老後は令に託すことを期待して、令の言うまま生前贈与を繰り返したり、「当選おめでとう」の手数料を払い続けたりした結果だった。生前の守はほとんど無趣味と言ってよかった。カメラをいじるわけでもなく、映画を観ることも稀だった。退職後は里を伴って小旅行をすることもあったが、自ら提唱してと言うより里にせがまれて旅に出たというほうが事実に近いと思われた。

そうした無趣味の守の暮らしの中で唯一の例外は演歌を歌うことだった。家での学習塾の副業が終わった後とか、独りで酒を飲むときとか、ときを選ぶことなく守は演歌を歌った。お気に入りは三橋美智也やフランク永井、春日八郎などで、古いところでは東海林太郎なども歌った。お世辞にも上手いとは言えなかったが、いつも歌い続けていたために声量は衰えることなく小節もきくようだった。守は演歌の他故郷宮城県の民謡「さんさしぐれ」なども好んで歌った。まだカラオケなどは開発されていなかった時代、偶に家を飛び出して街の飲み屋へしけ込むのも、あるいは「あら遠ちゃん、歌、お上手ね」などと言われたかったためだったろうか。年齢
晩年淳の許で暮らすようになってからは、さすがに演歌も民謡も歌うことはなくなった。年齢

が高じたことも一因かもしれないが、部屋が狭く歌声は近所迷惑になることを気にしたためかもしれなかった。

淳が大学生だった頃、何かの間合いで守と二人だけになったとき、守が少し改まった顔で「淳。お前にちょっと話しておくことがある。何かと言えば、わが遠藤家の血筋には好色の血が流れているということだ。田舎の叔父たちが浮き名を流して顰蹙を買っていることはお前も知っているだろう。好色の血は紛れもなく私にも流れているし、淳、お前にも流れている。心して、この血が騒ぎ出すことのないよう気をつけておくれ」

淳にも成人した息子がいるが、改めて遠藤家の血筋についてもの申す自信は自分にはないなと思った。淳は親父の酒がいかなる酒だったのか、思い返してみても答えはなかなか見つからなかった。もしかしたら遠藤家の血の騒ぎを発散させるための酒だったのかもしれないと思った。

かくて最後に淳の酒。もし万一淳の息子が「親父の酒」について何か書くときがあれば、その参考までに書いておくことも悪くはないと淳は思うのだった。淳は最初の広告代理店勤務だったときに徹底的に酒を教えられた。飲み方はもちろん、飲ませ方も酒の殺し方もそのとき鍛えられた。酒飲みの生態についても勉強した。淳の酒は飲み始めるとすぐ酔うのだが、それからが長い酒である。初めて淳と杯を交わす御仁は「俺のほうが酒は強い」と思って安心感を抱くのである。最初の酔いからある一定のところまで、全く酔いが進まないのだ。酔いが回るときは必ず前兆がある。かすかな耳鳴りがするのだ。このかすかな耳鳴りを無視して飲み続けると酔いが回り始める。無視せずに耳鳴りがしたとき酒を止めれば酔いは表に出ないし回りもしない。酔いが回り出しても酒を続けると仕舞いには吐き気を催す。吐き気を催してなお酒を続けるとおう吐するが、吐き気とおう吐の間はかなりの時間があるから、そこまで行って止めても周囲にはそれと気づかれることはない。酔後に麻雀を誘われることもあればカラオケにつきあわされることもあるが、それは淳にとって酒が入っても入らなくても同じことだった。酒の上の失敗は淳には無縁のことであった。

七〇歳を過ぎても淳は酒と親しみ続け、講演と著述の合間に酒を嗜んだ。特に身体に悪いところが見つかったわけではないが、健康維持のために飲酒は二日に一回ほどの割合を保つよう心がけた。いわゆる休肝日の要が騒がれはじめてからのことである。酒は何でも飲むが、好みは焼酎や泡盛の類だった。馴染みの寿司屋で三〇度の焼酎・玉の光に巡りあってすっかり気に入った。京都伏見の玉の光の本流は清酒であって、若い頃淳も日本酒の玉の光を愛飲したことがあるが、焼酎を出していることはついぞ知らなかった。清酒もいいが焼酎はなおいいと淳は思った。泡盛は学生の頃、コンパでよく飲まされたものだったが、そのときはただ強い酒という感じがするだけで旨いとは思わなかった。多分定価の安い泡盛だったせいだろう。老齢になってから淳が親しんだ泡盛は、「古酒瑞泉」を初めいくつかあり、石垣島の「黒真珠」や「残波」が特に気に入って愛飲するようになった。一回一合から一合半、三〇度のものをオンザロックで飲むのを習慣にしている。

こうした中で、淳が七五歳を過ぎたある夜のこと、昔の部下と久しぶりに一献傾けた後、「ああ、酔っ払ったな」と感じることがあり、そのときはかすかな耳鳴りもなくいきなり酔いが回ったと思った後の記憶がまるでなくなるという事態が出来した。切れ切れの記憶が戻るところは、多分JR船橋駅の階段を下りる途中で滑り落ちて尻を強く打って、駆けつけた駅員の「大丈夫ですか」という声に「大丈夫だ」と答えたところと、船橋駅前からバスに乗って団地前で降りたとき、同じ団地の知人に肩を入れて身体を支えられたまま二Fの自宅まで送ってもらったこと、の二つだけだった。

驚いたことに、翌朝、妻の鈴の言うには「昨日は大分ご機嫌でしたわね。随分たくさん召し上がったのでしょ。お帰りになったときこのパンの袋を大事そうに握りしめていましたよ」と言われて、天然酵母パンという印刷の入った袋とパン一つを見せられたのだが、これにも全く記憶がなく、思わず「ウソだろう」と言ったのだった。

このパンの袋は二つ入りのもので、一つだけ入った袋を大事そうに抱えていたということは、どこかで買い求めて一個を食べたという状況を示しているわけである。帰りの電車のことも記憶にはないのだが、状況から、錦糸町駅で昔の部下と別れて電車に乗り船橋駅で降りたはずだから、パンは錦糸町で買ったか船橋で買ったかしたはずであるが、それがどちらであるか、全く覚えていないのだ。一つは食べたという状況だと言うが、それをどこで食べたのかについても記憶は定かでないのである。

こんなことは初めてだ、と淳は思った。記憶を失ったときの自分は一体どんな振る舞いをしたのだろう。まさか喧嘩を売ったり、ものを盗んだりはしないだろうと思うが、記憶にないということは何と不気味なことであろうか、とも思う。こんなことがたびたび起きるとしたら自分はどんな死に方をするか判ったものじゃない、と淳は思った。その意味で淳は一度死の世界を潜ってまた生き返ったのかもしれなかったが、その死の世界の記憶は全くないのだった。ひょっとしたら、駅の階段を転げ落ちたのも死の世界での出来事だったかと思われたが、足腰や尻に痛みがあるのは事実だから、転倒もまた事実であろうと思うほかないのだった。

淳が遠藤家ゆかりの好色の血の騒ぎを覚えることも再三再四のことであったが、ここまで来れば多分、恥ずべき幾多の事実を誰にもばれることなく墓場まで持ちおおせることになるのではないかと、密かに安堵するのだった。

二〇一二年一一月　六日（火）初筆
二〇一二年一一月二〇日（火）加筆

鷹野驥駒碼（たかのきくま）の生涯

【鷹野驥駒碼の五運図】
鷹（二四）
野（一一）
驥（三六）
駒（一五）
碼（一五）
※馬（一〇）

天＝鷹＋野←三五　○優雅・技芸・温順などの象意がある
人＝野＋驥←三七　○仕事に妥協を許さない職人肌。地味でも確実に努力を積み重ねて成功者となる
地＝驥＋駒＋碼←五六×虚弱・不安・障害などの象意がある。意志がぐらつきやすく、努力の成果が得られない

※のとき五一　△浮沈・波乱・盛衰などの象意がある
外＝鷹＋碼←三九　△頭脳明晰だが非情すぎると恨みを買う
※のとき三四　×苦悩・葛藤・破綻・悲痛などを暗示する
総＝鷹＋野＋驥＋駒＋碼←九一＝一一
○人生に対する意欲に溢れ、優れた実行力を発揮する。苦境にも負けない強さがある
※のとき八六＝六　○天の恵み・富貴・繁栄などの象意がある

◆天運：先祖運・先天運を表す。天運は自分の生まれた家とその一族全体が受け継いでいる命運を表す。仮に天運が凶暗示を持っているとしても、落胆することはない。天運はいわば与えられた前提条件であり、それをどう生かすかが問題になる。

天運そのものだけで判断せず、五運全体との関わりの中で捉えることが大切。自分の親や先輩・上司などの年長者に関する運は天運と人運との関係で判断する。

◆人運：社会運・成功運・結婚運を表す。人運は五運の中でも中心的な位置を占め「その人自身」を意味する。

社会的な場で収める成功運のよしあしとそのカギになる才能を暗示するとともに、その人の性格をも表す。結婚運を暗示するのも人運である。

◆地運：健康運・恋愛運・子ども運を表す。地運は持って生まれた体質と、病気・怪我などを含めた健康運を表す。

また、家庭的な愛情に恵まれるかとか、恋愛運のよしあしなど、プライベートなことを支配する。自分の子ども運や部下運は人運と地運との関係によって知ることができる。

◆外運：環境運・補助的社会運を表す。外運は自分の意志と関わりなく受ける外からの影響力を表す。職場や生活環境のほか、周囲の人から与えられる思いがけない評価や援助、場合によってはトラブルなどを暗示する。

社会運は人運によっても表されるが、職種や労働条件などのよしあしについては外運により判断できる。

◆総運：総運は文字通り五運すべてをトータルした総合的、かつ、最終的な運気を示す。その人の生涯の総計であると同時に、晩年だけでなく、人生全般にわたって影響力を発揮するものである。

◆判断は総合的に：五運にはそれぞれ司る領域がある。しかし五運は一つ一つをバラバラに考えてはいけない。五つは互いに影響し合い、補い合って運勢を導く。例えば、総運が凶暗示を持っているとしても、人運や地運が吉意に富んでいれば、総運の凶意は和らぐ。逆に、総運さえよければ他はどうでもいいというわけでもない。

一生を通しての運勢の大きな浮き沈みは五運によって知ることができる。

●地運：初年運（二〇歳頃まで）●人運：中年運（五〇歳頃まで）●総運：（五一歳以後）
無論、年代の区分はきっちりしているわけではない。一〇代のうちは地運だけがすべてを決定するわけでなく、人運や総運も影響を及ぼすことがある。

一

鷹野驥駒碼は一九四二（昭和一七）年六月二二日、午（うま）三拍子の揃った午年午月午日の生まれである。午の刻だったかどうかは判然としない。難産のあまり母の里子が危篤状態になったためである。

庶民の日常の暮らしの中で干支が話題になるのはその年がなに年かというところに限られるのが普通であるが、驥駒碼の場合をさらに追及すると、月も日も午の生まれだったというから念が入っている。驥駒碼がこの年月日に生まれたことを最も喜んだのは祖父の鷹野哲馬だった。何故かと言えば、この年哲馬は六〇歳の還暦で、孫が自分とそっくり同じ干支（みずのえうま）を持つ生まれとなったからばかりでなく、年月日ともに午で揃ったからである。哲馬自身は一八八二（明治一五）年六月一三日生まれの午年午月だが日は一日遅れの未だったことをいつも残念に思っていたのだ。

「ワシも一日早く生まれていたら三連馬だったのに」というのが哲馬の口癖だった。この孫にはこの孫に相応しい名前を付けなければという執念を燃やして哲馬の名づけたのが驥駒碼という名前だったというわけなのだ。

因みに、哲馬の妻テフ（蝶・ちょう）は一八八七（明治二〇）年一一月一八日に生まれたが、亥月この日は亥年亥月亥日の三連豚だった。テフは「私は亥年の生まれだわ」とは言ったが、亥日の生まれであることを意識したことは一度もなかった。近藤テフは農家の出で、哲馬と結婚し彼の妻としてよく働いたが、性質は温順、控え目で、決して猪突猛進型ではなかった。哲馬・テフ夫妻は多忙で趣味とて多くはなかったが、哲馬は盆栽をよくし、特にマツ・ウメ・サクラ・馬酔木の盆栽作りに長けていた。テフの唯一の趣味は友人に連れられて始めた狩猟で、特にシカ撃ちにかけては仲間の中で彼女の右に出る者はないと言われるほどの腕前だった。日頃からテフは健康で風邪一つ引いたこともなく過ごしていたが、最後は呆気なく、丹毒が元で併発した脳膜炎を五日ほど病んで急逝してしまった。一九四二（昭和一七）年四月、驥駒碼の生まれる二月前のことだった。今でこそ抗生物質のお蔭で、丹毒で死んでしまうとは考えられないのだが、当時はペニシリンさえまだ一般に出回っていなかったためにこうして尊い命を落とすこともないことではなかったのだ。テフは五四歳の若死にで、このときだけ亥年生まれの猪突を地で行くことになったのは皮肉なことだった。

さて、哲馬が初孫の名付けを前に考えたことは①三連馬だから馬の字の入った漢字を三つを使おう、②字画が持つ悪い五運はできるだけ避けよう、③「驥」という字を使いたい、の三つだった。彼ははじめて「驥」という字をある表札で見たとき、何と読むのか分からなかったが、いい字だなと思ってすぐに気に入った。漢和辞典を引いてその意味を調べると、さらに気に入った。辞典には次のような説明がついていたのだ。

「①一日に千里も走るという名馬。また、優れた馬。駿馬。驥不称其力、称其徳也［論語］（驥はその力を称せず、その徳を称するなり）②俊才のたとえ。才能ある人物」

「驥」はキと読むと判ってすぐ哲馬は初孫に〝キクマ〟という名を付けようと思った。〝驥駒〟まではほとんど素直に出てきた。問題はマをどうするかだった。自分も息子も〝馬〟を使っているから第一感は〝馬〟だったのだが、折角三つの馬の字を使うとなれば、〝馬〟は平凡すぎて面白くない。どういうマがいいか、五運表を調べてみることが閃いた。こうして字画の上から〝碼〟の字を割り出して、驥駒碼が生まれたのだった。

因みに哲馬の息子も一九一八（大正七）年の午年生まれで一馬といったが、一一月（亥）一〇日（酉）という月日は午とはまったく関わりがないのだった。驥駒碼が生まれたとき、父の一馬は兵役に取られていて激戦の中国東北部の戦地にいたから、名づけ役は祖父に任されたというわけだった。

一馬は一九三六（昭和一一）年三月、横浜第三中学校卒業と同時に逓信省勤務となり、横浜の郵便局に配属された。郵便配達の途中、乗っていた自転車がパンクして動けなくなり、近くの寺・大聖院の境内でパンク修理をさせてもらった。この事故が縁でお寺の娘、西沢里子と出会い一九四〇（昭和一五）年一二月に結婚した。

二人が結婚を急いだのは里子が一馬の四歳年上だったことと一馬がいつ何時召集されるかわからない立場にあったからである。里子は一九一四（大正三）年一二月、五黄の寅の生まれだった。この星の生まれは性質寛仁で運気が強いといわれるが、ともすると女性は性勇猛などと誤解されることも多かった。女子師範に学んで国民学校の教員をしているときに鷹野一馬と出会ったということだった。

一馬は結婚二年足らずで徴兵され、わずかな訓練期を経て中国東北部へ投入された軍に加えられて、驥駒碼の生まれたときは奉天の近くで参戦しているところだった。一馬は太平洋戦争最終盤の一九四五（昭和二〇）年八月九日、蜂起した中国軍民の抗日戦のたたかいに敗れて落命した。一馬二六歳半ばのことだった。

二

鷹野哲馬が孫の名前の三連馬にそこまで拘ったのは、何を隠そう、哲馬が今で言う装蹄師の仕事を続けてきたからだった。今でこそ装蹄師などと気取って言うが、かつては鉄屋と呼ぶのが普通だった。

根岸の競馬場の傍に生まれて育った哲馬は子どもの頃から始終競馬場に出入りして遊び、自然に場内の厩舎の細々したお手伝いをするような暮らしをしていた。哲馬が一〇歳くらいのときのこと、いつものように競馬場に向かって道を歩いていた哲馬の前に「暴れ馬だ！」という悲鳴とともに一頭の馬が飛び出してきた。哲馬は咄嗟にその馬の目を鋭く見据えながら〝ドウ！〟と一喝してその暴れ馬を制してしまった。それ以来、哲馬は〝メイリ（目射り）の哲〟と呼ばれて、厩務員の一員として遇されるようになってしまった。哲馬は厩舎の仕事は何でも一とおり精通したが、最も気に入ったのが今で言う装蹄の仕事で、後年、〝鉄（哲）の神様〟と称されるほどの装蹄師になったのだ。

哲馬が止めたその馬は少々むらっ気の強いタカノホマレという馬だったが、日頃から結構哲馬とは気が合っていた。装蹄の仕事を通して次第に馬の気持ちや馬語が解るようになった哲馬はタカノホマレが「あのときは参ったな。ちょっと気がむしゃくしゃしていたから外へ飛び出したんだけれど、哲ちゃんの怖い目に射すくめられて気絶しそうになっちゃった。〝ドウ！〟という声を聞いたときは心臓が止まったかと思った」と言うのを聞いて、我が意を得たり、という思いを新たにするのだった。

根岸競馬場はわが国初の本格的な洋式競馬場として一八六六（慶応二）年に完成した。一八六二（文久二）年の生麦事件などをきっかけに街道筋から外れた郊外の根岸に造られたのだ。コースはイギリス駐屯軍ボンド中尉が、グランドスタンドはウィットフィールドとドーソンがそれぞれ設計した。運営組織として居留地のイギリス人を中心とした横浜レース倶楽部も発足した。初競馬は一八六七（慶応三）年、それから驥駒碼の生まれた一九四二（昭和一七）年秋の開催まで七六年間、ほぼ毎年春秋の二開催が続けられ、日本近代競馬の中心的役割を果たした。この間鷹野哲馬は四〇年ほどにわたって鉄屋の仕事を続けたのだった。

三

驥駒碼は三連馬の生まれだったからか、生来、慌て者というか、そそっかしいというか、早とちりの傾向にあった。そもそも出生自体が早産で通常より一月も早く世の中に飛び出していた。その早産のために体重は五一〇匁（一九一〇㌘）しかなく、生まれて暫くはガラス箱で育てられたし、また、左目が生まれつきの弱視で〇・一ほどの視力しかなく、眼鏡で矯正することもできないのだった。出生時の多少のハンディはあったが、驥駒碼は担当医師が「この子は心臓が強くて助かったのですよ。心臓が弱ければ生き延びることができなかったかもしれません」といったように強い心臓に支えられておおむね順調な成長を遂げていった。

驥駒碼は幼い頃から「きいちゃん」とか「きい坊」などと呼ばれて自分の名前に馴染んでいったが、何の違和感もなく受け入れたのは小学校三年生までのことだった。四年生になると、学校では姓も名も漢字で書くように指示されて、あまりの画数の多さに辟易する思いをしたからだ。

鷹（二四）野（一一）驥（二六）駒（一五）碼（一五）は姓だけで三五画、名だけで五六画、総計では実に九一画にもなるのだ。友だちには一井一（いちいはじめ）などという少画数の姓名を持つ者もいて、姓名を合わせても六画にしかならないのだ。何たる不公平！　であることか。驥駒碼が「鷹」一字を書いている間に一井は姓名全部を四回も書くことが可能だとは！

驥駒碼はテストのときだけは「きくま」と書くことを先生に認めてもらうことにした。先生は「親から名づけてもらった貴重な名前なのだから、疎かにしてはバチが当たるぞ」と言って、慣れるまで当分の間に限って「きくま」と書いてもいいことにした。

中学校に進むと先生は教科担任制となり多くの先生とつきあうことになった。中にはテストのとき、名前を書けばそれだけで一〇点を与えるというような教師も現れて、驥駒碼は「鷹野は一〇点では気の毒だ、画数が多いから正確に書ければ三〇点をやろう」という破格の扱いを受けたりした。

驥駒碼の同級生の中には「名前だけで三〇点なんて」と言って不平を漏らす生徒もいたが、驥駒碼がテストの実質だけで八〇点、九〇点を取る成績優秀生であることが分かると誰も何も言わなくなった。

驥駒碼の粗忽は二つのきっかけで大分矯正された。一つは、彼が小学校三年生のとき、その粗忽が元で彼が自動車事故に遭ったことだった。路地から大通りへまったく前方を見ずに飛び出して小型トラックにぶつかったのだ。生まれつきの左目弱視も事故の一因となったかもしれない。幸いトラックがさほどスピードを出していなかったために、驥駒碼は跳ね飛ばされて失神したものの、親切な運転手さんにすぐ医者へ運ばれて手当てを受けたお蔭で一命を取り留めたのだ。一昼夜ほど生死の間を彷徨った挙句現世へ戻ってきた驥駒碼は、自分の粗忽が事故を引き起こしたことを悟って、以後、「気をつけて、気をつけて」と自分に言い聞かせるように心がけたのだった。

二つ目のきっかけは、母の里子に勧められて小学校の四年生のときから書道を始めたことだった。それなりに書道に打ち込むことで彼は落ち着きを獲得することができたばかりでなく、「驥駒碼」という自分の名前にも触発されて次第に漢字に興味を持つようになった。

彼は書道を始めたことで、次第に自分の名前に真正面から向き合うようになり、まず、漢和辞典を引いて馬偏の漢字を片端から清書し、暗記し始めた。

馭（ギョ）馮（ヒョウ）羼（シュ）馴（ジュン）駄（ダ）馲（タク）馳（チ）馰（テキ）駅（エキ）駆（かける）駃（ケツ）馹（ジツ）駁（ソウ）駄（ダ）駎（チュウ）駮（バク）駇（ブン）駈（ロ）駚（オウ）駕（ガ）駈（ク）駒（こま）駉（ケイ）駛（シ）駟（シ）駔（ソウ）

駝（ダ）駞（ダ）駘（タイ）駐（チュウ）駑（ド）駓（ヒ）駜（ヒツ）駙（フ）駰（イン）駭（ガイ）駫（ケイ）駬（ジ）駲（ジュン）駪（シン）駧（トウ）駮（ハク）駢（ヘン）駱（ラク）駴（カイ）騃（ガイ）駻（カン）駽（ケン）駿（シュン）駸（シン）騂（セイ）駾（タイ）騁（テイ）駹（ボウ）駵（リュウ）騎（キ）騏（キ）騐（ケン）験（ケン）騅（スイ）騌（ソウ）騒（ソウ）騑（ヒ）騋（ライ）騄（リョク）騢（カ）騧（カ）騞（カク）騤（キ）騣（ソウ）騨（ダ）騠（テイ）騖（ブ）騙（ヘン）騫（ケン）騵（ゲン）騭（シツ）騶（スウ）騸（セン）騷（ソウ）騰（トウ）騳（トク）驀（バク）騮（リュウ）驁（ゴウ）驂（サン）驄（ソウ）驇（チ）驃（ヒョウ）騾（ラ）驊（あかげ）驍（キョウ）驕（おごる）驚（キョウ）驅（ク）驔（タン）驋（ハツ）驑（リュウ）驎（リン）驛（エキ）驗（ケン）驌（シュク）驖（テツ）驟（ジュ）驝（タク）驥（キ）驢（ロ）驩（カン）驤（ショウ）驪（リ）驫（ヒョウ）

次いで、馬偏以外の馬を使っている字も調べて記憶した。

媽（モ）瑪（メ）碼（メ）篤（トク）罵（バ）闖（チン）羈（キ）

漢字に興味を持ち始めた驥駒碼は一時期夢中になって多くの漢字を覚え、高校二年生の秋には漢字検定二級のテストに合格するほどになった。漢字検定二級は高校卒業レベルの漢字の読み書きができ、知識を持つことを意味している。

四

物心がついたとき、驥駒碼の父一馬は戦死してこの世にいなかったから、必然的に驥駒碼は祖父の哲馬が父親代わりだった。

「きい坊、馬のことは馬に聞け、といってな、馬が何をしたいか、何をしたくないか、体の調子はどうか、など、馬をじっと観察していればおのずから分かるものなのだぞ」などと、鉄屋の知恵や経験を語りながら知らず知らずのうちに職人気質を教えていった。

母の里子は、太平洋戦争敗戦後の学制改革で新制高校が発足した一九四九（昭和二四）年は県立立野高校の社会科の教師だった。夫の一馬に戦死され若くして寡婦となったが、一人息子の驥駒碼を育てながら、鷹野家に留まって主婦を兼ねた。里子は五黄の寅の生まれだからというのではないが、後年、肝っ玉母さんなどと持て囃されたタイプの女丈夫で、細かいところをガミガミ言うことなく驥駒碼の養育に当たった。

「きいちゃん、何でもあなたの好きなことをやっていいのよ。ただ、後悔だけはしては駄目。やってから後悔するくらいならやらないことね。だから、そのことだけはやる前によく考えなさい」といって驥駒碼を伸び伸びと育てた。

「お母さんはね、あなたにただ勉強しなさいなんていわないわ。自分から勉強しようと思っているときに脇から勉強しろといわれるのはやる気をなくすことだからね。だけど、勉強で分からないことがあったらそのままにしておいては駄目ね。学校の先生に何でも質問して、分からないことはないようにするのよ。お母さんもきいちゃんに聞かれたことは教えてあげる、私が分かっていることならね」

こうして、祖父の哲馬と母の里子に慈愛深く見守られた驥駒碼がおおむね順調に成長していったことは前に述べたとおりである。哲馬の薫陶を受けて、将来は馬に関わる仕事に進むものと自他ともに考えていた驥駒碼に思わぬ転機が訪れたのは、彼が一六歳の誕生日を迎えたすぐ後のことだった。

一九五八（昭和三三）年六月のその日、驥駒碼は祖父と母に連れられて東京日本橋の洋食の［たいめいけん］をはじめて訪れた。［たいめいけん］は創業者の茂出木心護氏が西支御料理処［泰明軒本店］に一九二六（昭和元）年から奉公し、一九三一（昭和六）年に独立して創めた「日本人の洋食屋」の草分けの一つである。創業当時は中央区新川に出前の店としてスタートしたが、その後一九四八（昭和二三）年に日本橋に移り、現在の店舗を構えるようになった。とんかつやエビフライ、カレーライスなど、日本人向けの洋食を開発したほか、ラーメンなどの中華料理も提供する庶民感覚のお店である。

驥駒碼は誕生祝いにはじめてたいめいけんへ連れて行ってもらったとき、ハンバーグステーキと名物のオムライスを頼んだ。ハンバーグステーキももちろん美味かったが、オムライスを食べたときは一瞬顔の色の変わるのが祖父にも母にもはっきり分かるほどだった。驥駒碼は生まれてこの方こんな美味いものを食べるのははじめてだと思った。あの後デザートにアイスクリームをどこかで食べたようだと思ったのだが、それがどこか記憶に残らないほど、そのオムライスの美味さは衝撃的だった。

それからしばらく、驥駒碼はまるでオムライスにうなされるような思いが続いた。思い出すたびに、その美味しさが蘇り、そのときの幸せな気持ちもまた思い返されるのだった。オムライスがこんなに美味いものだとは！　美味しいものを食べるとこれほど幸福な気持ちになれるものなのか！　驥駒碼はそう思い、そのことで感動し、次第に、自分もこの美味しさと幸せな気持ちを他の人に伝えなければならない、伝えることは自分の使命であると思うようになった。

こうして驥駒碼は、それまで漠然と考えてきた馬への道を進むことを断念し、大学進学で失う時間を貴重なものと見て、高校卒業後は一角の「オムライサー」への道を歩もうと決意した。哲馬も里子も驥駒碼のこの選択に心配や不満がないわけではなかったが、驥駒碼の決意の固さを目の当たりにして、日頃から「何をやってもいい、後悔さえしなければ」と言いきかせてきたことを思い返して、決してその心配や不満を表に出すことはしなかった。

そういえば、と里子は振り返って合点することがあった。驥駒碼はまだ小学校に上がる前から、里子が友だちを家に迎えて談笑していると、いつの間にか、やかんで湯を沸かし食器棚から茶碗を取り出して、みんなのお茶を入れてくれたりしたのだった。「何と気の利く子だろう、きいちゃんは」などとみんなにいわれて満更でもなさそうな顔を驥駒碼は幾度となくしていたのだった。

祖父の哲馬は、孫の進路希望が確定したことに安心したのか、その後半月ほど床に伏したばかりで独特・波乱の七六年にわたる鉄屋の生涯を閉じてあの世へ旅立った。趣味の盆栽で馬酔木を扱い続けて少しずつその毒を腎臓に受けたためか、死因は腎不全だったという。

五

驥駒碼の高校は父一馬の出た旧制横浜第三中学校の後身である横浜緑ヶ丘高校だったが、驥駒碼が高校を卒業すると躊躇なく東京調理師専門学校へ進んだのにはそれなりの経緯がある。[たいめいけん]へはあの誕生祝いの後も何度か行ってはオムライスのほかにもいろいろと食べた。驥駒碼が「オムライサー」になろうと決意を固めてから、相談に乗ってもらうつもりで、この間の経緯を[たいめいけん]の主人茂出木さんに洗いざらいぶちまけた。驥駒碼の話を聞くや、茂出木さんは大層驚き、それからさも感銘深げに何度も頷いた。

「そうですか。[たいめいけん]のオムライスをそんなに気に入ってくれましたか。将来この道に進みたいと仰る？　もちろん大歓迎です。でも、一時の興奮でことを決めては後でしまったと思うこともありますから、よくよく考えてからにしてください。修行は結構きついですよ。では、こうしましょう。これから一年間は鷹野君の［たいめいけん］への出入りは禁止です。その間よそのお店でいろいろなオムライスを食べ比べてください。一年経ってもオムライスを作りたいという気持ちに変わりがなければ、あらためてそのとき［たいめいけん］へいらっしゃい。できることは何でも相談に乗りましょう」

高校生の驥駒碼にとっていろいろなところでオムライスを食べ歩くことはやさしいことではなかったが、母の里子の理解を得て、ときどきはオムライスを食べる機会を持つことができた。食べてみて気づいたことは、一口にオムライスといっても、そのありようはお店によってそれぞれだといっていいくらい、食材も味も量も値段も異なることだった。

オムライスはオムレツでバターライスを包む食べものであるが、そのオムレツにもバターライスにもそれぞれのお店の工夫が凝らされているのだ。オムレツはプレーンなものが主流であるが、ネギのみじん切りをいれたもの、コーンを混ぜたものも食べたことがある。バターライスはハムとタマネギのみじんをバターで炒めて和えたものが中心であるが、トマトケチャップを加えたものもあり、ケチャップは使わないものもあるという具合だ。

たくさんの食べ歩きができない代わりに驥駒碼が力を入れたのは書物を読むということだった。料理・調理・栄養・食材・健康・食べ歩き・旅・紀行文などの関連書籍はもちろんだが、直接関係があるとは思えない小説や評論などにも手を伸ばして読み漁った。

東京調理師専門学校は系列校に東京栄養食糧専門学校を持ち、健康面にも配慮した料理を作る技術と知識、食材を見る目を養うことに力点を置いている。驥駒碼は最初一年制の調理師本科で基礎を学び、本科終了後、調理高度技術経営科の二年次へ編入して、西洋料理・製菓の専攻コースを選択した。

修業過程で、マーケティングやレストラン経営学などのマネジメント教育と実践的な英語・フランス語の会話を学ぶのはなかなか根気の要ることだったが、驥駒碼はへこたれることなく学びとおし、それなりの力をつけて卒業した。

調理師学校を卒業した驥駒碼はその専門学校の推薦を受け、［たいめいけん］の茂出木さんのアドバイスをもらって、日比谷の松本楼に就職してオムライサーの道を歩き出したのだった。松本楼のオムレツランチはふんだんにデミグラスソースを使って甘みの勝った味に特徴のあるものだったが、オムレツそのものの豪華さはたいめい軒には及ばないと驥駒碼は思った。

驥駒碼は就職して二年後、高校卒業の四年後、一九六五（昭和四〇）年六月に梅田久美子と結婚した。久美子は同じ高校のバドミントン部の二年後輩で、驥駒碼が三年生になったときに入学してきたが、入部するとすぐ、驥駒碼と混合ダブルスのペアを組むことになった選手だった。

それまで驥駒碼とペアを組んでいた森上悦子が練習試合で膝を痛めて試合に出られなくなったからである。バドミントンでの鷹野・森上組はなかなかの実力があり、関東大会や高校総合体育大会を目指して奮戦しているところだった。森上悦子が試合に出られなくなると分かったとき、緑高バドミントン部ではペアの相方をすぐ決めなければならないことになったが、ちょうどそのとき、梅田久美子が入部してきたところだった。練習をさせてみると、彼女がなかなかの腕前の持ち主であることが分かり、ほかにダブルス向きの生徒がいなかったために急遽驥駒碼とペアを組むことにした。入部直後から関東大会を目指す混合ダブルスのペアを組む特訓に精を出すことは、新入部員の久美子にとっては負担の多いことだったが、久美子はその厳しさによく耐えて、徐々に驥駒碼とのペアの呼吸を合わせることができるようになっていった。

一九六〇（昭和三五）年五月末から六月はじめにかけて埼玉県の大宮市で開催された関東高校バドミントン選手権戦で横浜緑ヶ丘高校勢は果敢に戦い、男子は決勝戦まで行った結果、五対三で同じ神奈川県の関東学院高校に勝って優勝した。驥駒碼はこの男子ティームの一員として優勝に貢献したほか、久美子と組んだ混合ダブルスではベスト一六まで勝ち上がって大いに気を吐いた。

こうしたことがきっかけとなって驥駒碼と久美子の付き合いが始まり、久美子が高校卒業後進学したフェリス女子短大を卒業するのを待って、人生のペアを組むことになったのだった。

六

久美子が驥駒碼と親しく付き合うようになって、はじめて驥駒碼の家へ行ったとき、驥駒碼の母里子に迎えられて「あ、この先生」と声に出して言いそうになるのをすんでのところで飲み込んで「梅田久美子です。お邪魔します」と、型どおりの挨拶をするまで、少しの時間を要した。久美子は高校二年生のとき、里子先生に出会っていて、そのときの強烈な印象をずっと忘れずに持っていたのだ。

久美子の通う緑ヶ丘高校と里子の勤務先である立野高校は、比較的近くにあるという立地条件やそれなりの伝統校でもあるという近似性もあって、生徒同士のスポーツ交流戦を毎年行う関係にあった。主催する幹事校が毎年交互に変わるのに応じて「緑立戦」「立緑戦」と言い習わしてきたその大会は、陸上種目と球技種目とで構成されそれぞれに熱戦を繰り広げている。普段の部活動においてそれぞれの種目部同士では顔を合わせる機会も多かったから、緑立戦・立緑戦では部活動部員はその競技種目以外の競技に出るという規定があって、バドミントン部の梅田久美子は陸上競技の一五〇〇メートル走に出場した。

両校六人ずつの計一二人で争われたその中距離走はなかなか白熱したレースとなり、久美子は優勝を争う一、二位グループで走っていたが、最後の三〇メートルのところで、併走する立野高校の選手に肘を掴まれて引っ張られ、その選手に負けて二位となり、優勝を逃したのだ。多くの競技関係者がそのトラブルに気づかないでそのままことが進行しそうになったとき、「ちょっと待って、それ、おかしいわよ」と言ってクレームをつけたのが鷹野里子先生だった。

トラブルを目撃した里子のクレームを受けて、責任者が直ちにその場で簡単な事情聴取を行い、一位になった立野高校の選手が、故意にではなかったが、久美子の肘を掴んで引っ張ったことを正直に認めて、失格の扱いになることを潔く了承した結果、久美子の優勝が認定されたのだ。

「そう。あのときの選手があなただったの。ええ、私もあのときのことは忘れられないの。いくら立野高校の選手が勝ったからといって、あのままことをうやむやにしてしまうわけには行かないわよ。仮令あのトラブルを周りの人たちが見逃したとしても、少なくても当事者同士はよく分かっていることですものね」

こうした出会いによって里子と久美子はすっかり打ち解けた間柄となり、ともすればぎすぎすした関係に陥りやすい嫁姑が和気藹々の間柄となるのを支えてくれたものだった。

驥駒碼・久美子夫妻に長女の駒子が生まれたのは一九六六（昭和四一）年八月一五日のことで、この年は六〇年に一度の丙午（ひのえうま）に当たっていた。八月は丙申（ひのえさる）の月だったが、一五日はまたまた丙午の日だった。驥駒碼は駒子が午年生まれであることに、祖父から続く「午年」の縁を感じて「ああそうか」とは思ったが、丙午であることに特別な感懐はなかった。実際、駒子が生まれてはじめて、この年が丙午で、女の子は気性が激しく結婚すると相手の夫を不幸にするという迷信がまだ存在していることを知ったのだった。

もともと驥駒碼は自分が午年午月午日の三連馬の生まれであることを特に意識したことはなかったし、母の里子が五黄の寅の生まれであるということに関心を持ったこともなかった。

駒子と二つ違いで次女のケイ子が生まれたのは一九六八（昭和四三）年九月一三日（金）のことだったが、この日は暦的には申（さる）年酉（とり）月戌（いぬ）日で、一三日の金曜日に当たっていた。

何年の生まれであっても一人の人間は一人の人間であるし、生まれながらにして立場や運命が決まっていたり、はじめから違っていたりするのはどこかおかしいと驥駒碼は思った。駒子が丙午の生まれであろうと、ケイ子がサル・トリ・イヌの桃太郎侍で一三日の金曜日の生まれであろうと、それがどうというものでもないと思った。

一年三六五日、四年に一度の閏年が三六六日、地球が太陽の周りを回る自転と公転の営みで春夏秋冬の季節があり、春分・夏至・秋分・冬至を軸に日の長短はあっても、はじめからこの日は縁起がよい日であるとか悪い日であるとかが決まっているなどということはあるはずもない。農耕民族が毎年の農作業のための目安をもって、いつ種を蒔くか、いつ刈入れをするか、を判断することはあってもいいことだと思うが、それだって日本全国まったく同じ日となるはずはない。天候気候が北海道と沖縄ではおのずと違うからだ。

だから、六曜などは百害あって一利なしだと驥駒碼は思う。元々は中国の占いから出たものとかいうことだが、先勝・友引・先負・仏滅・大安・赤口のそれぞれに意味を持たせて、この日は午前がいいとか、午後がいいとか、一日中悪いとか、一日中いい日だとか、何の根拠もなしに、もっともらしく言い伝えられて、結構流布しているようだ。

一九四一（昭和一六）年一二月八日の真珠湾攻撃は日本では大安の日だったが、日付変更線を挟んだアメリカでは前日、つまり仏滅に当たっていたから、成功したんだとのでたらめな話がまことしやかに囁かれたという。社会が変動期や混乱期にあると人心の不安や動揺がそれだけ振幅の度を増すから、そうしたものを抑えるには、もっともらしい日の吉凶を宣伝して、単純な行動の規範を示すのがいいと考えられたに違いない。

こう考えてくると、「昔からそうしてきた」「みんながそういっている」というようなことでの行動の選択は、結局自己の責任回避以外の何者でもないことだと驥駒碼は気がつく。

驥駒碼の三連馬に多少のこだわりを見せた祖父の哲馬にしてからが、その三連馬を除けば、特に一〇干十二支や暦というものにさほどのこだわりを持っていなかったのは確かだと驥駒碼は確信している。

哲馬は折に触れて驥駒碼に馬のことや鉄屋のことについて話をしてくれたが、あるとき、「きい坊や、おじいさんがどうして馬に関するたくさんの仕事のある中から装蹄師を選んだかということは、馬ならどんな馬でも蹄鉄をつけなければ走ることはおろか歩くこともできないからなんだ。Ｇ１に出るほどの駿馬はもちろん、荷駄用、農耕用の名もない駄馬にだって蹄鉄の必要なことは同じなんだ」といったのを驥駒碼は決して忘れたことはないのだった。

だから、一九六六（昭和四一）年を前にして社会的に出産調整が行われたことを知ったとき、驥駒碼は本当に驚きかつ呆れた。資料によれば、この年の出生数は一、三六〇、九七四人で、前年の一、八二三、六九七人に比べて四六二、七二三人、二五％減。翌年は五七四、六七三人、四二％増の一、九三五、六四七人という極端な増減の状況を示している。

一九六六（昭和四一）年を中に挟む前後の出生数の推移はそのまま年とともに移動していくから、進学・就職・結婚という社会問題に通じていることは明らかで、この生まれの子供たちが高校へ進学したときの状況を一つとってもそのことは明らかなことだった。

例えば、神奈川県の公立中学校卒業生数を見ると、一九八一（昭和五六）年は九二、四二一人、一九八二（昭和五七）年は八七、五八〇人、一九八三（昭和五八）年は一〇五、〇五一人という推移を示している。このころは一貫して生徒の急増期で、神奈川県では、厳しい財政状況の中にあっても、一九七三（昭和四八）年から高校新設一〇〇校計画を策定して実施し、一九八一（昭和五六）年四月までに六五校を拵えている。

丙午生まれが高校に入学した一九八二（昭和五七）年は、今見たとおり、中学卒業生ベースで前年比四、八四一人減であったため、この年の高校新設はゼロだったが、この一年のゆとりのお蔭で、それまで他の高校に間借して開校してきた新設高校が翌一九八三（昭和五八）年の開校から現地本校舎でのスタートができるようになったりした。因みに、その一九八三（昭和五八）年四月の神奈川県立高校の開校が一七校の多きを数えたのは、前年比一七、四七一人増（中学卒業生ベースで）に対応するための措置だったからである。

七

鷹野驥駒碼が満を持して独立し、地元山元町の商店街に小体な店を借りて［洋食の鷹野］を開店したのは驥駒碼が三六歳になったばかりの一九七八（昭和五三）年七月のことだった。［洋食の鷹野］はカウンター席とテーブル三つほどで一五人も入れば一杯になってしまう小さな店だったが、驥駒碼は自分ひとりが責任を持って応対できる限度を超えて商売をする気は毛頭なかったから、それで十分だった。

開店に当たって驥駒碼は、自分が厨房を担当するのを軸として、洗い場と、ウェイトレスと、レジを兼ねる者が一人いれば何とかなると思い、久美子に入ってもらうことにした。これまで専業主婦でいた久美子が子供二人の面倒見ながら店もやっていくのはかなりきついかと思案していたとき、どこから聞きつけたか、森上悦子が是非この驥駒碼の店を手伝わせてほしいといってきた。驥駒碼は、彼女が高校でバドミントンのダブルスを組んだ相方だったから、怪我のために肝心の関東大会に出ることのできなかったことを気の毒に思っていたこともあり、何より気心の知れていることに安心して、働いてもらうことにした。

久美子はこの森上悦子の雇用については何となく違和感を覚えたが、あまり我を通すことで焼餅を焼いていると思われるのが不本意だったから、あえて異を唱えることはしなかった。あくまで久美子が主で、悦子は今で言うパートタイマーとしての位置づけだった。

驥駒碼は、お客さんにはゆとりを持ってゆったり座ってもらいたい、仮令カレーライスの一皿だけだったとしても、さっさとかっ込んで五分で退散する式の食べ方は避けてもらいたいと思った。

ところが、はじめのうちは楚々として控え目だった悦子が慣れてくるにしたがって饒舌になり、店の空気が何となく落ち着かない。明るい物腰はお店にとって悪いことではないのだが、度を過ごせば鼻持ちならなくなるというものだ。お客のほうも少しゆっくりしたいと思って店に入ってくるのだが、何となく騒々しい雰囲気が落ち着きを失わせ、食事を済ませるとさっさと出て行ってしまうのだ。

［洋食の鷹野］が開店して間もなく、どこから聞きつけたか、「ここは鉄の神様のお孫さんが出している洋食屋さんだってな」といって競馬関係者が四、五人入ってきた。「オムライスが看板だってな、それをもらおうじゃないか」といってテーブル席に着いたのはいいのだが、早

速、ビールを飲みながら声高に競馬の話に興ずる。やれオークスのファイブホープがどうの、ダービーのサクラショウリがどうの、と喧しく、周りのお客さんたちが顔をしかめて煙たがっているのにまるで気づく気配もない。こういうことが何日か続くと、一般のお客さんの足が目立って遠のき、競馬関係者だけが我が物顔という図が出来上がってしまった。悦子は競馬の話になると、仕事そっちのけで、そのグループに顔を出し、一緒になってはしゃぐ始末なのだ。

驥駒碼は、競馬関係の皆さんが祖父の哲馬を覚えていて［洋食の鷹野］を贔屓にしてくれることはありがたいことだと思ったが、贔屓の引き倒しになるのは双方にとって好ましいことではないと思い、率直に話し合った結果、競馬関係の皆さんに来ていただくのは一二日に一度の午の日と重賞レース開催日だけにしてもらうことにした。

また、森上悦子については、その後もはしゃぎ過ぎの勤務態度に改善の跡が見られず、驥駒碼に対しても妙に馴れ馴れしく振舞ったり、久美子を露骨に見下そうとしたことが目に余って、結局パートタイマーを辞めてもらうことにした。悦子にしてみれば、驥駒碼への思慕の情を抑えることが出来ずに、驥駒碼の目を引こうとして多少行き過ぎただけのことだったのだが。

店が滝之上にある住居と少し離れていることで、久美子に四六時中店でということを期待することができなかったから、悦子の後任を頼むことにして、今度は駒子の幼稚園以来の友だちである後藤美佳の母由佳に来てもらうことにした。由佳は久美子にとってもよい友人で、いわば家族ぐるみで行き来している間柄だったからだ。

友だちといえば、驥駒碼には小学校以来、中学校までずっと一緒だった岡安文雄という親友がいる。遊ぶのも勉強するのもいつも二人は一緒だった。驥駒碼が進路に迷ったとき、祖父や母と並んで親身になって驥駒碼の相談に乗ってくれたのも岡安だった。

反対に驥駒碼が岡安の相談相手になることのあるのももちろんのことだった。

岡安はいわゆるいい家の出で、戦後の食糧難のときも鷹野の家と違って、どこからか食べものが豊かに調達されたためか、伸び伸びと育って、人柄に悠揚迫らぬものを持っていた。他人より少しずつ早くスキーやスケートを楽しんだり、バイクを乗り回したりしたが、決してそれを自慢したりはしなかったし、またそのどれにも深入りはしなかった。マージャンもゴルフも競馬も嗜んだが、すべてそういう調子だった。

彼の高校は早稲田高等学院でそこを出るとそのまま早稲田大学商学部に入学し、大学卒業後はテレビ会社に就職して、報道関係の畑をずっと歩いていた。

岡安は、驥駒碼が洋食屋を開業すると、すぐスタッフ数人を伴ってオムライスを食べに立ち寄ってくれ、その後もときどき［洋食の鷹野］に足を向けた。彼は仕事の関係で海外へ出かけることも多く、本場フランスでの西洋料理事情をさりげなく驥駒碼にもたらしたりして店を応援してくれたりした。

「悦子ちゃんはどうかしたのかい、このところ姿が見えないけれど」

「うん、ちょっと事情があって辞めてもらったんだ」

「明るくて、利発で、なかなかいい子だったじゃないか。まだ独り者だったんだろう?」

「そうなんだ。誰かいい人がいて一緒になってくれると、彼女も落ち着くと思うんだけれどな。なんだったら、お前、付き合ってみないか」

驥駒碼が半ば軽口のつもりで水を向けると、岡安は満更でもない様子で、顔を赤らめるのだった。

八

小さな波乱はあったものの［洋食の鷹野］はおおむね順調に滑り出し、次第に固定客もついて商売は軌道に乗っていった。普通の店主なら、店を大きくするとか、職人を雇って仕事の肩代わりを図るとかするはずのところだったが、驥駒碼は店が軌道に乗っても店を大きくするなどとは考えたこともなかった。自分ひとりがきちんと責任の持てる範囲でという初心を外れることはなかった。利益は上がっても、明日のオムライスが再生産できるということだけを念頭において、あとはお客さんに還元する道を優先させた。

新鮮で健康に資する食材を求めてあれこれを試し、ケイ卵、ケイ肉、タマネギ、キャベツ、トマト、ジャガイモも牛肉豚肉や米も最高のものに辿り着くことが出来た。キーワードは祖父の哲馬が始終口にしていた「馬のことは馬に聞け」だった。むろん、オムライサーとしての驥駒碼にあっては「卵のことは卵に聞け」であり、「トマトのことはトマトに聞け」と翻訳された。じっと卵を観察していると、どのように調理したらその卵の持ち味が引き出せるか、おのずと分かってくるというものだった。

たいめいけんや松本楼のよさを取り入れながら驥駒碼が独自の境地を開いたのは燻製のレシピに関することだった。必要に応じて冷燻・温燻・熱燻が出来る燻製機を設え、スパイスの研究にも力を入れて、独特の味のあるハム・ベーコン・生ハムを作り出すことに成功した。オムライスが「洋食の鷹野」の看板メニューであることに変わりはなかったが、自家製のハムやベーコンを使ったハムエッグとかベーコンエッグが根強い人気を博したのも確かなことだった。

比較的順調に軌道に乗って行った「洋食の鷹野」にどことなく陰りの見え始めたのはお店をはじめて二年目になった頃からだっただろうか。お客さんも一人減り、二人減りして、次第に疎らになっていった。常連だった商店街の人たちも、食事を済ませると何も言わずにそそくさと店を出て行くようになった。どうして店がそういうことになったのか、一月近く驥駒碼が悩み、これからどうして立ち直そうかの思案をしていたとき、突然、「たいめいけん」マスターの茂出木が「洋食の鷹野」にひょっこり顔を見せたのだった。

茂出木は広くない店内を見回すと、驥駒碼に目顔でそっと合図を送った。驥駒碼は久美子と後藤由佳とにマスターを紹介し、早速驥駒碼のオムライスを試食してもらった。茂出木の食事が終わるとすぐ、驥駒碼は久美子に後を任せて外へ出た。

近くの喫茶店に入るとすぐ、茂出木は切り出した。

「相当苦労しているようじゃないか。何か心当たりはないのかい」

「あれこれ原因を探してみているんですが、特にこれというものが見つからないのです。強いて言えば、この前、炊飯器に不具合が生じて炊いたご飯に芯の残ったことがあって、それに気づかずに、一釜使ってしまったことがあるんです」

「些細なことがきっかけになることはあるものだが、問題はきっかけよりもっと本質のところにあるように思うんだな。［洋食の鷹野］に来たお客さんが心から満足して帰るのかどうか、また来ようと思うかどうか、ということだ。鷹野はお祖父さんから『馬のことは馬に聞け』ということを散々聞かされたそうじゃないか。その伝で行けば『お客のことはお客に聞け』ということになるが、大切な言葉だとワシも思う。さっき初めて［洋食の鷹野］の店内を見たけれど、この辺りは横浜でも下町風のところなのだろうが、それにしては鷹野の出す料理は味も量も少し気取り過ぎているのじゃないかと思った。薄味ということは和食洋食を問わない料理の基本だが、場所や客層によって応用の範囲というものはあるはずだ。それにまた、店にとっての口コミというものは、十分大切にしなければ命取りになることもあるんだ」

それにしても鷹野はいい友だちを持ったものだ、友だちを大事にしないと罰が当たるぞ、と言い添えて、［たいめいけん］のマスターは山元町を去って行った。

突然訪れた師匠の貴重な助言を反芻して驥駒碼は自分のレシピを再検討、再考して、隠し味に砂糖やバルサミコ酢を使ってコクを出す工夫を重ねた。下町の洋食屋に相応しい味を求めて、モニターを募り、その意見を尊重しながら味を調えていった。

素材の味を引き出すための必要な一手間を惜しむことは勿論なく、さらしタマネギを作り、レモンを絞った。タマネギの一手間とは、みじん切りにしたタマネギに少量の塩を振り余分な水分を飛ばすことで、これによってタマネギの辛味を消し甘みを引き出すことができるのだ。レモンの場合で言えば、レモンを半分に切ってただ闇雲に絞るのでなく、ゆっくり柔らかくさすって中をほぐしてから絞る。これでレモン汁の甘味と香りが豊かに増すのである。ハンバーグステーキを作るとき、肉の五％ほどのマヨネーズを加えて肉に柔らかみを出すようにしたのも一工夫の結果だった。

気取りすぎを少しでも中和するためにという思いもあって、驥駒碼はそれまでの洋食に加えて、中華そばもメニュー化することにした。本家の［たいめいけん］の例に倣ったのだった。品目は最初普通のラーメンと味噌ラーメンだけだったが、賄い用に厨房内で食べていたベーコンそばを試しに出したのが望外の好評だったものだから、これも加えることにした。ベーコンはもちろん手作りのベーコンを使用し、これを細切りにしてナスの細切りとを合わせて炒めてトッピングするのである。ナスの代わりにモヤシを使ったり、レタスを使うこともあったが、トッピングはごたごたしたものでなく、あっさりするもののほうが人気は高かった。

こうして［洋食の鷹野］の実質的な再建策に目途がついたとき、驥駒碼は思い立って、自分の家族と由佳の家族の慰安旅行を敢行した。選んだ宿は熱海の割烹旅館だったが、二家族全員に好評で、また機会があったら行きたいね、という声がしばらく続いたものだった。

眦を決してという悲壮な決意で店を再開するより、少しゆったりと気持ちだけは余裕を持ってお店をやっていく上で、家族の信頼と協力が何より力になると考えたからであった。そのお蔭でか、［洋食の鷹野］にお客の足が少しずつ戻るようになり、活気と賑わいも復活するところとなった。幼稚園児からお年寄りまで、幅の広いモニター制度は［洋食の鷹野］にとってかけがえのない財産としてずっと続けられた。

モニターからの［味な目付け］にヒントをもらって、驥駒碼が心がけたのは、お客さんと相対して調理することだった。そのために厨房は外から見えるように対面式に設えなおし、調理器具や食器を迅速に洗浄し整理整頓するよう心がけた。それからは、いつも料理が出来るとほぼ同時に器具の洗浄も完了するというのが驥駒碼の密かな自慢になった。

［洋食の鷹野］のレシピや経営に更なる目立った変化が生じたのは、驥駒碼が作家で調理通である丸元淑生の一連の書物に出合ってからだった。

彼の書いた『悪い食事とよい食事』に書かれていることは洋食を提供する驥駒碼にとって見過ごすことの出来ない示唆を多く内在していた。

「(前略）有害物質が生まれると、体はそれを吸収して、肝臓で解毒しなくてはならない。肝臓に負担がかかるだけでなく、全身の健康のレベルが低下していくことになる。

この違いを生み出すのは何かというと、食事である。黄色っぽい便になるのはよい食事で、黒っぽい便にするのは悪い食事ということなのだ。

ではどういう食事が便を黒くするかというと、肉と砂糖の比率の高い食事が最も悪くする。それを栄養素に分解すれば、〝高脂肪低繊維〟ということができるだろう。

一方、便を黄色っぽくするのは、精製していない穀類、豆類、野菜、果物など、自然態の植物性食品の比率の高い食事である。これは〝低脂肪高繊維食〟ということができる。そして、食物繊維が十分にとれている場合には、便が明るい色になるだけでなく水に浮くようになる。そういう便ならば腸の状態が最高によいと思っていいわけだ（後略）」

「アメリカの著名なメディカル・ライターのジェーン・ブロディは、『アメリカ人は世界でもっとも金のかかった尿を排泄している』と書いている。もし経済的に合えば、アメリカ人のトイレから毎日何トンもの窒素をとり出すことができるだろうとも書いている。

それはアメリカ人が蛋白質をとりすぎていて、体が必要としなかった分は尿で排泄されるからだ。余分にとられた蛋白質はそのままでは体内に貯蔵しておくことができないので、分解して窒素などは尿で出される。その残りが脂肪に変えられて貯蔵される。

分解するのは肝臓で、排泄するのは腎臓だが、余分の蛋白質を体外に出す作業でこの二つの臓器には大きな負担がかかる。高蛋白食品の代表が肉であることは誰もが知っていて、肉を食べるともりもり元気になると信じられているけれども、食べすぎは臓器を疲弊させるわけである」

こうした指摘を読んで驥駒碼は、卵三個を使ったオムレツ・オムライスは蛋白質のとりすぎになるのではないかと考えた。そういえば、普通成人の卵の摂取量は一日一個が適当だということも聞く。調べてみると、あながち卵三個が多すぎるとばかりはいえないようであるが、その場合、ほかの蛋白食品を控えるとか、野菜を多く食べるとかが肝心だということが分かった。豆類を重視すべきことにも理解が行った。

かくて驥駒碼は躊躇うことなく店内の壁に張り紙をかけて注意を促すことにした。

蛋白質の取りすぎに注意！

これに対して、常連客の中に「よくぞ書いてくれた」と賛意を表す者もいたし、「洋食で儲けているのに生意気な」という反感をあからさまにする者もいた。驥駒碼は迷うことなくさらに語を足して

当店のオムレツ・オムライスを召し上がる方は野菜や果物も食べましょう

とも書いた。そしてオムレツ・オムライスの副菜に豆類のサラダをふんだんに追加するのだった。

こうした驥駒碼の姿勢に、はじめは反感を持ったお客もその真意が浸透すると、食物相談や健康相談、肥満対策などで驥駒碼の高説を求める者も出て、驥駒碼は店の一角に「食べものカウンセリングコーナー」を設けて毎週決まった時間に相談を受けることにした。その後このコーナーはさらに発展して、横浜医大病院の教授先生に来てもらってカウンセリングを充実させる体制を敷いたのだった。

オムライサーとしての驥駒碼の新工夫の一つに「お持ち帰り用パック」の開発がある。しばしば常連のお客から「折角注文したんだけれど、とても食べ切れそうにないので、持ち帰りたいんだけれど」と言われて、オムライスを持ち帰ってもらうパックを考案したのだ。ラグビーボール型の長球形容器を発泡スチロールで特注し、保温性を高めた上、オムレツやオムライスをぴったり詰めて少々の揺れに耐えられるように工夫した。無論容器に直に入れるわけにはいかないから、通気性に富むセロハン紙を下敷きに敷く。これで、持ち帰ってからセロハン紙ごと別の容器に入れて、必要なら、電子レンジで暖めることが可能になったのだが、これもお客には結構好評となった。

九

驥駒碼・久美子夫妻の長女駒子と次女のケイ子も高校は父母と同じ横浜緑ヶ丘高校で、駒子は高校卒業後短大へ進み、卒業後全日空のスチュワディスとなった。三年ほどの国内便、国際便のフライト勤務をしたあと、同社のパイロット横尾隆と結婚した。一九九〇（平成二）年六月のジューンブライドだった。なかなか子宝に恵まれなかったが、駒子が二八歳の一九九四（平成六）年一〇月に長男隆一を出産すると、一九九六（平成八）年五月に次男健二が生まれ、さらに駒子三五歳の二〇〇二（平成一四）年六月十九日に三男康三が誕生して、三人の子持ちになった。因みに三男の康三は祖父の驥駒碼にとって還暦の孫となり、これで壬午（みずのえうま）が三代続くことになった。

次女のケイ子は一九八七（昭和六二）年に高校を卒業すると大学へ進学して栄養学を学んで一九九一（平成三）年に卒業し、管理栄養士として神奈川県立病院に勤務することになった。一定の経験を積んだ後は［洋食の鷹野］の二代目になると決めている。父の驥駒碼が見よう見まねで栄養学をものにしていったのを見て、少し本格的なアプローチをしたいと考えた結果である。

ケイ子の二代目への気持ちがしっかりしているのを確かめると、驥駒碼は［たいめいけん］

二代目の茂出木雅章さんにお願いして驥駒碼の店で働いてくれる若手を推薦して来てもらうことにした。こうして選ばれたのが木村一也で、一九九〇（平成二）年一〇月、彼が二三歳のときのことだった。それまで一也は「たいめいけん」で三年ほど修業してきたところだったが、気長な性格でデミグラスソースを作らせると、なかなかの出来映えで、彼の作るハヤシライスやビーフシチューはお客さんの評判も上々だった。いずれ一也は松本楼風のオムライスを作ることになるだろうと驥駒碼は想像し、それもいいかもしれないと思ったりした。

驥駒碼は五二歳で初孫の顔を見ることになった頃、商店街組合の理事長に就任した。木村一也が店に来るようになって、驥駒碼の手が抜けるようになったせいでもある。少子高齢化の影が差しはじめたり、大型店舗が進出したりして、商店街に活気が少なくなったところだったから、どのように街の商店街に人を呼ぶか、その手腕に期待が集まった。

商売を取り巻く状況には厳しいものがあったが、驥駒碼は自然体で取り組むことが基本だと考えて、あえて突飛な人集めのイベントを追及しようとは思わなかった。店で楽しく仕事をすることが出来れば、それは店にとってもお客にとっても幸せをもたらすことになるはずだった。

商店街の活性化に向けて彼が目をつけたのは近くに公私立の高校が集まっていることで、彼はこれらの高校と連携して、高校の文化祭に商店街の有志が出店して便宜を供することと、商店街の季節のお祭りに高校生の出店を求めることを手がけた。最初はなかなか堅苦しい学校側の理解を得られなかったが、高校生には人気が出て、彼らが学校を動かした結果、連携も軌道に乗るところとなった。

商店街と学校の双方からメンバーを出して実行委員会を構成し、高校生の出店に当たって商店主たちが適宜の指導を担当することにしたのは当然のことだった。仕入れも販売も決算も高校生に責任もって行わせるのが学校側の評価を得て、次第にこの連携も進化していった。

元気な高校生が商店街の店番を務めることになると、何といっても若さのエネルギーが横溢し、それだけで人の足が戻ってくるようだった。

この「商高連携」の実が挙がるのを機に次に驥駒碼が構想したのは、山元町商店街ねぶた祭りや商店街さんさ祭りを立ち上げることだった。少子化の影響で高校の生徒数も最盛期の半数ほどに落ち込んで学校に活気がなくなっていたから、地域の催しで高校生が動員されるのは新しい活力を高校生に与えることにもなるのだった。

商店街組合の理事長になった驥駒碼は役員会から流れて福富町界隈に出入りするようになった。最初はベテラン役員の誘いを受けて仕方なく付き合うというふうだったが、スナック「東駒」の茉里子と知り合うようになると、すぐその魅力の虜になっていった。それまで仕事一筋で遊んだ経験のない驥駒碼が、娘より若い茉里子に一度のめり込むと、茉里子に夢中になって、後も先も見えなくなった。

今日は役員会だ、某高校の校長と打ち合わせだ、区役所の担当者との折衝だと、驥駒碼は口実を設けて「東駒」へ入り浸った。茉里子はその若い肉体と老練と言ってもいい手練手管で驥駒碼を翻弄し、自分の店を出す資金を驥駒碼にねだるようになった。

　そうしたある晩、驥駒碼が遅く家に帰ると、待っていたように次女のケイ子が話しかけてきた。

「お父さん、帰りなさい。毎晩遅くまでご苦労さま。でも、この頃のお父さんは前と違ってお酒臭い」

「だって、お前、組合のほうの仕事や付き合いがあるんだから、仕方ないよ」

「付き合いのほうはいいの。でも、お父さんの帰りが遅くなるのはお付き合いのせいだけじゃないでしょ。お店に来るお客さんも、一也さんに『親方が理事長じゃ君も若いのに苦労するね』なんて、ニヤニヤしながら言うんですよ。一也さんは困って『いえ、それほどでもないです』なんて顔を赤くして答えているの。

　ママは何も言わないかもしれないけれど、お父さんのお遊びのことはほとんどみんな知っているわ。この頃はお店から家に帰ってくると、仏壇の中から哲馬大祖父の位牌を取り出して、あの大宮大会のときのママとお父さんのトゥショットの写真と並べてじっと見つめていることが多いの。ママ、ポロッと涙をこぼしたりしていたわ。

　お父さん、お願いだから、ママをこれ以上悲しませないでね」

　驥駒碼は父親代わりの祖父哲馬にはいろんなことを教えてもらった記憶があり、何かあると哲馬の位牌の戒名に目を注ぐのが半ば習慣になっている。「馬朋院玉鉄律省居士」という戒名は見るたびに祖父に相応しい戒名だと感じる。祖父は母の里子の縁で真言宗の大聖院で手厚く葬られたのだった。

驥駒碼はケイ子の言葉を聞くと、頭から冷水を浴びせられたように、一瞬、ハッとした表情を浮かべると、無言のまま書斎に下がっていった。これは自分の「後悔しない生き方」にも悖ると改めて気づいたのだ。

丁度そんなときだった。普段はそんなことをめったに言わない母の里子までが「この頃の久美子さんは息災にしているかい。大切に、大切にしてあげないといけないよ、きいちゃん」と言ったりして、驥駒碼はちょっとドキッとしたのだった。

それ以後驥駒碼は［東駒］への出入りを自ら禁じ、丁寧に茉里子との仲を清算、役員会の付き合いもほどほどにして、間もなく旧に復していった。

一〇

還暦を潮に驥駒碼が商店街組合理事長を辞した後、驥駒碼はときどき自分の過ぎこし方を思い返すようになった。

驥駒碼という名前が重たすぎて、意識はしなかったが名前に負けていた時期が続いていたと思う。いつから名前に負けないようになったのか、判然とはしなかったが、［たいめいけん］でのオムライスとの出合いが自分の人生を変えたことだけは確かだった。稀代の歌手美空ひばりの歌が悩める人に勇気と生きる意欲を回復させる話はつとに有名だが、驥駒碼は自分にとってのひばりがオムライスだったなと合点している。

漢字の読み書きに夢中になった時期もあった。漢字との付き合いはその後、漢字検定一級に合格し、驥駒碼がカルチャーセンター主催の篆刻講座に学ぶことに続いていったが、篆刻は商売の忙しさにかまけてなかなか思うように上達はしなかった。あのときは「驥服鹽車」（キ、エンシャにフクす＝千里を走る名馬が塩を積んだ車を引く。賢者が低い地位にいるたとえ）という印が彫れるようになるまでと思って精を出したのだったと思い返している。

還暦を転機に「汝（難字）は誰？の会」を立ち上げたりしたのは、自分と同じように、難しい字を名前に持って苦労している人が結構多いのではないか、そういう人たちが集まって苦労話を交換するのも何か意味があるのではないか、と考えたからだった。ホームページを立ち上げてインターネットで呼びかけるとたちどころに五〇人ほどの会員が入会してきた。

自分の名前をきちんと書いたり読んだりしてもらえないのは結構自尊心を傷つけるものだったし、それが身に沁みて分かっているから、驥駒碼は決して他人の名前を軽々しく扱わないようにしているつもりだった。

ところが、もう一〇何年もその人の名前を「和紀子」だとばかり思い込んで使い続けていたある年の年賀状で、実はその人は「紀和子」が正しい名前だということに気づかされることがあった。「紀和子」はその間、一言も自分が「和紀子」でなく、「紀和子」なのだと抗議や訂正を申し立てたりはしなかった。驥駒碼はそのとき、何という身勝手！　何という軽率！　を自分は働いてきたことだろうかと恥じ入って、自分が立ち上げた「汝（難字）は誰？の会」の責任者を別の会員に譲って、即座に退会したのだった。

最初からケイ子と娶わせるつもりで来てもらったわけではない木村一也だったが、すぐ店にも馴染んで、二代目を目指したケイ子を助けてよく働いた。オムライサーとしての腕も確かなものを持ちながら、決して偉ぶることなく、謙虚で控え目な青年だった。次第にケイ子とも息が合うようになり、自然な形で結ばれるようになった。二人の結婚式は一九九五（平成七）年九月のはじめ、ケイ子の二七歳の誕生日の直前のことだった。

一也・ケイ子夫妻には、一九九八（平成一〇）年三月に長女の久子、二〇〇二（平成一四）年六月に次女騎子（のりこ）が生まれたが、後年、成人したこの姉妹は「洋食のキムラ」と屋号を変えた祖父の店を受け継いで事業を発展させた。

因みに、騎子と従兄妹の康三はともに庚午年の生まれ。康三は七日で、丙午月、丙午日だから、祖父の驥駒碼と同じ三連馬、騎子は二六日でこの日は乙丑に当たっている。しかし、こうした干支の関わりを問題にする気風はもはやどこにも残っていなかった。

ケイ子は祖母の里子に似て肝が太く、なかなかの事業家で、横浜中華街の老舗同發と提携して双方の料理を提供する支店を出したりして、その発展の基盤を作った。

岡安文雄との付き合いはもちろんその後も続いていて、驥駒碼はこの親友にはどれだけ感謝しても感謝しすぎることはないと思っている。後に判明したことだが、開店二年目の頃、傾きかけた［洋食の鷹野］に［たいめいけん］のマスターが足を運んだのは案の定岡安の懇請によるものだった。

驥駒碼が商店街組合理事長だったときの商高連携の試みやねぶた祭り、さんさ祭りの催しに際しても、岡安の好意によって、彼の番組で取り上げてもらった。これらが全国ネットで放映されたことで、人々の足を山元町商店街に呼んだ効果は絶大だったと思い返している。あの後、彼は瓢箪から駒を地で行く形で森上悦子と結婚し、幸せな人生を送っているのだが、ただ残念なことは彼らが晩婚だったためか、子宝に恵まれないことだった。

驥駒碼の母里子は、敗戦後の学制改革以来終始一貫、立野高校に留まって一社会科の教師であり続け、孫の駒子が高校へ進学するのと交代に退職した。一九八二（昭和五七）年三月のことである。当時はまだ公務員の定年制が敷かれていなかったから六七歳まで勤務したのだった。里子は惜しまれて退職した後も元気で、友人や教え子などと国内外の旅行や観劇を楽しみ、米寿の祝いを皆に祝ってもらった少し後、孫やひ孫たち家族のみんなに看取られながら眠るようにあの世に旅立った。死因は老衰で、肝っ玉母さんに相応しい大往生だった。二〇〇三年一月のことである。

余談であるが、二〇〇七（平成一九）年は中国や韓国も干支は豚年（日本のように亥年と呼ばず）で、特にこの年は六〇年に一遍巡ってくる、金を生む豚の年との由、縁起がよいのでベビーブームが起きることは必定ということである。近年の韓国は日本以上に出生率が低く、二〇〇六（平成一八）年は一・〇八というから深刻である。

そろそろこの物語の幕を閉じるときがやってきたと思う。この期に及んで筆者はこの物語に「鷹野驥駒碼の生涯」という名を冠したことに困惑している。やや後悔しているといってもいい。せめて「驥駒碼の半生記」ぐらいにして、途中で終わってもおかしくないようにすればよかったと思うのだが、ここまで来ては後の祭りである。

筆者の構想では、名前の画数に因んで九一歳まで生きながらえることになっている。ただ、まことに残念ながら、最後までリアルタイムで物語を綴ることが出来ないのだ。驥駒碼の九一歳は二〇三三（平成四五）年というずっと先のことになるからにほかならない。

［たいめいけん］のオムライスに出合って、自分の進むべき道を迷わず選び、それからは終始一貫オムライサー一筋の人生を送った。第二、第三の驥駒碼を生み出したわけではないが、お客さんに幸せを送り続ける豊かな人生だったといってよいだろう。

最後に余談を一つ付け加えて幕を引くことにしよう。驥駒碼は左眼が弱視に生まれついたことで思わぬ苦労を味わうこともあったが、健常に生まれた右眼が末期に視力を失ったために、最後まで驥駒碼の光を支え続けたのが視力〇・一の左眼だったことは皮肉といえば皮肉なことである。

（了）

（注）この作品は事実としての事象の上に架空の人物を登場させて拵えた真正のフィクションである。例えば、一九六〇年の関東高校バドミントン選手権が大宮で開催され、男子の優勝校が横浜緑ヶ丘高校だったのは記録にあることであるが、鷹野驥駒碼がその選手だったわけではないし、当時も今も高校段階では混合ダブルスという種目そのものがないという具合である。

もちろんモデルはいない。オムライサーなどという単語は筆者の出任せによる造語で、実際の世の中ではもちろん通用しない。三連馬・三連豚も同様である。

最後に、主な参考文献として、

『赤ちゃんの好運を呼ぶ名前事典』小島白楊著・大泉書店
『20世紀暦』日外アソシエーツＫＫ刊・紀伊国屋書店
『暮らしの中で迷信と差別を考える』差別墓石・法戒名を問い考える会編・解放出版社
『暦注早わかり事典』編者出版社不詳
『根岸の森の物語』馬の博物館編・かなしん出版
『朝日年鑑』一九六一・一九七九版

『神高教50年史』神奈川県高等学校教職員組合刊・労働教育センター
『たいめいけんの洋食』別冊家庭画報・世界文化社
『悪い食事とよい食事』丸元淑生著・新潮文庫
などを参照させていただいたことを記しておく。

虫

「紘子ちゃん、ごめん。つい、調子に乗って猪突猛進するところだった。もうしない。本当にごめん」

一

八尾孝生は突如、虫について調べてみたいと思った。昆虫などの虫そのものは概して好まないが、言葉の中の虫はあれこれあって面白い。ものの順序として、広辞苑を引いて虫を探した。【広辞苑】本草学で、人類・獣類・鳥類・魚介以外の小動物の総称。昆虫など。②その鳴き声を愛して聞く昆虫。鈴虫・松虫など。③蠕形動物の称、特に回虫。④回虫などによって起こると考えられていた腹痛など。虫気痫の俗称。⑤潜在する意識。ある考えや感情を起こすもとになるもの。古くは心の中に考えや感情を引き起こす虫がいると考えていた。「ふさぎの虫」⑥癇癪。⑦愛人。情夫。隠し男。⑧産気づいて起こる陣痛。⑨アあることに熱中する人。「本の虫」イちょっとしたことにもすぐにそうなる人、あるいは、そうした性質の人をあざけっていう語。「弱虫」「泣き虫」

後期高齢者の仲間入りをした八尾孝生の半生を振り返ると、彼が浮気の虫を身中に飼っていたことは明らかである。八尾の場合、浮気の虫というより、好色の虫というほうが当たっているのかもしれないが、いずれにしても、そういう虫に身中を蝕まれていたというほうが正確かもしれない。高校生の頃、義理の叔母に臆面もなくモーションを掛けてはねつけられたこともある。

一九六〇年安保の年に大学を卒業してK県立高校に英語の教師として採用された八尾は就職の翌年、小林和子と恋愛結婚したが、結婚によっても浮気の虫を封じることは出来なかった。八尾が最初に赴任したのはK工業高校で生徒のほとんどが男子だったから、必然的に女性の教師はいなかった。女性職員といえば、事務職員と現業職員に比較的年を取った女子がいたほか、保健室の養護教諭と図書館の司書だけが女子で、いくら八尾が好色の虫を飼っていても、虫の蠢く対象とはならなかった。在校する生徒は大半が男子生徒だと上述したが、例外的にデザイン系の学科には女子生徒がいた。しかし流石に新任教師が浮気相手を探す対象軍団とはならなかった。就職した翌年八尾は木材工芸科一年生の学級担任になった。科の主任から早々とスカウトされたのだが、総勢二五名の小さなクラスで男子二〇名、女子五名の構成だった。木材工芸科はかつて大工を養成する学科として名を馳せていたが、時代の流れとともにプロダクトデザインを志向する方向に変わっていった。同校には他に工芸図案科という学科があり、テキスタイルや印刷など平面デザイン系の学科だったが、いわゆる学力の面では工芸図案科のほうがはるかに優れた生徒の集まる実績を誇っていた。工芸図案科も一クラス二五名の構成で、八尾の持つ英語などの普通教科は五〇名合同で授業を行う慣例となっていた。教員の配置が個別に授業を行うほど整っていなかったためである。

初めて学級担任となった八尾は若さと実行力でクラスの生徒を引きつけていったが、コンプレックスを内に秘めた生徒たちの猜疑心も根強く、なかなか打ち解けた関係を築き上げることが出来なかった。生徒たちが漸く心を開くようになったのは、クラスの渡辺という生徒が暴力沙汰に及んで、生徒指導上の処分を受ける事態となったとき、八尾が職員会議において身を挺して渡辺の擁護に努め、実質的な処分を回避することが出来たことからだった。徹底して生徒の側に立つ姿勢を貫いたことで、

「どうやら、先生は口先だけの男ではないんだな」

という信頼を得ることが出来た様子だった。二五人という少人数学級だったから、一年生の夏休みの間に生徒全員の家庭訪問を行って父母たちからそれなりの理解を得たことも、学級運営の上でプラスとなった。

生徒が二年から三年に進級するとき、かつてスカウトを受けた木材工芸科の主任から

「三年次では生徒の就職問題もあるので学級担任を専門学科の教員に返していただきたい」
旨の意向打診があった。そのとき、八尾は
「ひとたび学級担任となったからには、生徒が卒業するまで面倒を見るのが筋というものだ」
と主張して、担任返上をかたくなに拒否して担任の座に固執した。主任からは
「木材工芸科ではこれまで普通科教員に三年の学級担任をお願いした実績はない」
と言われたが、八尾は他の機械科や電気科の例を挙げ頑としてこれを拒みとおした。主任は
「生徒指導上の責任を負うこと、また、生徒の就職先の開拓に努力することを条件として、卒業までの学級担任を依頼する」
と言って矛を収めるのだが、八尾が卒業までのクラス担任に拘ったことが木材工芸科の教員からクラスの生徒たちが執拗で陰湿なしっぺ返しを受けたことを八尾は知らない。ともかく八尾は途中で転校した一人を除いて二四人となった木材工芸科の生徒たちが無事卒業したことを見届けて、その翌年、一九六五年四月全日制普通科の横浜M高校へ転任した。

二

八尾の身中に深く眠っていた浮気の虫が蠢き始めたのは彼がM高校へ転勤して三年ほど経

過した頃のことだった。この年M高校に着任した教員は五人ほどだったが、その中にN女子大を出た新卒新採用の田尾玉緒という家庭科の教員がいて、八尾の虫が騒いだ。玉緒は北陸育ちの色白な美人で、生徒や教員の多くがその魅力の虜になった。年齢は奇しくも八尾が三年間クラスを担任したK工業高校の木材工芸科の生徒たちと同じで、八尾は何がなし因縁めいたものを感じた。朝、横浜駅の根岸線ホームで彼女の来るのを待ち伏せして同じ電車に乗って山手まで同道する同輩もいた。その四〇に近い彼は

「私は田尾先生が好きだから」

と大ぴらに公言して憚らなかったが、それ以上の行動を企むふうではなかった。八尾はそういう陽動作戦に出ることはなく、密かに二人だけになるチャンスをうかがうのだった。

その機会は前触れもなく不意にやってきた。勤務を終えて八尾が校門を出ると、偶然目の前を玉緒が歩いていたのだ。すぐ追いついて玉緒に声を掛ける。

「あ、田尾先生も今お帰りですか」

「あら、先生。今日はお早いのですね」

「ええ、珍しく生徒会も三派系の反戦高校生委員会の連中も何も言ってきませんでしたので、定時に学校を出ることが出来ました」

「生徒会顧問として先生は獅子奮迅の働きですね。時代の流れというのでしょうか。学園紛争の波が大学から高校へ降りてきているようですね。政治向きの話は今ひとつ判りませんが、敏

感な生徒たちが学校運営に疑問を持ち始めたように思われますわね。複数の生徒たちが気づき出したとなるとなかなか簡単には済まないのでしょうか」

思わぬ方向に話が進んで、これはまたとないチャンスだと八尾が声を飲んだとき、不意に玉緒は石にけつまずいて身体のバランスを失った。よろけた拍子に放り出された玉緒のヒールがものの見事に折れている。

「どうやらこの靴はこのままでは使い物にならなくなったようですね。応急処置をしてすぐ靴屋さんへ行きましょう」

そう言って八尾は茫然と立ち尽くしている玉緒を助けて駅へ急いだ。関内で降りて伊勢佐木町へ誘う。

「この辺りはよく知っていますから、近くの靴屋へご案内しましょう」

と言い、八尾の行きつけの靴屋を訪ねて件のヒールを見せると、店長は、ものがいい靴だから修理をすればまだ履ける、修理には少し時間がかかるが預からせてほしいと言い、繋ぎはどうするかと玉緒に尋ねるのだった。玉緒は店長の勧めに従って壊れた靴を修繕に置き、新しいパンプスを買って店を出た。

「験直しに軽く一杯やっていきましょう」という八尾の提案に頷いて二人は八尾の行きつけとなっている「だるま寿司」の暖簾を分けた。ここはM高校の教員の多くが立ち寄る店で、八尾も着任直後の歓送迎会の後の流れで連れられてきてから、常連の仲間入りしている店だった。

こうして二人の密かなつきあいが始まった。八尾が好ましく思ったことは玉緒がかなりの酒飲みだったことだ。もちろん、強いとか弱いとかが問題になるわけではないが、酒の媒介があればそれだけ親しさも増すというものだ。休日を利用して山梨の昇仙峡を訪れたり、千葉の九十九里へ出かけたりした。当時の教員給与は薄給で財布の負担は重かったが、八尾は塾の講師、家庭教師、翻訳など、小遣い稼ぎに精を出して何とか財布の補いに道をつけるのだった。密会を重ねた二人が男女の仲になるのにさほどの手間はかからなかった。何度か逢瀬を重ねて年が改まってすぐのこと、八尾は玉緒が身ごもったことを知らされた。それなりに注意したはずだったが、適わずに妊娠という事態に陥ったことで八尾は途方に暮れた。

「このままだと転勤かな」

「このままなら退職だわ」

非常の事態に陥ったとき男の認識は甘いな、女のほうがずっとしっかりしていると八尾は玉緒の判断に舌を巻いた。二月に入って八尾は玉緒から、お腹の子を流産したと告げられた。結果的に事なきを得たことになったのだが、八尾は自分が何の覚悟も備えもなしに情事にうつつを抜かしてきたことを思い知らされた。そしてそういう事態を経てみると、八尾はもはや玉緒との仲を続けるわけにはいかなくなり、折からM高校を吹き荒れた学園紛争の嵐の渦中にあって、収拾の責任の一端を負う形で人事異動の対象となったことを奇貨としてH高校へ異動した。一九六九年四月のことであるが、この異動によって二人の仲は自然消滅の道を辿った。H高校へ異動した八尾はそこで妹尾操と出会った。妹尾は八尾より三歳年長の国語の教師だったが、一年後同じ学年の担任団に所属して、生徒生活指導や学年会議などをとおして次第に仲良くなっていった。

「先生はM高校で学園紛争の収拾に当たられてご苦労なさったそうですね」

「ボクの場合は、まだ本格的な学園紛争には至らない前段闘争の段階でしたからさほどのことはありませんでした。ボクがHへ来た後のほうが本格的紛争段階に入って、皆さんとても苦労されたようです」

「何でも、無理難題を言ってくる生徒たちの中に入って全面的に泥を被ったと聞いていますわ」

「それは一つの作戦でした。生徒会顧問は三人いるのですが、三人全員が傷を負ってしまうと、次に収拾の任に当たる先生かいなくなる心配がありました。そこで、生徒会顧問の主任の立場にあったボクが生徒たちの前面に出て泥を被り、他の二人の先生を後のために温存する陣立てにしたわけです」

「お若いのに素晴らしい作戦を思いついたものですね」

学年会議などの中で妹尾は八尾を臆面もなく賞賛し、八尾に対する好意を隠そうとしなかった。学年業務で二人が連れ立って出張した帰りが遅い時間になったので、八尾は久里浜まで妹尾を送っていった。暗い夜道にかかると、操はもう我慢が出来ないというふうに身体を押しつけてきて八尾の唇を求めた。その積極的な振る舞いに押されて八尾がこれに応じたのが二人の仲を先に進めるきっかけとなった。

「先生好き！」

小声だが、しっかりした語調だった。二人の仲はおおむね操が積極的に働きかけ、八尾がそれに応える形で一年半ほど続いたが、八尾に組合本部執行委員への出馬要請が来て終止符を打つこととなった。操にも夫と二人の子どもがおり、八尾にも妻と二人の子どもがいて、家庭を壊すほどの無理を重ねてまで続ける関係ではないためだった。

三

八尾級によってK工業高校木材工芸科を卒業した二四名の生徒たちのその後の動静について、その情報を八尾のほうから積極的に集めることはしなかったが、何となく風の噂が届いて、誰がどこで何をしているか、八尾は七割方掌握している様子だった。年賀状のやりとりは毎年続いたが、それもいつしか間遠になり音信の途絶えた生徒も二、三名は出たりした。彼らが若手中堅でいた間はクラス会なども開かれなかったが、五〇歳を過ぎる頃から有志の会を開くようになっていった。

その以前、彼らが三〇歳を過ぎた頃のことだったが、クラスの中の一人松尾政志が同期の工芸図案科を卒業した神楽坂紘子と結婚することになった、ついては八尾先生夫妻に仲人をお願いできないか、という話が八尾の許にもたらされた。神楽坂の父親は八尾がK工業高校に在勤していた当時PTAの会長の任についていたことがあって、八尾もよく知っていた。なかなか聡明で快活な子どもだったと記憶している。八尾は七五歳を過ぎた今でも、クラスの生徒を出席簿順に暗誦することが出来る。新井・石井・石渡・板垣・今村・岩下・大塚・岸本・小菅・小林…。だが、同時に教えた工芸図案科の生徒の名前は松尾と夫婦になった神楽坂紘子以外、誰も覚えていない。何と現金なことかと苦笑するほかないのだった。

二人の結婚式は松尾家の両親が熱心に帰依した創価学会の慣例に従って執り行われたが、紘子は結婚に際して

「政志さんと結婚するが、宗教については創価学会流を強制強要されるのはおことわりである」

旨を松尾の両親に確認した。両親もこのことは快く受け入れて

「なかなか一人前になれない政志のことをくれぐれもよろしく頼みます。政志は紘子さんと一緒になれて何と幸せな子だろう」

と言って喜んだ。その言葉どおり、紘子はテキスタイル関係の自分の仕事を立派にこなす傍ら政志の面倒をみたばかりでなく、両親、特に九〇歳を超えて長生きした義母の看護や介護に骨惜しみをしなかった。

彼らが高校を卒業して就職したのは一九六四年のことで、東京オリンピックの年だったから、

それなりに景気もよく活気もあって、大きくて著名な企業に就職する者が続出した。大手の百貨店がインテリア部門に進出し始めたこともあって、三越を筆頭に大丸・松屋・東横などのデパートに複数で採用されたりした。

「木材の連中があんな立派なところへ就職するなんて」

などとK工業高校の他の機械科、電気科、建築科などの同期生や先輩卒業生からやっかまれたり、脅かされたりすることもあった。

松尾は卒業時に同級生の大塚とともに大丸デパートに就職してインテリア部門に配属されたが、長続きせず、二年ほど後に、建築関係の先輩のつてを頼って建築のほうへ転身した。紘子は卒業と同時に横浜スカーフの関係会社に就職し一〇年余の後、友人とともにテキスタイル関係の会社を興して独立した。政志紘子の夫妻は家事も仕事も家計も紘子が主役を演じ、政志は紘子の掌の上で踊っている関係で成立していたが、無論紘子がすべてを牛耳っているわけではなく、十分政志を立てて円満な家庭を築いていった。紘子は政志の価値観に惚れ込んで共感し、その感性に敬意を抱いていたからである。二人の結婚の後、八尾との関係が特に深くなったわけでもなく、親しさが増したわけでもなかったが、何年かに一度はお互いを自家に招いて心づくしの手料理をふるまい合って旧交を温めたりした。

八尾が定年退職を迎えたとき、八尾級のクラスの卒業生が八尾夫妻を飯山温泉に招いてお祝いしたこともあった。半数を超える一五、六人が集まって盛大な宴会となった。折角の機会だからと、松山や大阪など遠隔の地から駆けつける者もいた。興に乗った八尾が出席簿の暗誦を披露して拍手喝采となったりした。…岸本・小菅・小林・笹尾・笹沼・佐野・鈴木・塚本・土屋・中嶋…

中には

「オレはあんた（八尾）のお陰で一生を棒に振った、ただじゃ置かない」

と電話で息巻いて凄んだ卒業生もいたが、八尾自身は何をもって彼に恨まれるのか、さっぱり見当もつかず、首を傾げるばかりだった。このクラスのクラス会は彼らが定年期を迎えた頃から少しずつ活発になったが、ただじゃ置かない、という卒業生を慮って、有志の会として会を持つようになった。酒が入ると昔話に花が咲くが、八尾の知らないことが結構披露されてその都度八尾は目を白黒させられた。彼らが三年次から卒業後に掛けて専門学科からあれこれ嫌がらせを受けたりしたこともこの中で知ったことだった。

四

神高教の本部執行部に入った八尾の浮気の虫はその後どう蠢いたか。多岐に亘る組合本部の仕事に圧倒されて虫が動き出す機会はなかなかやってこなかった。専従期間が残りわずかになった八尾は在籍のまま組合業務に携わることが出来るよう県教育委員会と折衝し週当たり二日計八時間ばかりの授業を持つこととなって、一九七九年一〇月にH高校からF高校へ異動した。短期大学付属の看護学科高校である。普段は授業を午前中に集めて、それが終わるとさっさと組合本部に赴くのだが、看護科固有の問題もあって組合が知恵を出さなければならないことも起きると、八尾は看護科職員からあれこれ事情を聴取することもたびたびのこととなった。

あるとき、職員室の中の雑談で

「エビちゃんもそろそろ四〇の大台に乗るのね」

という教頭の一言が耳に入った。エビちゃんは看護科高校創設のとき県職員から転籍してきた職員で、真面目で仕事熱心な独身女性である。

「そうか、エビちゃんも四〇歳になるというわけか」

改めて八尾は認識し、どういうわけか、

「エビちゃんを靡かせてしまおう」

と思い立った。虫の蠢動である。そうしたあるとき、F高校の職員親睦会が横浜駅近くで行われ、会が跳ねた後、私のところで飲み直さないこと？　とエビちゃんの海老尾正代が誘い、四、五人の男子教員が応じて八尾にも声がかかった。またとないチャンスが八尾に巡ってきたというわけだった。こうして八尾はその後も相模鉄道和田町駅近くのエビちゃん宅を訪れ密かな二人のつきあいが始まった。八尾は決して急がなかった。囲碁の手ほどきを試みるなど、ゆ

っくり時間を掛けて間の壁を少しずつ削いでいった。男女の関係になった後、エビちゃんは口癖のように
「女は怖いよ」

と言ったが、八尾はその怖さを実感することもなく、円満な別れで二人の密な仲は終わりを迎えた。

「残念だけれど、私、もう孝生さんを受け入れることが出来なくなったの。私の泉が枯れちゃったんだもの」

と閉経期を迎えたエビちゃんは言うのだった。


松尾政志が突然歩行困難を自覚するようになったのは彼が六四歳の誕生日を過ぎた頃のことだった。長年の趣味となっているランドナー（自転車）の遠乗りでK高校以来の友人大塚と山中湖まで走った帰りのことだった。道志川沿いの国道四一三号線から県道六四号線に入り、宮ヶ瀬湖にかかる虹の大橋を渡ってビジターセンターで小休止した後愛用のランドナーに跨がったとき腰に何とも言えない妙な違和感を感じたのだ。久しぶりに遠乗りしたからな、と自分を納得させながらそのまま、相模鉄道三ツ境駅前で大塚に別れて、横浜弘明寺の自宅へ帰った。政志は腰の違和感を忘れようとしたのだが、妙にいつまでも意識にまとわりつく。そうして間もなく歩くことがとても困難になるのだった。

政志はいくつか著名な病院を回って診察を受け、最後に横浜私大病院でパーキンソン病だと診断された。医者の処方でドーパミンを補う薬を飲み、運動療法なども試みたがほとんど症状は改善しなかった。こうした経過の上で主治医もさらに綿密な検査を続け、漸くスティッフマン症候群だとの診断に至ったのだったが、全身の筋肉が徐々に硬直するこの病気に対する根本的な治療法は確立されておらず、痛みを和らげるなどの対症療法以上の治療を受けることは出来なかった。政志は二年半ほどの闘病生活の末六八歳でこの世を去った。最後は障害一級、介護保険要介護度五の身となっていた。移動はもちろん車椅子だった。

紘子は政志が百万人に一人という難病に取り付かれたとき、一切の外の仕事を打ち切って政志の看病と介護に当たった。政志は医者の勧めで胃瘻の手術も受けたが、食べ物は最後まで経口摂取で、経管することはなかった。どんな食べ物もとろとろになるまですり下ろして流動食としたが、それはすべて紘子の仕事だった。甲斐甲斐しく献身的な仕事だったので、政志が他界したとき紘子はすっかりやり尽くした達成感を覚えるほどだった。

政志の葬儀は創価学会流の友人葬だった。八尾にも内々の知らせがあって夫妻で参列したが、K工業高校の同級生は四人しか列席しなかった。控えめの家族葬に留めたためである。学会葬では故人は本名のままでご本尊となり、戒名のつかないのが八尾には新鮮だった。

通夜と告別式の読経を聞きながら、八尾は自然に心の中で出席簿を読み上げていた。…**塚本・土屋・中嶋・中林・服部・二見・細川・松尾・松山・渡辺。**脈絡もなく、かつての生徒たちのあれこれが思い出される流れの中で、そう言えば、あの連中も結構仕事の虫で、最初から最後までその道一筋を貫く者も多かっかことに思いを馳せている。新井は松下電器、板垣は木工業、今村はコーセー化粧品、大塚は大丸、岸本はシチズン、小菅は建築、小林は三越、笹尾は木工業、鈴木はジューキミシン、土屋は関東自動車、中嶋は父親の後を襲って日本画、服部はキャノン、二見は三越、細川はビクターなど、数えてみると半数以上になっている。

「先生、今日は遠いところを奥様もご一緒にお越しいただき、本当にありがとうございました。松尾もさぞ喜んでいると思います」

「政志君は最後まで未完の器でしたね、大器とまでは言い切れないけれど」

「いつまで経っても子どもで、先生の仰るとおりでしたわ。それに松尾は結構八方美人というところがありました」

「そうでしたか。ボクは彼から『先生といえども、幹事の顔を立ててもらわねば』なんて、凄まれたこともあって、ちょっと愉快な思い出もあります。それにしても紘子さんはよく頑張りましたね。さぞ疲れたことでしょう、ご苦労さまでした。お義母さんの看病と介護から間も長くなかったのではありませんか」

「でも五年くらいの間はありましたし、あのときは松尾もよくやってくれましたから」

「政志君の難病は結局何年ほどでしたか」

「二年半ほどでしたが、その間、先生には何度もお電話をいただきありがとうございました。

松尾も喜んでおりましたわ」

「ときどきふと思い出すと、政志君はどうしているかなと思ってね。それにしても紘子さんはよく頑張りましたね」

「最後は食欲がなくなって何も食べられなくなりました。ああ、寿命が尽きるとはこういうことなのか、と思いました」

先生、落ち着いたら一度お酒をつきあってください、最後に紘子はそう小声で言い、八尾の許を離れて他の弔問客の接待に向かうのだった。

五

政志の葬儀から半年ほどが経ち、そろそろ紘子に酒の口を掛けてみようかと考えていた八尾に、ちょっとお話しがと妻の和子が声を掛けた。

「何だい、改まった顔をして」

「あなた、また、毒牙に掛けようと密かに狙っている人がいるでしょ」

「藪から棒に、また、とか、毒牙に掛けるとか、とは穏やかじゃない話だな」

「あら、私が田尾玉緒のことや妹尾操、海老尾正代のことを知らないとでも思っているのですか。すべて承知の上のことで知らん顔を通してきたのですわ。どうして知ったか、教えましょうか。田尾のときはあなたの寝言がきっかけです。あなたが寝言で『玉緒』と言うのを聞いてはじめは何のことか判りませんでした。丁度そんなとき、当時お向かいだったMさんの奥さんが『あなたのご主人が三ツ境駅前を若い美人の人とにこやかに歩いているところを見ましたのよ、あなた、気をつけたほうがいいわ』と教えてくれたんです。それでちょっと調べてみたら、同じ学校に田尾玉緒のいるのが判ってこれだと合点がいったわけ。もちろん驚いたし腹も立ちました。でも、そこで下手に騒いだら却ってあなたを向こうに追いやってしまって、家庭が崩壊すると思いましたから、必死で堪えたんです。息子の大樹もやっと小学校に上がるかという時期でしたし。妹尾操のときはH高校の同僚という先生から教えていただきました。海老尾正代のときはF高校の卒業生の方から電話をもらいました。情けなくてまともに返事も出来ませんでしたわ。何という女誑し、今度こそこちらから三行半を突きつけようかと思いました。でも、娘の素子が中学生になったばかり、多感な時期でしたので、結局ここでも我慢することにしたのですわ」

「そう言われると一言もないね。脱帽だが、もう済んだことだ。そんな昔のことを…」

「だから、昔のことをとやかく言うつもりではありませんわ。問題は今のことです。あなたは密かに紘子さんに手を出そうとしているんじゃありませんか」

「そんな、冗談じゃない。そんなことをしたらなくなった政志君に顔向けできないじゃないか。

新井・石井・石渡…の二四人、(今では二一人になっているが)の批判や怨嗟の集中砲火を浴びることにもなるわけだし、夢にも考えていないさ」

「それは本当のことでしょうね。もう何年もしないうちに八〇歳になる年なんだから、浮気の虫は起こさないようにしてくださいね。それに、紘子さんはあなたにとっては教え子の一人でしょうが、私にとっても大事な友人なんですから。あなたが私の友人と情を交わすなどということは絶対許しませんことよ。そんなことになったら今度こそ、躊躇なく熟年離婚に踏み切ります。今なら大樹も素子も私の味方ですからね。この家を出て行くのはわたしではなくてあなたですよ」

八尾孝生は、口癖のように『女は怖い』と言い言いしていたエビちゃんの顔を久しぶりに思い出し、虫はもう卒業だと思った。

「紘子ちゃん、ごめん。つい、調子に乗って猪突猛進するところだった。もうしない。本当にごめん」


(初稿二〇一三年一〇月一〇日)

二人のマリオ

一

日本人の名前には、薫とか、博美、克美、真澄などのように、ときに男なのか女なのか判然としないものもあるが、普通、男の子につく名前、女の子につく名前だと判るものが多い。そういう意味で、山本真理子は自分の真理子が典型的な女名で、マリという名を持つ男の子がいるとは想像すらしなかった。だから真理子がはじめて島津万里生《まりお》に出会ったときの驚きは一通りではなかった。

それは真理子が県立湘南高校三年生になった四月のことだったが、大阪からの転校生が彼女のいる三Gのクラスに入って来、島津万里生だと紹介されたのだった。万里生は島津製作所を経営する父親の藤沢への転居に伴って大阪から移住してきたのだが、明るく物怖じしない性格で、「大きに」「大きに」を連発したものだから、たちまち「オオキニ」という渾名がつけられた。もっとも彼がオオキニと呼ばれたのははじめのうちだけで、すぐに「キニ」という短縮形が生み出され、それがそのまま定着した。

キニの万里生は父親が中国史に興味を持ち、万里の長城に因んでつけた名前だということだったが、中肉中背、短距離を得意とするなかなかのアスリートだった。湘南高校に転入するとすぐに陸上競技部に入り毎日日の暮れるまで熱心に練習に励んだ。五月に行われた体育祭で彼は五千メートル走とスウェーデンリレー（アンカー）に出場した。本来長距離走は得意ではなかったが、陸上競技部員として毎日の練習をこなしていたため、競技では一日の長があり、スタートダッシュで他を引き離すとあとはほとんど独走の状態で軽々と優勝した。リレーのアンカーでは四〇〇メートルの区間だったが、彼がバトンを受けたときトップの走者とは五、六〇メートルの差があると見えたにもかかわらず、残り一〇〇メートルのところで追いつき、悠々と併走した上で、余裕を持ってトップでテープを切ったのだった。体育祭での花は何といっても徒競走であるから、万里生の活躍は多くの人々の耳目を集め、彼は一躍校内の人気者になった。

六月に入ると湘南高校では大学受験のための模擬試験が行われる。八クラス四〇〇人余の受検生のトップテンにG組からは二人が入ったのだが、一人は真理子の四位で、もう一人は万里生の八位だった。真理子は高校入学以来ずっと成績優秀で実力試験や模擬試験のトップテンの常連だったから、誰も驚きはしなかったが、転校してきたばかりの万里生の好成績には皆驚きを隠せなかった。

こうした万里生の文武両道にわたる活躍ぶりに接して、真理子は自然に万里生に惹かれていく自分に気づくのだった。特に「マリ」という名を持つ男の子はいないと信じてきた真理子の前に突如現れた万里生だったから、それだけ他とは違う格別の親近感を抱いたのかもしれなかった。

しかし、昭和三〇年代はじめの高校生では、太平洋戦争敗戦から一〇年ほどが経過した頃の復興途上の時代の中で、今でいうデートなどということは思いもつかないことだったから、二人はせいぜい英語や数学の問題でお互いに聞きあうくらいの付き合い方しかできなかった。二人は湘南高校を卒業すると大学に進学することになった。真理子は東京教育大学国文科、万里生は大阪大学物理学科が進学先であった。

進路が決まった二人は三月の半ば、はじめて横浜へ遊びに行った。その以前、横浜市内に住む真理子が伊勢山皇大神宮に合格祈願のため参詣していた経緯があって、大学合格のお礼参りをする都合があったのを機縁としたためだった。

伊勢山皇大神宮は国電桜木町駅の西方、徒歩一〇分ほどの野毛山の小高い丘の上に位置し、一八七〇（明治三）年、時の副知事の建白により横浜總鎮守として国費で創建された。今でも「関東のお伊勢さま」として広く崇敬されているが、広々とした境内は一〇種類のサクラが咲く花の名所でもある。二人が参詣したときはまだサクラの季節には早かったから人影も疎らで、ゆったりと落ち着いて参拝を済ませた二人は、成田山横浜別院前の階段を降りてそのまま徒歩で南京街へ行き、その頃獅子文六の小説『やっさもっさ』に登場して爆発的に名前の売れ出した広東料理の「海員閣」で昼飯を認めた。食後はまた歩いて元町でウィンドウショッピングを楽しみ、谷戸坂を登って港の見える丘公園を経て外人墓地へ出、山手本通りをひたすら歩いて麦田からイタリア公園へ降りて、市内電車で横浜駅まで戻り、そこで別れてそれぞれ帰宅した。

「あのときは二人でよく歩いたものだ」と真理子は後になって思い出すこともあった。真理子はキニに淡い慕情を感じながら歩を進めたのだが、もちろんキッスはおろか、手をつなぐということもなく、ひたすら歩くだけだったのをとても幼いこととして思い出したりしたのだった。

大学へ進んだ二人は、離れ離れになったこともあって、付き合いが深まることもなく、その記憶は時の流れの底に深く沈んで、いつとはなしに思い出されることも稀になっていった。

2007年新改築された湘南高校正門

伊勢山皇大神宮

横浜中華街海員閣

二

山本真理子が二人目のマリオに遭遇したのは彼女が大学三年生のときのことで、選択した近藤晶教授の「近世文学史・江戸時代の大衆芸能」というゼミの最初の授業のときのことだった。この二学年続きのゼミを専攻した学生は全部で八名だったが、その中に山川摩利夫がいたのだ。摩利夫はその年の春に言語学科を卒業して学士入学で国文科にやってきた学生だった。摩利夫の父が仏教に深く帰依していて摩利支天に因んで息子の名をつけたのだと聞いた。

近藤ゼミは毎週火曜日の午前の二コマ続きの授業で、歌舞伎、浄瑠璃、長唄から、川柳・狂歌・都都逸、また、小噺・落語・講談といったジャンルをカバーする幅の広いゼミで、時には川柳や都都逸、小噺の習作に励むことも珍しいことではなく、よくそれぞれの名前を折り句にした川柳や都都逸を創ったものだった。

●野の花も　葉っぱも紅葉　洛西は（野原）

「わあ、綺麗な句！　野原さん、京都へは行ったことあるの？」

「行ったことはあるけど、紅葉の時じゃなかったわ」

●華やいで　落語を語る　談志師匠（原田）

「落語好きの原田君らしいわね。立川談志は好きなの？」

「好きなのは円生とか、小さんとか、文楽や小三治なんだけれど。談志は「だ」という字が指定されているから仕方がないんだ」
●紫の　楽焼見たし　気もそぞろ（村木）
「確かに楽焼って、できてくるまで気が落ち着かないわね」

「紫の楽焼って、どんな感じかしら？」
●罪作り　坊やぼやぼや　居候（坪井）
「坊やって、落語の若旦那？」

「そう、道具屋とか湯屋番とか、親に勘当されて親方のところに一時身を寄せるっていうのがあるでしょ？　あのイメージ」
●焼いても煮ても　マダラは旨い　もっと食べたい　豆腐鍋（山本）
「真鱈っていうのがいいわね。真鯛なんかでなくて」

「庶民的で素直な都々逸だわ」
●やんややんやの　間を置けばこそ　喝采浴びる　童たち（山川）
「これ、間をおいて、やんややんやと声がかかるの？」

「ちょっと苦しい句なんだけど、まあそういうこと」

「童たちというのは、ここでは童歌より広い感じじね」

●あなた大好き　お金も溢れ　山も持ってる　間抜け面（青山）
「これも落語の話かしら？」

「イヤ、金持ちの二代目。いいようにホステスなんかにあしらわれている様子」
●照るも曇るも　瑠璃ビタキ鳴く　森や山郷　朋多し（照本）
「朋多しの朋は瑠璃ビタキのこと？　それとも人間？」

「どっちにも解釈できるわね」


誰が作ったものか、駄洒落専科みたいな小噺もある。

●「相続のことなんかがあって、改めて考えたんだけれどボクの妻は内縁なんだ。君のところは正式だろう」
「うん、カミさんとの婚姻届はちゃんと出したよ。でもボクに外縁の妻がいてね。最近事故を起こして弱っているんだ」

「人身事故？」

「ううん、妊娠事故」
●「君、出身大学は？」

「入学したのが東京教育大学だったのは確かだけれど、化学反応を起こして出るときは薬科大学だった」

「え、どこの薬科大学？」

「うん、一杯やっか」


近藤ゼミ選択の八名は男子二名、女子六名だったが、卒業後はそれぞれの出身地に帰って国語の教師になった。高校五名、中学三名という振り分けだった。就職して学校での暮らしが始まると、ゼミの同期生のことを思い出すこともなく、せいぜい女性同士がそれぞれの結婚式に招待しあうぐらいの付き合いがあった程度で、それも一時のことだったから普段は年賀状のやり取りだけで済ませる状態だった。

真理子が結婚したのは大学卒業後二年のことで、同じ藤沢高校に勤務する県行政職員（学校事務職員）の岩井創と恋に落ちた挙句のことだった。岩井は幼いときに父を亡くし、母一人子一人の境遇で県立高校卒業と同時に県職員として採用され、出先機関を二つほど廻って藤沢高校に勤務していたときに真理子が新採用教員として赴任してきて知りあったのだ。結婚後は岩井の家に入ったから、真理子と母の久子とはいわゆる嫁姑の間柄となったが、二人とも聡明であったため格別の確執を生むこともなく、円満に一家の生活が営まれた。真理子夫婦は一男一女に恵まれたが、真理子は義母久子の助けのお蔭で出産と育児に当り、教職を離れることなく仕事を続けることができたのだった。

はしなくも真理子がいわゆる不倫の恋に落ちたのは三〇台も後半にかかった頃のことだった。相手は真理子より三歳年下の飯島徹といい、飯島が藤沢高校に転勤してきて二年目に同じ学年の学級担任になったのがきっかけとなった。学年団で会議もすれば、相談もする。ときには宴会で飲み会もするという関係が重なって次第に互いが引かれ合うようになっていった。

飯島は若いに似ず判断が冷静で常に座がまとまるような具体的な意見を出して全体をリードしていくことに長けていたのだが、真理子は先ずそのことで飯島に引かれた。しかも飯島は決して自分から意見を出して有無を言わせないという姿勢ではなく、控え目な態度に終始するのだ。笑顔が優しく包容力に富んでもいた。真理子はそういうところにも魅力を感じたのだった。

真理子は二人の子どもが大きくなって育児に手がかからなくなって少し寂しさを感じたり、夫の創が浮気にうつつを抜かすような素振りが見えて、気持ちの落ち込んだ弱みが飯島の甘い囁きを誘ったのかもしれなかった。県立教育センターでの研修に出た二人が藤沢の寿司屋で軽く一杯やったのが引き金になった。急なピッチでお酒を呷ったのが真理子の胃と脚を襲い近くのホテルで休んだのがいけなかった。

一度身体の関係ができると離れがたくなるのが道理で二人の関係は密度を増したが、慎重に振る舞ったから周囲に気づかれることもなく数ヶ月続いた。破局は突然やってきた。年が明けて新年を迎えた早々のことだったが、かねてから噂も飛び交っていたように、飯島が県高教組の執行委員に立候補する羽目になったのだった。小なりと言えど本部役員は組合員の投票で決まるから、醜聞は御法度である。出るからには当選を目指すのは当然のことであり、二人はこれを契機に関係を絶つことにした。真理子に未練が残らなかったと言えばウソになるが、未来永劫に続く縁とは言えないことも確かなことで、懊悩の上精算に踏み切ったのだった。

二人が逢瀬を重ねていたとき、真理子が折り句の話をしたことがある。飯島はことのほか興味を覚えた様子で、たちどころにいいじまを折り込んだ二、三の都々逸が浮かんだふうであった。お世辞にも秀句とは言えないが、初めてにしてはまずまずの出来だと真理子は思った。

●いい酒飲んで　いい人抱いた　自慢話は　正の夢
●勇みに勇んで　戦に出たが　事態変わって　負け戦
●いいことしたねと　言われてみても　時代錯誤の　負け惜しみ
●いい値納得　いかにも安い　自宅で見れば　丸で損

不思議な符合だが、真理子が飯島との短い縁を切ったとき真理子の夫の創もまた浮気の虫から解放されたというふうだった。

蛇足を加えると、本部執行部に出た飯島は執行委員二期、書記次長二期を務めて次は書記長かと周囲の期待が高まったところで突然組合役員を降りる羽目に陥った。執行部へ出てから足を踏み入れるようになったスナックの女の子と深みにはまり、借金で首が回らなくなった結果が明るみに出たためだった。かつて真理子が密かに危惧していたことが現実のことになってしまったのだった。

この間特に近藤ゼミの同期の仲間のことを思い出すこともなかったが、真理子が五〇歳の誕生日を過ぎて、教員も残りが一〇年ほどだという感慨に耽ったとき、突如として、「その後あとの七人はどうしただろう。そろそろみんなで会う機会を持ってもいいのではないか」という考えが閃いた。二、三人に電話で意向を聞いてみると全員が賛成だということだったので、真理子は幹事を引き受けてはじめての同期会を企画することにした。

何度も手紙や電話のやり取りを繰り返して、箱根にある県職員保養所を会場に第一回同期会を持ったのはその年度末、三月中旬の土日のことだったが、直前になって、千葉県在住の野原弘子から、定時制勤務の教頭で校長の許可がもらえないから出席できない旨の連絡があり、栃木県の青山匡子から、緊急の会議が入ったために参加できない旨の電話が来て、結局六名での会合となった。酒食の宴ははじめちょっとぎこちないところもあったが、あっという間に三〇年ほどの時間の距離が縮まり、学生時代に戻って話に花が咲いた。翌日は芦ノ湖畔から元箱根付近の美術館や名所旧跡を廻り、熱海に降りて真鶴で昼飯を摂り、小田原駅頭で散会した。

第一回目の会合の最後に第二回同期会の幹事は茨城県在住の照本静子に決まった。いつごろ開催するか、どこで開くか、などは幹事一任ということだったが、何年経っても一向に同期会開催の案内の来ないまま一〇年が経過した。真理子が風の噂に聞いたところ、この間幹事の照本は胃潰瘍をこじらせて、同期会どころではなかったらしかった。第二回近藤ゼミ同期会の知らせが真理子の許に届いたのは彼女たちが定年退職した年の秋のことだった。

会は水戸の偕楽園近くで開かれたが、前回同様千葉の野原弘子と栃木の青山匡子が欠席だったほか、富山の原田章から

「第二回同期会を楽しみにしていたが、医者から遠出を禁じられているので、残念ながら参加できない」

という連絡が入って、結局五人での同期会となった。

「そういう事情なら、次回は原田章君が参加しやすいように富山近辺でやろう」

ということに意見が一致して散会したのだったが、それから一年ほどが経過した頃、突然原田夫人から真理子に連絡が入り、彼は心臓病の悪化のために他界したということだった。

こうして、富山近辺で持とうとした同期会は沙汰止みとなり、改めて山形の村木素子が幹事となって企画されることとなった第三回目の同期会は前回の水戸開催から六年後、蔵王温泉で開催された。その前年には福島出身の同期生坪井加世が子宮ガンのために鬼籍に入っていたのだが、遺族の意向により同期生にはその事実は伏せられていたのだ。蔵王での同期会のための連絡を取ったときはじめて坪井死去のことが知らされた。最初八名だった同期の仲間は六人に減じていたが、このときも千葉の野原弘子は無断欠席だったから、蔵王に集まったのは五名だ

った。もともと二人しかいなかった男性のうち富山の原田章がなくなったため男は山川摩利夫一人になっていたが、彼は意に介すふうもなく蔵王の同期会に参加して、皆を喜ばせた。

例によって酒食の宴は盛会となり、話はいつ果てるともなく続いていたが、岩井（山本）真理子は頃合いを見て、

「今年に続く来年の話だけれど、もしみんなの賛成を得られたら、七回忌を迎える原田章の墓参の会を持ってはどうだろう」

と提案した。皆大賛成で、企画は真理子が担当することにも衆議が一決した。すると、このとき茨城の照本静子が

「そういうことなら、来年までの一年を使って追悼集というか、記念文集というか、とにかくそういうものを創ってはどうか。二人も亡くなったことだし」

という提案をし、皆、こぞって

「そうしよう、そうしよう」

と声を揃えた。自費出版の幹事は成り行きで照本が引き受けることとなり、原稿はいつまでに、などという具体的な話に続いていくのだった。

第三回同期会から帰ると、真理子は早速原田夫人と連絡を取り、故夫君の七回忌の墓参の企画に是非お許しをいただきたい旨要請した。原田夫人はあまり気乗りのしない様子だったが、真理子の重ねての懇願を受けて、最後は応諾する姿勢を見せ、菩提寺が富山駅からそう遠くな

い荘厳寺であり、その墓苑に故夫君が眠っていることを教えてくれた。

三

故原田章の七回忌の墓参行を中心とした旅程案をあれこれ検討した真理子は最終的に宇奈月温泉に泊る案と雨晴に泊る案の二つに絞って皆の意向を聞くことにした。調整の結果、雨晴泊に落ち着いたので、初日は雨晴に直行し、二日目にゆっくり墓参し、その足で原田邸を訪れて夫人に記念誌を贈呈するコースを組み立てた。これならば往きも返りも時間的に無理をしないで済むからだった。

皆が宇奈月より雨晴を選択したのは、豊富な海の幸を堪能するには畏まった旅館やホテルより料理民宿のほうが適していると考えたからだった。真理子は資料を繰って民宿を選び予約を入れた。原田章の命日は三月だったが、皆の都合で墓参行は七月になった。

当日は五月晴れの好天で、指定の上越新幹線のそれぞれの駅で乗り込んだのはこのときも五名で、千葉の野原弘子はやはり現れずじまいだった。彼女は照本の再三の呼びかけにも応えることなく、最後まで記念誌の原稿は届かなかった。越後湯沢で乗り継いだほくほく線の特急はくたかが北陸本線に入ると、車窓から日本海を垣間見ることができる。日本海は太平洋に比べると海の色が深くくすんで見えるのだが、明るい五月晴れの元では冬季よりやはり明るく感じられるのだった。

高岡で乗り換えた氷見線は二〇分ほどで雨晴に着く。駅前から歩いて一行が民宿・よしのやに到着したのは一六時前のこと、皆旅装を解いてゆっくり温泉に漬かった。雨晴の民宿には温泉を引いてあるところもあり、ここもその一つだったが、部屋数は少ない様子で、小奇麗な感じの宿だった。

さすがに料理民宿と謳ってある宿だけあって、海の料理は美味で、豪快だった。旬を迎えた白エビはお刺身でも掻揚げでもなかなかの一品で、皆出された料理を食べつくすことができないほどだった。四回目を数える同期会は和気藹々で、豊かな談笑がいつまでも続くのだった。

久しぶりに折り句を創ってみよう、と誰かが言い出して、早速皆頭を捻ったのだった。

●村はずれ　ライトブルーの　桔梗咲き（村木）
「なかなか綺麗な句だわ」

「桔梗にもいろいろな色があるらしいわね」
●優しいあの娘が　また手を振って　帰る坂道　童歌（山川）
「ゆったりした都々逸だわ」

「さすが山川君」

●浅き夢見し　大山詣で　山の神立ち　舞い扇（青山）
「夢を見て大山に詣でたわけ？」

「大山に詣でて舞を舞う夢を見たんじゃない？」

「まあ、どちらでも」
●天高秋に　るるぶを開き　物見遊山だ　友と行く（照本）
「天高秋とは随分詰めたものだわ」

「都々逸の場合、天高い秋とか、天高き秋とか、体言止めがしっくりしない感じがあるのね」
●病に勝って　ママ回復し　元の元気を　取り戻し（山本）
「まあ随分と判りやすいのね」

「ママって、山本さんのお母さんのこと？」

「そういうわけでもないいんだけど。何となく」

ついでにここにいない三人の分も創っちゃおうか、ということになって捻りだしたのは
●野に咲くは　春バラ牡丹　ラン尽くし（野原）
「ウン、とても素敵」

「野原さんの感じじゃないけれど」
●腹減って　ライスカレーに　大ラーメン（原田）
「随分ストレートだこと」

「これは原田君のというより食べ盛りの原田君の息子さんのことね」

●筒井筒　盆と正月　いや栄え（坪井）

「そう、坪井さんのところは夫婦仲がよかったから」

「そうか、盆と正月は一年中という意味にも取れるわけね」

因みに、真理子は文学より語学のほうに興味があり、俳句や短歌は苦手のほうだったから、これはと自讃できる句はいくつもないのだが、生涯の作品の中で、次の三つだけはなかなか自然体でいいのではないかと密かに思って、ときどき思い出している。ほとんどが年齢の行ってからの作品である。

●赤葉黄葉　青葉競いて　朝の秋

秋が段々深まって通勤途上の桜並木が紅葉する頃になると、赤、黄、緑の葉が交じり合うようになる。これが朝日に映える様を詠んだものだが、「青葉競いて」というところがなかなか納まらなくて苦労した記憶がある。原案では「青葉交おう」だったのだが、交合うという意味の交おうが正しい日本語であるかどうか、自信が持てなかったのだった。競うという葉々の自己主張が適しているかどうか、ちょっと心配がないわけではないが、交おうよりはましかなと思って落ち着いたのだった。

●黄昏て　黒のネクタイ　締め難し

定年が過ぎた頃の夫の様子を見て詠んだ句である。黄昏は夕方薄暮の頃という意味と人生の晩年前の頃を掛けている。ネクタイをする機会もめっきり減って、お通夜お葬式の礼服着用の時ぐらいになってしまった。その意味で、最後の五文字は「締め易し」とどちらのものかしばらく考えて「締め難し」を選んだ経過がある。締め難いのは故人との思い出感無量ということであるが、締め易いのは黒がネクタイ掛けの一番手に掛かっているからである。

●鍋四つ　棚に重れて　除夜の鐘

高校教員現職中は何かと忙しく、お正月用のおせち料理も暮れの三〇日、三一日に漸く手が着くという有様だったから、大晦日も除夜の鐘を聞きながらお煮染めを煮るようなことがよくあったものだった。結婚後は義母の久子が何にも手を抜くということを嫌ったから、昆布巻きも黒豆も松前漬けも出来合いを買ってくるようなことがなく、真理子にも作り方を丁寧に教えてくれて、自前で作ることを勧めた。真理子はときには面倒だとは思うこともあったものの、あえて逆らうことはできなかった。そういう経験からこの句は自然に生まれたのだった。

鍋は四つがぴったりだと思った。三つでも五つでもしっくりこない。「棚に重ねて」のところは「棚に並べて」とどちらのものか随分推敲した気がするが、「並べて」ではいかにも平板という感じだったので、「重ねて」に落ち着いたのだった。

ところがこの句を得てしばらく後のことであるが、真理子はこれにはいくつかのバリエーションのあることに思い当たった。

●鍋一つ　棚に被せて　除夜の鐘
●鍋二つ　棚に重ねて　除夜の鐘
●鍋三つ　棚に重ねて　除夜の鐘

という具合に鍋の数を変えてみて、それぞれ趣の違いのあることに気づいたのだ。鍋一つの場合は棚に重ねてというより棚に被せてのほうが合うように思うが、鍋一つを駆使しておせち料理をこしらえるそのひっそりとした寂寥感が捨てがたい。夫に先立たれて独りぼっちで正月を迎える雰囲気が表されるようだ。二つには二つの趣があり、三つには三つの趣があって面白いが、鍋は四つまでが事実上限度だろう。大家族構成なら五つ以上もあるかもしれないが、普通家庭用のレンジは二つまでだからである。

さらに、この句の「除夜の鐘」の部分を句の冒頭に持ってきて

●除夜の鐘　棚に重ねる　鍋四つ

とするのもありそうだと真理子は思った。こう位置を変えることで「除夜の鐘」が強調されるのは当然だが、「鍋四つ」もまた強められる結果になるようである。

するとバリエーションのほうは

●除夜の鐘　棚に被せる　鍋一つ
●除夜の鐘　棚に重ねる　鍋二つ

●除夜の鐘　棚に重ねる　鍋三つ

ということになるわけである。

ひとしきり折り句で盛り上がった宴に、この年は照本静子が苦労を重ねて出版した記念誌がある。A四版の大型本で懐かしい写真も大きい分だけ迫力満点だった。内容の中心は皆が寄稿した「学生時代の思い出」だが、学生時代の学科目分担表や今は亡き近藤晶教授のプロフィルと講義録、当時皆が出没した池袋周辺の繁華街のイラストなど、どうやって集めてきたのか皆が訝しく思うような貴重な資料が満載されていた。

真理子がこの記念誌に寄稿したのは次のような一文だった。

民宿よしのや

氷見線・雨晴駅

瘞鷁(えいよう)碑

【原田章君七回忌墓参記念文集】大学卒業前一ヶ月の思い出は麻雀

「六五歳以上には見えませんか?」

「ええ、とてもとても」

私が二〇〇円を差し出してお釣りをもらいたいという仕草をしたときのこと、入場券売場の初老の係女史は怪訝そうな顔をして、何かお年の判るものをお持ちではありませんか、と聞いたのでした。私が一連ののろのろした動作の末、日頃から携行している国民健康保険被保険者証を取り出して示しますと
「あ、それで充分です」

と言って五〇円のお釣りを返してくれました。二〇〇×年六月、あの後楽園の庭園はどうなっているだろうかを確認するために何十年ぶりかで都立小石川後楽園を訪れたときのことでした。入場料は一般三〇〇円、六五歳以上一五〇円と掲示されているのです。

「昔の入り口は地下鉄丸ノ内線後楽園駅に近いところにあったように記憶しているんですけれど」

「はい、正門は駅のすぐ前ですが、今は使っておりません。一九八八(昭和六三)年三月にドーム球場ができて、近くが混雑するようになって閉鎖したんです」

「駅前の道路も昔は簡単に渡れたけれど、今はすっかり見違えるような通りになっていますね。今の入り口は昔の正門からほぼ四分の三周したところだから、案内板の矢印の反対から来るほうが近かったのでしょうか。涵徳亭は昔からここでしたでしょうか」

「はい、これは以前からここにありました」

こんなやりとりをして庭園の中に入り、何はともあれ、池の畔を伝って昔の正門を目指したのですが、懐かしく思い出されるということがありません。すっかり忘れているのです。大学を卒業する前の一月から三月の頃、何が気に入ったのか、私は二日に一度、三日に一度という割合でこの庭園を訪れていたように記憶しているのですが、そういう記憶そのものが実は怪しいのかもしれません。もっとも、私の場合、庭園を訪れるときは「訪れる」こと自体が大事なことなのでして、その中に何がどのように置かれているかを「記憶に留める」ことにほとんど関心のないことが多いので、その記憶ははじめからないのかもしれません。

訪れる人が多く雑踏していたとか、ほとんど人影がなくて心が安まったとか、そういうムード的なことに関心を持つことが多いから、久しぶりに後楽園を訪れて気になったのは、庭園の中にいて、外堀通り沿いに建っているトヨタ自動車本社の社屋や住宅金融公庫などのノッポビルが目につくことで、何とはない違和感がずっと消えないのでした。

違和感と言えば、正門から内庭を廻って中央の池を梅林のほうへ向かってすぐのところに、ちょっと奥まって瘞鶴（えいよう）碑という碑が建っていたのですが、これが何とタカの供養塔なのです。もちろんこの碑は私たちが学生の頃にも建っていたはずだし、そうすれば当然目に触れたに違いなく、そのときはどんな感想を持ったか、まったく記憶はないのですが、今改めて、その説明文を読むと大いなる違和感というか疑問というか、抵抗を感ずるほかないのでした。

説明文を逐語的に記録してきたわけではありませんが、およその内容は以下のとおりです。

「水戸藩第七代藩主は治紀（はるとし）といい、幕府からもらった鷹が気に入ってよく鷹狩りに興じた由。この鷹が治紀の没後四年にして死んだとき、第八代藩主斉修（なりのぶ）はこの経緯に思いをいたして、鷹を懇ろに弔いたいとしてこの瘞鶬碑を建立した」

高がタカ一羽のことで目くじらを立てるほどのことはないといえばそれまでですが、この供養塔の建立に要した費用は一体何人分の年貢に相当するのだろうか、と思ったのです。汗水垂らして働いたたくさんの農民の納めた年貢をこんなふうに使ったのだと知ったら、当のお百姓さんはどう思うだろうか、と心が痛んだのでした。

後楽園からの帰りがけに、売店で水戸の銘菓『吉原殿中』を見つけ一つ家への土産にしました。一九九×年四月に結婚した娘が二〇〇×年八月まで水戸に住んでいましたために、その間何回か水戸を訪れたことがあって、熊谷の『五家宝』に似た『吉原殿中』の味は経験済みなのです。

「たった今、水戸から届いたところなんですよ」

店番の女将さんがお愛想を添えてくれたのがとても床しい感じでした。

大学を卒業するちょっと前に近藤ゼミ四年一同八人がこの後楽園内にある涵塵亭でご飯を食べたことがあるという話題が、蔵王温泉こまくさ荘での村木素子さん肝煎りの同期会の席で出て一花咲いたのですが、そういわれてみればそんなこともあったなとは思うのですが、細かい記憶がまったく残っていないのが何とも歯がゆく思われます。後楽園へ最初に行ったのは確か私だったはずだから、私が誘って後楽園にみんなで行った揚げ句のことだと推測するのですが、それ以上のことは思い出すこともできないのです。

そもそもあの頃、学生時代をどう過ごしたものだったか、個人的なことを除けば、あまり記憶に留まっておりません。東横線白楽駅近くの自宅から茗荷谷までの通学経路さえ落ち着くまではいろいろ試したものでした。入学当時の丸ノ内線は池袋・お茶ノ水間か淡路町まで延びたばかりで、横浜・東京・お茶ノ水を回って丸ノ内線という時期もありましたし、渋谷・池袋経由で地下鉄という経路を採った時期もありました。丸ノ内線の東京駅までの延伸が入学した年の七月でしたから、それ以後は東京から丸ノ内線利用で通学するのに落ち着いたと記憶しています。

卒業論文を四年生の一二月に出して一息ついてから、どうやら卒業にも就職にも目途がつきそうになった頃、一時、みんなで麻雀に熱中したことがあります。

「やろう」

と言ったか
「教えてよ」

と言ったか定かではありませんが、言い出したのは確か原田章君。指南役は青山匡子さんで、競技経験のあるのはそのほか確か山川摩利夫さんだけ、という頼りないメンバーでしたが、とにかくみんなで麻雀に興じました。日頃から温厚で、決して率先して何かをやろうと言ったりしたことのない原田君が言い出したことだったから「珍しいこともあるものだ」と思った記憶がかすかにあるのです。私が初めて麻雀なるものに出合ったのは間違いなくそのときでした。

雀荘に行くほどの腕前はありませんから、場所はみんなの下宿先、寄宿先の持ち回りですが、大学から遠いところまでは行けないために、結果的に富山県人会寄宿の原田君のところか、あるいは青山さんのアパートということだったでしょう。麻雀牌や麻雀卓などの道具類はどう調達したものだったか記憶にありませんし、指南役の青山さんにしてからがさほどの腕があるというほど熟練していたわけでもありませんから、どうすれば上がれるのか、上がって点数はいくらになるのか、甚だ心許ないことばかりでしたが、何はともあれ、麻雀への取っつきだけは味わって大学を卒業したということでした。

あの頃は今と違って、就職先の高校でも先生方の間で麻雀は結構盛んに行われていましたから、たまに誘われてベテランの雀士たちのカモになりながら麻雀に興じたことを懐かしく思い出しています。


原田君とのことでは心残りがあります。私たちの同期会が今年山形県蔵王温泉で開かれたことは上でちょっと触れたことですが、はじめから数えてこれは三回目の集まりでした。前回は照本静子さんの幹事で水戸で行われたわけですが、このとき原田君から
「医者から遠出を禁じられていて残念だが出席できない」

との断りがあり、彼は不参加を余儀なくされたのでした。

「心臓病を患っていて電車で遠くへ旅行できないそうだ」

ということで、来られない原田君も残念だったでしょうが、会えなくて無念の思いをしたのは私たちも同じでした。そういうことなら、次は原田君が参加できるような彼の近間で集まろうじゃありませんか、と私たちは言い合ったものでした。


その同じ年の八月に「障害児を普通学校へ・全国連絡会」の二年に一度の全国交流集会というものが石川県金沢市で開かれましたが、当然そのことは事前に分かっていることでしたから、交流集会に私が参加する機会を利用して、富山で久しぶりに原田君とお目にかかろうということで彼とは連絡を取り合っていました。交流集会が終わった後富山へ廻って原田さんと旧交を温めるということになれば当然その日の宿が必要ですから、早くから公立学校共済組合の富山保養所・高志会館を予約し、万全を期して集会会場から原田君宅に電話を入れますと、電話に

出られた奥様のお話では
「心臓病で急に入院加療することとなったのだが、医者から目下面会謝絶を言われている」
ということを聞かされて、やむなく高志会館をキャンセルして帰宅するほかないのでした。その後彼が快方に向かっている旨連絡をいただいたことがあり、ホッと胸をなで下ろしていたのですが、突然彼の訃報が飛び込んできて、胸にぽっかり大きな穴が空いた思いを味わうこととなりました。満五年が経過した今に至ってもなお、その胸の穴は大きく空いたままであり、向後、これが満たされることは決してない予感がしているのです。
心から、原田さんのご冥福を祈らずにはいられない思いです。

旧姓坪井の鈴木加世さんにも心残りがあるのです。二回目の同期会を照本静子さんの幹事で開くことは一回目の会の最後に決めたことでした。彼女が病を得てしばらく臥せった後のことだったと思うのですが、
「そういうことなら郡山でやりましょうか。私幹事をやりますよ」
と鈴木さんが言ってくださったことがあるのです。下見に郡山を訪れて現地を案内していただきました。そのときは郡山ということがもう一つぴんと来なかったために「またの機会に」ということにしてしまったのでした。折角の申し出をその時受けずに済ましたのは
「近々別のところに引っ越すことになるかもしれないから、そこでやりましょうか」

と彼女が言ってくれたせいでもあるのですが、結局その引越しは現実のものとはならなかった上、彼女が病の床につくという成り行きになってしまったのです。

　こういうふうに幽冥界を異にするということになるのでしたら、元気なうちに幹事をしていただきたかったたと、返す返すも残念でならないのです。

　これは心残りということでなく、強烈な印象を得た思い出のことなのですが、旧姓坪井の鈴木さんが夫君の鈴木氏と結婚したすぐ後に私たち同期生を新居に招いてくださったことがありました。鈴木夫人の手料理をご馳走になったのですが、そのときはじめて供されたグリーンアスパラのバター炒めの一品が今もって強く印象に残っているのです。アスパラガスといえば缶詰の白い手しか見たこともなかった時代にグリーンの色も鮮やかにバターの風味も香ばしく、皿盛りにされたアスパラの何と高級感溢れる料理であることかと感激したことが忘れられません。それ以後、アスパラと来れば、グリーンでバター炒めでなければならないような気がしています。

　その旧姓坪井の鈴木加世さんが鬼籍に入ったことを知ったのは、彼女が亡くなってから何ヶ月も経ってからのことでした。日頃からよく行き来している間柄ではありませんが、それはお互いに元気で平凡な暮らしを続けているからのことであって、一朝ことが起きた場合のことは自ずから違うのではないかと思っておりましただけに、残念な気がしてなりません。無縁仏が放置されたままでいたという、そういう感じが拭えないのです。

旧姓坪井の鈴木加世さんの冥福もまた心から祈るばかりです。
羯諦《ぎゃあてい》羯諦《ぎゃあてい》波羅《はら》羯諦《ぎゃあてい》。波羅僧《はらそう》羯諦《ぎゃあてい》。菩提《ぼうじ》薩婆訶《そわか》。般若波羅蜜多心経《はんにゃはらみったしんぎょう》

四

民宿よしのやでのその夜の宴はいつ果てるとも思われないまま延々と続いた。漸く「明日の墓参がある」ことを思い出して就寝に及ぼうとしたのは午前一時を廻っていた頃だったが、宿の番頭さんが現れて
「お泊りは五人ですから、二部屋用意しましたが、お布団は三人と二人に分けておきました」
という。真理子は
「あら、予約のときに、男一人、女四人の二部屋でとお願いしたはずですけれど」
と訂正方の声を挙げたのだが、酔いも手伝って
「夜も遅いことだし、そのままでいいわ。幹事だから私が二人部屋へ行って寝るわ」
と言い、そのまま部屋へ直行した。
「ちょっと気が引けないわけではないけれど、もう七〇歳前後になる二人だから、いまさら間

違いが起こる心配もないわ」

と思って、洗面だけ済ませて床に就くことにした。もちろん、部屋は扉を開けたままにした上、山川摩利夫の布団とは離れたところに自分の布団を移動させて寝だのたが、真理子は頭を枕につけるかつけないうちに寝息を立てて寝入ってしまい、そのまま朝まで熟睡したのだった。

翌朝真理子が目を覚ましたとき、摩利夫は朝風呂を楽しむために温泉に出かけていて、布団はもぬけの殻だった。真理子の酔いはすっかり醒めていて、頭はすっきりしていたが、

「摩利夫さんとはニアミスだったわ」

という囁きが自分の内から聞こえてくるようだった。

真理子は学生時代から山川摩利夫に対して特別な感情を懐いたことは一度もなかった。ただマリコとマリオという同音を持つ共通点に親近感を感じていたのは確かだった。だが、こうして何事もなかったとはいえ、摩利夫と二人だけで同じ部屋に一夜寝泊まってみると、酔っ払った上のこととはいえ、少しやり過ぎだったかという気になるのである。

真理子はもう一度

「摩利夫さんとはニアミスだったわ」

と小声に出して呟くのだった。

墓参と記念誌の出版という理由があったために二年続きで同期会を開いてみると、皆の気持ちは、次の年は休むという方向には行かなくなり、次の年もどこかで会を持とうということで

皆が一致した。旅行の幹事は真理子が手馴れているということで、コースの設定を彼女が受け持つことになり、どの方面に行くかというところだけ、皆の意向を出し合うことにした。

皆の意向が「比較的近間・源泉掛け流しの秘湯」で一致したために、翌年は福島県高湯温泉で同期会を持った。千葉の野原弘子を除く五人にメンバーが固定した感があるが、誘いだけは野原をはずすことはできない、連絡を続けていればいつか野原弘子が参加するのではないかと皆思っている。

真理子は山川に会うと
「あのとき、摩利夫さんとはニアミスだったわ」

という囁きがまた内から聞こえてきたのだが、

「あの時何もなかったお蔭で今年も同期会を持つことができるのだわ」

としみじみ思うのだった。


県立湘南高校創立八〇周年記念の同期会が横浜の崎陽軒で開かれたのはいつのことだったろう。真理子の学年は一年おきに同期会を開いて、まだ存命の恩師を一人ずつ呼んで講演を聴き、その後に恩師を囲んで宴会を持つというしきたりができているのだが、母校の創立八〇周年を記念してということだったからその会は特に盛会だった。参加者も優に一〇〇人は超えていた。一〇人掛けの丸テーブルが一二、三は出ていたようだった。

真理子は隔年の高校同期会にも、出られる限り出ることにしていたから、この会にも参加した。宴ははじめのうちは同じテーブルの中のやり取りに終始していたが、やがてテーブルを越えて人の往来が盛んになっていった。そうした頃合いの中で、真理子はウェイターが自分に近づいてくるのを認めた。

「この名刺の方がお話したいと仰っておりますが」

と言いながら名刺を差し示す。視線を当てると「島津製作所　社長　島津万里生」の文字が躍っている。あ、キニの万里生さんだわ、真理子は急に懐かしさがこみ上げてきた。早速行かなければと思う間もなく、気づいたときには万里生が近づいてきていた。

「あら、今お伺いしようと思っておりましたのに」

「参加者名簿と山本さんの姿を見て、待ちきれずに飛んできてしまいました」

「卒業以来のことですから、何年ぶりでしょうか。キニさんは健康そうで、軽やかで、あの頃とほとんど変わっておりませんのね。髪が白くなったぐらいでしょうか、変わったのは。いただいた名刺を拝見して察すると、万里生さんはお父様の会社をお継ぎになったのですね」

「ええ、父が早くに亡くなりましたので、それなりに苦労しました」

「それではずっと藤沢においでだったんですか」

「いえ、父が亡くなったのを汐に元の大阪へ戻ったんです。五年ほど前にまた藤沢にやって来まして、今は藤沢です。真理子さんはずっとお変わりありませんでしたか」

「大学を出てすぐ県立高校の教員になって定年まで勤めましたが、私は私なりに波乱万丈の人生でしたわ。今から思うと、あの頃私は万里生さんが好きでしたわ。はじめは万里生という名前の人がいるということに戸惑いがあったんです。でも、それがとても近しいことに思えるようになって、次第に好きに変わっていったんです」

「そうでしたか。少しも知りませんでした。万里生というのは男の子の名前としては珍しいですからね。あのとき好きだと、そう言ってくれれば、わたしの人生もずっと変わったものになっていたことでしょうに。そうか、すると、あのとき王手をかけてみるんだったかな」

知らなくて損をした、王手をかけてみるんだった、と繰り返しながら、島津はまた自分の席のほうに戻っていくのだった。

母校八〇周年記念の同期会から帰ると、真理子はその時もらった名刺を取り出して、島津万里生の住所と電話番号を確認し、万里生宛の長い手紙を書いた。いまさら何が変わるというものでないことは百も承知のことであったが、自分が七〇歳の古希になるのを前にして、二人のマリオと邂逅したことが自分の人生にどのような意味を持つものであったのか、整理しながら、考えをまとめる必要を感じたからであった。

「二人のマリオ」という言葉が不意に真理子の心に浮かんで、消えた。彼女は改めて声に出して呟いた。二人のマリオ、そうだ、二人のマリオだ。

真理子はもう何年も前から、横浜市民ホールの小ホールで二ヶ月ごとに年六回行われている柳家小満《こま》りの独演会にほとんど毎回出かけていって本物の真打の落語をずっと聞いてきたことを突如思い出した。一一月の独演会の際には翌年の年間会員券を売り出している。今年の一一月が来たらその年間券を自分の分の他二枚購入して、島津万里生と山川摩利夫にも寄贈することを思いついた。自分が間に入って、二人のマリオを会わせてみよう。それで何が始まるというものでないことは確かなのだが、これはなかなかの思いつきではないかと真理子は手を打った。「マリ」にまつわる三人が並んで小満り師匠の落語を聞いて笑う図は想像するだけでも楽しいことに思えた。

それから、真理子はかすかに胸のときめくのを感じながら、一一月の小満り独演会が来るのを今か今かと待ち望むのだった。

二人のマリオとつかず離れずの関係で過ごしてきた五〇年を振り返ると、真理子は男名としてのマリオを少しも違和感のない名として受け止めることができるようになっていることにちょっと不思議な感じを持つのだった。

崎陽軒本店入り口

［付］折り句余滴

◆みなせ　皆仲間　仲良く競う　背比べ
◆杖　田　自由自在に　世の中描き　嬉しがらせる　大丈夫
◆橋　本　拍手喝采　しとどに受けて　もっと書きます　友と恋
◆藤　塚　不撓不屈で自由を求め　務め励むは　神のため
◆岡　森　おっとり構えて　辛口批評　元はブン屋の　理想像
◆成　平　何はなくとも　隣人来れば　人肌酒に　ラッパ菜
◆篠　崎　白や黄色の　野の花詠んで　座興取り持つ　器量人
◆亀　井　蛙でも　名人上手　井戸の外

◆下　田　忍ぶとも　元はみんなの　ダイヤかな

◆若　葉　若くとも　買える才能　バラの花

◆有　本　ありそうもない　理想を追って　元に戻るか　共白髪

◆大　山　大きな仏　大きな説話　やがて陽を見る　守り神

◆柳　川　山から川を　流れて下り　我慢根性　吾行かん

◆根　来　根は頑固　五感は冴える　六調子

合評会から（二〇一一・五・二八於熱海伊東園ホテル）

●真理子が二人のマリオ、すなわち万里生と摩利夫との出会いから七〇歳に至るまでの関わりを、間に同期会もからめて描いています。深い関係になることはなかったが、そこはかとない思いを抱いていた二人に落語の独演会の券をプレゼントして二人を会わせてみようと思い立つ。私自身の思い出を書き立てられるような作品でした。私の友人に「栄」という人がいて、いつも男性に間違えられていました。（根　来）

●これも、一種の「破天荒」な小説と考える。とにかく作者は例によって好き勝手書いている（その作品ごとに異なるが）。山本真理子の、本人は波瀾万丈と言っているが、取り立てて波乱万丈でもない（作者が筆を控えている）生涯と、学校関係のあれやこれやに突如、まああのものもあるが、概してつまらない冠つけの折り句が暴力的に挿入されるのである。これは、マジック折葉ワールドでしょうか。（みずき）

●はじめのうち真理子とマリオの結びつきがよく判らなかったが、最後の章で判った。（杖田）

●若かりし頃を偲んで集まった同期会の様子が折り句を挟んで面白く描かれている。それにしても学校の先生はよく飲みかつ女好き男好きですね。いい酒飲んで　いい人抱いた　自慢話は正の夢

真理子は七〇歳にして二人のマリオを誘い小満り師匠の落語を聞いて笑う場面を想像する。（亀　井）

●同期会ものだけに、回顧甘美と馴染みある人間関係が、大ぶりの饅頭を賞味する雰囲気で描

かれている。マリオの関係もそれに含めた工夫なのだろう。主導の真理子に生気がある。原田君が印象的な存在で、もう少し詳しく語ってほしかった。（雄　国）

●大きな湯船　夫婦で浸かり　感謝感謝の　わが人生

万里生も摩利夫もおそらくは実在しない人物であろう。万里生が出てきたかと思うとすぐ引っ込み、摩利夫に換わる。どんな展開になるのか楽しみにしていたがいつの間にやら舞台裏へ。演目とは関係のない不倫話もそのまま下手に下がり、いつまで経っても舞台の中央に二人のマリオが登場しない。最後の幕が下りる間際に再び登場したが、脇役としての役所と台詞に物足りなさをかんじつつも、こんな手法もあるのかと勉強させていただいた思いであった。（成平）

●青春の頃の仲間や職場の交流から生まれる人間関係が、俳句や真理子の回想を通して語られていて、恋心を軸に、作者は歳月の経過を愛しんでいるように感じました。（下　田）

美学の果て

一

　神奈川県高等学校教職員組合前執行委員長の水元道夫は六〇歳の定年退職年齢に達した二〇〇五（平成一七）年三月の今になっても、一七年前の本部執行部役員選挙を前にした一九八八（昭和六三）年一月のあの委員長勇退勧告劇を昨日のことのように思い出す。否、思い出すなどという生やさしい表現ではとても心情を表すことはできない、片時も忘れていないというほうがより適切だと思う。それほどあのときの衝撃は大きく、後を引いた。

「今度の役員選挙での梅木委員長の続投は既成の事実といっていいだろう。ひょっとしたらその次もやるかもしれない。それで委員長一〇年だからな。その後は水元委員長の登板が約束されているとなると、オレたちの時代は一体いつになったら来るんだろう」まだ若い執行委員の苑田守が半ばあきらめ顔でぼやくのを書記長の笹間邦雄は黙って聞き流した。

　そうなのだ。笹間にとって、苑田の時代どころか、自分の時代さえ、いつのことになるか、見当がつき兼ねる思いだった。何しろ、自分は水元の次でなければ順番が回ってこないのだ。梅木委員長がこれで三期目が終わるところだが、あと一期は続投するものと考えて、次の水元委員長が少なくても二期、ここまでで六年、一九九四（平成六）年にならなければ自分の代にならないわけだ。しかもこれは考えられる最短時間での話だ。梅木委員長がさらにもう一期、水元が三期などということになれば、今から一〇年先のことになってしまう。これはとても堪らない。少なくても梅木委員長にはもう一期だけで確実に辞めてもらわなければ先の見通しをつけることなど、とてもできるものではないのだ。ここは一つ、水元副委員長を嗾けて、梅木委員長を揺さぶってみるのもいいかもしれない。ひょっとしたらひょっとするかもしれない、笹間書記長は心の中でそう呟いて、拳を握りしめた。この案は笹間が密かに相談を持ちかけた元副委員長の飯田和助男の助言に基づく考えだった。

書記長に促されて二人で梅木委員長との会談に臨んだ水元副委員長はもちろん本気で委員長勇退が実現すると考えたわけでもなく、また望んだわけでもなかったから、軽いジャブを打つような気持ちで、梅木委員長引退を切り出した。

「梅木委員長の三期六年が終わろうとしています。昨年で県の高校百校新設計画も完了しました。労働界はこれから連合の時代に入ろうとしていますが、これがどういう絵を描いていくのか、五年や一〇年では下絵さえできあがらない長期の事業になると思われます。神高教委員長の交代期ということを考えると、今年辺りがもっともいい区切りになるのではないでしょうか」

「うーん。そういう考え方も確かにあるだろうな。執行委員長の交代がスムーズに行くかどうかによって組織に与える影響も変わってくるからな。オレがあと一期やるということは執行部のみんなや組合員の多くが既定のことだと思っているはずだが、今期でというのが君たちの考えなのだな」

そのあといくつかのやりとりをして梅木委員長が突然の問題提起だからしばらく考えさせてくれないか、と真顔で言って、その日の会談は終了した。

水元と笹間は委員長がいとも簡単に今期での辞任の話に乗ってきたことに驚きを隠せなかった。最悪の場合、話し合いも何もなく、一〇年早いぞ、と一蹴されてしまうという展開になることも予想したのだが、その場合でも、次期二年で委員長を降りる約束を何とか取りつけようというのが彼らの最大の狙いだった。

梅木委員長のほうから、この間の話にケリをつけようという声が掛かったのは三日後のことだった。応接室兼用の小会議室に入って席に着くとすぐ梅木は水元・笹間の二人に向かって口を切った。

「正直な話、思いがけない突然の提案だったから驚いたけれど、ともかくこの二日間あれこれを考えて漸く結論に達した。考えたことというのはもちろん神高教組織にとって何が一番いいかということだ。私は前委員長の織田さんと違って、生涯を神高教に捧げるというほどの気概も能力もないから、執行委員長のポストに何時までもしがみつく気持ちもない。君たちも知っているとおり、私は神高教執行部に在席して一六年になる。そのうち書記長六年、執行委員長六年は自分では長いとは思わないが、客観的には決して短いとは言えない。委員長になったのは執行部暦一二年、四四歳のときで、今五〇歳になる。水元副委員長は私の二年後に執行委員になったから今年で執行部在席一四年、四三歳だから、委員長を張るのに充分な経歴と年齢だと言っていい。笹間書記長にしても執行部在席六年、年齢三八歳で書記長になり、一期終わったところだから、引き続き書記長に留まるのは当然のことだ。

こう見てくると、委員長・書記長の適格者が揃っているわけだから、今期の委員長交代ということも充分現実的なテーマになるということになる。問題は、組織内外、特に神高教織内部がどう受け止めるかにかかってくる。組織内には決して侮ることの許されないマルキョウ軍団もいる。君たちも知っているとおり神高教はかつて組織分裂攻撃を受けて辛酸をなめた経緯がある。少なくなったとは言え第二組合勢力も巻き返しの機会を狙っている。私たちが弱みを見せれば、そこにつけ込んで、執行部乗っ取りを画策する可能性は左からも右からもないとは言えない。突然と映る委員長交代が彼らの策動を呼ぶのであればそれは利口な選択とは言えない。組織に無用の動揺を与えない対策を効果的に打つことができるかどうか、真面目に考えてもらわなければならない。そう見てくると神高教の大委員長を降ろすのは相当に難しい。君たちは適切な降ろし方を考えてきただろうか」

「梅木委員長が織田さんから執行部を引き継いで六年、織田さんが自ら先頭に立つ直列方式で執行部をリードしてきたのに対して、梅木委員長がいわば並列方式で執行部運営をしてきたお陰で、副委員長以下の執行部が皆それぞれの担当分野に責任を持つことによって格段の成長を遂げたように思います。特に一九八五（昭和六〇）年秋にたたかった事務職員・実習職員・現業職員の『専門部三課題闘争』は圧巻でした。それぞれが担当した課題について責任を持って交渉に当たり、お互いに他の二つが妥結できる成果を勝ち取れなければ交渉を終結しないという闘争方式と、直接の関係を持たない大多数の教諭層がストライキの行使を可決してまさに組合の団結の力でたたかいに臨んだことが大きな特徴でした。普段の交渉では重要な段階で委員長や書記長の力に頼るだけだった書記次長・執行委員が力を振り絞って交渉に当たり、それぞれ所期の成果を獲得して闘争を終結することができたのですから、皆の大きな自信になりました。皆が委員長の後に従うだけの直列方式でなく、それぞれが責任を持つ並列方式はそれ以来神高教執行部の大きな財産になった気がします。この方式を編み出してじっと構えて後ろから支えてくださった梅木委員長の闘争哲学をこれからもしっかり堅持して組織指導に当たる覚悟です」

「よく分かった。その点は私も心配せずに済みそうだが、神高教組織の活力が『職場に組合を』を実践してきたことで生み出されてきたことを決して忘れないでもらいたい。それには、これまでどおり執行部が手分けをして絶えず分会オルグに力を注ぐことが肝心だ。目の前の課題に追われると、つい分会へ出向くことが疎かになると思う。何があってもまず職場へ行くことを大事にしてほしい。また、これは私がときとして口にしてきたことだが、『一流は現場、執行部は二流』という謙虚な概念を大事にして執行部運営に当たってもらいたい。組合執行部も一種の権力だから、よほど戒めないとついつい慢心するおそれもあるからだ。それから、このとも最近私が分会代表者会議などで口にすることの多くなったテーマだが、『労働運動の社会的責任』これが確認できれば後顧の憂いなく執行委員長を降りることができるというものだ」

「先ほど梅木委員長から、神高教の大委員長を降ろす降ろし方は難しいと言われました。私たちもまったく同感です。委員長交代に伴う処遇として梅木委員長にはできるだけ早期にこの財団法人高校教育会館の理事長をお願いしたいと考えています」

「教育会館理事長にはあれこれの要素と経過があり、神高教執行部の一存で首のすげ替えができるとは思わないが、折角の申し出だから、期待しないで待っていることにしよう」

こうして不用意な観測気球の打ち上げが発端となって梅木委員長の退陣、水元執行部の誕生という事態が着々と進行した。

あと一期は続投だと自他共に確実視されていた梅木委員長が水元・笹間の軽いジャブの誘いに乗って執行委員長の座を退いた裏に何があったか、梅木自身、要因だとも何とも思わないことだが、実は、その前年の五月に手元に届いた一枚のハガキがあって、妙に記憶の底にこびりついていたのだ。

神高教執行委員会の豚に告ぐ。

お前ら全員即刻退陣せよ。将来の自分たちの出世と引き替えに教育委員会と闇取引をしてどんな気持ちだ？　そうじゃないと言うなら、まず自分たちが率先して問題校に乗り込んで、意気を示してみろ。現執行部なんか、誰も信用していないぜ。組合脱退者が続出するぜ。おごる平家久しからず。悪魔に魂を売り払った奴らに告ぐ。自分たちの出世のために仲間を売るなんて許せない。地獄へ行け。

まずお前らが範を垂れてみろ。そうしたら考えてみようじゃないか。こういうことがオレたちの高校では問題になっているんだ。強制転勤が実施ということになれば、かなり多くの年配の教師が脱退するぜ。お前らの代わりはいくらでもいるから、すぐ退陣するがいい。

この組合も長いことはないな。空中分解も時間の問題だ。

教育委員会のご用組合に成り下がった神高教執行委員会の豚め！

新設校が増えるにつれて、学校間格差が大きくなり、俗に底辺校と呼ばれる高校への人事異動が単に「希望と承諾の原則」だけでは廻らないことに目をつけて、神高教が組織内で時間をかけて「四校運動」を提唱し、教育委員会とも協議を重ねて、新しい人事原則を打ち立てたときのことだった。新設校や定時制通信制を含めて生涯四校は異動することを原則にしようという呼びかけを開始する方針を確立したのだ。匿名のハガキが主張している中味は大筋で的はずれだが、心情はよく判る。この手のやっかみというか、非難というか、善良な組合員をミスリードする意図をもって声高にコブシを突き上げる輩が跋扈しているのも確かなことだった。

突然の委員長交代劇のために一九八八年三月から四月にかけて神高教本部のある藤棚の丘には慌ただしい時間が流れたが、周辺の桜並木はことのほか美しかった。太平洋戦争前、この辺りはいわゆる神中（神奈川第一中学）の敷地だったが、戦災によって焼け野原になってみると、高校用地として再利用するにはいかにも手狭だった上、学校施設より住宅地の必要度のほうがはるかに高かったこともあって、戦後は県営住宅地として転用された。いわゆる鉄筋コンクリート製の中層住宅第一号として一〇数棟が建設されたのだ。桜並木はこのとき整備されたものだが、付近の住民にとっても春の到来を待ち望む上でなくてはならない緑木となっていた。この年の桜は平年以上に長く咲き続けた挙げ句、散り際がまた鮮やかだったことが人々を驚かせたものだった。

委員長のポストに執着することなく副委員長・書記長の勧告を受け入れて一教員に戻った梅木委員長の後進に道を譲った引き際は後々まで「梅木美学」と賞賛された。一方、心構えが不十分なまま執行委員長となった水元は委員長就任直後から体調不良に陥り毎日の出勤も自力では満足に行うことができず、最寄りの保土ヶ谷駅からタクシー利用を余儀なくされることもしばしばのこととなる始末だった。まず、夜ぐっすり眠れない。眠りが浅いまま朝を迎えるから爽やかな起床ができない。寝不足が祟って食欲がない。無理に食べてもすぐ嘔吐してしまう。下痢と便秘を交互に繰り返すピストン便とでも言うべき症状から解放されるのにほぼ一年かかったものだった。原因不明の微熱も取れないので、病院で診察を受けたことも再々のことで、繰り返し受けた検査の結果も医者は「病理的にはどこも悪いところは見当たりません」と言うばかりで、一向に埒があかない。水元道夫の体調不良はおおむね二年は続いた。

軽いジャブのつもりで言い出した委員長勇退論を瓢箪から駒のように現実のものにしてしまった判断ミスで「梅木美学」を演出したほうの水元・笹間はいわば「駒の瘧」とでも言うべき心身打撲に悩まされ続けた。二九歳で神高教の執行委員になった水元道夫の職業人生は前半が梅木晴世を追いかける立場、後半が梅木委員長の亡霊に追いかけられる立場に立たされたと言えるだろう。

神高教の大委員長を円満に降ろすための条件として考えた会館理事長ポストも水元委員長就任の挨拶で訪問した石田透理事長に機先を制せられて、理事長交代の話題さえ出す暇もなくすごすご引き下がらざるを得ない結果となった。海千山千の理事長の前では頭を下げる前からの完敗だった。役者の違いと言うほかない惨めな有様だった。亡霊からの無言の威圧に対抗するために水元・笹間が考えた窮余の一策は梅木晴世の執行部暦一六年を凌駕することで梅木晴世を見下ろすことだった。こうして適正な執行部人事を実現するために考え出した梅木委員長交代の趣旨ははじめから挫折し、以後回復することのないまま、水元道夫の定年を迎えることとなった。水元が八年務めた委員長を辞めたのは一九九六（平成八）年三月、五一歳の時のことだが、その後も長期に亘って高校教育会館事務局長の任に留まり神高教との直接の関わりを持ち続けている。

二

笹間邦雄は水元副委員長と諮って梅木委員長に勇退を迫ったとき、もし自分が想定した範囲でことが進まないことになったら書記長を辞める覚悟を固めていた。想定の範囲とは少なくとも二年後には梅木委員長交代を現実のものとすることだった。瓢箪から駒の感じで梅木委員長の勇退が実現して、寄りかかっていたつっかえ棒が外されて、転けそうになった気がした。梅木委員長を勇退に追い込んで神高教と高校教育会館を乗っ取った形に誘導した水元委員長とは一蓮托生の関係だったが、水元委員長は体調を崩してまるで頼りにならない。水元を隠れ蓑に仕立てて背後から操るつもりでいたのだが、最初から陣頭指揮を余儀なくされた。特に一九八九（平成元）年一一月に結成された連合（日本労働組合総連合会）への参加を巡って、組織内の意見をまとめ、脱退者を最小限度に留めて組織を維持するために一汗も二汗もかかねばならなかった。神高教は以前、織田・梅木の時代に日教組へ再加盟するために力を注いだ経験があったが、それも一五年ほど前のことで、その記憶を有する組合員はそれだけ減少していたし、連合自体が持つ基本姿勢や方針の矛盾と課題は日教組再加盟のときと比べものにならないくらい深刻だった。組織内議論に充分な時間をかけたくても、周囲の組合が雪崩を打って連合へ傾斜していく中で、何時までも態度保留を貫きとおすことはまた新たな問題を生じさせる危険を伴うことであった。水元・笹間執行部は一九九〇（平成二）年七月の定期大会で連合神奈川加盟のための手続きを決め、直ちにそれに基づく全員投票を実施したが、五〇%をわずかにクリアする賛成率しか得ることができなかった。それだけ組合員に不安と批判の残る結果であることが示されたことで、連合加盟については九月の中央委員会に改めて承認を求めることとなった。この間、共産党系の組合員がこの連合への加盟手続きの凍結を求める仮処分申請を横浜地裁に提出するという勇み足を犯したことが批判を呼び、中央委員会での大差での加盟賛成に結びついていく始末となった。

笹間邦雄が執行委員長に就任したのは一九九六（平成八）年四月のことで、その時彼は四八歳になっていた。梅木元委員長を執行部から追い出したときの「適正な執行部人事構成」を実現する機会がそれまでなかったわけではないが、梅木への負い目を拭うために執行部に長く留まりたいという水元前委員長の意向と笹間自身の将来設計への見通し不案内のために、そのチャンスを見送ってきたのだ。

もし水元前委員長を二期四年で降ろすことができて笹間に交代していたら笹間は四四歳で

執行委員長になっていたことになる。そうすれば、仮に五〇歳まで委員長をしていたとしても、四五歳の苑田にバトンタッチできたはずだし、苑田から五歳違いの間島への交代もスムーズにいったはずである。もちろんこれは執行委員長を五〇歳前後に交代することを前提とした仮想図で、委員長五〇歳交代論がすべてに優先する命題であるわけではない。実際問題として委員長が短期でくるくる替わるのは執行部の継続性の面からもよしとはしない。県当局との交渉において、組合側が優位に立てる要素があるとすると、当局の担当者よりずっと以前からの経緯を熟知している組合役員が存在することである場合がある。労使ともにまったくの新参者ではギリギリの場面での交渉に責任を持つことは難しい。当局側の担当者はそれが仕事だからやむなく交渉の場に出てくるのであって、巧みな交渉術を有しているかどうかは別の問題である。抱える課題が困難であればあるほど、組合役員は長期に亘らざるを得なくなるもので、水元・笹間体制が長期化したのはそういう側面もあったからである。

神奈川県の高校新設百校計画による開校が完了したのは一九八七（昭和六二）年四月のことであるが、公立中学校の卒業生は一九八八（昭和六三）年三月期にピークに達した後急速に減少の一途を辿っている。生徒が増加しているときは何もかもが足りない状況で、県は学校もクラスも増やさなければならなかったし、教員も増やさなければならなかった。足りないものを寄越せというのは組合にとってまっとうな要求で、胸を張って県当局に迫ることができるというものだった。ところが生徒数が減少に転じるようになると学校もクラスも教員も過剰な状況になる。「足りないのは困る」ことであるのは確かなのだが、「余りの出るのも困る」ことなのだ。否、過剰な状況下での「減らすな」という要求のほうが実現させるにははるかに困難を伴う。足りないときは我慢すれば凌ぐことはできるが、余剰となった教員の生首を切らせることはただの一人でも許されないからである。攻めのたたかいは九〇%達成でも矛を収めることができるが、守りのだたかいは要求獲得率一〇〇%でなければ収拾することはできない。急増期には足りないことでの不自由はあったが、数の多さによる勢いや活気もあったのである。

教員の数は生徒の数によって決まるから、生徒が減るということは教員も減るということであり、生徒の急減期に入って以降毎年神高教が組合員の減少に悩まされることになったのはその意味でやむを得ないことなのだった。一〇〇校計画の推進によって毎年新採用教員が二〇〇人、三〇〇人と増え続けて全国一若い組織を誇った神高教が生徒急減期における新採用者急減によってその後組合員の高齢化を余儀ないものとされたのである。

因みに、この間の神高教合員数の推移を二年に一度行われる本部役員の投票総数で見ると、七九九八五六三（一九八八・昭和六三年）、八五四七（一九九〇・平成二年）辺りがピークで、七九九五（一九九二・平成四年）、七七三〇（一九九四・平成六年）、七四三五（一九九六・平成八年）と漸減状況が続き、一九九八（平成一〇）年の六八〇〇台、二〇〇〇（平成一二）年の六四〇〇台を経て、二〇〇二（平成一四）年は五八〇〇台、二〇〇六（平成一八）年は四六〇〇台、二〇一〇（平成二二）年は三九〇〇台に激減している。投票総数は実員の九〇%ほどと考えられるから、ピーク時の組合員は九五〇〇名弱で、一万人の大台には乗らずに減少に転じたものと思われる。この組合員数の減少をもたらした要因は、一つには組織対象となる教職員の絶対数の減少が挙げられるが、神高教にとってより深刻なのはもう一つの要因である組織率の低下のほうだと言えるだろう。正確に組織率を割り出すことは難しいが、梅木執行部時代には最高八四%にまで到達したものと考えられた。二〇一〇年の四三〇〇台というのはおそらく六〇%を割り込んでいる数字だと思われる。梅木美学で辞任した際の「分会オルグに力を入れよ」の戒めはいつの間にか片隅に追いやられて、忘れ去られた結果に違いなかった。

三

水元も笹間もアルコールは元々行けるほうではなかった。だから、毎月二回定期的に開かれる分会代表者会議が終わった後や、不定期的にことあるごとに行われる執行委員会が終わった後などに、反省会というか放談会というか、執行部のみんなで一杯飲みに行くのに付き合うのが負担だった。賃金交渉などの後で持たれる作戦会議で意見や感想を言い合うのは別に苦痛ではなかったが、酒の席になってしまうと、これがまたいつ果てるともしれないルーズさがあって閉口した。織田執行部のときは我慢したが、これが梅木執行部に替わっても同じような展開になるのに限界を感じて、ある一定時間を超えて雑談会の様相を呈する段になると酒席を早退することに決め、それが習慣となっていった。

しかし、梅木委員長が勇退して、水元・笹間体制になると、県当局や教育委員会との非公式な折衝の場に出る機会も増えて、いつの間にか、酒席もさほど敬遠せずに済むようになり、ときには自分の気に入ったスナックへ自ら進んで足を向けるようになっていった。水元は歌が上手で女の子たちに人気があったし、笹間は甘いマスクで女に持てた。多くの場合ここでも水元・笹間はコンビで出かけたが、水元が執行委員長を降りた頃からいつも二人というわけに行かなくなり、別個にスナックのドアを押すことが多くなった。

ある日のこと、笹間が常連になって五年ほど経つスナックVを訪れると、時間が早かったせいか、相客が誰も来ておらず、ママの克子だけが店に出ていた。店のホステスたちはそれぞれノルマとされる同伴客を伴って少し遅めの時間に入店する仕来りになっているふうだった。

「折り入って笹間委員長にお願いがあるんだけれど、聞いてくださるかしら」

「改まって何だい？　金のこと以外なら聞くよ」

「それが、そのお金のことなんだけれど、お店の改装費がちょっと足りないのよ。取引のある銀行は目一杯借りて五〇〇万円。この際だからやるべき改装は全部やりたいので、後三〇〇万、ううん、二〇〇万でいいわ。委員長に貸してもらえないかしら？」

「毎月いくら返せるのかな？」

「月一〇万円は堅いわ。利子を含めて二一ヶ月で完済できるわ」

「そういうことなら労働金庫を紹介しよう」

「労金なら保証人になってね」

早速笹間は懇意にしている労働金庫のT常務に話を持ちかけたのだが、労働金庫の会員以外には貸すことができない決まりになっていると言われ、克子と話し合った結果、笹間が二〇〇万円を労働金庫から借りて克子に回すこと、克子は成人している自分の子ども二人を保証人に立てて万全を期すこと、返済は月一〇万円、利子を含めて二一ヶ月返済とすること、などを確認し、貸借関係を実行に移した。

毎月一〇万円の返済が笹間の預金通帳にきちんと入金されたのは最初の三ヶ月だけで、それ以後は返済日を過ぎてもなかなか入金されなくなった。

「今月分の入金がまだだけれど、どうなっているのかな?」笹間が克子に電話を入れると
「あら、入れたはずだけれど、まだ記帳されていないのかしら」とか、

「ちょっとここのところお客さんの入りが悪くて手許不如意なの。少しだけ待って」とか、言を左右して返済が滞るようになっていった。

一向に埒の明く気配がないため笹間がスナックVを訪れると、ママの克子は姿がなく、チイママの匡子が店番をしていた。

「ママは?」

「あら、笹ちゃん、知らないの？　克子ママはお店を辞めたのよ。オーナーの指示で私がこのお店を任されたの。これからもよろしくね」

「それで克子ママはどこへ行ったのだい？」

「それが、オーナーが口を閉ざして何も言わないから判らない。どこか遠いところへ鞍替えされたらしいわ。薄々気がついていたことだけれど、笹ちゃん、ママにお金貸したでしょ。ママはオーナーに言われて一芝居打ったのだけれど、そのお金、とっくにオーナーに巻き上げられたらしいわよ。笹ちゃん、知らないうちにオーナーの逆鱗に触れていたのよ。あなた、クラブ由美の女の子と寝たでしょ。あの子、オーナーの女なの。この世界では、ちょっといい女は必ず誰か後ろについているのね。オーナーは怖い人だから、自分の女を寝取った笹ちゃんにお灸を据えたわけ。いくらやられたの？　一五〇万円？　それで済めば授業料としては安いくらいだわ。笹ちゃん、それ、取り返そうと思って深追いすると、今度こそ身ぐるみ剥がされるわよ。そう、うちのオーナーは闇の帝王なの。お偉いさんで、オーナーの餌食になって身代を潰した人、結構いるのよ。悪いことは言わないから、大人しく手を引くことね。これに懲りて、これからは迂闊に女の子に手を出さないこと。私だって、こんな裏話を笹ちゃんにしたのがオーナーにばれると何されるか判らないわ。でも、端で見ていて笹ちゃんが可哀想になったから、こっそり教えてあげるわけよ。私から聞いたなんて、誰にも言っちゃダメよ」

笹間は夜の世界の暗黒を一部垣間見たことを実感した。チイママの言うには、スナックやクラブでお酒を飲まないでオダを挙げる輩は却って目の敵にされるということだった。お酒を飲めば利益をつけることができるが、飲まなければ勘定の請求ができないからだという。

こうして笹間はあっという間に一五〇万円からの損失を被って、泣き寝入りを強いられることとなった。とりあえずこの損を取り戻さなければならないが、おいそれと恰好の手だてを見つけることはできなかった。あれこれを考慮した結果、笹間が飛び付いたのは県を退職して、退職金を早期に手にすることだった。一九六五（昭和四〇）年五月にＩＬＯ八七号条約を批准した際の国内法改正によって生涯の間三年間は在籍のまま組合専従に従事することが認められた。専従期間はその後五年になり、一九九七（平成九）年四月から七年に延びているのだが、これを超えて在籍のまま組合専従を続けることは認められない。どうしても組合専従を継続するという場合は県職員を退職して組合専従一本にならなければならない仕組みである。こうした場合の対処法について神高教の加盟する上部組織である日教組にそれなりの規定があり、然るべき手続きを踏めば、日教組規定の離籍専従になることが可能なのだ。

神奈川県では長い間の労使慣行により職員としての最低限の職務を遂行すればその余の時間について組合業務に就くことが既得権として認められていた。正式な組合専従を在籍専従というのに対して、労使慣行に基づくものは半専従と言い慣わされていた。ところがこうした労使慣行に目を光らせて県当局に見直しを迫る県議会保守派の勢いが力を持つようになり、その結果、それまで暗黙の了解のあった半専従などについて組合側に廃止を迫る動きが一段と強められてきていた。こうした当局からの要請を何時までも放置しておくことで更なる保守会派からの攻撃を誘発することは許されないという事情もある。

こうして組織内討議を経て神高教は離籍専従制度を導入することとなり、神高教執行委員長の笹間と高校教育会館事務局長の水元が最初の離籍専従となることが承認された。二〇〇二（平成一四）年四月のことで、定年退職まで水元が三年、笹間が六年を残す時期のことであった。早期に県を退職することで生ずる退職手当の差額は定年年齢に達した際に神高教により精算され、日教組からの交付金なども絡んで、水元・笹間コンビの懐はそれなりに潤う結果となった。

この間の笹間・水元コンビによる錬金術は露骨を極めて、顰蹙を買うまでに至っている。在職中はわざわざ定時制に籍を移して定通手当を取得したり、県を退職した後、現場からの依頼があったとして、県立高校で一時間いくらの非常勤講師を引き受けたりした。定年後は高校教育会館の非常勤職員として再雇用させ、相当額を給与として受け取る道をお手盛りで生み出したりしている。

因みに笹間・水元に始まった神高教のプロ専体制はその後、二〇〇六（平成一八）年に復帰した苑田守、同じく二〇一〇（平成二二）年に復帰した間島篤に引き継がれた。この二人はいずれもかつて神高教執行部で活躍した後現場に戻っていたところを執行部に呼び戻されているのだが、戻る際に県職員を退職し不退転の状況に置かれるのを余儀なくされたのである。この結果、神高教は八名の本部役員の内六名までがプロ専を含む休職専従となって、その給与負担だけでもバカにならない額に上ることとなった。もちろん上部組織としての日教組が大部分を交付するのであるが、実態給与との差額を神高教が負担しなければならないからである。このことも考えてみれば、梅木美学の果てのことと言えるだろう。

四

労働運動の一分野に福利厚生部門がある。神高教も例外ではなく、生命保険や自動車保険などにおいて組合員に便宜を提供していた。組合が団体として保険会社と契約を結び、加入者には一〇%程度の保険料割引などの特典を適用し、組合が保険会社に代わって保険料を徴収することで手数料収入を得る仕組みになっている。生命保険のほうは各保険会社の外交員が学校を廻って加入者を獲得して歩くのが基本であるから、組合は会社からの報告に基づいて保険料を徴収するだけで済む。自動車保険も最初は会社と組合が団体契約を結んで保険業務を行っていたが、途中から損害保険会社の代理店が商品を販売し加入者を募る方式に変わった。神高教が日本火災海上と団体契約を結んだのは一九七二（昭和四七）年六月のことで、保険料徴収の事務は組合の書記局が他の諸費と同じように行っていた。しかし、組合の書記局が自動車保険の代理店を名乗る方式には限界があり、日本火災の代理店として有限会社フジダナサービスを別個に独立させることになった。一九八六（昭和六一）年五月のことである。会社設立当初の代表取締役は元神高教執行委員の山橋幸次で、実務を担当する取締役として一九七一（昭和四六）年四月から神高教書記局に勤務していた辛坊明を移籍させた。

代理店フジダナサービスが独立したといってもその運営は神高教と不離一体であり、広告宣伝は従前同様組合の媒体で行われたりした。役員も二〇〇四（平成一六）年八月まで代表取締役の座にあった山橋氏が降りた後その座に着いたのは神高教執行委員長の笹間邦雄であり、同じ時に監査役として高校教育会館事務局長に就任していた水元道夫が就いている。この間、損害保険業界は各社が生き残りをかけて合併や資本提携を実行に移し、法令遵守を前面に押し出して経営再建を試みており、フジダナサービスのような組合の傀儡ではないかと思われる代理店は批判や非難を浴びる傾向を次第に色濃くしていった。そうでなくても、同じぐらいの規模の代理店とは比較にならないほどの加入者を持ち営業成績を上げているフジダナサービスに対しては同業者の中から批判や羨望、中傷の声が寄せられて、フジダナサービスはより慎重な経営姿勢を保持しなければならなくなっていった。こうした流れの中で、組合の中心を担う人物がそのまま役員に留まることは許されなくなるのは当然で、笹間・水元は二年ほどで役員降板を余儀なくされ、後任の代表取締役に辛坊明、その後任に野渡剛志、監査役の水元の後任に地道達哉が就任することとなった。二〇〇六（平成一八）年八月のことである。

フジダナサービスに籍を移して以降一貫してその実務を担当した辛坊は仕事を覚え事業を軌道に乗せるために獅子奮迅の働きを実践した。保険業務を担当するためには、会社が用意する研修を一つ一つこなし、テストに合格し、資格を取得しなければならない。不幸にして加入者組合員が事故を起こせば、それが深夜や早暁であろうと現場に駆けつけて適切な判断を下し、必要な処理や折衝を行わなければならない。もし事故の相手が車であれば、相手にも保険の担当者が乗り出してくる。当然担当者同士の交渉も熱を帯び、主張すべきはきちんと主張し、通すべきはしっかり通さなければならない。慣れない間は適切な対応ができずに会社から厳重注意を受けることもないことではなかった。フジダナサービスが属する日本火災横浜支店の支社長をはじめとする役員との折衝も疎かにはできなかった。神高教本部に対する表敬訪問では角の立つことは言わないが、支店と代理店の関係上のことでは支店の指摘や要求は過酷なものだった。こうした艱難と絶え間ない孤軍奮闘の努力が辛坊明の人柄を鍛えていった。

辛坊が判断にあぐねたとき相談の相手に選んだのは梅木元委員長だった。梅木が梅木美学で突然勇退したときは途方に暮れ、水元・笹間に持ちかけたこともあったのだが、二人がいずれも聞く耳を持たないと判り、梅木が心の支えになったのだった。元々辛坊が神高教書記局に就職したのはS高校定時制を卒業してK大学の二部に合格したとき、時の定時制主事だった五島礼一から、「高等学校の組合で書記を捜しているんだがやってみる気はないか」と声を掛けられたのがきっかけだった。五島主事もその以前神高教執行委員を務めたことがあって、当時の織田書記長とは一緒に仕事をした間柄だったのだ。織田書記長は飾らない人柄で、右も左も判らない辛坊を指導し、少しずつ書記局の仕事を覚えさせていった。一年後に執行委員として初めて神高教本部役員となった梅木は、執行部の仕事に段々慣れていく中で、辛坊が同時に二つ以上の仕事を指示されるとパニック状態となる傾向きのあることを覚り、一つ一つほぐして指示をし直すと正常に復すのを知った。それ以来辛坊は「織田・梅木が仕事の仕方を教えてくれた恩人だ」と心服するようになった。だから一九八四（昭和五九）年二月に五五歳で織田が他界した後、いっそう辛坊は梅木に傾斜していくのだった。こうした二人の関係が周囲に自然と伝わるのは当然で、水元・笹間もまた辛坊の背後、フジダナサービスの後に、梅木の影が色濃く映るのを認識しないわけに行かなかったが、それがまた、梅木元委員長に対する負い目を二人に思い起こさせるタネとなるのだった。

二〇〇六（平成一八）年八月にフジダナサービスの社長になるずっと以前から辛坊明は「二〇一〇年問題」を提起し、ことあるごとに神高教執行部に注意を喚起してきた。二〇一〇年問題とは、すなわちその年の三月末をもって辛坊明が定年に達するのだが、その時をフジダナサービスはどのような姿で迎えようとするのか、ということだった。辛坊は自分が歩いてきた道を思い返し、フジダナサービスの責任者に誰を用意するのか、しっかりした対策を神高教に講じてほしかった。保険業務を引き継ぐにはそれなりの資格が要る。ずぶの素人が資格を取得するためには、それなりの研修やテストや経験が必要なのだ。誰でもいいというわけにはいかない。

　この問題提起に対して笹間・水元体制はいつもその場限りの応対を繰り返し、明確な指針を打ち出そうとしないまま時間だけが経過した。神高教書記局から後継者を出そうとすれば中田康しか候補者はいないのだが、中田はその話にはまるで乗ってこない。初手からの研修に三年ほどは必要であり、逆算して二〇〇七（平成一九）年四月までに態度を決めなければならないその時期が迫っても、神高教執行部ははきとした方針を示すことはなかった。辛坊がいくら説明しても「そのうち、そのうち」を繰り返すだけなのだ。二〇〇八（平成二〇）年に笹間執行部が終了して、苑田委員長が就任しても事態のめざましい進展は望めないまま推移した。こうして二〇一〇（平成二二）年四月が近づいた。辛坊が定年を迎えても、直ちに退職とはせずに済む。三年から五年ほどは、辛坊を非常勤の代表取締役として留め、その間に後任を育成することはできる。肝心なことは基本方針を確立することだ。方針が決まれば自ずから対応策は生まれる。辛坊はそう考えて定年を迎えようと思うのだった。

五

「ご無沙汰しました」と言いながら梅木が開きドアを開けて顔を覗かせたとき、だるま寿司の山田俊次はこのところの胸のつかえが一遍に溶けるのを感じた。

少なくても一月に一度は訪れる梅木が前の年の暮れから姿を見せることなく三月も半ばにかかろうとしている時期だった。

「今日はどちらかへ？」

「例の二ヶ月に一度の落語の会。一月の会のときは他の日程とぶつかって来られなかったから、今年は今日が初めてなんだ。山ちゃんにもすっかりご無沙汰して、気になっていたんだけれど、この時間にこの辺りに来る機会がずっとなくてね。山ちゃんもお変わりありませんでしたか」

「うちはもうずっと相変わらず」

だるま寿司は横浜は野毛、桜木町駅前から野毛へ入るとば口にあって、一九五五、六（昭和三〇、一）年頃から山田が一人で切り盛りしている。本人の言葉を借りれば「九尺二間のあばら屋」で、一〇人も入れば一杯になる小さな寿司屋である。横浜M高校の先生方が好んで立ち寄っていた店だが、M高校の山橋が神高教の執行委員になったことが縁で、神高教本部役員が出入りするようになった。梅木がM高校へ転勤したのが一九六五（昭和四〇）年のことだから、だるま寿司とのつきあいは四〇年以上になる勘定だ。梅木が一人で来ることもあるが、執行部全員で来ることもあり、書記局や分会の役員を連れてくることもあった。梅木もその前の織田委員長も県の役人を伴ってだるま寿司を訪れたりしたから、県庁職員にもだるま寿司はそれなりに広まっている。かくて、だるま寿司の山田は神高教本部や神高教が抱える諸問題の内情に次第に明るくなっていくのだった。もちろん山田は聞き役専門で、問われなければ客の会話に立ち入ることはしない。同じ執行部でも立場や考えの違う者が入れ替わり立ち替わりだるま寿司に立ち寄って吐露していく言葉をとおして問題の在処を推し量るのはさほど難しいことではなかった。

「フジダナサービスの辛坊君ね。山ちゃんも先刻ご承知のことと思うけれど、この三月末で定年になるんだ。その記念に二人だけで一杯やろうという話になっていて、まだ細かいことは決まっていないけれど、多分、ここだるま寿司から始まると思って、やってきたんだ」

「ええ、辛坊さんの定年のことは聞いていますよ。定年後も当分はフジダナサービスに残るんでしょ」

「そう、後がいないからね」

「辛坊さんも偉かったね」

「孤軍奮闘というか、四面楚歌というか、ずっと一人で頑張ったからね」

「組合本部はどうして辛坊さんの言い分を聞こうとしないんだろう」

「きっと、辛坊君の後ろに私の影が映って素直になれなかったからじゃないかな。考えてみれば梅木美学も随分長く後を引くものだ」

「笹間委員長は結局何年やったわけ？」

「四八歳で委員長になったから委員長だけで一二年。定年退職が二〇〇八(平成二〇)年三月。

最初の執行委員から委員長になるまで一六年やっているからトータルで二八年か、長くなったものだな。最後の六年は県職員を退職して神高教のプロの専従になった。組合に骨を埋める結果になったわけだが、最初からの構想だったとはとても思えない」

「その前の水元委員長も長かったでしょ？」

「彼は何しろ二九歳の時に執行委員になっているからね。一九九六（平成八）年三月に八年務めた執行委員長を辞めたんだけれど、五一歳だった。普通はそれで現場に戻るものだけれど、彼の場合は引き続いて高校教育会館の事務局長のポストに就いて、笹間さんと一緒に二〇〇二（平成一四）年に離籍専従になって二〇〇五（平成一七）年に定年を迎えたんだ。離籍してまで会館の事務局長にしがみつかなければならない理由はないと思うんだけれど、笹間さんと離れることができなかった模様だね。どっちがどっちを必要としたのか判らないけれど」

「そういう中で辛坊さんは頑張り通したわけだ」

「長いこと本当によくやったと思うね。フジダナサービスの設立からでも二四年ぐらいになるんだからね」

「辛坊さんの頑張りは半端なものじゃなかったですね。ご存知でしたか、先生。会社の幹部連中とよくここにも来てくれましたが、みんな彼のポケットマネーです。身銭を切って接待しているわけです。フジダナサービスに交際費を請求したことはないんじゃないですか」

「そういうところは彼は身ぎれいだから。あ、そこのサバ、切ってください」

「締めサバね。今の時期にしては大きいから脂も乗っていますよ。日本火災の横浜支店も辛坊さんの面倒はよく見ていましたね、みなさん」

「昔ね、ボクが書記長のときだったか、委員長になってからだったか、横浜支店の松木支店長が年度末が越せないから、三千万円ほど、一週間だけT信託銀行に貯金してくれないか、と言われて、その場で即決して、三千万を労金からT信託へ移したことがあってね。傘下の企業として預貯金のノルマがあったんだろうけれど、目の前で資金を動かす手配をしたものだから、松木さんにはとても喜ばれた。もっとも、そのことではボクも後で織田さんに叱られたけれどね。でも、私にしてみれば、名義を日本火災に移すわけでなく、神高教の名義のまま預金を移すだけだから、それで人助けができるなら猜疑心を働かせる意味もないと思ったんだ」

「そういうところが先生の明るいところですね」

「その時期を無難に越せたからかどうか判らないけれど、その後松木さんは本社の常務・専務を歴任して、最後は社長まで上り詰めたから、親身になってフジダナサービスを盛り立てるよう計らってくれたのかもしれない」

「そういう意味で辛坊さんは周囲によくしてもらう人たちがいて今日まで来たのかもしれませんね。今言うとおり辛坊さんはよくやってきたから人望も厚い。辛坊さんが頑張っているから日本火災の保険を止めて、もっと割引率の高い他の保険に乗り換えることができないんだと口に出す人もいると聞いたことがありますよ」

「辛坊君はボクが執行部に入るより一年前に組合の書記局に来ているんだけれど、執行部のあっちからもこっちからも指示が重なってしまうと、何をしていいのか判断が停止して、パニック状態になることがときどき目についたんです。『辛坊君、ちょっとこれガリ版切って』とか、『辛坊ちゃん、このコピーお願い、ちょっと急いで』とか、『辛坊くん、印刷屋に原稿届けてくれたか』とか、頼むほうは自分だけだと思っているから気づかないんだけれど、距離を置いて見ていると、そういうふうに重なったとき、彼は一瞬どうしていいか判らなくなるんだね。急ぐ順序を考えさせると、自然に答えが出て、一つ一つきちんとこなしていくことができるようになるんだけれど、あのときはちょっと可哀想だった。もちろんそういうパニック症状も今ではほんの昔語りになってしまったものね。本当によく頑張ったものだ」

「梅木先生は、あの美学のとき、辞めて後悔とか、未練は感じなかったですか？」

「ボクは元々ポストに拘る気持ちが薄くてね。これはなるときもそうだし、辞めるときもそうなんだけど。でも、あのとき水元・笹間コンビに向かって、辞任の話に乗ることにしようと言ったときは、ひょっとしたら他の執行部から辞めないでくれという嘆願の話が出るかもしれない、と一瞬期待したことは確かですね。でも、考えてみたら、委員長の辞めるという一言の重みは自分が思った以上に重いんですね。翻意を促そうとする動きはどこからも結局出ませんでした」

それに疲れていたことも事実だったし、と梅木は心の中で思い返し、注文した握りを摘んでからだるま寿司を後にした。二〇一〇（平成二二）年三月のことである。

それから約二ヶ月後、舞台は同じだるま寿司。ボツボツお客の顔が覗き始めるかという夕方五時半頃、表のドアが開いて入ってきたのは元県民部長の米川明治だった。

「山ちゃん、ご無沙汰。今日はここで委員長と待ち合わせでね」

「あ、いらっしゃい、米川さん」

「委員長とは六時の約束でね。ちょっと早いけれど、他で暇を潰すのも何だから、ここで待たせてもらいます。まずビール」

米川元県民部長は梅木元委員長とほぼ同年齢で県職員退職は同じ一九九八年三月のことだった。細かいことを言うと、県職員は役職者で五九歳定年、高校教員は六〇歳定年ということになっている。米川も古くからだるま寿司の常連で、はじめのうちは馴染みがなかったが、何年か経過して、何となく近づくようになり、お互いの立場も次第に判ってきて、友人関係に発展した。口を利くようになったのは梅木が神高教委員長、米川が当時の地方課（その後市町村課）課長代理のときのことで、そのせいか、いつになっても梅木のことは委員長と呼び習わすのだ。

その頃、梅木委員長は神奈川県職員労働組合連合協議会（以後県労連と略称）の事務局長の職に就いていた。県労連は県職員組合・県企業庁職員組合・義務制教組の神教組・高校の神高教の四単組で構成され、共通の賃金・福利厚生などの労働条件について神奈川県と交渉して決める組織体であり、県側の窓口は労務担当参事を中心とする人事課所管の参事室であった。必要なときには担当副知事が交渉の場に出ることもあるが、個々の課題については労務担当参事室がその任に当たっていた。

「あのときのことは生涯忘れることはできませんね」

「あのときって、米川さんが労務担当の主幹で出たときのことでしょ」

「そう。あれは一九八五年三月二五日のこと、確か月曜日だったと思います。ここだるま寿司で委員長から『米ちゃん、よろしくお願いします』と言われて、何のことだか判らずにきょとんとしていると、委員長は『来年度は労務担当専任主幹ですね』と言うから驚いたわけよ。ボクの得ていた人事内示案では水道課長代理への異動だったから、『そんなはずはありません』と言うと、委員長は『いや、間違いない情報だ』というものだから、半信半疑で、ここから宮森副知事に電話したのでした。電話に出た宮森さんは『労務担当専任主幹をお願いすることになった。労務へ行って少し揉まれてこい』と言うので、あれは本当に驚いたね」

「宮森さんとしては、子飼いの米川さんを将来要職に就けようとして、親心で旅に出したつもりでしょう」

「そういう期待は判ったんだけれど、何としても、N労務担当参事に毛嫌いされて、大事な情報や相談は皆次席主幹のほうへ飛び越して行ってしまって、蚊帳の外に置かれたから、ひどかったな」

「そこは米川さん、大人の対応をして、参事のご機嫌を取らなければいけなかったでしょ。反対に、どうでもいいことでいちいち突っかかるものだから、ますます参事に疎まれることになったんですよ。でも、まあ、県民部長まで行ったんだから、いいとしますか」

「ボクの前の労務担当専任主幹はその後順調に出世して出納長から副知事にまで行っているからね。労務での働きが知事など上部の人たちに評価されてのことであるのは間違いないところ。彼なんか、梅木委員長に足を向けて寝られないはずなんだけれど、独りで偉くなったようなつもりになっている。あの当時の県労連課題では定年制の導入・退職手当条例の改正など重要事項が次から次へ出てきて、通常の三年分を一年でこなしたりしたわけですが、県労連と言っても、その実、梅木事務局長の獅子奮迅の活躍に負うところ大というのが定評で、関係者は皆委員長に感謝しなければならないんですよ。ボクは折角の機会を棒に振ってしまうことになって申し訳ないと思っているんです。あの頃、交渉の場でも委員長には随分助けてもらいました。ああ、ありがたいな、と何度も思いましたね」

そういうところへドアが開いて梅木が顔を出した。

「ちょっと遅くなったかな。一別以来、米ちゃん、元気でしたか」

「お陰様で特に変わったところはありません。さあ、どうぞ」と言って椅子を引く。

「ありがとう。ボクはいつもの焼酎。ロックで。何か切ってもらおう。コハダとこっちはトリガイかな。米ちゃんは何？　鯛？　ヒラメ？」

「今、山ちゃんと、あのときの話を思い出していたところだった」

「あのときのって、何？」

「労務へボクが異動になるときの話。この電話で宮森さんのところへ電話して確かめたら、労務へ行け、ということでびっくりしたことでした。ボクは地方課が長くて、人事課ははじめてだったから、随分戸惑いました」

「米ちゃんは参事に随分苛められていましたね。気の毒で見ていられませんでしたよ」

「それにしても、委員長にはいろいろ助けてもらいました。思い出すと、感謝の一言ばかりです。新給与体系への移行問題ではあっと驚く委員長の着想で難題の解決が図られました。当局側の担当者としてもその見事な着想に舌を巻いたものです。ああいうのをコロンブスの卵と言うんでしょうね」

「五五歳六級の件？　あれは天啓のような思いつきでした。一瞬の閃きと言うか、みんな表のほうから行こうとばかりするから解決できないので、裏から考えればどうかと思案したら即座に結論が見えたわけです。今から思い返してもあれは傑作でしたね」

梅木が五五歳六級の件と言ったのは、それまで七級構造だった県行政職給料表を一〇級制に切り替えるという問題の移行条件のことで、一〇級は部長級で従来の一等級、九級は新設される級で参事級、八級は課長級で従来の二等級A、七級は課長補佐級で従来の二等級B、六級は新設される級で係長級というふうに対応するという格付けだった。その格付け自体は労使双方に異論はないところだったが、実際に運用する上で、どのような配慮がなされるかが争点となっていたのだ。県労連側は誰でも七級まで進めることができる運用を要求し、当局側は役職者・管理職に適用する七級を誰でも到達できる給与にすることはできない、何しろ現行の二等級Bだから、と主張して交渉は決着の目途がつかない膠着状態に陥っていた。長い経過の中で、五級までは誰でも到達できる給与とすることは労使の合意事項となっていたが、労連側は六級を超えて七級まで誰でも行けるよう道を開けという主張を続けていて、五級から六級への昇任条件を取り付けようということに躍起となっていたのだ。

この膠着状態に道を開く提案が梅木事務局長から出されて、交渉は一気に合意へと向かった。表からの道は五級在級何年、六級在級何年を具体化することだったが、役職給について、誰でも何年で通過できるという規定を明示することは当局にはできないことだった。事務局長提案は、そうした点を飛ばして、五五歳までに六級へ昇任していれば、退職時に七級昇任を実現できる最低条件を満たすよう求めるものだった。そして、これなら当局の意思で昇任行為を実施することができるのも確かなことだったのだ。在級五年以上であれば退職時に一級上位の等級に昇格できる慣例が出来上がっていたからである。

「思い出話もこのくらいにして、今日はゆっくり寛いで楽しくやりましょう。山ちゃん、穴子、つまみで切ってください」

「穴子はツメをつけますか、それとも山葵？」

「山葵でお願いします」

「神高教も委員長の後、水元さん、笹間さんにバトンが渡って、今は苑田さんが委員長ですか。様変わりしたというほかありませんが、委員長の時代とは隔世の感がありますね」

「まあ、時代の流れというでしょうが、それにしても私物化の色がますます濃くなっていて、心配です」

六

こうしたことがあって間もなく、この物語の結末は思いも掛けない形で現実のものとなった。ただ、ものごとには順序というものがあるので、いきなり結末へ急ぐことはできない。

財団法人神奈川県高等学校教育会館の設立認可が下りたのは一九八二（昭和五七）年三月のことであるが、初代理事長には石田透が就任した。この辺りのことには「あれこれの要素と経過がある」と冒頭に触れたことだが、これは、神高教がかつて組織分裂攻撃を受けて、第二組合を創られ、組織を再建するのに大いに苦労したことを指している。組合対組合のレベルではとっくに勝負がついているとは言え、当時の校長教頭には第二組合上がりも残っていて、その影響が職場から一掃されたとまでは言えない状況にあったのだ。だから、新しく高校教育会館を設立するからには、すべてを神高教の枠内で仕切ることが得策でないという判断が織田・梅木の共通の認識になっていた。

高校教育会館を構成する団体として、神高教・退職者会・高管組（高等学校管理職組合）の三者としたのも同じ趣旨からだった。普通、組合の丸抱えで財団法人を設立するのであれば、一切の役員と規約を組合指導で仕切るのは当然という考えが広まっていたのだが、神高教会館の場合、より広い視野で理事長を位置づけようとする意思が働いた。その結果、初代理事長には校長時代に校長会長を務め、退職後は教育委員も務めたことのある石田透氏が最適だと織田・梅木の意見が一致していた。簡単には石田氏の了解が得られたわけではなかったが、何度も足を運んで頼み込んだことが奏功して石田理事長の誕生となった。その根拠は石田氏が退職者会の会長を務めていたことにあったから、以後、会館理事長のポストは退職者会会長に連動するものとなり、雨ノ森清・松上茂と続いて、二〇一〇（平成二二）年四月から飯田和助男に引き継がれた。退職者会の会長人事は退職校長会友朋会の理事会で決められる。理事は同じ年に退職したメンバーの中から各年度一人ずつ各期会員の互選により友朋会に送り出される仕来りである。

飯田和助男は一九七六（昭和五一）年から一九八六（昭和六一）年まで一〇年に亘って梅木と同じ神高教執行部に席を置いた。校長になったのも定年退職したのも一緒だった。梅木と飯田和はたまたま同い年だったのだ。

約束をした日、辛坊は約束の時間より大分早めにだるま寿司に着いて山田からちょっとした話を聞いた。二日ほど前、飯田和がひょっこり現れて会館理事長を受けることになった顛末を話していったという。以下は山田が聞いた飯田和の話。

飯田和が会館理事長はどうかという根回しを受けたのは二月はじめのことで、神高教の苑田委員長から直接打診された。

「梅木美学で梅木さんが辞めたとき、苑田さんは執行委員だったから、その辺りの顛末はよく知っているだろうね。あのときは水元・笹間の両君が事前に相談に訪れてね。私は気楽に、ダメで元々だから勇退の話を持ちかけたらどうかね、とアドバイスしたものだった。大委員長を降ろすに際しての処遇として会館理事長を考えていると水元・笹間ラインが約束したことも周知のことと思うが、会館理事長は私でいいのかね？」

「梅木美学のことはもちろんよく知っていますが、あの約束は梅木さんが校長に昇任したときにご破算になっているというか、自然消滅しているんです。飯田和さんもご存知のとおり、神高教では元執行部でも校長になった人のことは何ら関知しないという不文律ができています。ご破算のことを梅木さんと確認したかどうか、私は聞いていませんが、そんなことは問題ではありません。それに、梅木校長の言動が私たち神高教執行部の立場に大きなダメージを与えたことがあって、彼と訣別しなければならないことになりました。一九九四（平成六）年三月のことですが、あろうことか、梅木さんは職員会議の反対を押し切って日の丸を掲げる暴挙に出たのです。職員玄関の入口に三脚方式で卒業式を挙行している間中日の丸を揚げたわけです。揚げ方は問題ではありません。揚げたという事実だけで、私たち執行部は組合員の皆さんから大いに責められました。飯田和先生はT高校でもF高校でも、最後まで日の丸を揚げませんでしたね。好対照だったのでよく覚えています。それに反して梅木さんは自分の意思で日の丸の掲揚を強行しているわけです。私たちはとても許せないと思いました。それまでは日の丸の強制には反対という姿勢でしたが、県教委や周囲の圧力に負けて、あっさり掲揚に踏み切るなんて…」

「梅木さんが日の丸の掲揚に踏み切ったのは、決して県教委の圧力に負けたからではないと聞いていますよ。彼は、あのとき、あのまま不掲揚を続けていくとどこかの職場に怪我人が出るのではないかということをとても心配したと言っています。あのとき彼がY高校で日の丸を揚げてくれたお陰で、それまで抵抗していた高校が幾つも折れて日の丸が揚がるようになったのは確かで、彼の言う怪我人を職場に出さないで済ませる結果になったことは、後で考えるとよかったと思いますよ。また、そのお陰で、私たちが最後まで不掲揚を貫くこともできたと言えるのじゃないでしょうか。梅木さんは校長になっても、県下全体のことをよく考えて自分の言動を律していたと思います」

「まあ、その辺りは見解の相違ということになるのでしょうが、梅木美学の評価そのものがその後変わってきているのも確かです。梅木委員長の勇退自体はポストに執着しない彼の潔さを表していたと思いますが、勇退後の彼の履歴を辿ってみると、あの時点で、彼が先を見越して委員長を降りたのではないかと考えることができるのです。委員長辞任の二年後に教育センターの室長・部長を二年務めてY高校校長に転じて三年務め、S高校に移って三年で定年を迎えています。もし、あのとき、委員長を降りずに二年続けていれば退任時は五二歳になります。五二歳というのは微妙ですが、すぐに管理職というはずはありませんから二年を見ると五四歳です。そこから教頭を経てということになると、時間切れで校長には届きません。ですから、校長になることを考えれば、あの時点で委員長を降りるのがギリギリだったという推理も成り立つのです。そうすると、梅木美学は彼一流のスタンドプレーだったに過ぎず、何もみんなで誉め立てる行為ではなかったということになります。ひょっとしたら私たちは彼に騙されていたのかもしれません」

「そういう見方もあるかもしれませんが、穿ちすぎだと思いますね。第一、勇退を迫ったのは水元・笹間コンビのほうで、彼のほうから言い出したものではないでしょう。梅木さんが織田さんから執行部を引き継いで、必死に神高教を守り、その後の組織の発展に大きく寄与したことは疑う余地がありません。考えようによっては、あのときの蓄積があって、その遺産で神高教は今も食えていると言えるのではないでしょうか。あの美学は美学として素直に受け止めるべきだと私は思います」

「友朋会の事務局長から、内々、飯田和さんを次期退職者会の会長、つまり高校教育会館の理事長にしたいと考えているが、神高教に異存はないかと尋ねられています。私たちはそれに異存のない旨回答しておきました。飯田和さんが予定どおり会館理事長ということになりましたら、どうぞよろしくお願いいたします」

その後開かれた友朋会三月度理事会においてこの人事案件は全会一致で決定されたのだが、理事会が終わってから会長に「オフレコの話があるので聞いてもらいたい」と言われて話を聞くことになった。会長の言うには、「各期の理事は一人ずつで、誰がその期から出てくるのかは各期の意思に任されていることは知ってのとおりで、飯田和さんの場合も例外ではない。だが、飯田和さんが退職者会の会長になるとなれば、飯田和さんの同期会で飯田和さんを代えてもらっては困る。梅木さんが飯田和さんと同じ期であることは重々承知の上のことだが、特に梅木に代わるということだけは止めてもらいたいというのが友朋会三役の一致した意見だ。別に梅木に含むところがあって言うわけではないし、彼に会館理事長としての力量がないというわけではないのだが、県教育委員会が今でも梅木を好ましく思っていないのは火を見るより明らかだ。彼が広範な国民連合とかいう政治団体の神奈川の共同代表を務めていて、今でも隠然たる実力を持ち続けているのを不気味に思っていることが見て取れる。県教育委員会が財団法人高校教育会館の監督官庁であるという立場もあり、梅木が会館理事長になることには会館の主たる母体である神高教も困惑すると思われるのだ」

そういう会長のオフレコ話を聞いて、飯田和はこれを無碍に否定することは得策ではないと思ったとだるま寿司の山田に述懐したと辛坊は聞いている。

飯田和は「でも、梅木さんは私たちの委員長ですから、今すぐには無理だとしても、二、三年かけてゆっくり梅木理事長への道を開くつもりです。地道に友朋会の理事会や県教育委員会首脳部を説得しますよ」と付け加えてだるま寿司を辞したという。

だるま寿司の山田に言明したとおり飯田和が説得を始めたかどうか定かではないが、梅木理事長実現の道は永遠に閉ざされることとなった。それから半年も経たない間に梅木があの世へ旅立ったからである。最後は腹上死だったという。密かに三〇年以上も愛人関係の続いた元スナックホステスとの情事の果てのことで、美学とはもっとも縁遠い死に様となったのは皮肉なことである。女性は、あのボスに踊らされて笹間委員長に一泡吹かせた山本克子なのだが、克子は梅木を通して笹間の動静を探っていたように思われる。その辺りのことは梅木には思いも寄らないことで皮肉と言えばこれ以上の皮肉はない。この小さなスキャンダルの被害を最小に留めて、周辺に悪影響を及ぼさずに始末をつけたのは辛坊明の見事な采配によることであった。

了

二〇一〇・三・三一初稿
二〇一〇・四・一三加筆
二〇一〇・六・二四加筆
二〇一一・五・二七加筆
二〇一一・八・　三加筆

この作品は、事実を基に再構成されたフィクションです。作中の人物・団体・事象などはもちろん実在の人物・団体・事象とは異なっています。

忘れられた翳

一

誰にも死に損なった経験というものがあるに違いない。筆者にも学齢前の幼い頃、長い縄をつないで輪を作り四、五人がその中に入って遊ぶいわゆる電車ごっこの先頭に立って走っていたとき、小径から大通りへ出た途端、トラックに激突して病院に担ぎ込まれたことがある。頭部を強打して意識を失い一昼夜意識が戻らず、周囲を心配させたという。幸い頭部に内出血もなく意識を回復して事なきを得たと聞いた。額にできた瑕痕も数年で元に戻って、そんな大事故に遭った標も消えた。

田中明が危うく九死に一生を得たのは彼が中学一年生の時、初めて参加した横浜ＹＭＣＡ少年部のサマーキャンプでのことだった。その当時横浜ＹＭＣＡは真鶴大浜地区の海に面した斜面の中腹にキャンプサイトを持っていて、ゴツゴツした岩だらけの崖を二〇メートルほど降りると、海辺にたどり着くことのできる立地にあった。海は外海で、いわゆる海水浴場が整備されていたわけでなく、泳ぎの達者なものだけが浸かることのできる海だった。砂浜はほとんどなく、浅瀬もなかったから、海へ入るとすぐ深くなった。そういう立地でほとんど誰も泳がない海だったために海はきれいで底のほうまで透明度が高く、泳げる者にとっては気持ちのよい海と言えた。ここを仮に荒浜と呼ぶことにすると、荒浜で海に入った者が岸辺に沿って三、四百メートルほど泳ぐと、初心者でも泳げる小さな湾に出ることができる。看板が出るほどの海水浴場ではないが、湾内は砂浜もそれなりにあって、一〇メートルほどは歩いて海に入ることができたから、土地の人たちの恰好の海水浴場となっており、二〇メートルほど沖合には飛び込み台も取り付けられていた。横浜Y少年部のキャンプでも普段はこの海水浴場を利用して海のプログラムを展開したものであった。

明はその年、一九六〇年の四月、入学したばかりの中学の友人に誘われて横浜Y少年部に加入し、その活動に魅力を覚えていた。日頃は毎週土曜日午後の半日、大学生のレイリーダーの世話で歌やゲーム、卓球やバスケットボールなどの球技、ミニ礼拝などが行われていて、中学生から高校生までの男の子たちが学年ごとに編成されたグループに分かれてそれぞれのプログラムを楽しんでいた。

沢田一郎は中学二年次に少年部のメンバーになり、高校から大学に進んでそのレイリーダーを務め、一九六〇年、安保の年に神奈川県立高校の教諭に採用された。社会人になれば少年部のレイリーダーは卒業するのが常のことだったが、レイリーダーが不足していたため、夏の真鶴キャンプだけ助っ人リーダーとして参加していた。この時はじめて沢田は田中と出会ったのだが、沢田から見て田中はごく普通の中学生で、小柄で温和しいという印象だった。キャンプの参加者は三〇余人のメンバーと沢田を含めたレイリーダーが五人、それに横浜Y少年部担当主事一人の総勢四〇人余に上った。田中明が一命を失いかけたのはこのときの大浜の海でのことだった。皆で海水浴を楽しんでいたときのこと、まだよく泳げない田中に沢田が「あの飛び込み台まで行こうか」と気軽に声をかけたのが発端だった。

「でも、僕よく泳げないんだけど」

「波は静かだし、距離も短いから、ボクが連れて行ってあげるよ」

そう沢田は気軽に言って両手を出して明の手を取り、自分は背泳ぎの恰好で脚はカエル泳ぎで進み始めた。考えるまでもなくこれは無謀としか言いようのない試みで、沢田もすぐに「しまった」と思ったが、引き返すこともできず、飛び込み台を目指して泳ぐほか手はないのだった。幸い、明は波を被ることもなく、うろたえもしないで沢田の手に自分を委ねている。沢田は必死にカエル泳ぎを続け、最後は力尽きて目の前の飛び込み台を目がけて明を放り投げるように押し出すほかないのだった。飛び込み台があと五メートルも向こうにあったら沢田も田中も溺れていたに違いなかった。それですぐ死んでしまうかどうか判らなかったが、大きな騒ぎになっていたのは間違いないことだった。幸か不幸か、大事に至らなかったためにこの事故まがいの事態は当事者以外の誰にもほとんど気づかれることはなかった。

明は自信たっぷりに泳ぐ沢田に引っ張られて海の中のほうへ進むにつれてはじめに感じたかすかな不安も消えて遊泳を楽しんだが、飛び込み台に近づくにつれて、急に沢田が苦しそうな息づかいになるのを見て、再び不安が募り、波を被って海水を飲まされて死にそうな気がして恐怖に襲われたとき、目の前に飛び込み台が現れて、必死の思いでそれに捉まった。台の上にいた仲間が引き上げてくれてことなきを得たのだった。もしかしたら死ぬところだったかもしれない、という恐怖と不安な思いはしっかりと心に焼き付き、そんな目に遭わせた沢田が憎らしく思えて仕方なかった。沢田が故意にやったわけでないことは重々承知しながら、深い恨みの気持ちが心のしこりとなって奥底に沈殿するのは致し方ないことに違いなかった。

横浜Y少年部の真鶴キャンプから帰ると、沢田一郎はすぐ学校生活に戻り、夏休みの間は部活動顧問として夏季合宿練習の指導などに打ち込み、大浜海岸での水難未遂事故の一件のことは思い出すことも稀になり、間もなくそのまま忘れてしまった。

二

一〇余年を経て三〇代の半ばになると沢田は職場の活動家仲間から推されて県高等学校教職員組合の執行部に席を置くようになり、一期二年の執行委員を経たあと書記次長に進んだ。

世に名委員長とか、名書記長とかの賛辞がある。この伝に従えばさしずめ沢田は名書記次長だった。彼は一二年の間組合本部に席を置いたのだがそのうち一〇年は書記次長に留まった。書記長を補佐する書記次長として彼はまことに見事な役割を果たしたのである。彼の後から執行部に入った執行委員が彼を追い越して書記長になるケースもあったが、沢田は何の違和感も持たずに書記長を助けた。

当局との交渉に使う資料を整備することから、組合員に対する情報宣伝活動のための資料収集に至るまで、書記長の指示を的確に実行した。彼が得意とした分野は組合活動の根幹をなす賃金問題で、中でも個別賃金相談において大きな成果を挙げた。自分の賃金が正しく格付けされたものかどうか疑問を持つ組合員が彼の許を訪れる。彼はその組合員の目の前で勤務記録カードの写しを精査して、初任給段階に遡って再計算を行う。様々に実施された賃金体系の変遷を当てはめながら、その時点での賃金格付けが適切であるかどうかを判断するのである。初任給格付けを行うには前歴換算をしなければならないが、同種一〇割、異種八割と一口に言っても、それぞれの前歴期間に当てはめる上では高くも低くもなるのである。前歴換算ができた時点でそれを県暦に換算する必要があるが、これにも歴史的な変遷があるから、その組合員が県職員として何時採用されたか、その時の換算率がどうであったかを勘案しなければ正確な換算ができない。沢田はこうした歴史的な変遷事情を熟知して、的確な再計算をするのである。再計算の結果、現に実行されている賃金格付けとの差が出れば、その差を埋めるための当局との交渉も行わなければならない。相談に訪れた組合員に対して、再計算の中味と結果を示して、必要な交渉を実施することを約束してお引き取りいただくことになるのだ。

沢田はこうしてできた個別賃金再計算書を携えて教育委員会教職員課の給与担当を訪ね、非公式の折衝を開始する。担当はそれなりの専門職だから、簡単には沢田の言い分を認めたりはしない。どうしてこの給与格付けになっているのか、担当は当局としての根拠を示して沢田を説得しようとする。沢田はこの担当の説明を受けて、聞くところは聞き、なお、主張するところがあれば主張して、担当に更なる検討を要請する。こうしたやりとりは当然時間がかかり、両者の主張が平行線を辿る結果となる場合もある。沢田はここまでの折衝を行って論点の整理を行い、後は書記長に委ねて交渉をバトンタッチする。書記次長と当局担当との折衝レベルから書記長と課長との交渉へ一格レベルアップして交渉を継続するのである。

はじめのうちは沢田の主張はなかなか容れられないことが多かったが、粘り強い折衝を重ねるうちに、次第に主張が通るようになり、交渉の成果が挙がっていった。三年も経つと、当局の担当がベテランから変わって素人まがいになるケースも出る。そうなると、同じことを言っても応対する当局担当の態度が軟化するのだ。その道の経験の差が交渉に反映するわけで、「賃金の沢田」という異名が次第に確立するようになっていった。

県職員の賃金や福利厚生制度は全体共通の部分について、県労働組合連合協議会（以下県労連と略称）と県当局との団体交渉で決定される。もちろんその土台は県人事委員会勧告にあるが、勧告は大筋についてのことで、例えば、一九七五年度、国の人事院勧告が一〇・八五％・一五、一七七円の引き上げであるのに対して、県人事委員会は八・七二％・一三、〇〇五円の引き上げを勧告している。この年は前年の石油ショックによる大幅な物価高騰で賃金が大きく伸びた翌年に当たり、インフレ効果の影響が引き続き後を引いた時期であった。この勧告を受けた実際の給与改定は国の給与表を使えなどという制約があって、何らかの調整を行わなければ給与改定を実施することができないのだ。その調整のやり方を巡って、労使の交渉に熱が入るわけで、この年で言えば、給与改定の上で、①国の給料表の一号下位の号級を適用する、②そのままだと人事委員会勧告を下回る結果となるから、次年度四月には六ヶ月の特別昇給を行って、勧告分をクリアする、というような内容で交渉が妥結するのである。調整のやり方は、ある時は改訂総額を割り出して差額を一時金として支給する、ということになることもある。

いずれにしても、労使が知恵を絞ってその年の方式を編み出すのである。労連としては調整の中で低所得者の賃金を少しでも上げようとするし、県当局は人件費が県財政を硬直化するのは避けたいと願望する。対立する利害関係の中で、改訂の大筋は団体交渉で決められるが、細部の詰めは賃金小委員会の手に委ねられる場合もある。いくつもの過去のやり方を参考にしながらその年の調整方式をひねり出すにはそれなりの知恵も必要であり、工夫も疎かにはできないが、沢田は高教組の書記次長でありながら賃金小委員会の委員長に推されたりした。賃金の専門家としての力量が県労連の内部でも県当局にも評価された結果であった。

それは一九八三年一二月の半ば過ぎのことだった。その年の県労連賃金確定闘争も終わって、残務整理のため沢田は賃金小委員長として県労務担当参事室の担当との打ち合わせがあって県庁を訪れていたのだが、その折衝も済んだところだった。連日の交渉で疲労がピークに達していたため、夜八時を廻ったその打ち合わせの後は相模原市相武台の自宅マンションへ直接帰宅することにしていた。県庁前でタクシーを拾い、曙町の料理屋Kで副知事と折衝中の書記長に報告を済ませて、そのまま相武台まで直行するつもりで料亭Kに立ち寄った。

「済まないが、ちょっと打ち合わせの必要があるので、ここで待っていてくれないか。一〇分はかからないで戻ってくることができるから、それから相武台まで運んでもらいたい」沢田はタクシーの乗務員にそう断って料亭Kの玄関を入った。

三

田中明は県庁前で乗せた客が沢田一郎だと気づき、それまでの長い間の苦労がやっと報われるのだと思った。明は何かハッとする思いが心を捉えると、溺れかけた真鶴キャンプでの水難未遂事故のことが頭を過ぎる。あ、死んでしまう！　という恐怖感で頭が真っ白になって、暫く立ちすくんでしまうのだ。大事なときにこの発作が起きて失敗する経験を何度も積んだ。学校での試験、就職の面接、恋人とのデート。その度に沢田一郎の顔が思い浮かび、沢田への憎しみが募るのだった。肝心なときに自己喪失が起きて結果失敗が続くと仕事も上手く行かず、何をやっても長続きしなかった。転々と仕事を変えた挙げ句、明が辿り着いたのはタクシー乗務員の仕事だった。これなら独りでできる上、万一幸運が見舞えば、沢田一郎に遭遇するチャンスもできるかもしれないと思った。

タクシーに乗り始めてから明はそれとなく沢田一郎の動静を探った。県立高校の教員であることは判っていたから、県庁へ立ち寄ったときに県職員録を見開いて沢田が衛生看護科高校に勤めていることや県高教組の書記次長の役職に就いていることを知った。横浜市西区にある高教組会館が木造モルタルから近代的なビルに建て替えられるのも目撃した。会館の前を野毛山動物園のほうに走る通称水道道は明の行きつけの道になった。会館の前で乗客を乗せたり、降ろしたりすることも度々だったが、組合の執行部は団体契約したタクシー会社の車を呼ぶことが多く、明の車が使われることは滅多にはないことだった。いつかきっと沢田を乗せるときが来ると明は信じて車を転がしていたのだ。

県庁前で沢田を乗せた明は、途中寄り道をしてから相武台まで行けることが判って、道中ゆっくり話ができそうだと思い、料亭Kの前で車を停めるまで沢田とは何も話をしなかった。

料亭Kの玄関を潜った沢田は女将に案内されて副知事と書記長が折衝している座敷に通された。

「やあ、沢田さん、賃金確定交渉ではご苦労さんでした。あなたのご活躍のお陰で今期も無事に妥結に至りました。ありがとうございます。今、書記長との話は終わりましたので、どうぞゆっくりしていってください」

「私は帰宅する途中で車を待たせておりますので、書記長への報告が終わったらすぐ失礼します」

「まあ、折角の機会ですから、どうぞお平に。車のほうは女将に始末をつけさせますから。女将、そういうわけだから、車のほうは精算してお帰り願ってください。ナイスガイの沢田さんと久しぶりに一献傾けたいので、一つ席を追加してくれませんか」

「副知事もそう仰っているのだから、ご一緒したまえよ、沢田君。報告のほうは後で聞こう」

書記長に口を添えられて沢田は渋々座り直すほかないのだった。

料亭Kの前で沢田を待っていた明は、Kの女将から「お客さんは県庁の人とお話が長引きそうだということですから、これでお引き取りくださいまし」

と言われて、タクシー券とお菓子の手みやげを受け取る羽目になった。折角の機会だったのに惜しいことをした、そういうことなら、一言あのときのことを覚えているか、聞いてみるのだったと臍を噛んだが、後の祭りだった。未練がましく、暫く客待ち顔で、沢田の出てくるのをKの近くで待ったのだが、結局、沢田の姿を見ることのないまま、その場を立ち去ることとなった。

「いずれ、また、こういうチャンスが来ないものでもないだろう」と思いながら、手を挙げて自分を呼んでいる客のほうへ車を寄せていった。

四

田中明が自分に恨みを募らせ、執念深く追いかけていることなどとは夢にも思うことなく、沢田は一九八四年三月で高教組本部役員を降りて学校現場へ戻り、その二年後に藤沢市善行にある教育センターへ異動した。ここで相談室長や教育研究部長を務めた沢田は一九九二年四月に川崎市北部のY高校へ校長として転出した。学校現場へ戻った沢田は持ち前の面倒見のよさを買われて高体連フェンシング部の部長や高文連囲碁専門部の部長を務めたりした。フェンシングは競技の経験があるわけでもなく、試合を観戦したこともない、まったくの素人だったが、Y高校の教員が高体連専門委員を担当していたために「名前だけ貸してくれればいいから」と懇願されて就任したのだった。高校の囲碁関係のほうは高校文化連盟が結成されるずっと以前から独自に県高校囲碁連盟ができていて、学校の囲碁部の顧問になったりしていた経験を持っている。腕前のほうはお世辞にも強いとか上手いとか言える範疇になくまったくのザル碁なのだが、面倒見だけは人後に落ちなかった。校長仲間の有志が集って碁友会を創ったときも沢田はいち早く参加し進んで幹事役を務めた。大会は年二回、春と夏の休業期間を利用して開かれる。個々の対局カードや全体の対局表を準備したり、景品や賞品を揃えたり、大会が終われば記録を整理し保存したりする仕事があるが、沢田はいつも率先してその雑務を引き受けたのだった。

こうした沢田の動静や異動の経緯を知らない明は依然として県庁付近や藤棚の高教組会館の辺りを流していたために、沢田に遭遇する機会を持たないままいつか一〇年の余が過ぎて、二度目の邂逅は一九九四年一二月のこととなった。夜の九時を廻った頃横浜公園の前で拾った熟年男女の客の男のほうが沢田だった。沢田は少し肉付きがよくなっていて、わずかに老いの影が忍び寄っている感じだった。

「どちらまで行きましょうか」

「多摩プラの駅まで行ってください」

「はい、鎌倉の駅までですね」

明の車中に納まった二人は落ち着いた会話を始める。沢田の連れの女性は盛んに沢田校長先生、沢田校長先生を口にし、ときどきうちの成瀬校長先生という固有名詞も口にする。高P連とか、関東大会とか分科会などという言葉も聞こえてくる。沢田のほうからは会長さんとか中沢さんとか言うのが口をつく。どうやら高等学校のＰＴＡの関係のことらしいと明が推測する段になる頃後部座席から声がかかった。

「運転手さん、ここはどの辺ですか」

「地下鉄莳田駅を過ぎて弘明寺駅に近づくところですが」

「どうも道が違うと思った。多摩プラーザ駅まで行ってくださいと言ったはずですが」

「あ、それは失礼しました。てっきり鎌倉駅と聞いたように思ったものですから」

「多摩プラと鎌倉ですか。確かに間違いやすいですね」

「横須賀線の鎌倉駅ですかと念を押せばよかったですね」

「ボクもこれからは田園都市線のと言い添えるようにしましょう。まあこの辺で気づいたからわずかな遠回りで済みました。いずれにしても今は多摩プラーザの駅へやってください」

「はい。大変失礼しました。遠回り分は精算のとき差し引きます」

自分の聞き間違えから目的地を取り違えたことですっかり毒気を抜かれて、その夜明は真鶴キャンプの水難未遂事故のことは言い出せずじまいとなった。滅多にない千載一遇のチャンスを逸した明は改めて本気で沢田一郎について調べてみようと思い立った。連れの中沢会長とのことでもあるいは男女の秘事が掴めるかもしれない。そういうことになれば沢田を追及するネタも増えるというものだと思った。

明の運転手仲間に藤原信という先輩がいて、幸運にもその一人娘の暢子が川崎北部学区のA高校で家庭科の教員になっているのだ。明は藤原運転手におよそのわけを話して暢子の協力を求めることにした。明の話を聞いた暢子は特にいざというときの発作のことに興味を示し、明の頼みを引き受けてくれることになった。同じ学区内の高校のことで友人知己も多く、教科部会の仲間もいる。その気になって調べれば結構なことが判るのである。

まず沢田のことだった。

Y高校における沢田の評判は生徒にも教職員にもPTA関係にもおおむね良好だった。何しろ面倒見が抜群なのである。Y高校は部活動が盛んで対外試合も多い。県大会や関東大会などに出ることも日常茶飯のことである。沢田は可能な限りその応援に赴く。それまではせいぜい夏の甲子園野球の県予選ぐらいしか校長が応援に駆けつけることはないことだったが、沢田は野球はもちろんのこと、バレー、バスケットは言うに及ばず、剣道やハンドボールなどの試合にも顔を出すのだ。バトントワラーなどというマイナーな種目にも、ついでがあったから、などと言って観戦し応援する。沢田が出向くのは運動部ばかりではない。文化部の関係でも専門部長を引き受けた囲碁部だけでなく、古典芸能、茶華道、演劇など、機会があれば顔を出すのだ。口さがない雀から、校長は出張旅費稼ぎをやっているのではないかという陰口も聞かれる始末である。しかし応援を受ける部活動の生徒たちは、校長先生が応援に駆けつけてくれたと言って発憤し思わぬ好成績を挙げることもあり、人気は上々だった。

生徒の進学や就職の季節が近づくと、Y高校では面接の訓練が行われるのだが、これを校長が行う仕来りとなっている。沢田は志望動機など基本的な質問の他に、三分で自己をアピールしなさい、とか、三分で神奈川県を紹介しなさい、とか、人前で自分の意見を表明する訓練を重視した。初めて会う外国人に日本はどういう国であるかを説明するなどということも日頃から心がけるよう口を添えたが、こうした練習が実際の面接で効果を発揮する例も多く報告されて、三年生の校長模擬面接も人気を呼んだ。

教職員の中には沢田がいわば組合本部執行部経由で管理職に登用されたことに反感を持つ者もいて警戒心を抱く者もいたが、沢田がやたらに校長風を吹かしてふんぞり返るタイプの校長でないことが次第に浸透していった。職員会議などにおいても沢田は控え目な発言に終始したから悪感情は徐々に消えていくようだった。ＰＴＡ役員たちも沢田の前評判は芳しいものではなかったが、直接沢田に接する人間が増えるにつれて沢田を見直す者が増えていった。

「ＰＴＡ広報紙の原稿に校長先生の手を入れないのですか？」

「ＰＴＡの広報紙に校長の意向を容れないのか、という意味ですか？　そういう趣旨ならそれはとんでもないことでしょう。ＰＴＡ広報紙はＰＴＡの皆さんがお作りになるものですから、校長の意向などを忖度することは無用です。どうぞこれからはそんなことは考えずに皆さんで自由に作って出してください」

「本当にそれでよろしいのでしょうか。これまで小学校や中学校のＰＴＡ広報紙を担当した経験があるのですが、いつも学校からここをこう変えろ、というような指示をいただきました。有無を言わさずほとんど命令と同じ調子でした」

「小中学校のことは知りませんが、高校ではそういう不当な介入はしないのが普通です。どうぞご心配なく皆さんのいいように作ってください」

そんなやりとりをした広報担当者が明るい顔で校長の許を去っていくようなことがあるとＰＴＡ役員の態度も軟らかくなっていくのだった。Ｙ高校ＰＴＡには広報の他、環境とか成人とか総務というような委員会があってそれぞれ独自の活動を繰り広げている。そういう委員会の集まりが昼を挟んで行われたりすると、沢田は昼食時に味噌汁をこしらえてその労をねぎらったりするのである。委員の人たちにとって突然味噌汁の鍋が昼飯の席に持ち込まれるのは何とも言えない驚きだったが、沢田にしてみれば昼飯に簡単な味噌汁を作って事務職員や現業職員にお裾分けするのはいつものことなのだ。

田中明はこうした沢田の情報が入ってくるたびに沢田を向こうに回して一戦を交えるのはどうも無謀なことではないかという気持ちに襲われるのだった。こうなれば、最後の頼みは中沢会長とのスキャンダルの線があるばかりだと思った。彼女のことについて調べるにも当面頼りになるのは藤原暢子しかいなかった。しかし、沢田校長や暢子とは直接関係のない高校のＰＴＡ会長のことである。部外者の暢子に詳しい事情を説明するのは憚られることだったから、暢子を通して知り得たのは中沢会長が本名を悦子ということ、川崎市宮前区犬蔵二―×に住んでいること、息子の省吾が通うＩ高校でＰＴＡ会長をしているということだけだった。その余のことは明が自力で掴む他はないと明は悟るのだった。

五

四六歳の田中明はまごまごしていればすぐ五〇歳の大台に乗ってしまう。一体自分のこれまでの人生は何だったのだろう。彼は自問する。中学一年生の夏のキャンプでの水難未遂事故で溺れかかったときの記憶が何かのときに邪魔をして思うような半生を送ることもできないできたばかりではないか。その発作のために進学も就職も恋愛も上手く行かなかった。直接の当事者である沢田一郎に一矢報いることで決着をつけなければ先の展望を開くことができない。そのために自分は何をしただろう。タクシーの運転手になって漫然と沢田と遭遇する機会の巡ってくることだけを願っていたのではないか。これまで二度ほどその機会が訪れたが、いずれも声をかけることさえままならずに無為に過ぎていったではないか。最後の頼みの綱、役立つかどうかさえ判然としない綱だが、これをたぐっていくことに望みをつなぐ他ないのではないか。明はそう思って、初めて事態打開のために自分から積極的に身を乗り出そうと決意した。

そう決めて明がしたことは住居を横浜市南区中里から川崎市宮前区へ移すことだった。犬蔵でも鷺沼でも宮前平でもいい。転居といっても独身の明にとってはさほどの煩わしさもない。わずかな引っ越し荷物を軽トラに載せて運んでしまえば済む話だった。明は転居の情報を得るために鷺沼駅前にあるアパマンショップのT不動産を訪ねた。マンション形式の二DKか一L

ＤＫを物色したところ、駅近くの物件と少し離れたところの物件が候補に挙がった。いずれも民間の建物だったが、立地や日照などの点で多少の違いがあり、明はその二つを案内してもらって気に入ったほうを契約することにした。案内にはＴ不動産の奥さんが立った。道々の世間話から明はこの奥さんのところの娘がＩ高校の二年生であることを知って、これは占めた、と心の中で手を叩いた。

「Ｉ高校というと、ＰＴＡ会長は中沢さんですね？」

「ええ、そうですけれど、この辺は初めての田中さんがよくそんなことを知っていますね。お知り合いですか？」

「いいえ。知り合いというわけではありません。ボクはタクシーの運転手をしているんですが、以前に一度横浜から多摩プラまでお送りしたことがあったように記憶しているものですから
……」

危ない、危ない、Ｉ高校と聞いて喜び勇んだものだから、のっけから中沢会長の名前を出してしまった、用心しないと、何を勘ぐられるか判らないぞ、と明はうっかりミスを反省した。でも上手く立ち回れば中沢会長のことはもっとこの不動産屋の奥さんから聞き出すことができるはずだ、と思い、しっかり掴んで離すまいと決意するのだった。そのためには話は簡単につけないほうが得策だと明は判断し、すぐにも契約したいというＴ不動産に対して少しの猶予を頼み、前後三回ほど足を運んでから、少し遠いほうの一ＬＤＫを借りることにした。一九九

五年一月のことである。

六

Ｔ不動産の高幡順子は田中明との賃貸契約が成立して一段落するのを待って、中沢悦子に明の話をした。順子と悦子は子ども同士の三枝子と省吾が同じ小学校から中学高校に通ったことからずっと友人の間柄だった。その人の話では前に一度二人連れの悦子を多摩プラーザの駅まで乗せたことがあるということだと聞いて、悦子は多摩プラを鎌倉と間違えたそそっかしいタクシー運転手のことを思い出した。

「そう言えば、去年の暮横浜球場の近くでＹ高校の沢田校長先生とご一緒したとき拾ったタクシーが多摩プラと鎌倉を間違えてちょっと遠回りになったことがあったわ」

「高Ｐ連の集まりの後？」

「ええ。横浜でやった関東大会の反省会が遅くまでかかったのね。沢田校長先生が私のことを気遣って多摩プラーザの駅まで送ってくださったわけ」

「あら、そんなことがあったの？　悦子は沢田校長の大のファンだから嬉しかったでしょ？」

「そう、胸がドキドキしちゃったわね。省吾に話したら羨ましがっていたけど」

「中学校での高校説明会に出て沢田校長の話を聞いて一遍に気に入ってしまったのは省吾君のほうだったものね。タクシー運転手の田中さんのことだけれど、ちょっと気をつけたほうがいいかも。何しろ、借家探しの最初から、Ｉ高校のＰＴＡ会長は中沢さんですよねって、念を押したんだから。それが何でもない世間話の感じじゃなくて、思い詰めたような調子だったから、つい聞きとがめたくらいなの。沢田校長にも話しておいたほうがいいんじゃない？」

「ありがとう、早速知らせておくことにするわ」

中学校での高校説明会というのは毎年春から夏にかけて各中学が開く催しで、三年生の生徒と保護者に向けてそれぞれの高校が自分の学校をＰＲする場となるものなのだが、沢田は中学校から誘いがあると万障を繰り合わせて説明会に出席することにしていた。一九九二年のＳ中学校の場合も沢田は自ら出向いてＹ高校についての説明を行い、ついでに次のようなリップサービスを行って満場の笑いを誘った。

「最後に」と言って沢田は話を結んだ。

「皆さんが高校に入学できる確かな秘訣をここで授けたいと思います。皆さんは毎日朝ご飯を食べていますか。朝ご飯をしっかり食べる人は間違いなく高校入試に合格します。朝ご飯を食べると朝から脳が活発に働いて勉強の効率が高まるからです。前の日に夜更かしして朝ご飯を食べないで登校すると、脳の働きは鈍く学習効果は挙がりません。もし、これまで朝ご飯を食べたり食べなかったりした人は明日から朝ご飯をしっかり食べる習慣を身につけてください。

まだ間に合います。それだけで高校入学は間違いなしですよ」

悦子はこのときの説明会に出席することができず、帰ってきた省吾に様子を尋ねたのだが、省吾は勢い込んで「お母さん、ボク明日から朝ご飯をしっかり食べるから用意してね。朝ご飯を食べる習慣がつけば高校に間違いなく合格するってY高校の校長先生が言っていたんだ」

実際このときから省吾は朝早起きして朝ご飯をしっかり食べるようになり、きちんとした生活習慣を身につけることに成功し、I高校へも無事入学することができたのだった。悦子は省吾が高校に入学できたことも嬉しかったが、それより何より、彼に朝起きと朝ご飯の習慣が身について確たる生活習慣を獲得できたことを嬉しく思った。そして、ただの一言で省吾をその気にさせた沢田というY高校の校長に感謝するのだった。

七

中沢悦子に近づこうとした田中明はまず息子の省吾に狙いをつけることにした。省吾はI高校野球部でセカンドを守るレギュラー選手だったので、I高校グランドで練習に励む野球部員を見ているとどれが省吾であるかすぐに判った。土日には他校との練習試合も行われて観客の中応援もあり、選手に声をかけるチャンスも自然に生まれた。回数を重ねるうちに明も観衆の中に交じって選手に声をかけるようになり、省吾を声援する機会も増えていった。こうして省吾のほうも明を認識できるようになり時には会話を交わす間となった。

「君、プロ野球の二塁手じゃ誰が好き？」

「中日ドラゴンズの荒木選手かな」

「荒木選手のどんなプレーが魅力なの？」

「センターへ抜けようとするゴロを掴んで、どこも見ないでバックトスでショートの井端選手に球を投げる連係プレーなんか最高だな。小父さんも野球やったことがあるの？」

「草野球ぐらい、みんなでやった程度かな。ところで君は中沢君だよね。君のお母さんはI高校のPTA会長だってね？」

「そうだけど、お母さんが会長だということとボクは何も関係なしだよ。小父さんは田中さんというんでしょ？　高幡三枝子から聞いたよ」

明は自分が肝心の質問を始める前に、省吾に正体を知られていたことで動転しそれ以上何も聞くことはできなかった。改めて何か作戦を考えなければならないと思ううちに年度が替わり暫くの間I高校での野球練習を見ることもできなくなった。明にとってショックだったのは肝心の沢田一郎が新年度から横浜のS高校へ転勤してしまったとの噂を聞いたことだった。明は噂を確かめるべく大急ぎで藤原暢子に問い合わせたのだが、沢田の転勤は事実だった。鷺沼へ転居したのは中沢悦子の動静を観察して沢田との間にスキャンダルの一つもないか見つけるためだったのは確かだが、ここならばそれだけ沢田に近いという意味もあったはずだった。なすすべもなく途方に暮れた明にとって青天の霹靂ともいうべき事態の発展となったのは沢田一郎本人から電話をもらったことだった。

「中沢親子の回りをこそこそ嗅ぎ廻っているようだが、二人とも大いに気味悪がっている。ボクが中沢会長と君のタクシーに乗ったことが何かの因縁になったらしいから、一度ボクと話し合いませんか」

「もちろん、願ってもないことです」

八

一度は糾弾しなければと長い間執念を燃やした当の沢田一郎から誘いを受けたことで明の胸は膨らんだ。何しろ、あの水難未遂事故のお陰ですっかり人生を棒に振ったような有様だったから、最低一言済まなかったというぐらいの詫びは入れてもらわなければ話は始まらないと思い、念のためナイフを隠し持って行くことにした。約束の日、約束の時間にS高校を訪れた明は丁重に事務職員によって校長室に案内された。校長室に入ると、中で沢田と中沢会長が待っており、沢田は立って明を迎えてくれた。

「さあ、どうぞ。遠いところをわざわざお越しいただいて恐縮です。中沢会長とも関わりがありそうでしたので、二人で田中さんのお話を伺うことにしました。お話しというのは、関内から多摩プラーザまで乗せていただいたことが何か問題だったのでしょうか?」

「いいえ、あのときは多摩プラーザを鎌倉と聞き間違えて、とんだご迷惑をおかけしました。話はあのときのこととは何の関係もありません。沢田さんは今から三五年前の横浜Y少年部の真鶴キャンプのことを覚えてお出ででしょうか?」

「三五年前と限定されると、あれは私が大学を出て神奈川県の高校に採用された年ということですからよく覚えています。夏の真鶴キャンプと言えば、あのときだけ手が足りないからと請われて助っ人として参加したキャンプです。それがどうかしましたか?」

「あのとき危うく溺れそうになったのではありませんか?」

「ちょっと待ってください。田中さんのお話というのはそのことと何か関係があるのですか。だとすれば、ここにお呼びした中沢会長さんとはまったく無関係な話ですね。どうして中沢さんやその息子さんにつきまとうようなことをなさるのですか?」

「つきまとうだなんて、そんなつもりはまったくありませんよ」

「三五年前の未遂事故のことはあとでゆっくりうかがうことにして、とりあえず、中沢会長親子には今後一切近づかないことを約束していただけますね。その区切りだけはまずつけておかないと、話を前に進めることはできませんよ」

「はい、よく判りました。今後近づかないと約束します。ただ、あのとき、お二人があまり親しそうにしていたので不倫の匂いを感じたものですから」

「冗談は言わないでください。沢田校長先生と私が不倫の関係にあるなどと二度と聞きたくありません。沢田校長先生との出合いについて田中さんに詳しくお話しするつもりはありませんが、誤解をしているようですから一言だけ申しますと、息子が中学三年だったとき高校説明会に来られた沢田校長先生のお話に息子がすっかり魅了されたのがきっかけです。沢田校長先生には尊敬と感謝の気持ちでいっぱいなだけです」

「下衆の勘ぐりで、恥ずかしい限りです。申し訳ありませんでした」

明は自分の観測が外れてすっかり意気消沈してしまったが、話がここで終わっては何のためにS高校まで出向いてきたか意味がなくなると思い、話を昔の真鶴キャンプに戻すよう、丁重に沢田に促した。

「ああ、水難未遂事故のことですね。二〇メートルぐらい沖合に飛び込み台があって、そこまで中学一年生のメンバーの手を取ってカエル泳ぎで泳いだのでしたが、飛び込み台の寸前まで泳いだとき、力尽きてその子を飛び込み台のほうに放り出したのでした。危ないところで溺れかけたのは確かですね」

「その中学一年生のことは覚えていますか？」

「いいえ。事故のことはよく覚えていますが、その中学生のことはすっかり忘れています。それが何か？」

「忘れたとは酷いな。その中学生が私です。あの事故以来ほとんど今日まで、ボクは事故の時の恐怖の記憶が蘇ると、頭が一瞬真っ白になってしまうのです。人生の岐路ともいうべき大事なときほどその恐怖の記憶が鮮明に蘇って、的確な判断ができなくなるのです」

　明はそう言って、受検や就職や恋愛などで、このことがいかにマイナスに働いたかを語った。

「そうでしたか。それは気の毒なことでした。私の無鉄砲な誘いが本でご苦労があったとすれば済まないことだと言うべきかもしれませんが、今更お詫びするつもりはありません。三五年もの間、恐怖の記憶がことあるごとに復活するということはとても信じられません。きっとあなた自身がその記憶を失いたくないために無理にも思い出そうとしてきたからではないですか。事故の恐怖と言いますが、考え方を変えれば楽しい面を見つけることもできるはずです。よく泳げない自分が手を取られてとは言え、二〇メートルの沖合にある飛び込み台まで行けたというのは素敵な体験だったんじゃありませんか。帰りは浮き輪に乗って帰ってきたんでしょ。ものごとをマイナス面からだけ見続けるのはそれは楽しい作業とは言えないでしょう。

　昔の賢人は有意な言葉をたくさん私たちに残してくれていますが、その一つに『忘れることも亦大切だ』というのがあるのをご存知でしょうか。学校では覚えろ、覚えろとだけ強調して、決して忘れろとはいいませんが、悪い記憶、害をなす考え、不幸な思い出など、努力をしてでも忘れることが必要だと思われることも世の中には多いはずです。田中さんに説教をするつもりはありませんが、この賢人の言葉を噛みしめてこれからの人生を楽しく過ごしてくださるようお勧めしたいと思います。

そろそろ注文したお昼ご飯が届く頃ですからおいしい味噌汁でも作ることにいたしましょう」

明は万一のためにと用意したナイフのこともすっかり忘れて、『忘れることも亦大切だ』とはいい言葉だなと思った。彼はまたおいしい味噌汁と聞いて、長い間の呪縛から解放される清々しさを感じた。そしてさらに、明は何度か訪れたことのある先輩の藤原信の家で娘の暢子が振る舞ってくれた温かい味噌汁の味を思い出して、密かにポッと顔を赤らめるのだった。

（初稿・二〇一一年一二月一〇日）

【著者紹介】

岩佐 晴夫(いわさ・はるお)

◇略歴

1937(昭和12)年11月　横浜に生まれる

1960(昭和35)年3月　東京教育大学文学部言語学科卒業、4月神奈川県立高校教諭

1972(昭和47)年4月　神奈川県高等学校教職員組合執行委員

1974(昭和49)年4月　同上書記次長

1976(昭和51)年4月　同上書記長

1982(昭和57)年4月　同上執行委員長

1988(昭和63)年3月　同上退任

1990(平成2)年4月　神奈川県立教育センター

1992(平成4)年4月　神奈川県立高校校長

1998(平成10)年3月　定年退職直前に「戒告」「校長解任」の2重処分、3月定年退職

◇著書

『みんな、同じ』1998年3月刊(かなしん出版)

『続みんな、同じ』1999年9月刊(かなしん出版)

『続々みんな、同じ』2000年9月刊(かなしん出版)

『みなせ』選集抄

2023年3月24日発行
著　者　岩佐晴夫
発行者　向田翔一

発行所　株式会社22世紀アート
〒103-0007
東京都中央区日本橋浜町3-23-1-5F
電話　03-5941-9774
Email: info@22art.net　ホームページ：www.22art.net

発売元　株式会社日興企画
〒104-0032
東京都中央区八丁堀4-11-10 第2SSビル 6F
電話　03-6262-8127
Email: support@nikko-kikaku.com
ホームページ：https://nikko-kikaku.com/

印刷
製本　株式会社PUBFUN

ISBN：978-4-88877-160-3